레이디 차탈리

Lady Chatterley

레이디
차탈리

MUSE

서문

흔히 <레이디 차탈리>는 에로티시즘의 고전으로 대변되곤 한다. 노골적이고 거침없는 성적 묘사나 비속어의 사용 때문이다. 이 소설은 D. H. 로렌스가 사망하기 2년 전에 출간되었다. 당시 출간이 거절되자 그는 자비를 들여 소설을 출간했다. 하지만 출간과 동시에 <레이디 차탈리>는 엄청난 센세이션을 불러일으켰다. 바로 외설 시비였다. 영국과 미국에서는 출판이 금지되었고, 이후 금지 조치가 풀리기까지는 30년 이상의 시간이 걸렸다.

과연 <레이디 차탈리>는 에로티시즘 소설이기만 한 것일까. 소설을 한 장씩 읽을 때마다 우리는 그런 편견에서 자유로워질 수 있다. 소설은 제1차 세계대전 직후 영국을 배경으로 하고 있다. D. H. 로렌스는 '우리들의 시대는 본질적으로 비극의 시대이다'로 소설을 시작하고 있다. 전쟁은 많은 사람들에게 고통을 안겨 주었고, 소설의 주인공인 콘스탄스 부부에게도 마찬가지였다. 전쟁으로 불구가 된 남편은 아내에게 공감하지 못하고, 묘한 열등감을 가지고 있다. 이들의 결혼 생활은 정상적이지 않고, 정신적 유대관계라는 포장 아래 위태롭게 유지되고 있을 뿐이다.

콘스탄스는 이러한 정신적 생활이 자신을 좀먹는다는 것을 알게 된 이후 모든 것을 포기하게 된다. 하지만 산지기 멜러스를 만나고 나서 그녀는 정신적 생활보다 감각적이고 육체적 생활을 통한 생명력을 유지하는 것이 얼마나 중요한 것인지 깨닫게 된다. 그야말로 역동성 있는 자연스러움을 추구하게 되는 것이다.

이러한 점에서 콘스탄스와 멜러스의 사랑 이야기는 단순한 불륜과 외설로 치부될 수 없다. 모든 것을 잃어가던 한 여성이 자유를 다시 찾아가는 과정이기 때문이다. 소설의 앞부분에 묘사된 유학 시절 그녀가 만끽했던 자유는 전쟁으로 인해 상실되었다. 그녀 역시 "잃어버린 세대"인 것이다. 이 용어는 미국 소설가 어니스트 헤밍웨이Ernest Hemingway가 1926년에 출간한 소설 <해는 또다시 떠오른다The Sun Also Rises>의 서문에서 인용한 말이다. 원래 거트루드 스타인의 말로서 제1차 세계대전 이후 "당신들은 모두 잃어버린 세대의 사람들이다"라는 말에서 유래된 것이다.

하지만 콘스탄스는 "잃어버린 세대"의 자유를 되찾는다. 바로 멜러스와의 사랑을 통해서이다. 이는 단순히 성행위를 통해서만은 아니다.

멜러스는 콘스탄스와의 관계를 불꽃으로 정의한다. 그는 지금 세상은 죽음과 멸망만 존재하지만, 자신의 가장 좋은 부분을 믿고, 이를 신뢰한다면, 다시 말해 작은 불꽃을 믿는다면 좋은 결과가 올 것이라고 생각한다. 계산적이고 냉정한 남편과는 전혀 다른 이타적인 모습 덕분에 콘스탄스는 인간적인 감성과 자유를 회복할 수 있는 것이다.

이러한 점에서 D. H. 로렌스는 <레이디 차탈리>를 통해 인간 영혼의 자유로움과 소중함을 표현하고자 했다. 계급이나 지위, 재산 등 외적으로 보이는 부분과 상관없이 인간의 내면이 얼마나 따뜻한가, 인간의 영적인 부분을 얼마나 소중하게 여기는가라는 것이 그가 추구하는 세계관이라면 <레이디 차탈리>는 어쩌면 가장 노골적인, 그러면서도 가장 군더더기 없는 묘사를 통해 그의 세계관을 반영한 작품이라고 할 수 있다.

옮긴이 김서형

목차

1.
클리포드의 귀환

우리들의 시대는 본질적으로 비극의 시대이다. 그렇지만 우리는 이 시대를 비극으로 받아들이려고 하지 않는다. 우리는 폐허 속에 있지만, 새롭고 아담한 보금자리를 만들면서 작은 희망을 품으려 한다. 하지만 그것은 상당히 어려운 일이다. 미래를 향한 평탄한 길은 하나도 없어서 우리는 다른 길로 돌아가기도 하고, 장애물을 넘어 기어오르기도 한다. 어떤 재난이 닥치더라도 우리는 살아남아야 하기 때문이다.

콘스탄스 차탈리가 바로 이러했다. 유럽에서 발생했던 제1차 세계 대전은 그녀를 보호하고 있던 지붕을 파괴했다.

1917년에 그녀는 클리포드 차탈리와 결혼했다. 마침 클리포드가 휴가를 얻어 한 달 동안 고향에 돌아와 있을 때였다. 그들은 한 달 동안 밀월의 시간을 보냈다. 그러고 나서 클리포드는 플랑드르로 돌아갔다. 하지만 여섯 달 후, 그는 부상을 입고 만신창이가 되어 영국으로 후송되었다. 당시 그가 29살, 콘스탄스는 23살이었다.

삶에 대한 클리포드의 집착은 그야말로 놀랄만한 것이었다. 그는 죽지 않았고, 심각한 부상도 어느 정도 아물었다. 그를 치료했던 의사는 2년이 지나서야 완치되었다고 선언했다. 그러나 그의 하반신은 마비되고 말았다.

그것은 1920년의 일이었다. 클리포드와 콘스탄스는 클리포드의 고향이자 차탈리 집안의 거주지인 라그비 저택으로 돌아왔다. 그의 아버지는 세상을 떠났기 때문에 클리포드는 준 남작 클리포드 경이 되었고, 콘스탄스는 차탈리 영부인이 되었다. 그들은 변변치 않은 수입으로 라그비 저택에서 결혼생활을 시작했다. 그에게는 누나가 한 명 있었지만, 이미 출가했다. 그 외에 가까운 친척은 없었다. 그의 형도 전쟁에서 전사했다. 클리포드는 하반신이 마비되어 앞으로 아이를 가질 수 없다는 사실을 알면서도 차탈리 집안의 명예를 지키기 위해 중부 지방의 고향으로 돌아왔다.

너무 심한 고통을 겪었기 때문에 고통에 대한 그의 감각은 상당히 무뎠다. 오히려 이상할 정도로 쾌활했고, 혈색 좋은 얼굴과 도전하는 듯한 눈빛은 그를 활발하게 보이도록 했다. 그의 어깨는 넓고 억셌으며, 두 팔은 튼튼했다. 값비싼 옷을 입었고, 본드 가의 멋진 넥타이를 매고 있었다. 하지만 그의 표정에서 경계하는 듯한 눈빛이나 다리가 자유롭지 못한 사람이 지닌 공허함을 감출 수는 없었다.

콘스탄스는 부드러운 갈색 머리카락에 건강미가 넘쳤다. 그녀의 동작은 조용했지만, 활기가 넘쳤다. 커다란 눈을 가지고 있었고, 목소리는 부드럽고 상냥했다. 그래서 마치 시골에서 갓 올라온 소녀 같았지만, 실제로는 그렇지 않았다. 그녀의 아버지는 왕립 미술원 회원으로 한때 유명했던 멀컴 리드 경이었고, 어머니는 라파엘 시대에 번성했던 페이비언 협회의 회원 중 한 사람이었다. 콘스탄스와 언니 힐더는 예술가와 교양 있는 부모로부터 교육을 받았다.

그래서 두 자매는 어렸을 때부터 예술이나 이상적 정치 등에 전혀 위축되지 않았다. 그녀들은 그런 것에 자연스럽게 적응했다. 그리고 순수한 사회적 이상과 조화되는 예술의 세계적 지역주의를 품고 있었다.

15살이 되자 그녀들은 드레스덴으로 가서 여러 가지, 특히 음악을 공부했다. 그곳에서 그녀들은 유쾌한 시간을 보냈다. 여러 학생들과 자유롭게 생활했고, 남학생들과 철학이나 사회학, 예술 문제를 토론했다. 그녀들은 남자들과 대등한 위치에 있었다. 오히려 여학생이었기 때문에 유리했다. 기타를 치면서 젊은이들과 숲속을 돌아다녔고, 반더포겔의 노래도 불렀다. 완전한 자유였다.

힐더도, 콘스탄스도 18살이 되자 연애를 경험했다. 그녀들과 정열적인 이야기를 나누고, 노래를 부르며, 나무 그늘 아래에서 캠프를 즐겼던 젊은이들은 당연히 연애 관계를 원했다. 그녀들은 마음을 결정하지 못해 망설였지만, 이미 연애에 대해서는 여러 번 이야기를 주고받았다. 그들에게 연애는 무엇보다도 소중한 것이었다. 남자들은 매우 겸손하게 연애를 열망했다.

그래서 두 자매는 가장 미묘하고, 솔직한 토론을 나눈 젊은이들에게 선물을 주었다. 토론이나 논쟁은 그야말로 위대한 것이었다. 이에 비해 연애나 육체적 관계는 원시 상태로 돌아가는 것에 지나지 않았다. 이런 일이 있고 나서 상대방 남성에게 품었던 그녀들의 애정은 줄어들었다. 그리고 남성이 자신의 비밀이나 내적 자유를 침범한 것처럼 느껴 오히려 그를 미워하게 되었다.

아무리 감상적으로 보려 해도 이러한 사랑의 결합은 태고적부터 존재하는 더러운 관계의 일종이다. 사랑을 찬미한 시인들은 대부분 남성이었다. 여성은 언제나 사랑보다 더 훌륭하고 고귀한 무엇인가가 존재한다는 것을 알고 있었다. 더욱이 현대사회의 여성은 이를 더 잘 알고 있다. 여성의 아름답고 순수한 자유는 성적 연애보다 훨씬 경이로운 것이다. 단 한 가지 불행한 것은 남성들이 이 문제에 있어 여성보다 훨씬 뒤처져 꾸물거리고 걷고 있다는 사실이다.

따라서 여성은 양보하지 않으면 안 되었다. 남성이란 욕망을 가진 어린아이와 마찬가지이다. 여성은 남성의 욕망에 양보할 수밖에 없다. 만약 그렇지 않으면, 참을 수 없는 짓을 해서 좋은 관계를 망쳐버린다. 사실 여성은 자신을 양보하지 않고도 남성을 받아들일 수 있다. 남성의 힘에 지배당하지 않고도 남성을 받아들이는 것이다.

전쟁이 시작되기 전에 두 자매는 모두 연애를 하고 있었다. 그리고 전쟁이 시작되자 그녀들은 서둘러 귀국했다. 둘 다 이야기를 주고받는 상대에 대해 깊은 흥미를 느끼지 않았다면, 남성과 연애에 빠지지 않았을 것이다. 명석한 젊은이와 몇 달 동안 매일같이 정열적으로 몇 시간 동안 이야기를 나눈다는 것에는 믿을 수 없이 놀랍고 깊은 기쁨이 있었다.

그래서 신선하고 영혼을 맑게 해주는 토론에서 생긴 친밀감의 연속이라면 육체적 관계를 피할 수 없었다. 그것은 하나의 장章이 끝나는 것과 마찬가지였다. 물론 육체적 관계에는 나름대로의 기쁨이 있다. 그것은 자신의 존재를 확인하는 마지막 경련이자, 육체 내부에 묘하게 퍼지는 전율적인 기쁨이다.

1913년 여름 방학 때 그녀들이 귀국했을 때, 힐더는 20살이었고, 콘스탄스는 18살이었다. 아버지는 두 딸이 모두 연애 경험이 있다는 것을 분명 알아차렸을 것이다. 누군가 말했던 것처럼 '사랑은 그곳을 스쳐갔다.' 그러나 아버지도 그런 경험을 가지고 있었기 때문에 딸들의 그런 생활을 구속하지 않았다. 당시 어머니는 죽음을 앞둔 신경질적인 환자였는데, 자신의 딸들이 '자유롭고 나름대로 충실한 삶을 사는 것'을 바랬다. 그녀 자신은 온전히 자신만의 세계를 가져본 적이 없었다. 그것이 허용되지 않았기 때문이다. 멀컴 경은 신경질적인 아내를 하고 싶은 대로 내버려 둔 채, 자신의 길을 걷고 있었다.

그래서 두 딸들은 자유로웠다. 그녀들은 드레스덴으로-음악으로, 대학으로, 젊은이들에게 다시 돌아갔다. 그리고 제각기 자신의 젊은이를 사랑했다. 콘스탄스의 애인은 음악을 공부했고, 힐더의 애인은 공학을 공부했다. 그들은 오로지 자신의 연인만을 위해 살았다. 하지만 어떤 부분에서 그들은 그녀들로부터 따돌림을 당하고 있었다.

육체의 내부에서 일어나는 성적 쾌감 때문에 그녀들은 남성의 힘에 사실상 압도되었다. 그래도 그녀들은 재빨리 자신을 되찾고, 성적 쾌감은 단지 감각에 지나지 않는다고 생각해 본연의 자유를 잃지 않았다. 하지만 남성들은 성적 경험을 한 것에 대한 감사하는 마음 때문에 자신의 영혼을 여성들에게 바치곤 했다.

드디어 전쟁이 시작되었다. 힐더와 콘스탄스는 5월에 어머니 장례식 때문에 귀국했다가 막 돌아갔지만, 다시 고국으로 급히 돌아왔다. 1914년 크리스마스 전에 그녀들의 독일 애인들은 둘 다 전사했다. 자매는 이 때문에 많이 울었고, 애인에 대한 정열을 느꼈다. 하지만 마음속에서는 이미 그들과의 일을 잊고 있었다. 그들은 이미 이 세상에 없는 사람이었기 때문이다. 자매는 본래 어머니 소유였던 켄싱턴의 아버지 집에서 살면서 케임브리지 그룹의 젊은이들과 사귀고 있었다. 힐더는 케임브리지 그룹의 젊은이 가운데 10살이나 연상인 남성과 갑자기 결혼했다. 그 남성은 재산이 꽤 많았고, 상당히 실속 있는 정부 업무를 맡고 있었으며, 철학 논문도 쓰고 있었다. 그녀는 그 남성과 함께 웨스터민스터의 아담한 집에서 살면서 정부 관계자들이 주최하는 사교계에 드나들었다.

콘스탄스의 친구는 본 대학에서 탄광 특수 기술을 연구하다가 급히 귀국한 22살의 클리포드 차탈리였다. 그는 본으로 가기 전에 케임브리지 대학을 2년 동안 다녔다. 그리고 지금은 어느 연대의 훌륭한 중위였다. 그는 군복을 입고 있었기 때문에 모든 것에 대해 좀 더 멋있게 비웃을 수 있었다.

클리포드 차탈리는 콘스탄스보다 상류계급이었다. 콘스탄스는 부유한 지식인 계급이었지만, 그는 귀족이었다. 명문이라고까지는 할 수 없었지만, 여하튼 귀족이었다. 클리포드의 아버지는 준 남작이었고, 어머니는 자작의 딸이었다.

하지만 그 역시 반항아였다. 그는 자신의 계급에 대해서도 반항했다. 사실 반항이라고 하기에 그다지 강한 것은 아니다. 다만 전통이나 권위에 대해 반대하는 젊은이들의 일반적인 습관에 그 역시 빠져 있었다. 그들은 아버지를 우스꽝스럽게 여겼다. 특히 완고한 자신의 아버지는 더욱 그러했다.

사실 모든 것이 우스꽝스러웠다. 권위와 관련된 모든 것은 그것이 정부든, 대학이든 다 우스꽝스러웠다. 그리고 지배하는 척 한다는 점에서 지배계급이라는 것도 우스꽝스러웠다. 클리포드의 아버지 제프리 경은 자기 소유의 숲을 벌목하거나 자기 탄광의 광부들을 전쟁터로 보내 애국주의자가 되었다. 하지만 자신의 수입 이상의 돈을 국가에 바치고 있었다. 그에게는 이러한 사실이 매우 우스꽝스러웠다.

클리포드의 누이인 엠마는 부상병을 간호하기 위해 런던으로 왔을 때 제프리 경의 열렬한 애국심에 대해 부드럽고 재치 있게 이야기해주었다. 그 말을 들은 큰아들이자 상속자인 허버트는 참호용으로 벌목되고 있는 나무가 자신의 소유였지만, 자신도 모르게 웃음을 터트리고 말았다. 그러나 클리포드는 조금 불안한 얼굴로 빙그레 웃었을 따름이다. 모든 것이 우스꽝스럽다는 것은 사실이었다.

1916년 허버트 차탈리가 전사했다. 그리고 클리포드가 상속자가 되었다. 그는 이 일에 대해서도 두려움을 느꼈다. 제프리 경의 아들로서 라그비 저택의 후계자라는 자기 존재의 중요한 의미가 마음 속 깊숙이 스며들어 거기에서 빠져나올 수 없었다. 더욱이 이것 역시 우스꽝스럽기 짝이 없는 일이라는 것을 그는 알고 있었다. 이제 그는 후계자로서 라그비 저택을 책임져야만 했다. 실로 엄청난 일이 아닌가? 동시에 멋있는 일이기도 하고, 어리석은 일이 아닌가?

제프리 경은 어리석은 일을 생각할 사람은 아니었다. 그는 자신의 세계 속에 틀어박혀서 조국과 자신을 구한다는 굳은 결의를 다졌다. 제프리 경이 영국과 로이드 조지를 지지하는 것은 그의 선조들이 영국과 성 조지를 지지했던 것과 동일했다. 그래서 제프리 경은 숲을 벌목해서 영국과 로이드 조지를 지지했던 것이다.

그는 클리포드가 결혼해서 후손을 낳기를 바랐다. 클리포드는 아버지가 시대착오에 빠져 있다고 생각했다. 하지만 과연 자신은 아버지보다 조금이라도 나은 점이 있을까? 그는 일말의 진지함도 없이 싫다거나 좋다는 말 한마디 하지 않고 작위와 라그비 저택을 물려받았기 때문이다.

전쟁이 준 화려한 감격은 얼마 가지 않아 사라져 버렸다. 아니 없어져 버렸다. 너무나도 많은 죽음과 공포가 있었다. 그래서 그는 자신을 받쳐줄 것과 위안이 필요했다. 그래서 아내를 갖고자 했다.

차탈리 집안의 두 아들과 한 명의 딸은 언제나 함께 살아가자고 다짐했었다. 하지만 허버트가 죽고 나자 제프리 경은 클리포드가 결혼하기를 바랐다. 물론 제프리 경이 확실하게 이렇게 말한 것은 아니었다. 그는 지나치게 말이 없는 사람이었기 때문이다. 그러나 그가 심사숙고하는 일에 대해 클리포드는 도저히 반항할 수 없었다.

오히려 엠마는 반대했다. 그녀는 클리포드보다 10살 많았다. 그녀는 그의 결혼이 세 남매의 약속을 깨뜨리고 배신하는 행위라고 말했다.

그러나 클리포드는 콘스탄스와 결혼해 한 달 동안 신혼여행을 떠났다. 1917년에 전쟁의 위기가 임박했을 때의 일이었다. 결혼했을 때 그는 숫총각이었기 때문에 그에게 성은 그다지 큰 의미를 가지지 않았다. 그들은 이 점만 빼고 아주 사이가 좋았다. 콘스탄스에게 성을 초월한 관계, 즉 남성의 만족을 초월한 관계는 상당히 감동스러운 것이었다.

클리포드는 다른 남성들보다 성적 만족을 요구하는 정도가 적었다. 사실 그들의 다정함은 훨씬 인간적이고 깊은 것이었다. 그들에게 성이란 우연한 것, 혹은 부속적이며 퇴화해버린 진부한 하나의 기관에 지나지 않았다. 다만 콘스탄스는 엠마에 대한 자신의 입장을 공고히 하기 위해 아이를 가지고 싶어 했다.

하지만 1918년 초 클리포드는 부상을 입은 해 송환되었다. 그들에게는 아직 아이가 없었다. 이에 제프리 경은 너무나 상심해서 세상을 떠나고 말았다.

2.
라그비 저택에서의 생활

클리포드와 콘스탄스가 라그비 저택으로 돌아온 것은 1920년 가을이었다. 동생의 배신으로 아직 화가 풀리지 않은 엠마는 집을 나가서 런던에 작은 아파트를 얻어 살고 있었다.

라그비 저택은 18세기 중반에 지어진 길고 나지막한 옛날식 갈색 석조 건물로 이렇다 할 만한 특징이 없는 커다란 저택이다. 저택은 과거에 떡갈나무가 우거졌던 아름다운 언덕에 서 있었다. 하지만 그리 멀지 않은 테버셜 탄광의 굴뚝에서는 증기와 연기가 피어올랐다. 테버셜 마을의 조잡한 집들도 보였다. 그곳에는 검은 색 슬레이트 지붕을 씌운 헐어빠진 먼지투성이의 작은 벽돌 건물들이 줄지어 서 있었다.

콘스탄스는 켄싱턴 공원이나 스코틀랜드의 산, 서식스의 언덕 등을 보면서 자라났다. 그것이 영국에 대해 그녀가 알고 있는 모습이었다. 그래서 그녀는 석탄과 철밖에 없는 중부 지방의 지저분한 경치를 힐끗 바라볼 뿐 마음에 두지 않았다. 바람이 종종 라그비 저택 쪽으로 불어와 유황 냄새로 가득했다. 하지만 바람이 없는 날에도 공기에는 광물성 냄새가 항상 섞여 있었다. 유황이나 철, 석탄, 산酸 같은 것이었다. 장미에조차 그을음이 내려앉았다.

클리포드는 런던보다 라그비 저택이 마음에 든다고 했다. 이 지방에는 특유의 우울함이 있었고, 사람들은 상당히 정열적이었다. 콘스탄스는 이것 이외에 어떤 특징이 있는지 생각했다. 이 지역 사람들은 정신이 없는 것 같았다. 이 지역 풍경처럼 메마르고 볼품없으며, 우울하고, 무뚝뚝했다. 하지만 불분명하게 입 안에서 맴도는 사투리나 일을 마치고 아스팔트 길 위를 무리지어 걸어가면서 징 박은 탄광화를 끄는 소리에는 무언가 특이한 것이 있었다. 그것은 무섭기도 했고, 신비롭기도 했다.

라그비 저택과 테버셜 마을 사이에는 감정의 교류가 전혀 없었다. 모자를 벗어 인사하는 사람도 없었고, 허리를 굽히는 사람도 없었다. 광부들은 그저 물끄러미 지켜만 보고 있었다. 상인들만이 단골손님을 대하듯 콘스탄스에게 모자를 조금 벗어 보였고, 클리포드에게는 멋쩍게 고개를 숙였을 따름이다. 거기에는 넘을 수 없는 강이 존재하는 듯했다.

클리포드는 그들을 상대하지 않았다. 그래서 그녀도 그러기로 했고, 그들을 거들떠보지 않고 그냥 지나치곤 했다. 그러자 그들도 그녀를 물끄러미 바라볼 뿐이었다. 클리포드는 가끔 그들과 마치기라도 하면 아주 거만하게 그들을 멸시하듯 대했다. 친근감 따위는 보일 생각이 전혀 없었다. 실제로 그는 자신과 같은 계급이 아닌 사람들에게는 거만하게 대했고, 멸시했다. 그는 사람들에게 사랑도, 미움도 받지 않았다.

하지만 다리가 자유롭지 못하고부터 클리포드는 극단적으로 소심해졌고, 자의식이 강해졌다. 그는 주위 하인들 외에는 누구와도 만나기를 꺼렸다. 모터 달린 휠체어를 타고 있었기 때문이다. 대신 그는 옷차림에 매우 세심한 주의를 기울였다. 고급 양복점에서 맞춘 양복에 예전처럼 본드 가의 화려한 넥타이를 매고 있었기 때문에 여전히 세련된 인상을 주었다.

그는 한 번도 현대사회의 여성화된 젊은이처럼 보인 적이 없었다. 혈색이 좋은 얼굴과 넓은 어깨는 오히려 야성적이라고 해도 좋을 정도였다. 하지만 아주 조용하면서도 망설이는 듯한 목소리나 대담한 듯 하면서도 불안스러운 듯한 눈은 그의 기질을 잘 나타냈다. 그의 태도는 사람을 불쾌하게 할 만큼 거만했지만, 이내 자신을 억누르면서 머뭇거리는 듯한 온화한 태도를 취했다.

콘스탄스와 그는 초연한 방법으로 결합되고 있었다. 그는 불구가 되었다는 사실에 엄청난 충격을 받고 큰 상처를 가슴 속에 지니고 있었기 때문에 가벼운 마음으로 즐거워 할 수 없었다. 마치 그는 상처가 난 물건 같았다. 이런 그에게 콘스탄스는 애착을 느끼고 있었다.

하지만 그와 그 지방 사람들 간 교감이 얼마나 드문지 콘스탄스는 느끼고 있었다. 그에게 광부는 어떤 의미로는 부하였다. 하지만 그는 그들을 인간보다는 마치 물건처럼, 생명이 있는 것보다는 탄광의 일부분으로 간주했다. 어떤 면에서는 그들을 두려워했다. 다리가 부자연스러운 지금, 자신의 모습을 그들에게 보이는 것을 견딜 수 없었던 것이다.

그는 철저하게 그녀를 의지하고 있었다. 그는 단 1분이라도 그녀 없이 지낼 수 없었다. 몸집이 큰 건장한 남성임에도 불구하고, 그는 무력한 존재였다. 모터 달린 휠체어를 타고 정원을 돌아다닐 수 있었지만, 그는 혼자서는 집 잃은 아이와 마찬가지였다. 콘스탄스가 옆에서 그의 존재를 확인해주어야만 했다.

그러면서도 클리포드는 야심을 가지고 있었다. 그는 소설을 쓰는데 열중했다. 특히 자신의 작품에 대해 병적으로 민감했다. 그는 모든 사람들이 이를 더없이 훌륭한 작품이라고 생각하길 바랐다. 그의 작품은 가장 현대적인 잡지에 실렸고, 평판은 칭찬 반 비난 반이었다. 혹평은 클리포드에게 칼로 찌르는 듯한 고통을 주었다.

콘스탄스는 온갖 힘을 다해 그를 위로하려고 애썼다. 처음에는 재미있다고 생각했다. 그는 온갖 것에 대해 열심히, 그리고 집요하게 그녀에게 이야기했기 때문에 콘스탄스 역시 있는 힘을 다해 응했다. 그녀는 그의 이야기 속에 참여해야만 했다. 그것이 그녀를 흥분시켰고, 열중하도록 했다.

그들은 육체적인 생활을 전혀 하지 않았다. 그래서 그녀가 라그비 저택에 와서 두 번째로 맞는 겨울이 되었을 때 그녀의 아버지가 말했다. "콘스탄스, 나는 네가 '반(半)처녀'로 내내 지내기를 원하지 않는단다." "반처녀라고요?" 콘스탄스는 애매하게 대답했다. "왜 안 되는 거죠?" "물론 네가 싫다면 말이다." 물론 그는 클리포드와 단둘이 있을 때에도 같은 말을 했다.

클리포드는 이 사실에 대해 콘스탄스에게 이야기해보려 했다. 하지만 도저히 자신이 먼저 그 이야기를 꺼낼 수 없었다. 그녀와 너무 다정했기 때문이기도 했고, 이와 동시에 이런 이야기를 할 만큼 친밀하지 않았기 때문이다. 정신적으로 그와 그녀는 하나였다. 하지만 육체적으로 그들은 서로 존재하지 않았다. 그들은 아주 친밀하면서도 아무런 접촉이 없었던 것이다.

클리포드와 콘스탄스는 벌써 2년 가까이 라그비 저택에서 클리포드의 건강과 작품에 모든 정신을 쏟으면서 생활하고 있었다. 둘은 서로 이야기를 나누면서 보다 나은 문장을 구성하려고 애썼다. 하지만 무슨 일인가 일어나기 시작했다는 것, 공허함 가운데 실제로 무슨 일이 일어나려 한다는 것을 그들은 느끼고 있었다.

이런 것 역시 하나의 생활이었다. 공허한 곳에서의 생활이긴 했지만. 하지만 그 밖의 것은 실제로 존재하지 않았다. 라그비 저택도, 하인들도 거기에 있었지만, 그것은 그림자일 뿐 실제로 존재하지 않았다. 콘스탄스는 정원이나 정원으로 이어진 숲속으로 산책하러 나가 고독과 신비로움을 맛보았다. 가을에는 단풍잎을 밟고, 봄에는 앵초를 땄다. 하지만 이는 모두 꿈에 지나지 않았다. 마치 실제로 존재하는 사물의 그림자 같았다. 그녀에게 다른 모든 것들은 실체를 가지고 있지 않았다. 촉감도, 반응도 없었다.

클리포드에게는 아는 사람들이 많았다. 그는 라그비 저택에 그 사람들을 곧잘 초대했다. 각계각층의 사람들이었다. 비평가, 작가, 그리고 자신의 작품에 호응해주는 온갖 부류의 사람들이었다. 그들은 라그비 저택에 초대받는 일을 매우 흐뭇하게 생각하며, 그의 작품을 칭찬했다. 콘스탄스는 이를 잘 알고 있었다. 하지만 이 역시 괜찮은 일 아니겠는가?

그녀는 대부분 남성인 이 손님들 사이에서 여주인 역할을 담당했다. 그리고 클리포드가 가끔 베푸는 귀족 모임에서도 여주인 노릇을 했다. 그녀는 상냥하고, 밝으며, 순박해 보이는 얼굴에 약간 주근깨가 있었다. 파랗고 큰 눈과 물결치는 듯한 갈색머리, 조용한 목소리, 강하면서도 여성적인 느낌을 주는 허리를 가지고 있었다. 그녀는 모든 사람들에게 고풍스러운 여성으로 여겨졌다. 너무나 단정하고 날씬한 여성다운 여성이었다.

그래서 이 남성들 가운데 중년 남성들은 그녀에게 매우 다정스럽게 굴었다. 하지만 조금이라도 그녀가 남성들에게 정답게 굴면 가련한 클리포드가 얼마나 상심할 것인지 생각하면서 그녀는 남성들에게 필요 이상의 언행을 하지 않도록 조심했다. 그녀는 조용하면서도 사실 멍청했다. 남성들과 따로 사귀지도 않았고, 사귈 생각조차 하지 않았다.

시간은 계속 흘러갔다. 무슨 일이 생겼지만, 그건 아무런 일이 생기지 않은 것과 마찬가지였다. 그녀가 모든 접촉으로부터 피하고 있었기 때문이다. 그녀와 클리포드는 상상과 작품 속에 파묻힌 채 나날을 보내고 있었다. 그녀는 손님 접대를 했고, 손님은 언제나 끊일 새가 없었다. 시계가 7시 반에서 8시 반이 되듯 시간은 자꾸만 흘러갔다.

3.
절망감과 희망감의 만남

　그러나 콘스탄스는 자신이 점차 침착함을 잃어가는 것을 느꼈다. 그것은 틀림없이 불안이었다. 그녀는 정원을 빠져나가 클리포드를 내버려둔 채 양치류 덤불 속에 엎드려 있곤 했다. 집에서 도망친 채로. 그녀는 집으로부터, 그리고 누군가로부터 도망칠 수밖에 없었다. 숲은 그녀에게 유일한 피난처이자 성역이었다.

　그녀는 막연하게나마 자신이 산산조각 나는 것을 느꼈다. 자신이 외부와 단절되고 생명과 접촉을 잃는다는 것을 어렴풋이 깨닫고 있었다. 그녀가 접촉하는 것이 있다면 클리포드와 그의 작품이었다. 하지만 그것은 존재하지 않는 텅 빈 것이었다. 그녀는 그것을 어렴풋이 깨닫기 시작했다. 그러나 그것은 자신의 머리를 돌에 부딪치는 것과 같은 기분이었다.

　그해 겨울, 마이클리스가 와서 며칠 머물렀다. 그는 젊은 아일랜드인으로 희곡을 써서 미국에서 상당한 재산을 모았다. 그는 재치 있는 사회극을 써서 한때 런던 사교계에서 열정적인 환영을 받았다. 하지만 그가 반영주의자라는 사실이 폭로되자 영국사회는 그를 가장 추악한 범죄자보다 더 나쁘게 다루었다.

클리포드는 30살의 이 작가를 가장 불행한 시기에 초대했다. 그는 이런 일로 마이클리스를 초대하는 일을 망설이지 않았다. 그의 작품을 접하는 사람들은 아마 몇 백만 명에 달할 것이다. 더욱이 모든 사교계에서 버림 받고 희망 없는 국외자가 된 그가 라그비 저택에 초대받는다면 이를 감사하게 여길 것이다. 그래서 미국으로 갔을 때 클리포드를 위해 마음을 써줄 지도 모른다. 명성! 미국에서 적당한 평판만 얻으면 명성이 생길 것이다.

그들의 예상대로 마이클리스는 운전사와 하인을 데리고 멋진 자동차를 타고 왔다. 그는 본드 가 스타일의 멋쟁이였다. 하지만 그를 보자마자 전통 있는 가문 출신의 클리포드는 움찔했다. 마이클리스는 보이는 것처럼 훌륭한 인간이 아니었다. 클리포드에게는 그것만으로도 충분히 결정적이었다. 그러나 그는 손님에게 매우 정중했다. 그것은 마이클리스의 놀라운 성공 때문이었다.

콘스탄스는 왠지 모르게 이 남성이 좋지 않았다. 그가 허세를 부리지는 않았다. 그리고 자신에 대해 환상을 품지도 않았다. 클리포드가 알고 싶어 하는 여러 가지에 대해 그는 알기 쉽고 간단하며, 실질적으로 이야기해주었다. 그는 과장해서 말하거나 필요 이상의 말을 하지도 않았다. 그는 클리포드가 자신을 이용하기 위해 라그비 저택에 초대했다는 사실을 알고 있었다. 그래서 노련하면서도 무관심한 실업가와 같은 태도로 질문을 받았고, 가능한 한 자신의 감정을 낭비하지 않고 질문에 대답했다.

"돈이란 일종의 본능이지요. 돈을 버는 것은 일종의 천성입니다. 무슨 일을 하더라도 상관없습니다. 자신의 천성이 끊임없이 돈을 불러오는 거죠. 계기만 있으면 돈은 생깁니다. 그 다음에는 계속 들어올 따름이죠. 어느 정도까지는 말입니다."

"그렇지만 그 계기를 만들어야 하지 않겠습니까?" 클리포드가 말했다.

"그렇죠. 그러려면 뛰어 들어야 합니다. 우두커니 서 있기만 해서는 안 됩니다. 용감하게 뛰어 들어야 합니다. 그렇게 한다면 돈은 저절로 들어옵니다."

"하지만 희곡을 쓰지 않았더라면 당신을 돈을 벌 수 있었을까요?"

"아마 벌지 못했을 겁니다. 내가 훌륭한 작가든, 형편없는 작가든 어쨌든 작가라는 것이 나의 현재이죠. 그렇게 될 수밖에 없었던 겁니다."

그러자 콘스탄스가 물었다. "그렇다면 당신은 통속 극작가가 되어야 했다고 생각하나요?"

"그렇습니다." 그는 갑자기 그녀 쪽으로 몸을 돌렸다. "극작가가 대단한 것이 아닙니다. 인기라는 것도 실제로는 아무것도 아닙니다. 대중 역시 아무것도 아닙니다. 내 희곡에는 인기를 얻을만한 것은 전혀 없습니다. 문제는 그게 아닙니다. 그냥 그렇게 될 수밖에 없는 겁니다. 현재로서는 말이죠."

그는 깊은 환멸에 빠졌다. 그는 콘스탄스 쪽으로 몸을 돌렸다. 그러자 그녀는 몸을 가볍게 떨었다. 그는 환멸로 만든 나이 많은 사람처럼 보였다. 이와 동시에 어린아이처럼 불안해 보였다. 어떤 의미에서 그는 집이 없는 사람이었다. 그러면서도 그는 마치 쥐와 같은 생명에서 오는 필사적인 과감함을 가지고 있었다.

클리포드가 생각에 잠긴 듯 말했다. "적어도 그 나이에 하신 일치고는 놀라운 성공입니다." "서른의 나이, 그렇지요." 묘한 웃음을 지으면서 마이클리스가 말했다. 공허하면서도 의기양양한, 그리고 슬픔에 찬 웃음이었다.

"혼자이신가요?" 콘스탄스가 물었다.

"어떤 의미로 혼자 사느냐고 물으시는 건가요? 제겐 하인이 있습니다. 그리스 태생인데 쓸모없는 녀석이지요. 그렇지만 저는 데리고 있답니다. 그리고 이제 결혼하려고 합니다. 결혼은 정말 해야겠더군요."

콘스탄스가 웃었다. "과연 결혼은 노력일까요?"

그는 그녀를 쳐다보았다. "그렇지요, 차탈리 부인. 실례되는 말씀입니다만, 난 도무지 영국 여성과는 결혼할 마음이 없습니다. 아일랜드 여성도 왠지..."

"미국 여성은 어떻습니까?" 클리포드가 물었다.

"전 하인에게 터키 여성이나 동양인에 가까운 여성을 찾아보라고 했습니다."

콘스탄스는 그에 대해 갑자기 묘한 동정심이 일었다. 그것은 동정심과 혐오감이 섞인, 애정이라고 해도 좋은 충동이었다. 이 사람은 국외자이다, 국외자! 세상은 그를 천하다고 한다. 그렇다면 클리포드는 얼마나 더 천하고, 아집에 사로잡혀 있는가! 얼마나 바보스러운가!

마이클리스는 자신이 그녀에게 어떤 인상을 주었는지 이내 깨달았다. 그는 크게 뜬 갈색 눈을 전혀 관심 없는 듯 그녀에게 던졌다. 그는 콘스탄스에게 자신이 준 인상의 깊이를 측정하고 있었다. 영국인을 대하고 있을 때는 언제든지 그는 국외자라는 느낌에서 벗어날 수 없었다. 하지만 그는 종종 여성으로부터 사랑을 받았다. 영국 여성으로부터도.

그는 클리포드와 자신의 관계를 정확하게 이해하고 있었다. 그들은 종자가 다른 두 마리의 개처럼 으르렁거렸지만, 억지로 미소를 짓고 있었다. 하지만 상대가 여성인 경우, 그는 확실하게 알지 못했다.

아침식사는 침실에서 하기 때문에 클리포드가 점심식사 때까지 나오지 않아 식당은 쓸쓸했다. 커피를 마시고 나자 마이클리스는 이제부터 어떻게 하면 좋을지 생각했다. 11월의 맑게 갠 날이었다. 라그비 저택으로서는 아주 좋은 날이었다. 그는 음침한 정원을 바라보았다.

그는 셰필드로 드라이브나 할까 싶어 하인을 보내 차탈리 부인의 상황을 물어보도록 했다. 그녀의 대답은 자신의 거실로 와달라는 것이었다.

콘스탄스의 거실은 건물 중앙의 맨 윗층인 3층이었다. 물론 클리포드의 방은 1층에 있었다. 차탈리 부인의 방에 초대된 마이클리스는 흐뭇했다. 그는 무턱대고 하인을 따라갔다. 그는 콘스탄스의 방에서 르누아르나 세잔의 독일판 복제사진을 바라보았다.

"아주 기분 좋은 방이군요." 그는 기묘한 미소를 지었다. "윗층에 방잡기를 잘 하셨습니다."

"네, 저도 그렇게 생각해요." 그녀가 대답했다.

그녀의 방은 라그비 저택에서 단 하나의 화려하고 현대적인 분위기의 방이었다. 저택에서 그녀의 개성이 나타나 있는 단 하나의 장소였다. 그 곳은 클리포드조차 가본 적 없었고, 그녀도 절대 남을 들여놓지 않는 공간이었다.

마이클리스와 그녀는 난로를 사이에 두고 이야기를 했다. 콘스탄스는 그와 부모, 형제에 관한 것을 물어보았다. 그녀는 언제나 다른 사람의 일에 흥미가 있었다. 더욱이 누군가를 동정하게 되면 계급관념 따위는 잊어버리고 마는 성격이었다. 그는 자신의 일을 솔직하게 털어

놓았다. 거기에는 조금의 꾸밈도 없었다. 다만 자신의 성공에 대해 일종의 복수나 자랑을 느끼고 있음을 보여주었다.

"그런데 왜 당신은 그렇게 쓸쓸하게 계시는 거죠?" 콘스탄스가 물었다. 그러자 그는 커다랗게 뜬 갈색 눈으로 그녀를 바라보았다. "때로는 이런 인간도 있는 거지요." 그리고 나서 빈정거리면서 물었다. "그러면 당신은 어떻습니까? 당신 역시 쓸쓸한 처지 아닙니까?"

콘스탄스는 한동안 생각에 잠기더니 대답했다. "저도 약간은 그래요. 하지만 당신처럼 심하지는 않아요." "제가 그렇게나 쓸쓸한 존재인가요?" 그는 빙글거리며 물었다. 그 모습은 매우 심술궂어 보였고, 그의 눈길은 우울하고 환멸감에 사로잡혀 무언가를 두려워하는 것처럼 보였다.

그녀는 그를 보고 약간 숨이 막히는 듯 말했다. "맞아요. 당신은 그래요. 틀렸나요?" 그녀는 두려움을 느꼈다. "네. 그렇습니다. 말씀하신 대로입니다." 그는 고개를 돌려 주위를 둘러보면서 말했다. 콘스탄스가 그를 쳐다볼 힘을 잃고 시선을 옮기게 된 것은 바로 그 표정 때문이었다.

모든 것을 알아차리고, 마음에 새기는 듯한 눈길로 그는 그녀를 바라보았다. 이와 동시에 마치 밤마다 우는 어린아이의 울음소리 같은 것이 그의 가슴 속에서 그녀를 불렀다. 이는 어떤 의미에서 그녀의 자궁을 움찔하게 했다.

"제 일을 생각해주시니 감사합니다." 그는 짤막하게 말했다. "제가 당신 일을 생각하면 안 되나요?" 그녀는 간신히 숨을 참으며 말했다. 그는 빈정거리는 목소리로 웃으면서 말했다. "바로 그겁니다. 손을 잠깐 잡아도 되겠습니까?" 그는 마치 최면술을 거는 것처럼 그녀를 바라보며 호소하는 듯한 눈길을 보냈다.

아찔해진 그녀는 물끄러미 그를 바라보았다. 그는 가까이 다가와 그녀 옆에 무릎을 꿇었다. 그리고 그녀의 다리를 두 손으로 감싸 안고, 무릎에 얼굴을 묻고 가만히 있었다. 그녀는 몽롱해지고 눈앞이 흐려졌다. 그러면서도 그의 부드러운 목덜미를 놀란 눈으로 내려다보면서 자신의 다리를 누르고 있는 그의 얼굴을 느꼈다. 자신의 행동을 두려워하면서도 그녀는 다정함과 연민의 정으로 자신도 모르게 손을 내밀어 그의 목덜미를 어루만졌다. 그러자 그의 육체는 깊은 전율로 떨렸다.

그는 눈을 크게 뜨고 타는 듯한 호소력을 한 눈길로 그녀를 올려다보았다. 그녀에게는 이에 저항할 힘에 전혀 없었다. 그녀의 가슴 속에는 한없는 사모의 정이 흘러나와 그를 감쌌다. 그녀는 무엇이든지 그에게 주어야만 했다.

그는 이상하면서도 매우 얌전한 애인이었다. 여성에게는 매우 얌전했다. 그는 몸을 떨었다. 그러면서도 밖에서 나는 모든 소리를 들으면서 초연했다.

그녀에게는 그에게 몸을 바쳤다는 것 이외에는 아무런 의미도 없었다. 마침내 더 이상 떨지 않게 되자 그는 죽은 듯 가만히 누워 있었다. 동정 어린 손길로 콘스탄스는 자신의 가슴 위에 놓인 그의 머리카락을 가만히 쓰다듬었다.

그는 일어서서 그녀의 두 손과 염소가죽으로 만든 슬리퍼를 신은 그녀의 두 다리에 키스했다. 그리고 말없이 침실 한 구석으로 걸어가 등을 돌리고 가만히 서 있었다. 몇 분 동안 침묵이 흘렀다. 이윽고 그는 돌아서서 난로 옆에 앉아 있는 그녀에게 돌아왔다.

그는 조용히 말했다. "이제 당신이 저를 싫어하지 않을까하는 마음이 듭니다." 그녀는 그를 힐끗 올려다보았다. "제가 어떻게?" 그는 분명히 말했다. "여성이란... 결국 그런 겁니다." "이런 때 제가 당신을 싫어하다니, 그렇지 않아요." 그녀는 화난 듯 말했다. "알고 있습니다! 잘 알고 있어요! 당연히 그래야지요! 당신은 정말 제게 다정하게 대해 주시는군요." 그는 비참한 어조로 외쳤다.

어째서 그가 비참해하는지 그녀는 알 수 없었다. "앉으세요." 그녀는 말했다. 그는 문 쪽으로 힐끗 눈길을 주었다. "클리포드 경이, 만약에... 그 분이..." 그녀는 한동안 깊이 생각에 잠겼다. "아니," 그녀는 말했다. 그리고 그를 쳐다보았다. "클리포드에게는 알리고 싶지 않아요. 의심을 품게 하고 싶지 않아요. 그 분은 말할 수 없이 괴로워할 테니까요. 하지만 그게 나쁜 일이라고 생각하지는 않아요. 아마 당신은 모르겠지만요."

"나쁘다니요! 천만예요. 절대로 그렇지 않습니다. 다만 당신이 너무나도 친절하게 대해주시니... 그것이 괴로울 따름입니다." 그는 얼굴을 돌렸다. 당장에라도 울 것 같은 표정이었다.

"하지만 클리포드에게 알릴 필요는 없잖아요?" 그녀는 말했다. "그는 몹시 괴로워할 테니까요. 만약 그 분이 모르고, 의심을 품지 않는다면 아무도 괴로워하지 않을 거예요."

그는 격한 말투로 말했다. "저는! 절대로 그 분에게 들키지 않을 겁니다. 하하하! 그것은 제가 장담합니다." 그는 공허하게 웃었다. 그녀는 그런 그를 놀라서 바라보았다. "손에 키스하고 가도 괜찮을까요? 셰필드까지 드라이브하려고 생각중입니다. 가능하면 그곳에서 점심 식사를 하고 차 마시는 시간에나 돌아올 계획입니다. 혹시 도와드릴 일은 없을까요? 당신이 싫어하지 않는다고 생각해도 되겠습니까? 앞으로도?" 그는 자포자기한 듯 물었다.

"당신을 싫어하다니요?" 그녀가 말했다. "당신은 훌륭한 분인걸요."

"아!" 그는 격렬하게 외쳤다. "저를 사랑해주신다는 말보다 지금 하신 말을 더 듣고 싶었습니다. 그게 훨씬 더 좋습니다... 그럼 오후에 뵙겠습니다. 그때까지 저는 여러 가지 일을 생각해두겠습니다." 그는 겸손하게 그녀의 손에 키스하고 방을 나갔다.

"아무래도 난 그 젊은이를 견딜 수 없어." 점심식사 때 클리포드가 말했다. "왜요?" 콘스탄스가 물었다.

"그자의 겉치레는 몹시 천박하단 말이야. 허풍을 떨어서 사람을 놀라게 하려고 하니 말이야." "사람들에게 너무 시달린 탓이라고 생각해요." 콘스탄스가 말했다. "그렇게 생각해? 유명해지고 난 다음 그 사람이 하는 일이 정말 훌륭하다고 생각해?" "일종의 너그러움은 지니고 있으니까요." "누구에게?" "그건 모르겠어요." "아마 모를 거야. 당신은 무례하게 행동하는 것을 너그럽다고 잘못 생각하는 게 아닐까?" 콘스탄스는 대답하지 않았다. 과연 그럴까?

이상한 것은 그가 꼬리를 들고 있지 않다는 사실이다. 차를 마시는 시간에 그는 제비꽃과 백합을 한아름 안고 비참한 표정으로 되돌아왔다. 그 표정이 평소와 같았기 때문에 콘스탄스는 때로 그것이 가면이 아닌지 생각하곤 했다. 정말로 그는 우수에 젖은 사람일까?

기운이 빠진 듯한 가여운 개와 같은 그의 모습은 저녁에도 변함없었다. 클리포드는 그러한 그의 표정 속에서 내면의 뻔뻔스러움을 느꼈지만, 콘스탄스는 그렇게 느끼지 않았다. 아마도 그것은 여성에 향한 것이 아니라 남성, 그것도 남성의 오만과 편견에 향한 것이기 때문이었을 것이다. 이 깡마른 사람이 가지고 있는 정신적 오만함은 바로 모든 사람이 마이클리스를 싫어하는 원인이었다.

콘스탄스는 그를 사랑하는 마음을 들키지 않기 위해 수만 놓으면서 남성들끼리 이야기하도록 했다. 마이클리스의 행동은 조금도 틈이 없었다. 전날 밤과 다름없이 우울하고도 세심하면서 초연한 젊은이다움을 꾸미면서 이집 부부와 아득하게 동떨어진 존재처럼 보였다. 그는 필요한 정도의 간단한 말상대만 되어주고 있었다. 한순간이라도 상대에게 가까이 다가가는 일은 전혀 없었다. 그래서 콘스탄스는 그가 아침의 일을 잊은 것이 아닐까라고 생각했다. 하지만 잊은 것이 아니었다. 다만 그는 자신의 입장을 잘 알고 있었다.

그가 영혼의 바닥부터 국외자이자 반사회적인 사람이라는 것은 결정적인 사실이었다. 그가 겉보기에 제법 본드 가 스타일로 꾸몄을지라도, 마음속으로는 그 사실을 인식하고 있었다. 그에게는 고독이 필요했다. 그에게는 세속적인 옷차림이나 현대적인 사람과 교제하는 것이 필요했다.

그러나 가끔 발생하는 연애는 위안 혹은 진정제로서 그에게 패나 좋은 일이었다. 사실 그는 냉혈한은 아니었다. 다정하게 대해주는 여성에게 그는 사무치게 감동하고, 눈물을 흘리기도 했다. 창백하고 태연한 듯 하지만 환멸감에 가득 한 얼굴 이면에 깃들어 있는 어린아이 같은 영혼은 여성에게 감사하며 흐느껴 울고, 여성의 곁으로 돌아가기를 간절히 원했다. 하지만 이와 동시에 추방당한 그의 영혼은 자신이 여성과 인연이 없다는 사실을 잘 알고 있었다.

각자 자신의 방으로 들고 갈 초에 불을 붙이고 있을 때 그는 기회를 엿보아 그녀에게 말했다. "방으로 찾아가도 괜찮겠습니까?" "제가 갈께요." 그녀가 말했다. "네, 좋습니다." 그는 오랫동안 기다렸다. 그리고 드디어 그녀가 찾아왔다.

그는 흥분해서 금방 몸을 떠는 그런 스타일이었다. 그의 기쁨은 이내 높아졌다가 금방 끝나버렸다. 그의 벌거벗은 육체에는 마치 어린아이 같은 불안함이 있었다. 그가 자신을 방어하는 것은 기지와 본능적인 영리함 뿐이었다. 이러한 것들이 쓸모없어지면 그는 자신을 보호해주는 것을 잃어버리고, 어린아이가 의지할 곳이 없어 몸부림치는 것처럼 보였다.

그는 여성에게 일종의 동성과 동경, 그리고 야성적이며 갈망적인 육체적 욕구를 불어 일으켰다. 하지만 그는 그녀의 육체적 욕구를 만족시켜주지 못했다. 그는 이내 끝마쳐 버리고 그녀의 가슴 위에서 작아지고 말았다.

그녀는 그의 절정이 지나간 후에 그를 붙들어 자신의 몸 안에 머물러 있게 하는 방법을 터득했다. 이상하게도 그는 너그럽기도 하고, 힘이 세기도 했다. 그러는 동안 그녀가 오히려 능동적으로 되어 절정에 이르는 동안 그는 그녀의 몸 안에 머무른 채 자신을 맡기고 있었다. 그래서 수동적인 자세에서도 그녀는 성적 쾌감의 절정을 느꼈고, 그는 이상한 자만심과 만족감을 맛보았다.

"아, 좋아요!" 콘스탄스는 떨리는 목소리로 소곤거렸다. 그리고 그에게 매달린 채 조용해졌다. 그러면 그는 고독에 빠진 채 누워 있었다. 하지만 왠지 자랑스러웠다.

그는 사흘밖에 머물지 않았다. 그는 첫날밤과 똑같이 클리포드를 대했다. 그것은 콘스탄스에 대해서도 마찬가지였다. 그는 언제나 똑같이 가련하고 우울한 어투로 콘스탄스에게 편지를 보냈다. 때로는 기지를 발휘해 애정이 담긴 편지를 쓰기도 했다. 그녀에 대해 그는 절망적인 애정을 품은 듯 했다.

그는 마음 속 깊이 희망을 가지지 않았고, 희망을 잃기를 바랐다. 그는 희망이라는 것을 싫어했다. 그는 어딘가에서 '큰 희망은 지상을 찾아오지 않는다'라는 구절을 읽은 적이 있었는데, 그에 덧붙인 그의 주석은 이러했다. '그리하여 그것은 가치가 있는 모든 것을 모조리 말살시켰다.'

콘스탄스는 사실 그의 참다운 점을 전혀 이해하지 못했다. 하지만 자신 나름대로 그를 사랑하고 있었다. 콘스탄스는 그의 성적 쾌감이 끝난 다음 자신의 능동적인 움직임을 통해 얻을 수 있는 육체적·성적 쾌감을 은근히 바랐다. 그리고 그 역시 그러한 쾌감을 그녀에게 주고자 했다. 이것만으로도 그들의 관계를 유지하기에 충분했다.

그녀는 라그비 저택으로 돌아와서도 아주 쾌활했다. 그녀는 쾌활함과 만족감으로 클리포드를 자극시켰다. 그래서 이 시기에 그는 가장 좋은 작품을 쓰고, 오히려 행복함마저 느끼고 있었다. 그는 마이클리스의 성으로부터 그녀가 받는 만족감의 열매를 거두어들이는 셈이었다. 물론 그는 이를 전혀 깨닫지 못했다. 만약 이를 깨달았다면, 결코 감사하지 않았을 것이다.

그러나 기쁨에 넘친 쾌활함과 흥분이 며칠간 계속 되다가 사라져 버리면, 그녀는 이내 침울해지고 초조해졌다. 클리포드는 이러한 쾌활함과 흥분이 다시 그녀에게 나타나기를 몹시 고대했다. 만약 그가 이 사실을 알고 있다면, 오히려 그녀가 마이클리스와 만나기를 바랐을지도 모른다고 생각할 정도였다.

4.
남성들의 정신생활

콘스탄스는 마이클리스와의 관계가 아무런 희망이 없다는 사실을 예감했다. 하지만 그녀에게 다른 남자는 아무런 의미가 없었다. 그녀는 클리포드에게 밀착되어 있었다. 그는 그녀의 생활에서 커다란 것을 요구했고, 그녀는 그것을 주었다. 그녀 역시 남성의 생활에서 큰 것을 받고 싶었다. 하지만 클리포드는 불가능했다.

클리포드는 더욱 유명해졌고, 돈도 벌기 시작했다. 그를 만나러 오는 방문객이 많아졌다. 콘스탄스는 날마다 라그비 저택에 손님을 초대했다. 정기적으로 찾아오는 사람들이 몇 사람 있었는데, 클리포드의 케임브리지 동창인 친구들이었다. 이 가운데 군대에 계속 남아 있다가 여단장이 된 토미 듀크스도 있었다.

여기에는 별에 관한 과학 연구서를 집필한 아일랜드인 찰스 메이도 있었다. 작가 해먼드도 있었다. 이들은 모두 클리포드와 비슷한 나이의 젊은 지식계급이었다. 그들은 정신적 생활을 믿고 있었다. 아무도 다른 사람에게 언제 화장실에 가는지 묻지 않았다. 이는 당사자 이외에 다른 사람에게는 아무런 흥미도 없는 일이기 때문이다.

이는 대부분의 일상생활에서도 마찬가지였다. 어떻게 돈을 버는지,

아내를 사랑하는지, 연애를 하는지 등의 일은 당사자에게만 의미가 있는 일이지, 다른 사람에게는 아무런 관계가 없는 일이었다.

아내와 두 아이보다 타자기에 더 열중하는 해먼드가 말했다. "성 문제의 근본은 중심이 없다는 것일세. 우리는 침대 속의 남성과 여성에게 관심을 가질 수 없지. 문제는 바로 거기에 있다네. 말하자면 잘못된 호기심의 문제일 뿐이란 말이지."

"옳은 말일세, 해먼드, 자네 말이 맞아! 하지만 만약 누군가 줄리어를 사랑한다면 자넨 아마 바로 질투하게 될 걸. 그리고 그 사람이 계속 자네 아내를 사랑한다면 마치 끓는 물처럼 흥분의 도가니에 빠질 거야." 줄리어는 해먼드의 아내였다.

"확실히 그럴거야. 만약 누군가 우리집 응접실 구석에서 용변을 본다면 나는 화를 낼걸세. 그런 짓을 하는 건 각각 장소가 정해져 있으니 말이야."

"그렇다면 만약 그 남성이 어딘가 적당한 장소에서 줄리어와 사랑을 한다면, 그건 괜찮다는 건가?"

찰스 메이의 말투에는 약간의 빈정거림이 담겨 있었다. 한때 줄리어와 불장난을 한 적이 있었기 때문이다. 물론 해먼드는 그 사실에 화가 나 있었다.

"물론 나는 싫다네. 성 문제는 나와 줄리어의 개인적인 문제라네. 그러니까 누구든 그 문제에 끼어드는 것이 싫은 것은 분명한 사실이야."

훨씬 아일랜드인답게 생긴 토미 듀크스가 말했다. "해먼드, 자네는 소유 본능도 강하고, 자신감도 강해. 성공하기를 꿈꾸고 있지. 나는 군대에 입대한 후 세상과 동떨어졌지만, 지금에서야 알게 된 것은 자신감을 가지고 성공을 바라는 인간의 욕망이 얼마나 강한 것인가 하는 사실일세. 자네 같은 사람은 만약 아내의 도움이 있다면 좀 더 훌륭하게 성공할 수 있다고 생각하지. 그러니까 자네는 질투심이 강한 거야. 만약 자네가 성공할 것 같지 않다면, 찰리처럼 아마 자네도 여성에게 추파를 던지게 될 거야. 맞아, 자네가 말한대로일세. 정신생활에는 안락한 가정과 맛있는 요리가 필요하지. 하지만 이는 전부 성공의 본능과 연결되어 있다네."

해먼드는 아주 불쾌한 듯 보였다. 하지만 그 역시 성공을 바라고 있었다. "돈이 없으면 생활할 수 없는 것은 사실이야." 메이가 말했다. "생활을 유지하기 위해서는 어느 정도 돈이 필요하지... 하지만 성에 대해서는 그런 꼬리표를 떼버려도 좋아. 우리 마음에 드는 여성이면 누구와도 연애해도 좋다는 거지."

클리포드가 말했다. "그건 호색적인 켈트족의 말이군."

"호색적이라고? 그게 어떻다는 거지? 나는 여성과 동침한다는 것은 마치 함께 춤을 추거나 날씨 이야기를 하는 것과 마찬가지로 그녀에게 어떠한 해도 끼치지 않는 것이라고 생각하는데. 이는 의견의 교환이냐, 감각의 교환이냐의 차이지. 그게 어떻단 말인가?"

"마치 토끼처럼 닥치는 대로 하겠군." 해먼드가 말했다.

"그게 뭐가 나쁘다는 거지?"

해먼드가 말했다. "하지만 우리는 토끼가 아니라고."

"물론이지, 내 일은 천문학 계산을 하는 것이라네. 그건 나에게 생사를 초월한 문제이지. 이처럼 성의 굶주림 역시 내 일을 방해한다네. 그렇다면 과연 어떻게 될까?"

"그런 일은 없어! 나는 포식도 하지 않고, 지나치게 사랑하지 않아. 과식을 하던지 말던지 그건 개인의 마음이지. 그런데 자네는 완전히 굶을 작정이군."

"천만에, 그럴 리가 있나. 결혼하게나."

"내가 어떻게 결혼할 수 있겠나! 그건 아무래도 내 정신세계에 맞지 않아. 결혼은 틀림없이 내 정신세계를 무력하게 만들어 버릴 거야."

두 사람은 줄리어 문제로 서로를 용서하지 않고 있었다.

듀크스가 말했다. "자네 생각은 아주 재미있군, 찰리."

"성이란 다른 대화를 나눈다는 것과 서로 접촉한다는 차이밖에 없다네. 난 정말 그렇다고 생각한다네. 우리가 날씨 이야기를 주고받듯이 여성과 감각이나 흥분을 교환해도 괜찮다는 거지."

"만약 여성과 올바른 감정이나 공명을 느꼈을 때에는 함께 자도 괜찮다고 생각해." 메이가 말했다. "그 여성과 자는 게 가장 올바른 길이야. 마치 어떤 사람과 이야기하고 싶을 때 마음껏 이야기하는 게 옳은 것처럼 말이야."

"아니." 해먼드가 말했다. "그건 틀려. 자넨 자기 힘의 절반을 여성 때문에 낭비하고 있어. 자네는 아주 훌륭한 머리를 가지고 있지만, 할 일을 다 못하게 되는 거지. 자네 재능의 대부분을 그쪽으로 낭비하고 있다네."

"그럴지도 모르지... 하지만 해먼드, 결혼을 했든 안했든 간에 자네는 그 방면에 너무 무관심해. 자네는 정신의 순결이나 결벽은 지닐 수 있겠지. 하지만 너무 바삭 메말라버려 있어."

토미 듀크스가 웃기 시작했다.

"계속하게, 이 정신주의자들아!" 그는 말했다. "내 말을 들게나... 나는 결혼도 하지 않고, 여성의 뒤를 쫓아다니지도 않는다네. 난 찰리 말이 옳다고 생각해. 그가 여성의 꽁무니를 쫓아다니지만, 자주 그렇게 하는 것도 아니고, 그건 그의 자유란 말이지. 나는 그걸 말릴 생각이 없어. 자넨 어떤가, 클리포드? 자넨 성이 남성을 성공시키는 발전기라고 생각하나?"

이런 때 클리포드는 말을 많이 하지 않는다. 그는 결코 자신의 의견을 말하지 않았다. 이런 일에 대해 그의 사고력은 상당히 부족했다. 그는 얼굴을 붉히며 침착성을 잃고 말았다.

"글쎄!" 그는 말했다. "나는 비전투원이니까 그 점에 대해서는 할 말이 없다네."

"천만에!" 듀크스가 말했다. "자네 상반신은 전혀 비전투원이 아닌걸. 자네는 건전하고 완전한 정신생활을 하고 있지. 자네 의견을 한 번 들어보기로 하지."

"글쎄..." 클리포드는 우물쭈물했다. "그렇더라도 난 별다른 생각이 없다네... 결혼했지만, 이제 더 이상 그것은 생각하지 않는다는 것이 내 마음일세. 물론 서로 사랑하는 남녀 사이에서 성은 중요한 것이라고 생각하네."

"어떻게 중요한 거지?" 토미 듀크스가 물었다. "그건 친밀감을 완전하게 하는 거지." 클리포드는 불안하게 말했다.

"하지만 나는 찰리처럼 양성간의 의사소통이 하나의 방법이라고 생각한다네. 만약 내가 여성과 성에 대한 이야기를 한다면, 둘이 함께 자고 끝을 내는 게 당연하다고 생각하네. 그러나 불행히도 나와 그런 특별한 말을 나누고 싶어 하는 여성은 없다네. 그래서 나는 혼자 자는 걸세."

모두 입을 다물었다. 네 남성들은 담배를 피웠다. 그 곳에 앉아 있던 콘스탄스는 다시 바느질을 계속 했다... 그렇다. 그녀는 그저 잠자코 앉아 있을 수밖에 없었다. 그녀는 이러한 고상한 정신주의자들의 중요한 사색을 방해하지 않기 위해 완전한 침묵 속에 앉아 있었다. 하지만 그녀는 그 자리에 있어야만 했다. 그녀가 없으면 그들의 이야기는 활기를 띠지 않았다. 생각이 떠오르지 않기 때문이다.

이들 네 사람의 대화에 귀를 기울이며 콘스탄스는 며칠 밤을 보냈다. 때로는 한 두 사람 더 낄 때도 있었다. 특히 그녀는 토미가 있을 때 그들의 대화를 듣고 싶어 했다. 키스하거나 육체를 접촉하는 대신 남성들은 자신의 정신 내부를 파헤쳐 보였다. 이는 무척 재미있는 일이었다.

그녀는 그들보다 마이클리스를 더 존경했는데, 그들은 그를 두고 집안도 알 수 없는 교양 없고 열등한 사람이 출세했다는 등 차마 들을 수 없는 모욕을 했다. 집안이 좋지 않든, 평민이든 그는 자신이 생각하는 것을 이루어놓았다.

콘스탄스는 정신생활이 좋았고, 거기에서 모든 기쁨을 느끼고 있었다. 그러나 좀 지나치게 생각할 때도 있었다. 이 친구들의 엄청난 매일 밤의 모임(이라고 그녀는 남모르게 말했다)에서 자욱한 담배 연기 속에 앉아 있는 것이 그녀는 좋았다. 그녀가 잠자코 거기에 앉아 있지 않으면 그들이 이야기조차 할 수 없다는 사실이 몹시 재미있었고, 일종의 자랑처럼 느껴졌다. 하지만 그들의 토론에서는 아무런 결론도 얻지 못했다. 그들은 늘 무엇인가에 대해 이야기를 나누었다.

일요일 밤, 또 다시 연애 이야기로 화제가 옮아가자 그들은 몹시 열기를 띠었다.

"우리를 더없이 다정하게 결합시키는 이 굴레에 행복이 있으라(존 포세트의 시구, 1768~1837)." 토미 듀크스가 말했다. "이 굴레란 도대체 무엇일까? 지금 우리들을 연결시켜주고 있는 이 굴레란 서로의 정신적인 알력이라네. 그것 이외에는 우리를 연결하는 굴레는 없다네. 우리가 헤어진다면 세상의 모든 지식인들과 마찬가지로 서로 욕한다는 점에서는 같다네."

"우리들이 그렇게 증오하고 있다고 생각하지는 않는데." 클리포드가 반대했다.

"이보게, 클리포드. 우리가 서로 상대방에 대해 말할 때 어조를 한 번 생각해보게나. 내가 누구보다도 심한 편이지만, 나는 여러 가지를 뒤섞은 과자보다 자연스러운 증오를 훨씬 좋아한다네. 달콤한 말에 진짜 독이 들어 있기 때문이지. 만약 내가 클리포드는 참 좋은 사람이라고 말한다면, 클리포드는 가엾은 사람이 되는 걸세. 달콤한 말을 듣게 되면 나는 이제 끝장이라네."

"그러나 우리는 서로 마음 속으로는 좋아한다고 생각하는데." 해먼드가 말했다.

"그래야 하겠지만... 우리는 그 자리에 없는 사람에 대해서 욕을 하고 있지 않나. 그 중에서 내가 제일 심하지만."

"아니, 나는 자네가 정신생활과 비평 활동을 혼동하고 있다고 생각해. 소크라테스가 비평 활동에 큰 출발점을 만들었다는 점에서는 자네 의견에 동의하네. 하지만 나는 그 이상의 것을 했지." 찰스 메이가 의기양양하게 말했다. 이들은 겉으로는 겸손했지만, 내면에는 묘한 자존심을 가지고 있었다. 그것은 심각한 '권위'였다. 이것 때문에 겉으로만 겸손한 척 하는 것이었다.

듀크스는 소크라테스의 일에 휘말리고 싶지 않았다.

"비평과 지식이 동일한 것이 아니라는 것은 옳은 말일세." 해먼드가 말했다.

"물론 그래." 얼굴색이 짙고 성격이 내성적인 청년인 배리가 참견했다. 그는 듀크스를 만나러 왔다가 오늘밤 머물게 되었다.

"나는 지식에 대해 말한 게 아니야... 정신생활에 대해 이야기 하는 거야." 듀크스가 웃었다. "진정한 지식은 두뇌나 정신에서처럼 배와 페니스에서 나오는 것이지. 정신은 다만 그것을 분석하고 합리화할 뿐이야. 우리가 할 수 있는 것은 오직 그것뿐이지. 하지만 그것은 매우 중요한 일이야. 오늘날 세계는 비평을 요구하고 있으니까... 하지만 인간이 생활하고 있는 한 생활 전체와 유기적으로 연결되어 있다는 것을 기억해야만 하지. 그런데 정신생활을 하는 인간은 마치 사과를 따는 것과 같다네. 그러니까 정신생활밖에 모르는 인간은 따버린 사과와 마찬가지야..."

클리포드는 눈을 크게 떴다. 그에게 그것은 아무런 의미가 없는 말이었다. 콘스탄스는 남몰래 웃었다.

"그렇다면 우리는 모두 따버린 사과군, 그렇지?" 해먼드가 아주 언짢아하면서 퉁명스럽게 말했다.

"그렇다면 우리를 재료로 해서 사과주나 만들지 그래." 찰리가 말했다.

"하지만 볼셰비즘에 대해서는 어떻게 생각하나?" 배리가 말했다.

"그것 참 거창하군." 찰리가 외쳤다. "여러분은 볼셰비즘에 대해 어떻게 생각하시오?"

"그럼, 볼셰비즘을 한 번 뒤집어볼까?" 듀크스가 말했다. "그건 너무 큰 문제인데?" 해먼드가 진지하게 고개를 흔들면서 말했다.

"내가 생각하기에 볼셰비즘이란..." 찰리가 말했다. "그것은 부르주아라고 부르는 것에 대한 최대의 증오일 뿐이지. 그런데 부르주아 역시 분명하게 정의되어 있지 않지. 부르주아는 자본주의지. 개인, 특히 인격을 가진 개인은 부르주아적이야. 그런 것은 억압해야만 하지. 소비에트 사회라는 위대한 전체 속에 자신을 묻어버리지 않으면 안 되네. 유기체라는 것도 부르주아의 것이지. 그러니까 이상은 기계적인 것이어야만 한다네. 그리고 그 기계의 동력은 증오... 곧 부르주아에 대한 증오일세. 나는 볼셰비즘이란 그런 것이라고 생각하네."

"정말 그대로야!" 토미가 말했다. "그러나 내 생각으로 그것은 산업적 이상을 설명한 것에 지나지 않아. 그것은 공장 주인의 이상을 간결하게 표현한 것이지. 다만 공장 주인은 그 동력이 증오라는 사실은 부인하겠지."

"나는 볼셰비즘이 이론적이라는 말에는 반대일세. 그것은 대전제의 중요한 부분을 거부하고 있어." 해먼드가 말했다.

"그러나 이보게, 그건 물질적인 전제를 허용한다네. 또 순수한 정신도... 절대적으로."

"적어도 볼셰비즘은 바닥의 바위까지 도달했다네." 찰리가 말했다.

"바닥의 바위라고? 한없는 바닥이라네! 볼셰비키는 조만간 세계 제일의 과학 장비를 갖춘 최고의 군대를 가지게 될 걸세."

해먼드가 말했다. "그러나 그건 오래 지속되지 못할 거야... 증오에 대해서는 반드시 반동이 온단 말이지."

"그러나 우리는 이미 오랫동안 그걸 기다려왔다네. 아직 기다리고 있지. 증오는 다른 것과 마찬가지로 성장하는 거라네."

"그러나 소비에트식으로 하지 않는다 하더라도 여러 가지 방법이 있다네." 해먼드가 말했다.

"볼셰비키는 진정한 지식인이 아니야."

"물론 아니지. 하지만 때로는 지식인이 열등할 때도 있어. 자네 말에 결론을 내린다면 말이야. 내 생각으로 볼셰비키는 얼빠졌지만, 우리 서구 사회생활 역시 얼빠졌지. 그리고 우리의 현대 사회생활 역시 얼빠진 것이라고 생각한다네."

모두 찬성하지 않는 듯 말없이 있자 배리가 불안하게 물었다. "그래서 연애를 믿는 거 아닙니까?"

"자넨 사랑스러운 젊은이군!" 토미가 말했다. "아닐세. 내 천사 같은 친구여, 십중팔구는 연애를 부정한다네! 연애는 현대의 저능한 홍행물 가운데 하나일 뿐일세. 아니면 공유재산이나 입신출세, 내 남편, 내 아내 하는 그런 종류의 연애 말인가? 나는 절대 그런 것은 믿지 않는다네!"

"그러나 무엇인가를 믿으시겠죠?"

"나 말인가? 나는 머릿속으로 훌륭한 심장과 꿋꿋한 페니스, 지식, 그리고 부인들 앞에서도 ''제기랄!'이라고 할 만큼의 용기를 가진 것을 믿는다네."

"그렇다면 당신은 모든 것을 가지고 계시는 군요." 배리가 말했다.

토미 듀크스는 크게 웃기 시작했다. "자네는 천사야. 내게 그런 것이 있다면! 그런 것이 있다면 얼마나 좋겠나! 그런데 그게 없어. 나는 진정한 지식인이 아니라네. 그저 별 것 아닌 '정신생활자'에 지나지 않아. 진정한 지식인들에게는 틀림없이 페니스가 머리를 들고 '안녕하시오?'라고 할 걸세. 르누아르는 그림을 페니스로 그렸다고 하네. 정말로 그랬단 말이지. 그 아름다운 그림을 말이야. 나도 내 것으로 무언가를 하고 싶은데, 나는 말로만 지껄일 수밖에 없다니! "

"세상에는 좋은 여자도 있어요." 마침내 콘스탄스가 고개를 들고 말했다.

그러자 남성들은 못마땅해했다... 그런 이야기를 그녀가 아무렇지도 않게 듣고 있다는 것을 남성들은 싫어했다.

"아니!" "아무리 좋은 여성도 내게 다정하게 대해주지 않는다면 아무런 의미가 없지."

"절망이야! 나는 여성과의 결합에서 도무지 감동할 수가 없어. 게다가 나는 억지로 하고 싶지 않아... 절대로! 나는 이대로 정신생활을 계속하고 싶다네. 자네는 어떻게 생각하나?"

"순결한 인간에겐 귀찮은 문제가 적겠지요." 배리가 말했다.

"그렇지, 인생이란 너무나 단순해!"

5.
지켜야 할 전통

태양이 희미하게 비치는 2월의 서리 내린 날 아침, 클리포드와 콘스탄스는 정원을 가로 질러 숲으로 산책을 나갔다. 산책이라고는 하지만 클리포드는 모터 달린 휠체어를 운전하고, 콘스탄스가 그 곁을 걸어가는 것일 뿐이었다.

냉랭한 대기 속에서는 여전히 유황 냄새가 풍겼다. 그러나 두 사람은 모두 그것에 익숙해져 있었다. 가깝게 보이는 지평선 주위로 뿌옇게 젖빛이 된 안개가 움직이고 있었다. 그 위쪽으로는 푸른 하늘이 조금씩 보였다. 그래서 무언가 울타리 속에 갇힌 기분이 들었다.

바삭바삭하게 메마른 정원의 풀숲에서는 양이 기침을 하고 있었다. 풀숲의 움푹 패인 곳에서는 서리가 파랗게 보였다. 정원을 가로질러 숲으로 난 샛문에 이르는 오솔길은 아름다운 분홍빛 리본처럼 이어져 있었다. 클리포드가 최근 석탄을 채굴하고 돌을 쌓아놓은 산에서 체로 친 자갈을 가져다 깔게 했기 때문이다. 지하 바위나 잔돌은 타서 유황이 없어지면 반짝거리는 분홍빛이 되었다. 발밑의 체로 친 붉은 자갈은 늘 콘스탄스를 기쁘게 했다.

클리포드는 저택에서 나와 언덕 비탈을 주의 깊게 휠체어를 운전했다. 그 동안 콘스탄스는 의자에 손을 대고 있었다. 눈앞에 숲이 보였다. 가까이로는 개암나무 숲이 있고, 보랏빛 떡갈나무 숲이 보였다. 숲에서는 토끼가 나와서 풀을 뜯어 먹고 있었다. 갑자기 까마귀 떼가 검은 열을 지으면서 작은 언덕을 넘어 갔다.

콘스탄스는 샛문을 열었다. 클리포드는 천천히 말이 달리는 넓은 길로 갔다. 그 길은 개암나무 가지가 쭉 뻗은 숲 사이를 지나 언덕으로 올라가는 길이었다. 이 숲은 옛날에 로빈 후드가 사냥을 했다는 큰 삼림의 일부였고, 이 길 역시 과거에는 이 지방을 가로질러 있던 오래된 거리였다. 물론 지금은 사유지의 찻길이 되었다.

숲속에서는 모든 것이 조용하게 멈추어 있었다. 땅바닥에 떨어진 낙엽은 서릿발 위에 얼어붙어 있었다. 어치(까마귀 과에 속하는 새)가 날카롭게 소리를 지르고, 수많은 새들이 날아다녔다. 그러나 사냥할 만한 새나 꿩은 없었다. 산지기를 두지 않아 다 잡아버렸기 때문이다. 지금은 클리포드가 다시 산지기를 두고 있다.

클리포드는 이 숲을 사랑했다. 그는 오래된 떡갈나무를 사랑했다. 그는 이것이 여러 세대 전부터 자신의 것 같은 마음이 들었다. 그래서 그는 이 떡갈나무 숲을 보호하고 싶었다.

얼어붙은 흙 위에서 휠체어가 흔들거리며 조용히 비탈길을 올라갔다. 갑자기 왼쪽에 빈터가 나타났다. 거기에는 톱으로 잘린 커다란 그루터기와 사방으로 뻗은 뿌리만 보일 뿐이었다.떡갈나무가 서 있던 언덕 꼭대기에는 이제 나무가 한 그루도 없었다. 그래서 거기에 서면 숲 저편에 있는 탄광철도나 스택스 게이트의 새로운 공장이 보였다. 콘스탄스는 전에도 거기에 서서 바라본 일이 있었다. 그곳은 이 숲이 만든 완전히 격리된 공간이었다.

휠체어가 천천히 비탈길을 올라가는 동안, 클리포드는 무표정하게 앉아 있었다. 고갯마루에 오르자 그는 멈추었다. 그는 길고 울퉁불퉁한 비탈길을 내려가려 하지 않았다. 그저 녹색으로 덮인 내리막길을 바라보고만 있었다.

"나는 이곳이야말로 잉글랜드의 심장이라고 생각해." 2월의 햇살을 받으면서 그는 콘스탄스에게 말했다.

"그렇게 생각하세요?" 파란 털실로 짠 옷을 입은 그녀는 길가 그루터기에 걸터앉으면서 말했다.

"정말이야. 이곳은 과거의 잉글랜드야. 여기가 바로 그 심장부란 말이야. 그래서 난 이 숲을 소중하게 보존할 생각이야."

"정말 그래요!" 콘스탄스가 말했다. 그렇게 말했을 때 그녀는 스택스 게이트 탄광에서 11시를 알리는 기적소리를 들었다. 클리포드는 이제 귀에 익숙한 그 소리에 아무런 주의도 기울이지 않았다. "나는 이 숲을 이대로 보존해서 아무도 손을 대게 하지 않을 거야." 그가 말했다.

옅은 햇빛 아래에서 클리포드의 반질거리는 금발에 가까운 머리카락은 햇빛을 받아 붉게 빛났지만, 큼직한 얼굴은 알 수 없는 표정을 짓고 있었다.

"이 숲은 당신 집보다 더 옛날부터 있었겠지요?" 콘스탄스가 조용히 물었다.

"맞아!" 클리포드가 대답했다. "그러나 이 숲을 보호해온 건 우리집이야. 우리집이 이렇게 보호하지 않았다면 벌써 없어졌을 거야."

"그럴까요?" 콘스탄스는 말을 이었다. "보존하는 일이 새로운 잉글랜드를 방해한다고 해도 그렇게 해야 할까요? 그것은 슬픈 일이라고 생각해요." "만약 옛 잉글랜드를 보존하지 않는다면 잉글랜드는 없어져버리고 말아." 클리포드가 말했다. "그리고 이만한 재산이 있는데다가 애정을 가진 우리는 그것을 보호할 의무가 있어."

슬픈 침묵이 흘렀다.

"얼마 동안은 당신이 하시겠군요." 콘스탄스가 말했다.

"잠깐 동안뿐이겠지! 우리는 그것밖에 할 수 없어. 우리는 우리가 맡은 짧은 기간밖에 그렇게 할 수 없지. 나는 인습에는 반대하지만, 전통은 지켜야 한다고 생각해."

다시 침묵이 흘렀다.

"어떤 전통이죠?" 콘스탄스가 물었다.

"잉글랜드의 전통 말이오. 이 숲의 전통이지."

"그렇군요." 그녀가 천천히 말했다.

"그래서 아이가 갖고 싶은 거야. 나는 다만 쇠사슬 고리의 일부에 불과하니까." 그가 말했다.

"아이를 가질 수 없다니 참 유감이에요." 그녀가 말했다.

그는 푸르스름한 눈을 크게 뜨고 그녀를 가만히 지켜보았다.

"당신이 다른 남자의 아이라도 가진다면 그것도 좋겠는데." 그가 말했다. "만약 우리들이 그 아이를 라그비 저택에서 기른다면, 당연히 우리 아이가 될테고. 우리 집안의 아이잖아. 그걸로 모든 게 잘 될 거라고 생각하는데, 어떻소? 한 번 생각해보겠소?"

콘스탄스는 드디어 얼굴을 들고 그를 바라보았다. 어린아이, 그녀의 아이가 그에게는 한낱 '그것'에 지나지 않는다. 그것... 그것... 그것!

"하지만 다른 남자라니요?" 그녀가 물었다.

"크게 문제가 되나? 그런 것이 우리 생활을 크게 좌우할까? 예전에 당신이 독일에 있을 때 애인이 있었잖소. 그런데 그것이 지금은 어떻다는 거지? 아무 것도 아니잖소? 우리 생활에서 그런 사소한 행위나 관계는 전혀 중요한 문제가 된다고 생각하지 않소. 다 지나가버릴 뿐이지. 지금 어디에 남아 있지? 중요한 것은 생활 속에서 계속 되는 것이라오. 내게는 언제까지나 계속되고 발전하는 자기 생활이 소중한 거지, 가끔 생기는 결합 따위가 어떻단 말이오? 극히 드물게 생기는 성적 결합은 특히 더 그렇지. 오랜 시일을 두고, 천천히 지속되어 가는 것... 그것에 의해 우리는 살아가는 거지... 간혹 일어나는 흥분 따위에 의해서가 아니란 말이오. 나와 당신은 결혼이라는 것 속에 함께 짜여 있소. 만약 우리가 이런 생각에 충실하다면, 그런 문제는 쉽게 해결될 수 있을 거요."

콘스탄스는 가만히 앉은 채 듣고 있었지만, 사실은 놀라움과 공포감을 느꼈다. 그의 말이 옳은지 틀린지 알 수 없었다. 그녀는 자신이 마이클리스를 사랑하고 있다고 중얼거렸다. 하지만 그녀의 이 같은 사랑은 클리포드와의 결혼 생활과 괴로움 및 인내를 통해 형성된 것이며, 순간적인 쾌락에 불과한 것이었다. 그것을 부정할 순 없다.

"하지만 어떤 사람의 아이를 낳을 거라고 생각하세요?" 그녀는 다시 물었다.

"콘스탄스, 나는 당신의 취미나 선택 등 자연스러운 본능을 믿는다오. 결코 당신은 잘못된 인간을 가까이 할 리 없을 테니까."

그녀는 마이클리스를 생각했다. 그는 진정 클리포드가 잘못된 인간이라고 생각하는 그런 사람이었다.

"하지만 어떤 사람이 잘못된 사람인가라는 것은 남성과 여성 사이에 차이가 있다고 생각해요." 그녀가 말했다.

"그럴 리 없소." 그가 말했다. "당신은 나를 고르지 않았소. 그러니까 내 마음에 전혀 들지 않는 사람을 선택하리라는 것은 믿을 수 없소."

그녀는 잠자코 있었다. 이렇게 의견이 다르다면, 이론으로는 도저히 해결되지 않는다.

"그렇다면 그 일은 당신에게 알려 드려야만 하나요?" 그녀는 그를 올려다보면서 물었다.

"천만에. 나는 오히려 모르는 편이 좋겠지... 당신은 오랫동안 함께 생활한다는 것에 비해 이따금 있는 성 문제는 아무것도 아니라는 내 의견에 동의하는 거지? 그렇다면 그것은 해도 괜찮은 일이오. 당신은 이에 찬성하지 않소?"

콘스탄스는 그의 말에 다소 압도된 기분이 들었다. 그의 말이 이론적으로는 옳다는 것을 알고 있었다. 하지만 그와 함께 살아 온 생활을 돌이켜보면 그녀는 왠지 망설여졌다. 나머지 인생을 그의 계획 속에 짜 넣어야 한단 말인가?

그것이 과연 옳은 일인가? 그녀는 마치 천을 짜는 것처럼 그와 계속 하나의 생활을 하면서 이따금의 연애를 통해 도드라진 꽃무늬가 천위에 짜이는 것으로만 만족해야 한다는 것이다. 그러나 그 생각이 내년에는 어떻게 달라질지 모르지 않는가? 그것을 누가 알겠는가?

"당신 말씀 그대로라고 생각해요, 클리포드. 저도 찬성이에요. 하지만 그 때문에 생활의 변화가 나타날지도 모르겠네요."

"그렇다면 생활에 새로운 변화가 나타나지 않는 한 찬성이란 말이지?"

"네, 그렇게 생각해요."

그녀는 옆길에서 달려 나와 그들을 향해 콧등을 쳐들고 가볍고 작은 소리로 짖어대는 갈색 스패니엘 종의 개를 쳐다보았다. 그 개 뒤로 총을 든 사나이가 소리도 없이 빠른 걸음으로 나타나더니 이쪽으로 다가오고 있었다. 그는 이번에 고용된 산지기였는데, 콘스탄스는 그 사나이를 보자 깜짝 놀랐다. 너무 갑작스럽게 나타나서 가슴이 덜컥했다. 예전에도 그 사나이는 갑자기 나타나서 그녀를 놀라게 했던 적이 있었다.

그는 짙은 초록색 벨벳 옷을 입고 각반을 차고 있었다... 낡은 옷이었다. 그는 붉은 얼굴에 붉은 수염을 길렀고, 먼 곳을 보는 듯한 눈초리였다. 그는 서둘러 언덕을 내려갔다.

"멜러스!" 클리포드가 불렀다.

그 사나이는 가볍게 뒤를 돌아보고, 재빨리 인사했다. 완전히 군대식이었다.

"휠체어를 돌려서 좀 밀어주겠나? 그렇게 하면 잘 나가니까 말일세." 클리포드가 말했다.

그 사나이는 총을 어깨에 메고 재빠르게, 하지만 눈초리를 피하면서 소리 없이 다가왔다. 그는 중간키로 깡마르고 말이 없었다. 콘스탄스 쪽은 전혀 쳐다보지 않고, 휠체어에만 마음을 쓰고 있었다.

"콘스탄스, 새로 온 산지기인 멜러스요. 자네 아직 마님께 인사를 드린 적 없지?"

"없습니다." 그는 무관심한 투로 대답했다.

사나이는 모자를 벗었다. 그러자 금발에 가까운 숱 많은 머리가 드러났다. 그는 전혀 두려워하는 빛이 없었다. 다만 그녀가 어떤 인간인지 알아보려는 듯 유심히 그녀를 쳐다보았다. 그러자 그녀는 조금 부끄러워졌다. 그는 모자를 왼손에 바꿔 들고 신사처럼 가볍게 허리를 굽혔다. 그는 모자를 손에 든 채 잠시 가만히 서 있었다.

"여기에 온 지 오래 되었나요?" 콘스탄스가 물었다.

"여덟 달째입니다, 부인... 마님!" 그는 조금도 허둥대지 않고 말을 고쳤다.

"마음에 드나요?" 그녀는 그의 눈을 들여다보았다. 그는 눈을 가늘게 떴다. 이는 빈정거리는 거만한 태도였다.

"네, 덕분이에요. 마님! 저는 여기에서 자랐으니까요." 그는 다시 한 번 허리를 굽히고 나서 몸을 바로 하여 모자를 쓰고 휠체어를 붙들기 위해 다가왔다. 그의 마지막 말투의 어감은 묵직한 사투리였다. 그것은 약간 놀리는 듯한 말투였다. 왜냐하면 처음에는 전혀 사투리를 쓰지 않았기 때문이다. 그는 거의 신사라고 해도 좋을 만큼 태도가 좋았다. 아무튼 묘하게 쓸쓸하면서도 자신만만 해보이는 사람이었다.

클리포드는 조그만 엔진을 움직이기 시작했다. 그 사나이는 조심스럽게 휠체어를 회전시켜서 깊은 개암나무 숲 쪽 굽은 비탈길로 천천히 돌려놓았다.

"이제 되었습니까?" 그가 물었다.

"아니, 도중에 어떻게 될지도 모르니까 따라와 주지 않겠나? 아무래도 이 발동기로 언덕을 오르기에는 너무 약한 것 같아."

사나이는 개를 돌아보았다... 주의 깊은 눈초리였다. 스패니엘은 주인을 쳐다보고 꼬리를 살랑거렸다. 세 사람은 꽤 빠른 속도로 언덕을 내려갔다. 사나이는 휠체어가 흔들리지 않도록 줄곧 등 쪽에 손을 대고 있었다. 그는 고용인이라기보다는 오히려 자유로운 병사처럼 보였다. 콘스탄스는 그가 어딘지 모르게 토미 듀크스를 닮았다고 생각했다.

정원의 가파른 비탈에서 휠체어를 밀어 올리는 동안 그의 입술은 살짝 열리고, 숨이 조금 가빠진 듯 했다. 그는 약한 편이었다. 이상하게 생기에 가득 차 보였지만, 다소 연약하고 야위었다. 그녀에게 그것은 여성스러운 본능으로 느껴졌다.

콘스탄스는 뒤에 처져서 휠체어가 먼저 가도록 했다. 하늘에는 구름이 잔뜩 끼어 있었다. 주위를 둘러싼 안개 위에 나직하게 보였던 푸른 하늘이 뚜껑을 덮은 듯 다시 닫혔고, 찬 기운은 거칠게 느껴졌다. 금방이라도 눈이 내릴 것처럼 하늘은 온통 잿빛이었다.

휠체어는 분홍 길 위에서 기다리고 있었다. 클리포드는 콘스탄스를 돌아보았다.

"피곤하지 않소?" 그가 물었다.

"아뇨, 조금도!" 그녀가 대답했다.

하지만 그녀는 지쳐 있었다. 알 수 없는 울적함과 불만이 가슴 속에서 솟구쳐 올랐다. 클리포드는 그것을 깨닫지 못했다. 그는 그런 것을 의식한 적이 한 번도 없었다. 그러나 처음 보는 사람은 잘 알 수 있는 것이었다.

그들은 저택에 도착했다. 계단이 없어서 들어가기 편한 뒤뜰로 돌아갔다. 클리포드는 낮은 실내용 휠체어에 옮겨 탔다. 그의 팔은 억세지만 잘 움직였다. 이후 콘스탄스가 그의 묵직한 다리를 들어 올려서 옮겼다.

이제 가도 좋다고 할 때까지 기다리고 있던 산지기는 그 사이에 모든 움직임을 주의 깊게 살펴보고 있었다. 콘스탄스가 클리포드의 두 다리를 두 팔로 안아 옆에 있는 의자로 옮기는 것을 보자 그는 마치 공포에 사로잡힌 것처럼 창백한 얼굴이 되었다. 몹시 놀란 것이다.

"그럼 멜러스, 도와주어서 고맙네." 클리포드가 하인들의 숙소가 있는 쪽으로 휠체어를 밀면서 무심하게 말했다.

"이제는 괜찮으십니까?" 그는 멍청한 목소리로 꿈을 꾸듯 물었다.

"이젠 됐네, 잘 가게!" "안녕히 계십시오."

"잘 가요! 휠체어를 밀어주어서 고마워요... 하지만 무척 무거웠죠?" 콘스탄스는 문 밖에 서 있는 산지기를 돌아보면 말했다. 그는 꿈에서 깬 듯 그녀를 돌아보았다.

"아니오, 조금도 무겁지 않았습니다." 그는 서둘러 대답했다. 그리고 그의 목소리는 갑자기 사투리로 변했다. "마님, 안녕히 계십시오."

6.
상처받은 영혼

"그 산지기는 어떤 사람인가요?" 점심 식사 때 콘스탄스가 물었다.

"멜러스 말이요? 당신도 보지 않았소?" 클리포드가 말했다.

"네, 하지만 어디 사람이에요?"

"어디라니? 어릴 때부터 테버셜 마을에서 자랐지. 아마 광부의 아들일 거요."

"그 사람도 광부였나요?"

"탄광 제철공이었지. 제철공 반장이었어. 그런데 전쟁이 발발하기 전 2년 정도 여기에서 산지기를 했지... 그러다가 군대에 입대했소. 아버지께서는 늘 그를 칭찬했지... 그래서 군대에서 돌아와 제철공으로 일하는 것을 내가 산지기로 고용한 거요... 그를 부릴 수 있어서 정말 다행이오. 이 부근에서는 산지기 노릇을 훌륭하게 할 만한 사람이 좀처럼 없으니까. 게다가 이 고장 사람들을 아는 사람이 아니면 좀 곤란했거든."

"결혼은 안 했나요?"

"했었지. 그런데 부인이 곧잘 여러 남성들과 집을 나가버렸기 때문에... 결국 지금은 스택스 게이트 광부와 살고 있을걸."

"그럼 지금은 혼자군요?"

"그런 셈이지! 마을에 어머니가 있소. 아마 어린아이가 하나 있을 걸."

클리포드는 약간 튀어 나온 푸른색의 눈으로 그녀를 바라보았다. 그 눈 속에는 무언가 걷잡을 수 없는 표정이 드러났다. 겉보기에는 유쾌한 듯 했지만, 마음속은 안개와 자욱한 연기로 뒤덮여 있었다. 그래서 그가 남다른 눈으로 콘스탄스를 바라보면서 특유의 기분을 전달하면, 그녀는 안개에 갇힌 채 그의 정신을 그대로 느낄 수 있었다. 그것은 그녀를 무섭게 만들었다. 어떨 때는 그를 허탈한 인간으로 보이게 만들었다.

그러나 그녀는 인간 영혼의 법칙을 희미하게나마 이해하기 시작했다. 느끼기 쉬운 영혼이 심한 상처를 입고 육체가 사멸하지 않으면, 육체가 회복하면서 영혼도 회복되는 것 같다. 하지만 예전의 습관을 되찾는다는 것은 기계적인 일에 지나지 않는다.

클리포드의 경우도 그랬다. 그는 일단 '회복'되어 라그비 저택으로 돌아와서 소설을 쓰고, 생활을 하고 있다고 생각했다. 그는 과거의 모든 일을 잊어버린 듯 보였다. 그리고 고요함을 되찾았다고 생각했다. 하지만 몇 해가 지난 지금, 콘스탄스는 공포와 전율의 상처가 서서히 솟아나 그의 마음속에 퍼져 나가는 것을 느끼고 있었다.

그것이 그의 내부에 퍼지면서 자신의 내부에도 퍼지는 것을 콘스탄스는 느꼈다. 내부의 공포, 공허함, 모든 것에 대한 무관심이 그녀의 영혼 속에 점점 더 퍼져 나갔다. 클리포드는 기분이 좋아지면 유쾌한 대화도 하고, 라그비 저택의 후계자에 대한 이야기를 하면서 미래를 전망하곤 했다. 하지만 이튿날이 되면 그 이야기는 마치 낙엽처럼 흩어져 아무런 의미도 없고, 쉽사리 날아가 버렸다.

가엾은 콘스탄스! 세월이 흐르면서 그녀를 사로잡은 공포는 자신의
생활이 공허하다는 것이었다. 클리포드와 그녀의 정신생활은 점점 더
공허한 것이 되었다. 그들의 결혼생활과 완전한 생활은 그가 말한 것
처럼 습관적인 친밀감에 기초를 두고 있었다. 하지만 그것이 공백이
고 허무함이라고 생각되는 날이 있었다. 그것은 그저 말, 단순한 말에
지나지 않았다.

마이클리스는 클리포드를 희곡 주인공으로 등장시켰다. 그는 이미
이야기의 줄거리를 만들어놓고, 제 1막을 쓴 것이다. 마이클리스는 자
신의 희곡에 대해 클리포드에게 편지로 알려왔다. 클리포드는 새삼
스럽게 희곡에 대해 흥미를 느꼈다. 다시 한 번 자신이 크게 표현되기
때문이다. 그것도 다른 사람이 자신에 대해 훌륭하게 표현해주다니.
그는 제 1막을 가지고 그가 라그비 저택에 올 수 있는지 청했다.

마이클리스가 왔다. 여름이었다. 그는 푸르스름한 옷에 흰 양가죽
장갑을 끼고, 콘스탄스에게 아름답고 선명한 보라색 난초를 가져다주
었다. 제1막은 엄청난 감동을 주었다. 콘스탄스 역시 감동했다. 뿐만
아니라 자신이 만들어낸 감동에 감동하고 있는 마이클리스가 정말 훌
륭한 인간으로 보였다... 콘스탄스의 눈에는 정말 아름답게 보였다. 그
리고 그녀는 마이클리스의 속에서 순수함을 발견했다.

콘스탄스와 클리포드의 마음을 사로잡은 것은 마이클리스의 일생에
서 가장 숭고한 순간 가운데 하나였다. 분명히 그는 성공했다. 그는 두
사람이 열중하도록 했다. 심지어 클리포드조차도. 만약 이렇게 말해도
괜찮다면, 일시적으로나마 그에게 애정을 느낄 정도였다.

하지만 이튿날 아침 마이클리스는 매우 초조했다. 바지 주머니에 손

을 넣은 채 침착함을 잃고 안절부절하지 못하는 표정이었다. 전날 밤 콘스탄스가 그에게 오지 않았기 때문이다. 더욱이 그는 그녀가 어디에서 자는지, 그 방에 어떻게 가는지 알지 못했다. 이건 그를 속이는 짓이다... 그것도 그가 의기양양 해있을 때 이런 방법을 쓰다니!

아침에서야 그는 그녀의 거실로 올라갔다. "그런데" 갑자기 그가 말했다. "우리는 어째서 서로의 관계를 분명히 하지 않는 건가요? 왜 결혼하지 않는 거죠?"

"하지만 전 결혼한 몸인걸요." 그녀는 놀라면서, 하지만 전혀 감정을 보이지 않고 말했다.

"아, 그것 말입니까. 그는 문제없이 이혼해줄 겁니다... 나와 당신이 결혼해선 안 될 이유라도 있을까요? 나는 결혼하고 싶습니다. 나는 그것이 자신에게 있어 좋은 일이라는 것을 잘 알고 있습니다... 당신과 나는 서로를 위해 만들어진 사람입니다. 마치 장갑과 손 같은 거죠. 어째서 결혼하면 안 되는 걸까요? 결혼해서 안 되는 이유라도 있는 건가요?"

콘스탄스는 깜짝 놀라서 그를 바라보았다. 하지만 전혀 감동하지 않았다. 남성들은 모두 마찬가지다. 그들은 근본적인 것을 잊고 있다.

"하지만 전 결혼한 몸이에요!" 그녀가 다시 말했다. "아시다시피 전 클리포드 곁을 떠날 수 없어요."

"어째서이죠? 어째서입니까?" 그가 외쳤다. "앞으로 반년만 지나면 그도 당신이 없다는 사실을 잊어버리고 말 겁니다. 그는 자신 이외에 누가 있는지도 모릅니다. 내 생각으로 그 사람에게 당신은 아무래도 좋습니다. 그는 오로지 자기 속에만 틀어박혀 있으니까요."

콘스탄스는 이 말이 사실이라고 생각했다. 하지만 그녀는 마이클리스가 이타주의적인 연기를 하고 있다고 생각했다.

"남성이란 모두 자기 속에 틀어박혀 있는 것 아닐까요?" 그녀가 물었다.

"네, 다소 인정합니다. 남성이란 일을 하기 위해서 그렇게 되지 않을 수 없습니다. 하지만 그게 중요한 게 아닙니다. 중요한 것은 남성이 어떤 종류의 행복을 여성에게 주느냐입니다. 그녀에게 행복을 줄 수 있는가, 없는가. 만약 그것이 불가능하다면 그 남성은 그 여성에 대해 어떠한 권리도 없습니다." 그는 입을 다물고 최면술을 거는 듯한 크고 막연한 눈빛으로 그녀를 바라보았다.

"생각건대" 그는 덧붙여 말했다. "나는 여성이 가지고 싶어하는 진정한 행복을 줄 수 있습니다. 그건 보증할 수 있지요."

"어떤 행복이지요?" 그녀는 놀라움이 담긴 눈빛으로 그를 유심히 바라보면서 물었다. 콘스탄스는 감동한 것 같았다. 하지만 그녀의 마음은 전혀 동요하지 않았다. "온갖 종류의 행복입니다. 온갖 종류의. 그리고 어느 정도의 의상과 보석, 기분 좋은 나이트클럽, 만나고 싶은 사람은 누구든지 만날 수 있는 유행을 따르는 생활... 여행하는 곳마다 환대를 받는... 그렇습니다. 온갖 종류의 즐거운 생활 말입니다."

마이클리스는 초조해하면서 몸을 앞으로 내밀고, 신경질적으로 그녀를 노려보았다. 그가 허영심을 위해서 그녀에게 승낙토록 하고 있는 건지, 아니면 그녀가 승낙하지 않을까봐 마음 속으로 두려워하고 있는 건지는 아무도 모르는 일이었다.

"그 일은 좀 더 생각해 봐야겠어요." 그녀가 말했다.

"지금 당장은 말할 수가 없어요. 당신이 보기에는 클리포드가 태연한 것처럼 보이지만, 그분이 얼마나 무능력한가를 안다면..."

"그것이 뭐란 말입니까. 만약 누구든지 자신의 불구에 대해 곤란함을 이야기한다면, 지금까지 내가 얼마나 쓸쓸하게 지내왔는지, 또 지금도 얼마나 쓸쓸하게 지내고 있는지 말해야겠군요. 만약 불구라는 것이 유일한 항의가 될 수 있다면, 나의 모든 슬픈 사정도 이야기해야겠습니다!"

그는 바지 주머니에 넣은 손을 미친 듯이 놀리면서 옆으로 돌아섰다. 그날 저녁 그는 그녀에게 말했다. "오늘은 내 방에 찾아와주시겠습니까? 난 당신 방이 어딘지 잘 모르니까요."

"그럴게요!" 그녀는 대답했다.

그날 밤의 마이클리스는 이상하게도 작은 소년과 같이 나체에, 한껏 흥분한 애인이었다. 콘스탄스는 자신이 그보다 먼저 성적 흥분에 도달할 수 없다는 사실을 알았다. 그래서 그녀는 그가 끝난 다음에도 거센 격정에 사로잡혀 허리를 들어 올리며 계속 해야만 했다. 그동안 그는 온갖 의지와 희생을 발휘하여 여성이 야릇한 신음소리를 지르며 절정에 이를 때까지 영웅처럼 그녀의 속에서 버티고 있었다.

드디어 그녀에게서 몸을 떼어놓자 그는 신랄하면서도 비웃는 듯한 목소리로 나직하게 말했다. "당신은 남성과 같은 시간에 끝날 수 없나 보군요. 당신 스스로 끝내야 하니."

그 순간 이 말은 그녀에게 적지 않은 충격을 주었다. 수동적으로 몸을 맡기는 것이 그의 유일한 성교 방식임이 분명했기 때문이다.

"무슨 뜻이지요?" 그녀가 물었다.

"무슨 뜻인지 몰라요? 내가 다 끝난 뒤에도 당신은 몇 시간이고 계속해야 하니 말이오... 당신이 스스로 끝낼 때까지 나는 이를 악물고 그냥 버티고 있어야 하니 말입니다."

"하지만 제가 만족하도록 계속하게 당신이 바란 것 아닌가요?" 콘스탄스가 말했다.

그는 냉혹하게 웃었다. "내가 바랐다고? 좋소! 당신은 자신을 위해 하고 있는 동안, 나는 이를 악물고 버티고 싶어 했다는 거군요?"

"그렇지 않았나요?" 콘스탄스는 우겼다.

그는 이 질문에 대답하지 않았다. "여성이란 어처구니없게도 모두 그렇거든. 마치 죽은 것처럼 전혀 기분을 내지 못하거나... 아니면 남성이 다 끝나버릴 때까지 기다렸다가 그제서야 혼자 기분을 내기 시작한단 말이오. 그래서 남성은 죽어라고 버티고 있어야만 하고. 난 아직 나와 동시에 끝낸 여성을 한 번도 만나지 못했소."

"하지만 당신은 내가 만족하기를 바라지 않았나요?" 그녀는 같은 말을 되풀이했다.

"맞아요, 정말 바랐소! 하지만 여성이 끝내기를 기다리면서 버티는 것이 남성의 일이라면 손들겠소!"

이것은 콘스탄스에게 결정적인 타격을 주었다. 그녀는 우울한 나날을 보냈다. 이제는 서로 같은 지붕 아래에 있는 습관을 가지게 된 두 사람의 생활, 즉 클리포드가 말한 완전히 결합된 생활에는 텅 빈 단조로움만 있을 뿐 아무 것도 없었다.

공허함! 인생의 커다란 공허함을 감수한다는 것은 삶의 종말처럼 느껴졌다. 분주하면서도 자질구레한 일이 쌓이면서 공허함의 총체를 이루고 있었다.

7.
위대함의 상실

"어째서 요즘 남녀는 진심으로 서로를 좋아하지 않는 걸까요?" 콘스탄스는 토미 듀크스에게 물었다.

"왜요, 좋아하고 있지요. 인류가 생긴 이래 지금처럼 남녀가 서로를 좋아하는 시대는 없었다고 생각하는데요. 정말 좋아하고 있습니다. 제 경우만 하더라도... 난 사실 남성보다 여성이 더 좋습니다. 여성이 더 용감하고, 더 솔직하다고 이야기할 수 있습니다."

콘스탄스는 이 말을 듣고 곰곰이 생각했다.

"그렇군요. 하지만 당신은 여성과 전혀 접촉하지 않잖아요?" 그녀가 물었다.

"제가요? 하지만 지금이야말로 나는 아주 성실하게 여성과 이야기하고 있지 않습니까?"

"네, 그래요. 이야기는 하고 있지요."

"만약 당신이 남성이라면 나는 당신과 성실하게 이야기하는 것 이외에 달리 무엇을 할 수 있겠습니까."

"아마 아무 것도 못 할 거예요. 하지만 여성은..."

"여성은 상대가 자신을 좋아해주고, 이야기해주기를 바라죠. 사랑해주고, 자신을 요구하기를 바랍니다. 제 생각으로는 이 두 가지는 서로 다른 일입니다만."

"저는 서로 달라서는 안 된다고 생각해요!"

"나는 여성을 좋아하고, 그들과 이야기하기를 좋아합니다. 하지만 그녀들을 사랑하거나 요구하지 않습니다. 내 경우에 이 두 가지는 동시에 일어나지 않죠."

"하지만 그것은 동시에 일어나야 할 일이라고 생각해요."

"좋습니다. 어떤 사실이 현재 있는 그대로가 아니라 다른 무엇이어야 한다면, 그것은 내가 생각하는 것 밖의 일이지요."

콘스탄스는 이 말에 대해 생각했다. "그것은 진정한 말이 아닙니다."

"남성들은 여성을 사랑함으로써 이야기할 수 있어요. 이야기하지 않고 어떻게 친밀해지고, 사랑할 수 있는지 모르겠네요. 어떻게 사랑할 수 있죠?"

"글쎄요." 그가 말했다. "난 모르겠습니다. 일반론에 대해서는 말하고 싶지 않습니다. 자만, 제 자신의 경우를 알고 있을 뿐이지요. 난 여성을 좋아합니다만, 그녀들을 요구하지 않습니다. 난 이야기하기를 좋아합니다. 이야기하면서 어느 정도 그녀들과 친밀해질 수 있지만, 키스에 관해서는 난 거리가 멀지요. 바로 그겁니다. 내 경우를 일반적인 예라고 할 수는 없습니다. 아마도 특수한 경우겠지요. 여성을 좋아하긴 해도 사랑하진 않죠."

"하지만 그러면 슬프지 않나요?"

"왜 슬프죠? 전혀 그렇지 않습니다. 난 찰리 메이씨 외에도 연애를 하는 다른 사람을 봅니다... 하지만 전혀 부럽지 않습니다. 만약 운명이 내가 바라는 여성을 보내준다면, 그야 고마운 일이겠지요. 어째서일까요? 나는 차가운 인간일지도 모릅니다. 그러면서도 어떤 종류의 여성은 참 좋아하거든요."

"저는 좋아하시나요?"

"매우 좋아합니다. 하지만 우리 사이에 키스 같은 문제는 없지 않습니까?"

"전혀 없지요!" 콘스탄스가 대답했다. "하지만 있어서는 안 되는 것일까요?"

"도대체 무엇 때문예요? 나는 클리포드를 좋아합니다. 그러나 내가 그에게 키스한다면 당신은 뭐라고 하겠습니까?"

"하지만 그러기에 차이가 있는 것 아닌가요?"

"우리에 관한 한 그 차이가 어디에 있다는 건가요? 우리는 모두 지식인입니다. 그러니 남성이니, 여성이니 하는 것은 정지되어 버린 것이지요. 정말로 정지 상태에 있는 겁니다. 만약 지금 내가 대륙의 남성들처럼 성에 대한 연습이라도 한다면 어떻게 하겠습니까?"

"그건 곤란해요."

"그러니까 말씀드리는 겁니다. 어쨌든 나는 나에게 어울리는 여성을 절대로 만날 수 없을 겁니다. 하지만 그건 그렇게 슬픈 일은 아니지요. 나는 여성이 좋은 것만으로도 괜찮으니까요."

"하지만 그렇다면 무언가 잘못된 게 아닐까요?"

"당신이 보기에는 그렇게 느낄지 모르겠지만, 나는 그렇게 느끼지 않습니다."

"그래요. 남성과 여성 사이에 무언가 잘못되어 있는 것 같아요. 여성은 이제 남성에게 아무런 매력적인 대상이 못 되는 군요."

"여성이 보기에 남성은 어떻습니까?" 그녀는 그 질문의 다른 면에 대해 생각해보았다.

"별로." 그녀는 진지하게 대답했다.

"그럼 그 문제는 내버려두고, 서로 훌륭한 인간답게 점잖고 깨끗하게 지내는 겁니다. 기교적인 성을 강요하는 것은 그만두고요. 나는 그런 것은 거절합니다."

콘스탄스는 그의 말이 정말 옳다고 느꼈다. 하지만 그 말을 듣고 보니 참 쓸쓸하고 허전해졌다. 마치 쓸쓸한 연못에 떠 있는 나무 조각 같은 느낌이었다.

그녀 속의 젊음이 반항하고 있었다. 이 사나이들은 늙어서 차갑게만 보였다. 그리고 마이클리스는 그녀에게 비참한 생각을 가지게 했다. 그는 쓸모없었다. 남성들은 여성을 진심으로 요구하고 있지 않다. 마이클리스 역시 그랬다. 그리고 여성을 사랑하는 척하면서 성적 유희를 하는 남성은 더 나쁘다.

이런 우울에 잠긴 어느 날, 그녀는 자신이 어디에 있는지도 알지 못한 채 생각에 잠겨 숲속을 혼자 거닐고 있었다. 그런데 그리 멀지 않은 곳에서 총소리가 났다. 그녀는 몹시 놀랐고, 한편으로는 화가 났다.

걸어가는 동안 그녀는 사람의 목소리를 듣고 놀랐다. 사람이 있다니! 그녀는 사람을 만나고 싶지 않았다. 하지만 그녀는 또 다른 목소리를 듣고 걸음을 멈추었다. 어린아이가 훌쩍거리면서 우는 소리였다. 그녀는 곧 누군가 어린아이를 꾸짖고 있다는 사실을 알아차렸다. 그녀는 서둘러 걸어 내려갔다. 화가 치밀어 견딜 수 없었다. 소란이라도 피우고 싶은 심정이었다.

모퉁이를 돌자마자 맞은편 길가에 두 사람이 서 있는 것을 보았다.

그들은 산지기 멜러스와 보라색 옷과 무늬 있는 모자를 쓴 채 울고 있는 여자아이였다.

"그만 그치지 않을래? 귀찮구나!" 그가 말했다. 그럴수록 여자아이는 더 소리 내어 흐느껴 울었다. 콘스탄스는 노여워하며 가까이 다가갔다. 그는 그녀를 발견하고 냉담하게 인사했다. 그는 화가 나서 얼굴빛이 창백했다.

"어쩐 일인가요? 이 아이는 왜 울고 있지요?" 콘스탄스는 명령조로, 하지만 숨찬 목소리로 물었다.

비웃는 듯한 희미한 미소가 그의 얼굴을 스쳤다. "글쎄요, 그 아이한테 물어보시죠." 그는 사투리가 섞인 말로 무뚝뚝하게 말했다.

콘스탄스는 한 대 얻어맞은 것처럼 얼굴빛이 변했다. 하지만 가까스로 기운을 되찾아 막연히 깊고 푸른 그의 눈을 쳐다보았다.

"당신한테 물었어요!" 그녀는 숨 가쁘게 말했다.

그는 모자를 벗고 머리를 약간 숙였다. "그렇군요. 하지만 말씀드릴 수 없습니다." 그는 알아차릴 수 없는 표정을 지었다. 하지만 괴로운 듯 핼쑥한 얼굴이었다.

콘스탄스는 여자아이에게로 돌아섰다. 그 아이는 아홉 살 혹은 열 살쯤 되어 보였으며, 밝은 얼굴빛에 검은 머리카락을 가졌다. "왜 그러니? 자, 왜 우는지 내게 말해주렴." 그녀는 어머니가 하는 것처럼 부드러운 목소리로 말했다. 그러자 아이는 생각난 듯이 더 심하게 흐느껴 울었다. 콘스탄스는 더 상냥하게 물었다.

"울지 마, 어떻게 된 일인지 내게 말해주렴!" 그 목소리는 정말 다정했다. 그러면서 콘스탄스는 털실로 짠 재킷 호주머니를 뒤져 6펜스짜리 동전 한 닢을 찾아냈다.

"자, 울지 마!" 그녀는 아이 앞에 서서 허리를 굽히며 말했다. "이거 줄게."

흐느끼며 훌쩍거리던 아이는 눈물로 얼룩진 얼굴에서 손을 떼고 검고 빈틈없는 눈으로 6펜스짜리 동전을 힐끗 쳐다보았다. 아이는 다시 흐느껴 울었지만, 점차 가라앉았다. "자, 왜 그러는지 이야기해줄래." 콘스탄스는 어린아이의 작은 손에 동전을 쥐어 주었다. 아이는 그것을 꼭 쥐었다.

"저... 저.. 고양이!" 울음을 그친 뒤 흐느낌이 나왔다.

"고양이가 어쨌는데?"

아이는 6펜스를 움켜쥔 손으로 가시덤불 사이를 가리켰다.

"저기요!"

"어머나!" 그녀는 놀랐다.

"도둑고양이랍니다, 마님." 산지기가 빈정대듯이 말했다.

그녀는 화난 듯이 그를 쳐다보았다. "아이가 우는 건 당연해요. 어린 아이 앞에서 쐈다면 당연하지 않나요?"

그는 자신의 감정을 감추지 않고 똑바로 경멸하듯 그녀의 눈을 보았다. 그러자 콘스탄스는 자신이 터무니없는 소란을 피웠다는 것, 그리고 이 사나이가 자신을 존경하지 않는다는 것을 느꼈다.

"이름이 뭐지?" 그녀는 아이에게 물었다. "나한테 가르쳐주지 않을래?"

아이는 코를 훌쩍거렸다. 그리고 나서 피리 같은 목소리로 말했다. "코니 멜러스."

"코니 멜러스라고? 참 좋은 이름이구나. 아버지하고 함께 왔는데, 아버지가 이 고양이를 쏜 거지? 그런데 이 고양이는 나쁜 고양이야."

아이는 그녀를 올려다보면서 말했다. "나는 할머니하고 같이 있고 싶어요."

"그래? 할머니는 어디 계시는데?"

아이는 팔을 들어 길 건너 쪽을 가리켰다. "저쪽 집예요."

"아, 저 집! 그럼 넌 할머니 집에 가고 싶니?"

갑자기 생각난 듯 아이는 터져 나오는 흐느낌으로 몸부림을 쳤다.

"네!"

"그럼, 데려다줄까? 할머니 계신 곳으로? 아버지는 할 일이 있으니까."

그녀는 산지기 쪽을 보았다.

"당신 아이지요?"

그는 그렇다는 뜻으로 고개를 약간 끄덕여 보였다.

"집에 데려다 줄까요?" 콘스탄스가 물었다.

"마님 뜻대로."

그는 침착하면서도 더듬는 듯한, 하지만 무관심한 눈길로 그녀의 눈을 바라보았다. 분명히 그는 고독하면서도 자신을 잃지 않는 사람이었다.

"그럼 나하고 할머니한테 갈까?"

"네!" 아이는 또다시 가느다란 목소리를 내면서 방긋 웃었다. 콘스탄스는 이 소녀가 싫었다. 응석받이로 자란 버릇없는 소녀였다. 그래도 그녀는 이 아이의 얼굴을 닦아주고 손을 잡았다. 산지기는 잠자코 고개를 숙였다.

"안녕!" 콘스탄스는 말했다.

그 집까지의 거리는 거의 1마일이었다. 그 조그마한 그림 같은 집이 보이기 시작하자 콘스탄스는 완전히 힘이 빠져 버렸다.

집의 출입문은 열려 있었다. 안쪽에서는 소리가 들렸다. 콘스탄스는 걸음을 멈추었다. 아이는 손을 놓고 집 안으로 뛰어 들어갔다.

"할머니! 할머니!"

"오냐, 벌써 돌아왔구나."

노파는 난로에 흑연 칠을 하고 있었다. 토요일 아침이었다. 그녀는 거친 베로 만든 앞치마를 둘렀는데, 흑연솔을 들고 코끝에 검정을 묻힌 채 나왔다. 그녀는 작은 몸집에 상당히 무뚝뚝했다.

"저런!" 그녀는 콘스탄스가 집 앞에 서 있는 것을 보자마자 앞치마로 자기 얼굴을 닦았다.

"안녕하세요. 울고 있길래 데리고 왔어요."

노파는 소녀를 힐끗 쳐다 보았다.

"아버지는 어디에 있니?" 아이는 할머니 치맛자락에 매달려서 방글방글 웃었다.

"같이 있었죠." 콘스탄스가 말했다. "하지만 도둑 고양이를 쏘는 바람에 아이가 놀라고 말았어요."

"폐를 끼쳐 드려서 죄송합니다, 채트레이 마님. 친절을 베풀어주셔서 정말 고맙습니다. 정말로 귀찮게 해드렸군요. 이런 일로!" 그러면서 노파는 아이 쪽으로 돌아섰다.

"너 정말 채트레이 마님께 폐를 끼쳐드렸구나! 어쩜 이렇게 성가시게 해서야!"

"귀찮지는 않았어요. 산책하는 거라고 생각했으니까요." 콘스탄스가 웃으면서 말했다.

"뭐라고 감사의 인사를 해야 할지요. 울고 있었던 모양이군요. 틀림없이 무슨 일이 있을 거라고 생각했습니다. 제 아들은 이 아이에게 마치 남이나 마찬가지랍니다. 그래서인지 도무지 서로 정이 들지 않는답니다."

콘스탄스는 뭐라고 해야 할지 알 수가 없었다.

"할머니, 이것 보세요." 아이는 방글거리면서 말했다.

노파는 아이의 손바닥 위에 놓인 6펜스짜리 동전을 보았다.

"게다가 6펜스씩이나 주시다니, 마님. 정말 고맙습니다. 마님께서 네게 은혜를 베푸셨구나. 너는 참 행복한 아이야!"

노파는 그 지방 사람들이 그러듯이 채트레이라고 발음했다. "채트레이 마님이 너를 귀여워 해주신 거란다." 콘스탄스는 노파의 코 끝에 묻은 검정을 보자니 우스워서 참을 수가 없었다. 노파는 아무렇게나 손등으로 얼굴을 문질렀지만, 얼룩은 지워지지 않았다.

콘스탄스는 떠나려 했다. "채트레이 마님, 정말 고맙습니다. 얘, 채트레이 마님께 고맙습니다라고 해야지!" 아이에게 말했다.

"고맙습니다." 아이가 말했다.

"어머나, 착한 아이구나!" 콘스탄스는 웃었다. "안녕!"

돌아오면서도 그 자리를 떠나게 된 것에 마음이 놓였다.

그녀는 야위었지만 거만한 사나이에게 저렇게 몸집이 작으면서도 날카로운 어머니가 있다는 사실이 이상한 일이라고 생각했다.

노파는 콘스탄스가 가자마자 부엌에 있는 조그마한 거울로 달려가 자신의 얼굴을 보았다. 거기에 비친 자신의 얼굴을 보자 그녀는 참을 수 없어 발을 동동 굴렀다.

"하필 이런 누더기 앞치마를 두르고, 더러운 얼굴을 하고 있을 때 올게 뭐람. 참 보기 흉한 꼴을 보이고 말았네."

콘스탄스는 라그비 저택 쪽으로 천천히 걸어서 되돌아왔다. '나의 집'... 이 커다랗고 쓸쓸한 저택에 이런 말을 쓰기에는 어울리지 않았다. 한때는 그 말이 꼭 들어맞았던 적이 있기도 했다. 하지만 이제는 아무런 의미도 없는 말이었다.

정말 남아 있는 것은 완고한 금욕주의뿐이다. 그 속에는 어떤 쾌락이 있긴 하다. 공허한 생활의 경험 속에서 차례대로 나타나는 국면이나 경우에서도 무서울 정도의 만족이 있었다. 그러니까 그게 곧 그것이다! 가정, 연애, 결혼, 마이클리스 등의 말. 사람이 죽을 때가 되어 마지막에 이 세상에서 하는 말 또한 곧 그게 그것이라는 것이다.

돈! 돈에 대해서는 그렇지 말할 수 없을지도 모른다. 누구나 끊임없이 돈을 가지고 싶어 한다. 돈과 성공, 그리고 토미 듀크스가 헨리 제임스 식으로 말했던 암캐신. 이 세 가지는 영원히 필요한 것이다. 마지막 1페니를 모두 써버린 다음에 "그게 그것인걸."이라고 말할 수는 없다. 아니, 만약 그러고 나서 다만 10분이라도 더 산다면 반드시 무엇인가에 더 쓸 몇 펜스의 돈이 필요하게 되는 것이다. 일을 기계적으로 하기 위해서도 돈은 필요하다. 그것을 손에 넣어야만 한다. 돈만큼은 가지고 있어야 한다. 사실 그밖에는 아무것도 가질 필요가 없다.

물론 사람이 산다는 것은 그 사람 탓이 아니다. 하지만 살고 있는 한 돈은 필요하다. 그리고 절대적으로 필요한 것은 그것뿐이다. 위급한 경우, 다른 것은 없어도 된다. 하지만 돈만큼은 그렇지 않다.

클리포드에게는 말할 나위 없이 여러 가지 유치한 금기이자 우상 숭배적 집착이 있었다. 그는 사람들이 자신을 '진정으로 훌륭한 작가'라고 생각하기를 바랐다. 하지만 그것은 허세일뿐 무의미한 일이었다. 훌륭하다는 평판만으로는 아무런 소용이 없다. 이른바 세상의 훌륭한 작가들은 대부분 버스를 놓친 사람들과 비슷하다.

인간은 한 번밖에 살지 못하기 때문에 만약 버스를 놓친다면, 다른 실패자들과 함께 길에 서 있을 수밖에 없다. 콘스탄스는 이번 겨울을 클리포드와 함께 런던에서 지내겠다고 마음먹고 있었다. 그와 그녀는 실제로 버스에 올라탄 것이니 잠깐이라도 맨 윗자리에 앉아 자랑을 해도 좋지 않겠는가.

하지만 불행히도 클리포드는 멍청하게 방심 상태에 빠지는가 하면, 허탈함과 같은 발작에 사로잡히기 시작했다. 그의 영혼이 받은 상처가 바깥으로 나오기 시작한 것이다. 콘스탄스는 이를 보자 소리를 지르고 싶어졌다.

8.
내면의 침묵

그녀는 이따금 소리 없이 울었다. 그러나 울고 있는 동안에도 그녀는 자신에게 타일렀다. 바보구나, 손수건을 적신다고 어떻게 되겠는가!

마이클리스와의 사건 이후 그녀는 아무것도 바라지 않겠다고 다짐했다. 다른 방법으로 해결할 수 없는 일이라도 그렇게 하면 아주 간단하게 결론지을 수 있는 것으로 생각했다. 그녀는 자신이 가진 것 이외에는 아무 것도 욕심내지 않으려 했다. 다만 자신이 가지고 있는 것만으로 앞으로 나아가고자 했다. 그것을 클리포드, 소설, 라그비 저택, 차탈리 부인이라는 지위, 그리고 돈과 명성 등이었다...

그러나 어린아이, 갓난아이! 이는 역시 가슴이 뛰는 감동이다. 그녀는 아주 신중하게 실험해보고 싶었다. 하지만 문제는 상대 남성이었다. 이 사람이라면 하고 생각되는 남성을 전혀 발견할 수 없었다. 마이클리스의 아이? 아, 싫다! 차라리 토끼의 아이를 낳는 편이 낫겠다. 토미 듀크스는? 그러면 훌륭한 상대이다. 하지만 어린아이는 그 사람과 결부시킬 수 없다. 그는 그저 그 자신으로 끝날 사람이다. 클리포드가 아는 꽤 많은 사람들 가운데 그녀가 이 사람의 아이를 낳는다고 생각했을 때 경멸감을 일으키지 않는 남성은 단 한 명도 없었다.

정말 그렇다! 하지만 여전히 콘스탄스는 마음 속 깊이 어린아이를 생각하고 있었다. 기다리자! 기다리자! 그러면 한 사람쯤은 발견할 수 있을 것이다.

'하지만 그냥 평범한 남성이라면? 그것은 이야기가 다르다.' 그녀는 그 상대가 분명히 외국인일 것이라는 생각이 들었다. 영국인도 아니고, 아일랜드인도 아니다. 정말 외국인이다.

그래, 기다려보자! 기다리자! 이번 겨울에는 클리포드를 런던으로 데리고 가자. 내년 겨울에는 남프랑스나 이탈리아로 데리고 가자. 기다리자! 그녀는 그 일에 대해 전혀 서두르지 않았다. 그저 단순한 연인이라면 언제든지 만들 수 있다. 하지만 그 역할을 해낼 사람은... 기다리자! 기다리자! 이것은 전혀 다른 문제다. 그것은 연애의 문제가 아닌 상대 남성의 문제였다.

여전히 비가 내리고 있었다. 길이 너무 질어서 클리포드의 휠체어는 다닐 수가 없었다. 하지만 콘스탄스가 밖으로 나가는 데는 아무런 지장이 없었다. 그녀는 매일 나갔다. 대부분 혼자 숲속에서 지냈다. 거기에서는 아무도 만나지 않았다.

하지만 그날, 그녀는 산지기에게 전할 말이 있었다. 심부름하는 소년이 감기에 걸렸기 때문이다. 그래서 콘스탄스가 산지기의 집에 가겠다고 했던 것이다.

공기는 부드럽고 고요했다. 잿빛의 뿌연 습기 속에서 아무런 소리조차 들리지 않는 그런 날이었다. 탄광의 기계소리마저 들리지 않았다. 탄광은 작업을 단축해서 하루 종일 쉬고 있었다. 그것은 모든 것의 종말 같았다!

그녀가 숲의 북쪽으로 나가자 산지기의 집이 보였다. 꽤 어둡고 갈색인 돌집이었다. 아담한 굴뚝이 달린 집에는 인기척이 전혀 없는 듯했다. 죽은 듯이 고요했다. 하지만 가는 연기가 굴뚝에서 피어올랐고, 집 앞 울타리에 둘러싸인 작은 정원은 삽질을 해서 깨끗하게 손질되어 있었다. 문은 닫혀 있었다.

여기까지 오자 그녀는 묘하게 사물을 꿰뚫어 보는 듯한 그의 눈이 생각나서 약간 기가 죽었다. 그에게 명령을 전한다는 사실이 싫어 그냥 되돌아갈까 생각했다. 가만히 문을 두드렸지만 아무도 나오지 않았다. 창문을 들여다보았으나 고요하고 어두운 작은 방만 보일 따름이었다.

그녀는 집 옆으로 돌아갔다. 집 모퉁이를 돌아 걸음을 멈추었다. 남성은 아무 것도 모른 채 몸을 씻고 있었다. 그는 엉덩이까지 드러내고 벨벳 바지는 가냘픈 허리에서 미끄러져 내려가 있었다. 그는 등을 구부린 채 거품이 잔뜩 인 대야 속에 머리를 담그고 머리를 기묘하면서도 재빠르게 흔들었다. 그리고 미끈한 흰 팔로 양쪽 귓가의 비눗물을 닦아냈다. 그것은 마치 족제비가 물장난을 하듯 재빠르고 뛰어난 솜씨였는데, 상당히 고독해보였다. 콘스탄스는 집 모퉁이에서 물러나 숲속으로 달아났다. 자신도 모르게 충격을 받았다. 물론 그래봤자 한 사나이가 몸을 씻고 있는 것일 뿐이었다. 극히 평범한 일 아닌가!

그런데 그 광경은 묘하게 그녀의 눈에 새겨져 오랫동안 사라지지 않았다. 그녀는 몸 한 가운데가 뚫린 기분이었다. 누추한 바지가 흘러내려 순수하고 가냘픈 흰 엉덩이 뼈가 튀어나온 데까지 보였다. 그러면서 완전히 고독한 인간이라는 느낌이 그녀를 압도해버렸다. 정신적으로 완전히 고독하게 살고 있는 인간의 희고 외로운 육체. 순결한 인간이 가지는 저 순결한 아름다움.

콘스탄스는 눈으로 받는 충격을 자궁 속에서도 받았다. 스스로 그것을 알게 되었다. 그 충격은 육체의 내부에 남겨졌다. 물론 정신적으로는 그것을 우스꽝스러운 것으로 생각하고자 햇다. 뒤뜰에서 몸을 씻고 있는 사나이! 역한 냄새가 나는 누런 비누를 쓸 것이 뻔하다. 그녀는 약간 초조해졌다. 왜 이런 남의 속된 비밀 때문에 내가 허둥거려야 한단 말인가!

그녀는 자신으로부터 도망치듯 걸어갔다. 하지만 잠시 후 천천히 되돌아갔다. 가까이 다가가니 오두막집은 아까와 마찬가지였다. 개가 짖었다. 그녀는 문을 두드렸다. 자신도 모르게 가슴이 두근거리기 시작했다.

그가 2층에서 내려오는 가벼운 발소리가 들렸다. 갑자기 문을 열었기 때문에 그녀는 깜짝 놀랐다. 그는 불안한 표정을 지었지만 이내 웃음을 띠었다.

"차탈리 부인이시군요!" 그는 말했다. "들어오시지요."

그의 태도는 너무나도 점잖았다, 그녀는 왠지 모르게 쓸쓸해 보이는 작은 방으로 들어갔다.

"클리포드 경의 전갈을 가지고 왔어요." 그녀는 조용히, 하지만 가쁜 듯한 목소리로 말했다.

그가 꿰뚫어보는 듯한 파란 눈으로 바라보았기 때문에 그녀는 약간 얼굴을 돌렸다. 그는 그녀가 부끄러워하는 모습이 귀엽고, 심지어 아름답다고까지 생각했다. 그래서 그녀가 서 있는 것을 보고 자기편에서 먼저 말을 꺼냈다. "앉으시지요." 문은 열린 채였다.

"아니, 괜찮아요! 클리포드 경이 당신에게..." 그녀는 자신도 모르게 그의 눈을 들여다보면서 말을 전했다. 오늘 그의 눈은 왠지 모르게 따뜻하고 친절하며 너그러워 보였다.

"알겠습니다, 마님. 그렇게 하겠습니다." 명령을 받자 그의 행동이 갑자기 바뀌면서 딱딱함과 거리감으로 마치 얼어붙은 듯했다. 콘스탄스는 망설였다. 나가야만 했다. 하지만 그녀는 뭔가 놀라운 느낌으로 청결하게 손질된 다소 쓸쓸한 작은 거실을 둘러보았다.

"여기에서 혼자 사나요?"

"네, 혼자 삽니다. 마님."

"하지만 어머님은?"

"마을의 집에 계십니다."

"어린아이와 함께?"

"네, 아이와 함께."

그리고 그의 다소 피곤해 보이는 수수한 얼굴에는 의미를 찾기 어려운 비웃음이 떠올랐다. 그의 얼굴은 줄곧 짐작하기 어렵게 변했다.

"그렇습니다." 콘스탄스가 뭐라고 할지 몰라 하자 그가 말했다. "어머님이 토요일마다 청소를 해주러 오십니다. 그 밖의 일은 제가 합니다."

콘스탄스는 다시 그를 바라보았다. 그의 눈에는 약간의 장난기가 섞여 있었지만, 그래도 미소를 띠고 있었다. 따뜻하고 푸른빛이 감돌아 어딘지 모르게 친절한 느낌을 주었다. 도대체 어떤 사람일까라고 그녀는 생각했다. 그는 바지에 플란넬 셔츠와 회색 넥타이를 매고 있었다. 머리는 축축해서 부드러웠고, 창백하면서 피로한 표정이었다.

웃음이 사라지자 그의 눈은 비록 고통스럽지만 따뜻함을 잃지 않는 듯한 모습이었다. 하지만 창백한 고독감이 그의 얼굴에 나타나 있었다.

그녀는 왠지 여러 가지 말을 하고 싶었지만, 아무런 말도 할 수 없었다. 단지 그를 바라보며 다시 한 번 이렇게 말했을 뿐이다. "방해가 되지 않았을까요?"

그는 비웃듯이 가볍게 미소 지으며 가느다랗게 눈을 떴다.

"아니, 머리를 빗던 참이었습니다. 웃옷을 입지 못해 죄송합니다. 하지만 누가 왔는지 몰랐습니다. 문을 두드리는 사람이라고는 통 없어서 무슨 일이 일어났나 싶어서 불안했습니다."

그는 앞장서서 마당으로 내려가 나무문을 밀었다. 볼품없는 벨벳 웃옷을 벗고 셔츠만 입은 모습을 보니 그가 매우 늘씬하고 야윈데다가 약간 몸이 굽었음을 알 수 있었다. 하지만 그의 곁을 지날 때 금발과 날카로운 눈에는 뭔가 젊고 발랄한 것이 있음을 알아차릴 수 있었다.

그는 서른일곱 혹은 여덟쯤으로 보였다.

그녀는 뒤에서 그가 보고 있는 것을 느끼면서 숲속으로 걸어갔다. 그 때문에 침착성을 완전히 잃어버리고 스스로도 어떻게 할 수가 없었다.

한편 그는 집 안으로 들어가면서 이렇게 생각했다. '좋은 여성이야, 정말 좋은 여성이야! 게다가 자신이 좋은 사람이라는 것을 모르고 있어.'

그녀는 그가 어떤 사나이일까 생각했다. 그는 전혀 산지기답지 않았다. 다만 이 지방의 주민과 공통점을 가졌으면서도 다른 한편으로는 매우 달랐다.

"산지기 멜러스는 이상한 사람이더군요." 그녀는 클리포드에게 말했다. "어쩐지 신사 같아요!"

"그래?" 클리포드는 말을 이었다. "나는 모르겠는데..."

"하지만 좀 별난 사람 아니에요?" 콘스탄스가 물었다.

"매우 좋은 사람이라고 생각하지만, 난 그 사람에 대해 거의 몰라. 작년에 군대에서 제대했지. 그러니까 아직 1년이 채 되지 않았군. 그때까지는 아마 인도에 있었을 거야 인도에서 무언가를 배운 모양이던데. 장교의 연락병인가를 하다가 승진한 모양이야. 제대하면 다시 옛날 지위로 떨어지니까."

콘스탄스는 유심히 클리포드를 바라보면서 생각에 잠겼다. 하층계급에서 올라오는 사람들에 대해 그는 묘하게 고집스러운 반감을 가지고 있었다.

"하지만 그 사람에게 남다른 면이 있다고 생각하지 않으세요?"

"솔직히 말해서 없다고 생각하오. 내게는 생각나는 게 하나도 없으니."

그는 이상하게도 불안한 듯 의심스러운 표정으로 그녀를 쳐다보았다. 그녀는 그가 진실을 말하지 않는 것처럼 생각되었다. 그는 자신에게도 진실을 말하지 않는다. 그는 특별한 인간이라는 말을 정말 싫어했다.

콘스탄스는 다시 한 번 그녀와 같은 시대의 남성들이 얼마나 옹졸하고 인색한지 깊이 느꼈다. 어떤 인간이든 모두 겁을 내면서 여유롭지 못하게 틀에 박힌 채로 살아가고 있는 것이다.

9.
정신생활의 무의미함

콘스탄스는 침실로 들어가 오랫동안 하지 않던 행동을 했다. 그녀는 옷을 모두 벗고, 큰 거울 앞에 섰다. 자신이 무엇을 찾으려는 것인지, 무엇을 보려고 하는지 그녀조차 모르고 있었다. 하지만 그녀는 전신이 잘 보이도록 램프의 위치를 바꾸어 놓았다.

그러면서 종종 예전에 하던 것을 생각했다... 벌거벗은 채로 보면 인간이 육체는 얼마나 가냘프고, 약하며, 상처 나기 쉽고, 애처로운가! 그것은 왠지 미완성이고 불완전한 것으로 보였다.

예전의 그녀는 몸매가 좋다는 말을 들었지만, 지금은 왠지 유행에 뒤떨어진 몸매가 되고 말았다. 단단하고 완만한 곡선은 성숙하다기보다는 야위어서 약간 거칠어 있었다. 햇빛이나 열을 충분히 받지 못한 것처럼 윤기가 없고 거칠었다. 참다운 여성스러움을 잃어버린, 하지만 그렇다고 해서 소년답고 늘씬하며 투명한 몸매도 아니었다. 더욱이 광택을 잃은 느낌이었다.

그녀의 가슴은 작은 편이었고, 배 모양으로 늘어져 있었다. 과거에 그녀를 진심으로 사랑했던 독일 젊은이와 연애하던 무렵에 지니고 있던 신선하고 동그스름한 윤기를 잃어버렸다. 지금은 축 처지고 야위어서 힘이 없어 보였다. 예전에는 싱싱하고 여성스럽게, 토실토실하게 빛이 나던 넓적다리는 살이 빠져 가늘고 약하게 보였다.

그녀의 육체는 무의미한 것이 되었다. 생기 없고 윤기를 잃어서 보잘것없는 것이 되었다. 자신의 모습을 보자 그녀는 한없이 우울해졌다. 그리고 절망감을 느꼈다. 무슨 희망이 있겠는가! 불과 27살에 육체의 아름다움과 광택을 잃고, 늙어버리고 말았다. 이는 육체를 무시하고 거부했기 때문이다. 정신생활! 갑자기 그녀는 이 정신생활이라는 것에 대해 미칠 것 같은 증오심을 느꼈다.

그녀는 자신의 육체에서 가장 아름다운 곳은 오목한 등에서부터 부드럽게 내려간 옆구리를 지나 동그스름한 엉덩이에 이르는 부분이라고 생각했다. 거기에는 아직도 생명이 무엇인가를 갈망하면서 감돌고 있었다. 하지만 그 부분에서도 그녀는 야위어서 성숙하지 못한 채 시들어 가는 듯 했다.

더욱이 그녀의 육체 앞모습은 그녀를 더욱 슬프게 했다. 그것은 이미 야위어서 늘어지기 시작했다. 그곳은 여태까지 생활다운 생활을 한 적이 없었는데도 늙어서 시들어가고 있었다. 그녀는 어떻게 해서든지 낳으려고 하는 아이에 대해 생각했다. 과연 아이를 낳을 수 있을까?

그녀는 잠옷을 입고 침대에 들어가자마자 쓴 눈물을 흘리면서 울었다. 그리고 그런 쓰라림 속에서 클리포드와 그의 저작, 그리고 그의 대화에 대해 분노가 치밀어 오르는 것을 느꼈다. 그것은 여성으로부터 육체의 힘마저 빼앗아가려는 그와 같은 다른 남성들에 대한 분노였다. 부정(不正)이었다! 부정! 깊은 육체 밑바닥으로부터 나오는 부정에 대한 부르짖음이 그녀의 영혼을 불태웠다.

하지만 아침이 되면 늘 마찬가지였다. 7시에 잠에서 깨어 클리포드에게로 내려갔다. 온갖 사사로운 일로 그녀는 그의 시중을 들어주어야만 했다. 그는 하인을 두지 않았고, 하녀는 거절했다. 소년 시절부터 그를 잘 아는 가정부의 남편이 힘든 일을 대신 도와주곤 했다. 하지만 그의 주변 일은 콘스탄스가 스스로 시중들기로 했다. 그것은 의무이기도 했지만, 그녀 스스로 될 수 있는 한 해주기로 생각했기 때문이다.

그로 인해 그녀는 라그비 저택 밖으로 나간 일이 거의 없었다. 간혹 집을 비운다 하더라도 기껏해야 하루 혹은 이틀 정도였다. 그 동안에는 가정부인 베츠 부인이 그의 시중을 들었다. 그는 습관이 되면서 그런 시중을 당연한 것으로 받아들였다. 그럴 수밖에 없었다.

그러나 콘스탄스의 마음 속에서는 부당한 대우를 받고 속고 있다는 느낌이 불타기 시작했다. 부당한 취급을 받고 있다는 느낌이 한 번 눈 뜨기 시작하면 상당히 위험하다. 여기에는 출구가 필요하다. 그렇지 않으면, 그러한 감정을 안고 있는 사람을 잡아 먹는다. 불쌍한 클리포드, 그를 나무랄 수는 없다. 그는 훨씬 불행하기 때문이다. 그것은 결국 커다란 파국의 일부였다.

그러나 어떤 의미에서든 그를 비난할 점이 과연 없을까? 그에게는 따뜻한 점이 전혀 없다. 친절함도 없다. 다만 집안이 좋고, 냉정할 만큼 사려 깊고, 면밀한 구석이 있을 뿐이다. 콘스탄스의 아버지가 보여준 것만큼의 따스함도 없고, 남성이 여성에게 보여주는 따뜻한 마음조차 그에게는 없었다.

그 무렵, 몇 사람의 손님이 머무르고 있었다. 그 중에는 클리포드의 백모인 베널리 에바 부인이 있었다. 그녀는 60살 가량의 야위고 코가 빨간 미망인으로 귀부인다운 풍모가 있었다. 훌륭한 집안 출신으로 그에 어울리는 품격을 갖추고 있었다.

콘스탄스는 그 부인을 좋아했다. 그 부인은 매우 단순하며 솔직했다. 무엇이나 남에게 들려주었고, 보기에도 매우 친절했다. 그녀는 결코 잘난 척 하는 여성은 아니었다. 그러기에는 자의식이 너무 강했다. 그녀는 냉정하게 자신을 지키고, 다른 사람이 자신을 존경하게 만드는 사회적 유희를 즐겼다.

그녀는 콘스탄스에게 매우 친절하게 대했다. 그녀는 날카로운 훌륭한 관찰력으로 콘스탄스의 영혼 속으로 파고 들고자 했다.

"너는 참 훌륭한 여성이라고 생각해." 그녀가 콘스탄스에게 말했다.

"네가 클리포드에게 기적을 불러일으킨 거야. 내가 보기에 그에게는 이렇다 할 특별한 재능이 있는 것 같지 않았어. 그런데 저렇게 훌륭해졌으니 말이다."

에바 부인은 클리포드의 성공에 진심으로 만족하면서 이를 자랑했다. 그녀는 클리포드의 작품이 어떻든 상관없었다. 그런 게 다 무슨 필요가 있겠는가?

"어머나, 제가 한 일이 아닌걸요." 콘스탄스가 말했다.

"아니야, 네가 한 거야. 다른 누가 한 일이 아니야. 그런데 너는 아무런 보상도 받지 못한 것 같구나."

"왜요?"

"이런 데 틀어박혀서 사니 말이다. 내가 클리포드에게 말했다. 그러다가 저 애가 배신이라도 하면 그제서야 너는 비로소 고마움을 알게 될 거라고 말이다."

"하지만 그이는 저를 전혀 속박하지 않아요." 콘스탄스가 말했다.

"들어보렴, 애야." 에바 부인은 콘스탄스의 어깨에 야윈 팔을 얹어 놓았다.

"여성이란 자기 생활을 하던가 아니면 그것을 하지 않은 것을 후회하면서 생활하던가 둘 중 하나란다. 내가 한 말을 꼭 기억해두렴." 그리고 그녀는 다시 브랜드 한 모금을 마셨다. "하지만 전 저의 생활을 하는 것이 아닐까요?"

"그렇게 생각하지 않는단다! 클리포드는 런던으로 널 데리고 가서 네가 여러 곳을 돌아다니도록 해야 해. 그 사람의 친구들은 그에게는 재미있는 사람들이겠지만, 네게는 무슨 의미가 있겠니? 만약 내가 너라면 만족하지 않을 거야. 너는 젊음을 놓치고 늙어서, 아니 중년이 되면 그것을 후회하면서 살 거다." 이 귀부인은 브랜디에 위로를 받은 것인지 깊은 생각에 잠겨서 잠자코 있었다.

그러나 콘스탄스는 런던으로 가서 에바 부인에게 끌려 다니면서 사교계에 출입하고 싶은 생각은 전혀 없었다. 그녀는 자신이 사교계에 어울린다고 생각하지 않았고, 재미있게 여기지도 않았다.

라그비 저택에는 이밖에도 토미 듀크스와 해리 윈터슬로, 그리고 잭 스트리엔지웨이스와 그의 아내 올리브가 머무르고 있었다. 모두들 지루해했다. 날씨조차 나빠서 당구를 치거나 피아노에 맞춰 춤을 추는 정도밖에 할 수가 없었다.

올리브는 미래생활에 대해 쓴 책을 읽고 있었다. 그 사회에서는 갓난아이를 병 속에서 키우고, 여성은 출산의 고통에서 벗어날 수 있다는 것이다.

"이거 정말 재미있는 생각이군요!" 그녀가 말했다. "그러면 여성도 자기 생활을 할 수 있겠군요."

스트레인지웨이스는 아이를 갖고 싶었지만, 그녀가 바라지 않았다.

"왜 아기를 낳지 않으려는 겁니까?" 윈터슬로가 추하게 웃으면서 물어보았다.

"그것을 바라는 것은 자연스러운 일이에요." 그녀가 말했다.

"아무튼 미래사회 사람들은 더욱 영리해질 거예요. 그리고 여성도 그러한 기능 때문에 속박 받는 일이 없어질 거구요."

"그러면 여성들이 하늘 높이 날아오르겠군요." 듀크스가 말했다.

"문명이 극도로 발달하면 여러 가지 육체적 기능도 제거될 거야." 클리포드가 말했다. "이를테면 연애 문제에서의 여러 가지 일들 말이야. 그건 반드시 없어질 걸. 만약 갓난아이를 병 속에서 키울 수 있다면, 그건 꼭 해결될 거라고 생각해."

"아니에요!" 올리브가 외쳤다. "그렇게 되면 향락을 즐길 여성이 더 많아져요."

"난 이렇게 생각해." 에바 부인이 생각에 잠기면서 말했다.

"만약 연애 문제가 없어진다면 그것을 대체하는 무엇인가가 나올 거야. 이를테면 모르핀처럼. 공기 중에 적은 양의 모르핀이 있으면 누구나 다 기분이 좋아지겠지."

"주말을 즐겁게 보내기 위해서 공중에 에테르를 뿌리다니!" 잭이 말했다.

"그거 참 멋진 이야기인데, 수요일쯤 우리는 어떻게 되어 있을까?"

"자신의 육체를 잊어버릴 수 있다면 사람은 행복한 거란다." 에바 부인이 말했다.

"그리고 자신의 육체를 의식하는 순간 불행이 시작되는 거야. 우리는 자신의 육체를 의식하지 않는다면 행복하게 살 수 있을 거야."

"우리 육체를 완전히 없애버렸으면 좋겠어." 윈터슬로가 말했다.

"우리가 담배 연기처럼 둥실둥실 떠오른다면 어떻게 될까요?" 콘스탄스가 말했다.

"아마 그런 일은 없을 겁니다." 듀크스가 말했다. "그러면 우리 인류의 낡아빠진 연극은 실패하고 말 겁니다. 우리 운명은 내리막길입니다. 그리고 이런 제 말을 믿으신다면, 이 틈새에 걸리는 유일한 다리는 페니스뿐입니다."

"장군님! 설령 불가능하더라도 한 번 해보시죠!" 올리브가 말했다.

"나도 문명이 무너져 간다고 믿어." 에바 부인이 말했다.

"그럼 그 다음에는 어떻게 됩니까?" 클리포드가 물었다.

"나야 모르지만, 어쨌든 무언가 일어날 거야." 이 늙은 부인이 말했다.

"콘스탄스는 인간이 담배 연기처럼 된다고 하고, 출산의 고통에서 해방된 여성이나 병 속에서 기르는 갓난아이 이야기를 하고, 듀크스는 다음에 걸릴 것 같은 다리가 페니스라고 하는데. 도대체 어떻게 될까?" 클리포드가 말했다.

"어머, 아무러면 어때요? 그저 그날 그날을 살아가면 그만 아닌가요?" 올리브가 말했다.

"그저 갓난아이를 키우는 병만큼은 빨리 만들어져서 우리 여성들을 고통에서 벗어나게 해줬으면 좋겠어요."

"다음 시대에는 진정한 인류가 나타날 지도 모르지." 토미가 말했다. "진실하고 지적이며 건전한 남성과 건강하고 아름다운 여성이 그렇게 된다면 확실히 큰 변화라고 할 만하지 않을까? 지금의 우리는 남성이 아니야. 그리고 여성도 진짜 여성이 아니지. 우리처럼 지능이 겨우 7살에 이르는 사람들의 무리와는 다르게 참다운 남성과 여성의 문명이 도래할 지도 모르지. 그편이 연기와 같은 인간이나 병 속에 든 갓난아이보다 훨씬 감탄한 일이 아닐까."

"진정한 여성에 대한 이야기가 나오면 난 말하지 않겠어요." 올리브가 말했다.

"정말이지 우리에게는 영혼 이외에는 가질만한 가치가 있는 것이 아무것도 없어." 윈터슬로가 말했다.

"그렇게들 생각하나? 나는 육체의 부활을 바라는데!" 듀크스가 말했다. "하지만 우리 머릿 속에 있는 금전이나 그 밖의 무거운 짐을 없애버린다면, 그때가 머지않아 오겠지. 그렇게 되면 우리에겐 금전적인 민주주의가 아니라 연애 민주주의가 시작될 거야."

콘스탄스의 마음 속에서는 무엇인가 이 말에 공감하면서 울려왔다. '연애의 민주주의, 육체의 부활을 달라!' 그녀는 그 말의 의미를 전혀 알지 못했다. 하지만 의미를 몰라도 그것은 그녀의 마음을 위로해주었다.

모든 것이 무서울 만큼 하찮았다. 모든 것이 참을 수 없을 정도로 그녀를 지루하게 만들었다. 클리포드도, 에바 부인도, 올리브도, 잭도, 윈터슬로도, 듀크스까지도. 떠들고, 지껄이고, 계속 지껄인다! 이렇게 거침없이 떠들어대는 이들은 도대체 무엇이란 말인가!

손님들이 모두 돌아가 버린 다음에도 마찬가지였다. 그녀는 힘없이 계속 걸었다. 하지만 분노와 초고가 그녀의 육체 속에 깊이 파고들어 더 이상 빠져 나가지 않았다. 하루하루가 고통에 싸인 채 느리게 지나갔다. 그녀는 점점 야위어갔다. 가정부도 몸이 불편하냐고 물었다. 그녀는 자신이 이 지저분한 중부지방의 묘비나 기념비 밑에 누워 있을 주검 중 하나가 되는 것이 그리 멀지 않은 날임을 느꼈다.

10.
콘스탄스의 해방

그녀에게는 구원이 필요했다. 스스로도 그것을 알고 있었다. 그래서 그녀는 짤막하게나마 '마음의 부르짖음'을 언니 힐더에게 써서 보냈다. '요즘 몸이 좋지 않아요. 나 자신도 어떤 일인지 모르겠어요.'

그 무렵 스코틀랜드에서 살고 있던 힐더가 달려왔다. 3월의 어느 날, 경쾌한 2인승 자동차를 몰고 그녀는 혼자 찾아왔다.

그녀는 찻길을 곧장 달려 클랙션을 울리면서 언덕 비탈을 올라왔다. 그리고 나서 타원형 잔디밭을 빙 돌아 저택 앞의 평지에 도착했다.

콘스탄스는 계단 쪽으로 뛰어갔다. 힐더는 차를 세우고 내려 동생에게 키스했다.

"어머나! 콘스탄스!" 그녀는 외쳤다. "도대체 어떻게 된 거니?"

"아무 것도 아니에요!" 부끄러운 듯이 콘스탄스가 말했다. 하지만 힐더에 비해 자신이 얼마나 허약해졌는지 그녀는 깨달았다. 이 자매는 둘 다 윤기 있는 황금색 살결과 부드러운 갈색 머리카락, 그리고 날 때부터 튼튼하고 풍만한 육체를 가지고 있었다. 하지만 지금 콘스탄스는 야위어서 얼굴색은 흙빛이 되었고, 헐렁한 재킷 속에 나와 있는 목은 앙상한데다 누르스름하기까지 했다.

"너, 아주 나쁜 것 같구나!" 힐더는 이들 자매에게 공통된 조용하면서도 숨찬 목소리로 말했다. 힐더는 콘스탄스보다 두 살 위였다.

"아니, 앓고 있진 않아요. 마음이 울적할 뿐이에요." 콘스탄스는 조금 가슴이 답답한 듯 말했다.

힐더의 얼굴에는 전투적인 의식이 넘쳐흘렀다. 그녀는 매우 조용하고 차분했지만, 아마존 여전사 같은 스타일이어서 남성에게 순종하는 고분고분한 성격은 아니었다.

"지독한 집이구나!" 그녀는 아주 오래되고 거대한 라그비 저택을 보고 진심에서 우러나온 증오를 담아 조용히 말했다.

그녀는 조용히 클리포드에게 다가갔다. 그는 그녀를 아름답다고 생각했지만, 동시에 두려움을 느꼈다.

그는 자기 의자에 단정한 모습으로 예의바르게 앉아 있었다. 반지르르한 금발이며, 생기 있는 얼굴. 밝고 푸른 눈은 약간 튀어 나온 듯 했고, 표정은 고상했지만, 걷잡을 수 없었다. 힐더는 그의 얼굴이 얼빠지고 무뚝뚝하다고 생각했다. 그는 기다리고 있었다. 그의 태도는 강직하고 딱딱했다. 하지만 그가 어떤 태도이든 힐더는 전혀 아랑곳하지 않았다. 그녀는 싸울 준비를 하고 온 것이다. 이는 상대가 교황이든, 황제든 전혀 다를 바 없었다.

"콘스탄스가 건강이 몹시 나쁜가 봐요." 아름답고 무섭게 빛나는 잿빛 눈으로 그를 지켜보면서 조용히 말했다.

"네, 좀 야윈 것 같습니다." 그도 인정했다.

"아무런 치료도 안 받나요?"

"그럴 필요가 있습니까?" 그는 가장 부드럽지만 잉글랜드인 특유의 고집스러움을 드러내며 말했다. 이 두 가지의 부드러움과 고집스러운 기질은 곧잘 공존하곤 했다.

힐더는 대답하지 않고 그를 쳐다보았다. 임기응변의 대답은 그녀의 특기가 아니었다. 그것은 콘스탄스도 마찬가지였다. 그래서 그녀는 그저 쳐다보기만 했다. 그에게는 여러 가지 말을 지껄이는 것보다 이것이 훨씬 더 불쾌했다.

드디어 힐더가 말했다. "전 의사에게 동생을 보여야겠어요."

"이 근처에 훌륭한 의사가 있나요?"

"잘 모르겠는데요."

"그렇다면 런던으로 데리고 가겠어요. 거기엔 믿을만한 의사가 있으니까요."

클리포드는 속이 끓어오를 만큼 화가 났지만, 아무런 말도 하지 않았다.

"오늘 밤은 여기에서 폐를 끼치고, 내일 런던으로 데리고 가겠어요." 힐더가 장갑을 벗으면서 말했다.

클리포드는 분노로 얼굴이 새파래졌다. 그리고 밤이 되자 흰자위까지 보였다. 그는 참을 수 없었다. 하지만 힐더는 여전히 정중하고 얌전하게 굴었다.

"당신의 시중은 간호사나 누구에게 들도록 해야겠군요. 실제로는 하인이 좋겠지만."

힐더는 식사 후 커피를 함께 마시는 자리에서 조용히 말했다. 그녀는 얼른 보기에는 매우 부드럽고 얌전하게 말했지만, 그 말을 들은 클리포드는 몽둥이로 세게 얻어맞은 것 같았다.

"그렇게 생각하십니까?" 그는 차갑게 물었다.

"그럼요! 그렇게라도 하지 않으면 안 되겠어요. 그렇게 해주지 않는다면, 저와 아버지가 콘스탄스를 서너 달 동안 어디라도 데리고 가야 겠어요. 이런 상태로는 오래 견딜 것 같지 않아요."

"뭐가 견딜 것 같지 않습니까?"

"저 아이의 얼굴을 보신 적이 없나요?" 그를 물끄러미 지켜보면서 힐더가 말했다.

"콘스탄스와 의논해보지요." 그가 말했다.

"그 점에 대해서는 이미 콘스탄스와 의논했어요." 힐더가 말했다.

클리포드는 진저리가 날 만큼 오랫동안 간호사의 신세를 진 적이 있었다. 그래서 그는 간호사가 싫었다. 그녀들이 그의 비밀을 전혀 지키지 않았기 때문이다. 그리고 하인은... 그는 남성이 자기 주변에서 얼쩡거리면서 돌아다니는 것이 질색이었다. 차라리 여성이 나았다. 하지만 왜 콘스탄스는 안 된다는 걸까?

아침에 두 자매는 자동차로 떠났다. 콘스탄스는 운전하는 힐더 옆에 웅크리고 앉아 마치 도살장으로 끌려가는 양과 같은 모습이었다. 멀컴 경은 런던을 떠나 있었지만, 켄싱턴 집은 열려 있었다.

의사는 콘스탄스를 자세히 진찰했다. 그리고 그녀의 일상생활을 자세히 물었다. "난 당신과 클리포드 경의 사진을 사진잡지에서 몇 번인가 봤습니다. 꽤 명성이 자자하더군요. 얌전한 아가씨들은 이렇게 되기 마련입니다. 아무데도 나쁜 데는 없습니다. 하지만 이대로는 안 됩니다. 안되지요! 기분전환을 위해 부인을 런던이나 외국으로 가도록 클리포드 경에게 부탁하십시오. 당신에게는 정말로 기분전환이 필요합니다. 당신의 생활력은 지금 매우 저하되어 있습니다. 지금 생활로라면 안 되겠는데요? 그래서는 안됩니다. 우울증! 우울증을 피해야 합니다!"

그들이 돌아오자 아직도 마음이 안정되지 않은 클리포드에게 힐더는 이 사실을 이야기해주었다. 그는 이 소란에 지쳐 있었지만, 힐더가 말하는 모든 것과 의사가 한 말을 듣지 않으면 안 되었다. 그는 잠자코 최후통첩을 듣고만 있었다.

"여기에 주소가 적혀 있는데, 매우 좋은 남성 간호사라는군요. 그 의사가 맡은 환자가 한 달 전에 사망했다는데, 그 때까지 간호해주었대요. 정말 좋은 사람이래요. 부탁하면 와 줄거예요."

"하지만 나는 환자가 아니니까 남성 간호사는 필요 없습니다." 클리포드는 심술이 나서 말했다.

"여기 두 간호사의 주소가 있어요. 이 중 한 사람은 만나봤는데, 아주 사람이 좋아 보이더군요. 50살 가량 된 여성인데, 차분하고 건강하고, 친절하고. 다소 교양도 있어 보였어요."

클리포드는 얼굴을 찡그릴 뿐 대답을 하지 않았다.

"클리포드, 내일까지 결정해주지 않으면 아버지께 전보를 쳐서 콘스탄스를 데려가겠어요."

"콘스탄스가 가겠답니까?" 클리포드가 물었다.

"가겠다고 하지는 않지만 갈 수밖에 없다는 것은 자신도 잘 알고 있어요. 저의 어머니도 너무 속만 태우다가 결국 암으로 돌아가셨잖아요. 너무 위태로운 일은 시키고 싶지 않아요."

이튿날 클리포드는 테버셜 교구 간호사인 볼튼 부인의 이야기를 꺼냈다. 분명히 가정부인 베츠 부인의 생각이었을 것이다. 볼튼 부인은 교구 간호사를 그만두고 개인적으로 간호사 일을 하려던 참이었다. 클리포드는 낯선 사람이 자신의 시중을 들어주는 것을 아주 두려워했다, 하지만 볼튼 부인은 그가 성홍열에 걸렸을 때 간호해 준 적이 있어서 알고 있었다.

자매는 즉시 테버셜치고는 제법 깨끗한 거리에 있는 그리 낡지 않은 볼튼 부인의 집을 찾아갔다. 그녀는 40살 정도 되어 보이는 꽤나 맵시가 훌륭한 여성이었다. 간호사 옷차림에 흰 칼라와 앞치마를 두르고 손님들이 모인 작은 거실에서 차를 내놓고 있던 참이었다.

볼튼 부인은 매우 조심스럽고 정중한, 하지만 애교가 있는 여성이었다. 말투에는 약간 사투리가 섞여 있었지만, 차근차근 정확한 영어를 쓰고 있었다. 그녀는 좁은 마을에서 나름대로 존경받는 주요 인물 가운데 한 사람이었다.

"어머나, 차탈리 부인께서 얼굴빛이 별로 좋지 않으시군요. 왜 그러실까요? 예전에는 정말 건강하셨는데. 아마 겨울 동안 건강이 나빠지셨나봐요. 이곳 겨울은 지독하니까요. 불쌍한 클리포드 경! 전쟁은 어쩌면 이리도 참혹한지요."

볼튼 부인은 샤들로 박사가 놓아주는 대로 바로 라그비 저택으로 오기로 했다. 규칙상으로는 앞으로 2주간 더 교구 간호사로 일해야 했지만, 이는 대신할만한 사람만 구하면 크게 문제될 일이 아니었다.

힐더는 샤들로 박사를 만나러 갔다. 다음 일요일, 볼튼 부인이 큰 가방 2개를 들고 리버의 마차로 라그비 저택에 도착했다. 힐더가 그녀와 이야기했다. 볼튼 부인은 언제나 이야기 동무가 되어 주었다. 그녀가 창백한 뺨에 발그레한 홍조를 띠면 매우 젊어보였다. 그녀는 47살이었다.

그녀의 남편인 테드 볼턴은 22년 전에 탄광에서 사망했다. 그때는 바로 22년 전 크리스마스로 당시 그녀에게는 아이가 2명 있었는데, 한 아이는 젖먹이였다. 그 때의 젖먹이는 지금 에디스가 셰필드의 부츠 캐시 약국에서 근무하는 남성의 아내가 되었다. 또 다른 딸은 체스터필드의 교사였다. 그 딸은 데이트가 없으면 주말에 집으로 돌아왔다. 요즘 젊은이들은 어머니 아이비 볼튼이 젊었을 때와는 달리 인생을 마음껏 즐기고 있었다.

탄광이 폭발해서 테드 볼턴이 사망했을 대 그의 나이는 28살이었다. 앞쪽의 동료가 "엎드려!"라고 소리쳤다. 당시 거기에는 4명의 광부가 있었다. 모두 재빠르게 엎드렸지만, 테드만 엎드리지 않았다. 그래서 그만 사망했다. 보상금은 겨우 3백 파운드밖에 되지 않았다. 사실상 배상이라기보다는 특별 조의금에 지나지 않았다. 그녀는 작은 가게라도 차리고 싶었지만, 매주 30실링씩 받았다. 테드의 어머니는 아이들을 잘 돌보아 주었다. 갓난아이가 걷기 시작하자 노모가 낮 동안 두 아이를 보살펴 주었다. 그 사이에 아이비 볼턴은 셰필드에 가서 병원 실습을 받고, 4년째 되던 해에 간호사 자격증을 땄다. 테버셜 탄광회사는 그녀가 자립할 수 있음을 알자 특별대우를 해서 교구 간호사 지위를 주었다. 그녀는 늘 그것을 고마워했다. 그 뒤 줄곧 거기에서 일했다. 요즘 그 일이 좀 고된 것 같아 좀 더 편한 일을 찾고 있었다.

"네, 회사에서는 참 고맙게 해주었어요. 난 언제나 그렇게 말하죠. 하지만 그들이 테드에 대해 말한 것만큼은 잊을 수 없어요. 테드는 일단 갱 안에 들어가면 누구보다도 침착해져서 아무 것도 두려워하지 않거든요. 그런데 다들 그렇게 말하니 겁쟁이라고 낙인찍힌 거죠. 하지만 그 사람이 죽었으니 누구에게도 뭐라고 하소연 할 수 없군요."

이 부인의 이야기에는 뭔가 묘한 감정이 섞여 있는 듯 했다. 오랫동안 자신이 간호했던 광부들을 좋아했지만, 그녀는 자신이 훨씬 더 뛰어난 사람이라고 생각했다. 자신을 거의 상류계급이라고 생각하고 있었다. 그녀는 언제나 우월한 사람, 상류계급이 되기를 원했다. 상류계급은 그녀를 매혹시켰고, 묘한 영국적 우월감에 호소했다. 그녀는 라그비 저택에 오면서 차탈리 부인과 이야기하는 것에 기쁨을 느꼈다.

"그렇고 말고요. 마님의 짐이 너무 무겁습니다. 이 댁 분들은 대대로 기품이 높으신 분들이어서 당연하겠지만 냉정한 분들이었습니다. 그런데 저렇게 되다니! 차탈리 부인이 얼마나 괴로우시겠어요. 부인께서 더 하실 거예요. 정말 슬픈 일이지요! 나는 테드와 단 3년밖에 살지 못했어요. 하지만 그 사람과 생활했을 때 잊지 못할 남편을 가졌던 셈이지요. 그는 참 좋은 사람이었어요. 성격도 명랑했죠. 죽을 거라고 누가 생각이나 했겠어요. 지금도 믿기지 않는 걸요. 내 손으로 그 사람의 시체를 씻어 주는데, 도무지 믿기지가 않았답니다. 내게 그 사람은 단 하루도 죽은 사람이 아니에요. 난 그 사실을 믿을 수 없어요."

그녀의 말은 라그비 저택에서는 들어보지 못한 말이었다. 그래서 콘스탄스에게는 매우 새롭게 들렸다. 그녀는 상당한 흥미를 느꼈다.

첫 1주일 가량 볼턴 부인은 라그비 저택에서 아주 조용하게 지냈다. 그녀는 지금까지의 자신만만하고 명령을 내리던 태도를 버리고 약간 신경질적으로 변했다. 클리포드를 대할 때 그녀는 겁을 먹고 기가 꺾여 제대로 말도 하지 못했다. 그는 그것이 마음에 들었다. 그는 침착함을 되찾고 볼턴 부인을 무시하면서 여러 가지 시중을 들게 했다.

"저 여성은 좀 쓸모 있는 것 같더군." 그가 말했다. 콘스탄스는 깜짝 놀라서 눈을 동그랗게 떴다. 하지만 거기에 반대하지는 않았다. 두 사람이 받은 인상은 그렇게 전혀 달랐던 것이다.

얼마 후 그는 이 간호사에 대해 무의식 중에 아주 거만하고 멸시하는 태도를 취했다. 볼턴 부인은 그것을 예상한 듯했다. 광부들은 그녀가 붕대를 감아주거나 시중을 들어줄 때 마치 어린아이처럼 그녀에게 말을 걸거나 고통을 호소하곤 했다. 그러면 그녀는 상당히 우쭐대면서 초인간적인 태도로 그들을 대했다. 하지만 클리포드 앞에서 그녀는 마치 자신이 하녀처럼 보잘것없는 존재같이 느껴졌다. 그녀는 아무 말 없이 이 사실을 받아들였고, 상류사회라는 것에 자신을 적응시켜나갔다.

그의 시중을 들 때 그녀는 자주 말수가 적어지면서 갸름하고 아름다운 얼굴에 눈썹을 내리깔곤 했다. 그리고 아주 겸손한 말투로 이렇게 할까요, 저렇게 할까요라고 물었다.

"아니, 그건 아직 괜찮아. 나중에 하지."

"알겠습니다, 나리."

"30분 뒤에 와줘."

"알겠습니다, 나리."

"거기에 있는 낡은 신문은 가져가도록."

"알겠습니다, 나리."

그녀는 조용히 나가서 30분이 지나면 다시 돌아왔다. 그녀는 완전히 기가 눌려 있었지만, 크게 상관없었다. 상류사회는 이런 곳인가보다라고 생각했다. 그녀는 클리포드에게 화를 내지도 않았고, 그를 싫어하지도 않았다. 그는 하나의 현상이었다. 지금까지는 자신의 손이 미치지 않는 높은 곳에 있었지만, 이제 자신이 들어 가 있는 상류사회라는 현상의 한 사람이었다. 그녀는 차탈리 부인을 대하는 것이 마음이 더 편했다.

볼턴 부인은 밤에는 클리포드를 침대에 눕히고, 그의 방과 복도 사이에 있는 방에 묵었다. 밤에라도 초인종을 울리면 바로 올 수 있게 하기 위해서였다. 그녀는 아침에 일어나면 그의 시중을 들고, 그의 수염을 솜씨 있게 깎아 주었다. 그녀는 매우 쓸모 있었다. 얼마 지나지 않아 그녀는 그를 다루는 요령을 완전히 터득했다. 턱에 비누칠을 하고, 수염을 더듬으면서 깎을 때 그 역시 광부들과 전혀 다르지 않다는 것을 알았다. 그의 거만한 태도나 입이 무거운 것을 그녀는 전혀 마음에 두지 않았다. 으레 그런 것이라고 생각했다.

클리포드는 마음속으로는 콘스탄스가 시중 들기를 그만두고 고용인 따위에게 자신을 맡긴 것을 절대로 용서하지 않았다. 하지만 콘스탄스는 전혀 마음 쓰지 않았다. 이제 자기만의 시간이 많아졌으므로 그녀는 자신의 방에서 조용히 피아노를 치면서 노래를 불렀다.

쐐기풀을 건드리지 마라...
사랑의 굴레는 풀기 어려우니.

그녀가 사랑의 굴레를 풀기 어렵다는 것을 깨달은 것은 상당히 최근의 일이었다. 하지만 다행스럽게도 그녀는 그것을 풀었다. 그녀는 조용히, 그리고 세심하게 두 사람 사이에 얽혀 있는 의식을 정성스러우면서도 참을성 있게 한 올씩 풀어나갔다. 이런 사랑의 굴레는 다른 굴레보다 풀기 어려웠다. 볼턴 부인이 와 준 것이 큰 도움이 되었다.

하지만 그는 아직도 저녁이 되면 예전처럼 콘스탄스와 다정하게 이야기를 나누고, 소리 내어 책을 읽어주기를 바랐다. 그래서 콘스탄스는 10시에 볼턴 부인이 와서 잠자리 준비를 하도록 정했다. 이제 10시가 되면 콘스탄스는 자기 방에 올라가서 혼자 있을 수 있었다. 클리포드는 볼턴 부인에게 맡겨두면 아무런 문제가 없었다.

볼턴 부인은 베츠 부인과 마음이 잘 맞아 가정부 방에서 함께 식사를 했다. 고용인의 방이 점점 집 한가운데로 이동하는 것 같은 묘한 기분이 들었다. 전에는 훨씬 떨어진 곳에 있었지만, 지금은 클리포드의 서재 바로 옆에 있다. 콘스탄스는 클리포드와 함께 있을 때 나지막한 목소리로 그들이 소곤거리는 것을 들으면 노동자 계급의 목소리가 이 집의 거실까지 들어온 것처럼 느꼈다. 볼턴 부인 단 한사람이 보태졌다는 이유만으로 라그비 저택은 크게 변했다.

하지만 콘스탄스는 자신만의 세계로 해방된 듯한 기분이 들었다. 자신만의 세계의 공기를 마시는 듯했다.

그러나 생명과 관련된 뿌리가 여전히 클리포드와 얽혀 있는 것이 아닌지 두려웠다. 그래도 이제 그는 훨씬 더 편하게 숨을 쉴 수 있었다. 그녀의 새로운 생활이 열리려고 했다.

11.
숲 속 오두막집

볼턴 부인은 여성으로서, 그리고 직업상 자신이 콘스탄스를 보호해야 한다는 생각 때문에 그녀를 보살펴 주었다. 그녀는 언제나 콘스탄스에게 산책할 것과 유스웨이트로 드라이브를 하고, 바람 쐴 것을 권하곤 했다. 콘스탄스는 책을 읽거나 바느질을 하면서 난롯가에 앉아 있는 버릇이 생겨서 밖으로 다니는 일이 거의 없었던 것이다.

힐더가 가버린 후 바람이 불던 어느 날, 볼턴 부인이 말했다. "마님, 산지기 집 뒤에 있는 수선화를 보러 숲을 산책하지 않으실래요? 그렇게 아름다운 꽃은 이 근처에서는 보실 수 없을 거예요. 그리고 야생 수선화를 가져다 방에 꽂아 놓아도 좋을 거예요."

콘스탄스는 이 말을 받아 들였다. 야생 수선화! 혼자 우울하게 썩어봐야 별 수 없다. 벌써 봄이다... '계절은 돌아와도 내게는 낮도 없고, 상쾌한 아침, 저녁도 없다(밀턴의 <실낙원> 제3권).'

더욱이 산지기의 화사하고 흰 육체는 눈에 보이지 않는 꽃의 가느다란 암술 같았다. 요즘 표현할 수 없을 정도로 우울한 생활 때문에 그녀는 그를 잊어버리고 있었다.

그녀는 전보다는 건강해졌다. 좀 더 잘 걸을 수 있었다. 숲 속으로 들어가자 마치 정원 속처럼 바람이 부드럽고, 피곤하지도 않았다. 그녀는 자신의 세계와 마치 고기가 썩은 것 같은 사람들을 잊어버리고 싶었다.

흔들리는 약한 햇빛이 반짝반짝 빛나면서 개암나무가 우거진 숲의 애기똥풀을 비추어 주었다. 그러자 밝은 황금색으로 빛났다. 숲은 말할 수 없을 정도로 고요했고, 햇빛만이 빛날 뿐이었다. 아네모네가 가장 먼저 피었다. 끝없이 피어 있는 작은 아네모네 더미가 햇빛을 반사하면서 숲속이 창백하게 빛나고 있었다. 찬바람이 일고 있다. 녹색 크리놀린 스커트에 흰 어깨를 드러내고 있는 아네모네는 무척 추워보였다. 작고 희게 바랜 앵초가 몇 송이 길가에 얼굴을 내밀고, 노란 봉오리를 벌리려고 하고 있었다.

드디어 그녀는 숲 저편의 빈터로 나왔다. 이끼가 낀 돌집이 보였다. 그것은 땅속에 파묻힌 버섯처럼 따뜻한 햇빛을 받아 장밋빛으로 보였다. 문 옆에는 노란 재스민 꽃이 빛나고 있었다. 문은 닫혀 있었다. 아무런 소리도 들리지 않았다. 굴뚝에서는 연기도 나지 않았다. 개 짖는 소리조차 들리지 않았다.

그녀는 조용히 뒤꼍으로 돌아갔다. 거기에는 벼랑이 있었다. 오늘은 수선화를 보러 왔다는 구실을 가지고 있었다. 수선화는 거기에 있었다. 줄기가 짧은 꽃은 바람에 나부끼면서 싱싱하게 빛났다. 바람이 불 때마다 수선화가 흔들렸지만, 그 얼굴을 감출 자리가 없었다.

그녀는 수선화를 서너 송이 꺾어서 그곳에서 내려왔다. 그녀는 꽃 꺾는 것을 좋아하지 않았지만, 한두 송이쯤은 가져가고 싶었다. 이제 그녀는 라그비 저택과 그 육중한 벽 속으로 돌아가야만 했다. 그녀에게 그 저택은 정말 진절머리 나는 것이었다. 특히 그 두꺼운 벽이 그랬다.

저택으로 돌아오자 클리포드가 말했다.

"어딜 다녀왔소?"

"숲속을 거닐다 왔어요! 보세요, 이 수선화 아주 예쁘죠? 땅 속에서 이런 것이 솟아나다니!"

"공기와 햇빛 때문이지." 그가 말했다.

"하지만 땅 속에서 만들어지지 않아요?" 그녀가 얼른 대꾸했다. 그러면서도 자신의 그런 태도에 놀랐다.

이튿날 그녀는 또 숲으로 나갔다. 그녀는 '존의 우물'이라고 불리는 샘물 쪽으로 낙엽송 사이를 굽이굽이 돌아 이어지는 넓은 길을 따라갔다. 그 부근의 언덕 비탈은 상당히 추웠다. 하지만 깨끗한 분홍빛 자갈이 있는 좁은 바닥에서 얼음처럼 찬 샘이 조용히 솟아올랐다. 그것은 이루 말할 수 없을 정도로 맑고, 차가웠다! 그리고 마치 보석처럼 빛났다.

그녀는 일어서서 조용히 집 쪽으로 걷기 시작했다. 걸어갈 때 오른쪽에서 희미하게 무언가를 두드리는 소리가 나서 걸음을 멈추었다. 망치 소리일까? 딱따구리 소리일까? 하지만 분명히 망치 소리였다.

그녀는 귀를 기울이면서 걸어갔다. 어린 전나무 숲 사이로 좁은 오솔길이 나 있는 것이 눈에 띄었다. 그 길은 어디로 나갈 수 없는 듯한 길처럼 보였지만, 왠지 누군가 자주 다닌 길처럼 보이기도 했다. 그녀는 대담하게도 그 길을 따라갔다. 호젓한 숲속에서 들리는 망치소리가 더 가까워졌다. 바람소리에도 나무들은 죽은 듯이 고요했다.

잠잠하고 소리도 없는 작은 빈터와 작은 통나무로 만든 조용한 오두막이 그곳에 있었다. 여기는 한 번도 온 적이 없었다! 그녀는 그 곳이 새끼 꿩을 기르기 위한 조용한 장소라는 것을 알았다. 산지기가 셔츠 바람으로 무릎을 꿇은 채 망치를 두드리고 있었다. 짧고 날카로운 소리로 짖으면서 개가 달려왔다. 그러자 산지기는 갑자기 얼굴을 들고 그녀를 바라보았다. 아주 놀란 표정이었다.

그는 말없이 일어나 지켜보면서 인사했다. 그녀가 지친 듯한 걸음으로 다가오고 있었다.

그는 콘스탄스의 침입에 화가 났다. 그는 자신에게 주어진 고독을 마치 생활 속 단 하나의 자유로서 소중하게 간직하고 있었기 때문이다.

"무슨 소리인가 했어요." 그녀는 약하게 숨이 가쁜 것을 느끼면서 말했다. 하지만 그가 자신을 뚫어지게 바라보고 있자 두려워졌다.

"새끼 꿩을 넣을 둥지를 만드는 참이었습니다." 그는 일부러 사투리를 섞어 말했다.

그녀는 뭐라고 말해야 할지 몰랐다. 하지만 자신이 몹시 피곤함을 느꼈다.

"조금 쉬고 싶어요." 그녀가 말했다.

"안으로 들어가 쉬십시오." 그는 목재들을 밀어놓으면서 앞장서서 오두막으로 들어가더니 개암나무로 만든 의자를 하나 내왔다.

"불을 좀 때드릴까요?" 그는 소박한 사투리로 묘하게 물었다.

"괜찮아요." 그녀가 대답했다.

그는 그녀의 손을 바라보았다. 손은 몹시 창백했다. 그래서 그는 구석의 작은 벽돌 난로에 낙엽송 나뭇가지를 넣었다. 잠시 후 노란 불꽃이 굴뚝 위로 오르기 시작했다. 그는 난로 옆에 자리를 만들었다.

"앉아서 몸을 좀 녹이십시오." 그가 말했다.

그녀는 앉아서 손을 녹이고, 난로에 장작을 넣었다. 그는 밖으로 나가 다시 망치질을 했다. 그녀는 난롯가에 처박혀 있고 싶지 않았다. 하지만 폐를 끼쳤으므로 그가 시키는 대로 할 수밖에 없었다.

오두막집은 그야말로 아담했다. 칠하지 않은 전나무 판자에 시골에서나 볼 법한 작은 식탁과 그녀가 앉은 의자 외에도 둥근 의자가 있었다. 그밖에도 목수용 작업대와 커다란 상자, 갖은 연장, 새로운 널빤지, 못 등이 있었다. 도끼와 덫, 물건 넣는 자루, 웃옷이 못에 걸려 있었다. 창문은 없어서 열린 문으로 빛이 들어왔다. 그야말로 잡동사니로 가득 차 있었지만, 일종의 은둔처였다.

그녀는 그의 망치 소리에 귀를 기울였다. 그다지 행복한 소리는 아니었다. 그는 압박감을 느끼고 있었다. 지금까지 그가 이 세사에서 바란 것은 단 하나, 고독밖에 없었다. 하지만 그에게는 자신의 비밀을 지킬 힘이 없었다. 자신의 생활을 침범하는 사람이 다른 아닌 자신의 고용주였기 때문이다.

그는 이제 더 이상 여성과 접촉하지 않기를 바랐다. 그는 그것을 두려워했다. 예전에 여성으로 깊은 상처를 받았기 때문이다. 만약 혼자 있을 수 없고, 남의 간섭을 받아야 한다면, 살 수 없을 거라고 생각했다.

콘스탄스는 오두막의 난롯불 덕분에 몸이 따뜻해졌다. 난로에 장작을 너무 많이 넣어서 어느 샌가 불 옆에 있기 너무 뜨거울 정도였다. 그녀는 입구에 있는 의자로 옮겨 앉아 그가 일하는 모습을 바라보았다. 그는 그녀에게 무관심한 척 했지만, 그것을 알고 있었다. 하지만 그는 계속 일을 했다.

그는 늘씬한 몸을 조용하면서도 재빠르게 놀려 새장을 완성했다. 그리고 이번에는 그것을 거꾸로 해서 문이 잘 열리는지 시험한 다음 옆에 놓았다. 그러고 나서는 일어나서 낡은 새장이 있는 곳으로 가더니 그것을 지금까지 일하던 통나무 곁에 두었다. 그는 웅크리고 앉아 새장을 손으로 밀어 몇 개 부러뜨렸다. 그리고 못을 뽑기 시작했다. 그런 다음 새장을 뒤집어 자세히 살펴보았다.

콘스탄스는 그를 유심히 바라보았다. 그러자 전에 웃옷을 벗은 그에게서 느꼈던 쓸쓸한 고독이 지금 옷을 걸친 그에게서 다시 느껴졌다. 그것은 혼자 일하면서 사람과의 접촉에서 벗어나기 위해 마치 동물처럼 외롭게 일에 열중하고 있는 모습이었다. 지금도 그는 말없이 참을성 있게 그녀를 피하고 있었다.

그래서 그녀는 시간을 잊은 채, 묘한 곳에 있다는 것도 잊은 채 꿈을 꾸듯 멍하니 오두막집 입구에 앉아 있었다. 그녀가 너무 깊은 생각에 잠겨 있자 그는 힐끗 그녀를 바라보았다. 차분하게 가라앉은, 하지만 무언가를 기다리는 표정이 그녀의 얼굴에 나타난 것을 보았다. 그것은 기다리는 사람의 표정이었다. 갑자기 허리 부분과 등뼈 아래쪽에서 엷은 불꽃이 일면서, 작은 혀가 날름거리기 시작했다. 그는 영혼 속에서 신음했다. 그는 인간 사이의 접촉을 되풀이하는 것을 소름이 끼치는 죽음처럼 두려워했다. 그는 무엇보다 그녀가 여기에서 빨리 떠날 것과 자기 혼자 있게 해줄 것을 희망했다. 그는 그녀가 거기에 있는 것이 싫었다.

콘스탄스는 갑자기 불안감을 느끼면서 제정신으로 돌아왔다. 그녀는 자리에서 벌떡 일어섰다. 오후의 햇살이 이미 기울어졌다. 하지만 그녀는 그곳을 떠날 수 없었다. 그녀는 그가 있는 쪽으로 다가갔다. 그는 피곤한 듯한 우울한 얼굴로 그녀를 바라보면서 명령을 기다리는 듯 서 있었다.

"여긴 조용해서 좋군요." 그녀가 말했다.

"여기에 와 본 적이 없어요."

"그렇습니까?"

"앞으로는 가끔 오고 싶은데요."

"좋겠지요."

"당신이 없을 때에는 열쇠로 잠그나요?"

"그렇습니다."

"나도 가끔 여기에 와서 쉴 수 있도록 열쇠를 가질 수 없을까요? 열쇠 두 개 없나요?"

"없는 걸로 아는데요." 그의 말이 사투리로 변했다. 콘스탄스는 당황했다. 그가 싫어하는 것이 분명했다. 하지만 오두막은 이 사나이의 것이 아니다.

"열쇠를 하나 얻을 수 없을까요?" 콘스탄스는 조용한 목소리로 다시 물었다.

"또 하나 말입니까?" 그는 비웃는 듯한 어조를 담고 화나는 듯한 눈초리로 바라보았다.

"네. 또 하나요." 그녀는 얼굴을 붉히면서 말했다.

"어쩌면 클리포드 경께서 가지고 계실지도 모릅니다." 그는 슬그머니 회피하듯 말했다.

"그렇군요." 그녀가 말했다. "또 하나 있을지 모르겠군요. 만약 없다면 당신이 가진 것과 똑같이 하나 더 만들도록 할게요. 하루 또는 이틀이면 될 것 같은데. 그동안 열쇠를 빌려주겠어요?"

"글쎄요, 마님. 이 근처에는 열쇠를 만드는 사람이 없습니다."

콘스탄스는 갑자기 화가 나서 얼굴이 빨개졌다.

"좋아요. 내가 어떻게 해보겠어요."

"그렇습니까, 마님."

두 사람의 눈이 마주쳤다. 그의 눈은 혐오와 경멸로 일그러졌다. 그것은 무슨 일이 일어나도 상관없다는 그런 태도였다. 이내 곧 그녀의 마음이 울적해졌다. 그에게 다가갔을 때 그가 자신을 얼마나 싫어하는지 알게 되었기 때문이다. 그녀는 자포자기해서 그를 바라보았다.

"잘 있어요!"

"안녕히 가십시오, 마님." 그는 인사를 하고 황급히 가버렸다. 그녀 덕분에 몸속에 잠들어 있던 오만한 여성에 대한 증오감의 분노가 눈을 뜬 것이다. 하지만 그는 무력했다. 무력하다. 그 역시 그것을 알고 있었다.

그녀 역시 거만한 남성에게 화를 내고 있었다. 고용인까지 나한테 이렇게 하다니! 그녀는 불쾌한 표정으로 집에 돌아갔다.

볼턴 부인이 자신을 찾느라 언덕 위의 큰 너도밤나무 밑에 서 있는 것이 보였다.

"지금쯤 돌아오실 줄 알고 기다렸죠, 마님." 볼턴 부인이 말했다.

"그렇게 늦었어요?" 콘스탄스가 물었다.

"네... 클리포드 나리께서 차를 기다리고 계셔서요."

"왜 당신이 차를 드리지 않죠?"

"그런 일까지 제가 해서야 되나요? 클리포드 나리께서 좋아하시지 않을 거예요."

"괜찮을텐데." 콘스탄스가 말했다.

그녀는 클리포드의 서재로 들어갔다. 펄펄 끓는 낡은 주전자가 쟁반 위에 놓여 있었다.

"늦었어요, 클리포드!" 그녀는 모자와 스카프를 두른 채 쟁반 앞에

서서 꺾어 온 꽃을 놓고 찻잔을 집어 들면서 말했다. "미안해요. 하지만 왜 볼턴 부인에게 차를 끓이라고 하지 않았죠?"

"미처 그 생각을 못했군." 그가 빈정대듯 말했다.

"그 여성이 차 마시는 시간에 여주인 역할을 할 거라고는 생각하지 못했는걸."

"그녀가 손댈 수 없을 만큼 이 은찻잔이 신성한 건 아니잖아요." 콘스탄스가 말했다.

그는 이상하다는 듯이 그녀를 쳐다보았다. "오후 내내 뭘 했소?"

"나무 그늘에 가만히 앉아 있었어요. 커다란 호랑가시나무에 아직까지도 열매가 달려 있는 거 아시나요?"

그녀는 스카프를 벗었지만, 모자는 그대로 쓴 채 앉아서 차를 따르기 시작했다. 아마 토스트는 이미 굳어버렸을 것이다. 그녀는 찻잔 위에 뚜껑을 덮었다.

그리고 일어나서 제비꽃을 꽂으려 컵을 들었다. 가엾게도 제비꽃은 시들어서 축 늘어져 있었다.

"곧 살아날 거예요!" 그녀는 제비꽃을 컵에 꽂더니 그에게 향기를 맡게 했다.

"'주노의 눈꺼풀보다도 아름다워라(셰익스피어의 <겨울이야기> 제4막 3장)'로군." 그가 옛 글귀를 인용했다.

"진짜 제비꽃과는 아무런 관계도 없는 것 같아요." 그녀가 말했다. "엘리자베스 왕조 사람들은 좀 수식이 지나치군요."

그녀가 차를 따랐다.

"'존의 샘' 근처에 있는 새끼 꿩을 기르는 오두막집 말인데요. 혹시 열쇠가 또 하나 없을까요?" 그녀가 말했다.

"아마 없을 거야. 왜?"

"오늘 우연히 그곳을 발견했어요. 여태까지 본 일이 없었거든요. 그곳이 무척 마음에 들었는데, 이따금씩 거기 가서 앉아 있어도 괜찮을까요?"

"멜러스가 있었나?"

"네! 그 사람의 망치 소리가 나서 찾아가게 된 거예요. 그 사람은 내가 거기에 가는 것을 싫어하는 것 같았어요. 열쇠가 또 하나 있냐고 물었더니 아주 무례하더군요."

"뭐라고 하던데?"

"별 것 아니에요. 원래 그런 사람이겠죠. 열쇠에 대해서는 모른다고 하더군요."

"아버지 서재에 하나 있을지도 몰라. 베츠가 그런 건 모두 다 알지. 그런 것은 모두 거기에 있으니까. 찾아보도록 하지."

"네, 그렇게 해주세요." 그녀가 말했다.

"그래, 멜러스가 무례하게 말하던가?"

"아니, 아무것도 아니에요. 정말! 하지만 내가 그 사람의 영토 안에 들어가는 것을 별로 좋아하지 않는 것 같았어요."

"그럴 리가 있나?"

"그 사람이 왜 그런데 마음을 쓰는지 모르겠어요. 결국 자기 집도 아니잖아요. 그 사람 집이 아닌데. 나도 가고 싶을 때 가서 앉아 있어도 괜찮지 않나요?"

"그건 그렇지!" 클리포드가 대답했다. "그 사람은 뭐든지 자기 위주로 생각하는 모양이야."

"정말 그래요?"

"그건 맞아. 그 사람은 자신이 뭔가 특별한 사람이라고 생각하고 있어. 언젠가 이야기했지만, 그 사람은 아내와 다정하게 지내지 못했지. 1915년에 군대에 입대해서 아마 분명히 인도에 파견되었을 거야. 한때 이집트 기병대에도 있었지. 언제나 말(馬)하고 관계있는 일을 했어. 그 방면으로 재주가 있으니까. 그 후에 인도에서 대령인지 누군가 그 사람을 잘 봐서 중위로 승진시켰나 봐. 그래서 그 사람이 장교가 된 거야. 그 사람은 그 대령하고 인도로 돌아가서 북서 국경 지역에 있었던 모양이야. 그런데 병에 걸려서 연금을 받은 거지. 작년까지 군대에 있었던 것 같아. 그러니까 저런 사람은 이전 계급으로 쉽게 돌아가지 못하는 듯 해. 그래서 어쩔 줄 모르는 거야. 하지만 내가 명령한 것은 빠짐없이 완수하거든. 내게는 멜러스 중위라는 티를 별로 내지 않아."

"그렇게 심한 더비셔 사투리를 쓰는데도 용케 장교가 되었네요."

"그렇지도 않아... 가끔 놀랐을 때 본인도 모르게 쓸 뿐이야. 그 사람은 제법 훌륭한 영어를 구사할 줄 알지. 하지만 하층계급 사회에서는 그 나름대로의 말을 사용하는 게 낫다고 생각하는 것 같더군."

"왜 좀 더 일찍 그런 이야기를 해주지 않았죠?"

"난 그런 출세담이 싫어. 그것은 모든 질서를 파괴하는 원동력이니까 말이야. 그런 일이 생긴다면 유감이지."

콘스탄스는 그 말에 동의해도 좋다고 생각했다. 아무데도 속하지 않은 채 불만만 가지고 있는 인간이란 대체 무슨 소용이 있단 말인가?

맑은 날씨가 계속되자 클리포드는 숲에 가자고 했다. 바람이 아직 차가웠지만, 그렇게 춥지는 않았다. 태양이 따뜻하게 비쳐서 생명 그 자체인 듯 했다.

"날씨가 기가 막히게 좋죠?" 콘스탄스가 말했다.

"정말이지 날씨가 좋은 날에는 마음도 완전히 달라져요. 평소에는 어쩐지 공기도 죽은 것 같은데. 모두가 공기의 힘을 죽이고 있는 것 같아요."

"모두가 그렇게 하는 것 같소?" 클리포드가 물었다.

"네, 그래요. 심각한 권태기나 사람들이 가지고 있는 불만 혹은 노여움이 공기 속의 생활력을 죽여버리는 것 같아요. 그건 사실이에요."

"대기 상태가 나쁘면 인간 생활력이 저하된다는 것은 아마 맞는 말이겠지." 클리포드가 말했다.

"아니에요. 사람이 자연을 해치고 있는 거예요." 그녀가 말을 가로챘다.

"자신의 보금자리를 스스로 더럽힌다는 거군." 클리포드가 말했다.

휠체어는 앞으로 굴러갔다. 개암나무 숲속에는 버드나무 꽃이 옅은 황금색을 띠고 피어 있었다. 햇빛이 닿는 부분에는 아네모네가 활짝 피어 있어 마치 생명의 환희를 외치고 있는 듯 했다.

그는 그녀가 건네주는 꽃을 받아들면서 신기한 듯 들여다보았다.

"'그대는 아직 더럽혀지지 않은 고요한 신부(키츠의 <그리스의 낡은 항아리의 시>''." 그는 이 시 구절을 인용해서 말했다.

"그리스의 헌 항아리보다는 훨씬 이 꽃에 어울리는 구절이군."

"더럽혀지다니, 얼마나 끔찍한 말이에요!" 그녀가 말했다.

"여러 가지를 더럽히는 것은 사람 뿐이에요."

"글쎄, 잘 모르겠어. 달팽이나 그런 것들은." 그는 말했다.

"달팽이는 먹기만 하고, 꿀벌도 더럽히지 않아요."

그녀는 무엇이든 시 구절을 인용하는 그에게 화를 내고 있었다. 제비꽃이 주노의 눈꺼풀이라던가, 아네모네는 더럽혀지지 않은 신부라 던가 하는 식 말이다. 그런 말이 그녀의 생활에 끼어 드는 것이 정말 싫었다. 이런 기성품의 명문구는 모든 생명체의 즙을 빨아먹고 있다.

클리포드와의 산책은 그리 재미있지 않았다. 둘 사이에는 일종의 긴 장감이 흐르고 있었고, 그저 그것을 서로 모르는 체 했을 뿐이다. 갑자 기 그녀는 자신에게 있는 여성 본능으로 밀어버리고 싶어졌다.

다시 비가 왔다. 그러나 하루 이틀 정도 지나자 그녀는 빗속에서도 다시 숲으로 갔다. 숲으로 들어가자 그녀는 꿩을 기르는 오두막집을 향해 걸음을 옮겼다. 죽은 듯이 고요한 숲속은 옅은 잿빛 빗속에 인기 척이라고는 전혀 없는, 마치 이 세상과는 동떨어진 느낌이었다.

그녀는 빈 터에 도착했다. 아무도 없었다. 오두막집에는 자물쇠가 채워져 있었다. 하지만 그녀는 허술한 현관의 계단 통나무에 웅크리 고 앉아 몸을 감쌌다. 비가 개기 시작했다. 떡갈나무 사이의 어둠이 옅 어져 갔다. 콘스탄스는 집에 돌아가려고 생각했지만, 그대로 앉아 있 었다. 점점 추워졌다. 하지만 가슴 속에 솟구치는 분노가 몸을 나른하 게 하면서 마치 마비된 것처럼 꼼짝도 하지 않았다.

더럽혀지고 있다! 사람은 접촉하지 않아도 얼마나 더럽혀지는가!

비에 젖은 갈색 개 한 마리가 뛰어왔다. 하지만 짖지 않고, 그저 흠 뻑 젖은 채 꼬리를 흔들었다. 그 뒤에서 산지기가 비에 젖은 검은색 재킷을 입고 다소 상기된 얼굴로 따라왔다. 그녀를 보자 그의 빠른 발 걸음이 조금 느려졌다. 그녀는 허술한 현관의 좁고 마른 땅 위에 서 있었다. 그는 조용히 다가와서 말없이 인사했다. 그녀는 두어 걸음 뒤 로 물러섰다.

"난 이제 돌아가겠어요." 그녀가 말했다.

"안으로 들어가고 싶으셨습니까?" 그는 오두막집을 바라보면서 물었다.

"아뇨, 잠시 비를 피하고 있었을 뿐이에요." 그녀는 위엄을 갖추고 조용히 말했다.

"클리포드 나리께서 열쇠를 또 하나 가지고 계시지 않던가요?" 그가 물었다.

"네, 하지만 괜찮아요. 이 현관에 있으면 젖지 않으니까요. 그럼 잘 있어요!" 그녀는 그의 말투에 깃든 강한 사투리가 싫었다.

그녀가 가려고 하자 그가 유심히 그녀를 바라보았다. 그는 바지 주머니에서 오두막집 열쇠를 꺼냈다.

"이 열쇠는 마님께서 가지고 계시는 것이 좋겠습니다. 전 따로 집을 마련하지요."

그녀는 그를 바라보았다.

"어떻게 할 작정이지요?" 그녀가 물었다.

"꿩을 기르기에 적당한 장소를 찾아보겠습니다. 여기 오실 때 제가 옆에서 서성거리면서 일하면 방해가 될 테니까요."

그녀는 그를 보면서 억센 사투리로 발음하는 이 말의 의미가 무엇인지 이해하려고 애썼다.

"어째서 보통 영어로 말하지 않죠?" 그녀는 싸늘하게 물었다.

"저는 이게 보통 말이라고 생각합니다."

그녀는 화가 치밀어 잠시 가만히 있었다.

"그러니 열쇠를 가지고 싶으시면 받으십시오. 그렇지 않으면 제가 먼저 옮기고 나서 내일 열쇠를 드릴까요? 그러는 것이 좋겠습니까?"

그녀는 점점 더 화가 났다.

"당신 열쇠를 가지고 싶지 않아요." 그녀가 말했다.

"굳이 여기를 비워달라고 하고 싶지도 않아요. 당신을 여기에서 쫓아낼 생각은 전혀 없어요. 다만 오늘처럼 가끔 여기에 와서 앉아 있고 싶을 따름이에요. 나는 앉아 있는 것만으로도 족하니까. 이제 그런 말은 하지 말아요."

그는 심술궂고 고집 센 푸른 눈으로 그녀를 바라보았다.

그는 사투리로 느릿느릿하게 말하기 시작했다. "마님께서 오신다면 오두막집이나 열쇠뿐만 아니라 무슨 일이든 진심으로 해드리겠습니다. 요즘은 봄이어서 클리포드 나리께서 꿩을 기르라고 하셨습니다… 마님께서 오셨을 때 제가 늘 주변에서 서성거린다면 상당히 언짢으실 거라고 생각합니다."

그녀는 놀라서 그 말을 듣고 있었다.

"당신이 서성거리는 걸 왜 내가 마음 쓴다는 거죠?" 그녀가 물었다.

그는 이상한 듯 그녀를 바라보았다.

"전 마음이 쓰입니다." 그는 짧게, 하지만 의미심장하게 말했다.

그녀는 얼굴이 확 달아올랐다. "알겠어요. 하지만 난 방해하지 않아요. 여기 앉아 꿩을 돌보고 있어도 괜찮지 않겠어요? 당신에게 방해가 안 되도록 하겠어요."

"아닙니다, 마님. 이곳은 마님이 오두막집입니다. 언제라도 좋을 때 사용하십시오. 마님께서는 1주일 전에만 말씀하시면 언제든지 저를 그만두게 하실 수 있습니다. 다만…"

"다만 뭐죠?" 그녀는 어리둥절하여 물었다.

"다만 여기에 오셨을 때, 제가 옆에서 서성거리지 않고 혼자 계시고 싶다면, 이 집은 혼자 쓰셔도 괜찮습니다."

"왜 그렇죠?" 그녀는 화를 내며 물었다. "내가 당신을 두려워한다고 생각하나요? 당신이 여기에 있든 없든, 왜 내가 마음을 써야 하죠? 그게 왜 그렇게 중요한 일이지요?"

그는 그녀를 바라보면서 심술궂은 웃음을 얼굴 가득 띠었다.

"그렇지 않습니다, 마님. 절대로."

"그럼 어째서죠?"

"그렇다면 마님을 위해 열쇠를 하나 더 마련하도록 하겠습니다."

"아니, 그럴 필요 없어요! 난 가지고 싶지 않아요."

"아무튼 그렇게 하겠습니다. 열쇠는 두 개 있는 편이 좋겠습니다."

"왠지 당신은 좀 거만하다고 생각해요." 콘스탄스는 얼굴을 붉히면서 숨 가쁘게 말했다.

"아닙니다, 절대 그렇지 않습니다." 그는 서둘러 말했다. "그런 말씀 마십시오. 저는 전혀 악의가 없었습니다. 다만 마님께서 여기에 오신다면, 그래서 제가 옮겨야 한다면, 다른 사육장을 만드는 것이 그저 일거리일 뿐이지요. 그러나 마님께서 제가 있어도 상관없다고 하신다면... 이 집은 클리포드 나리의 것이니까 마님께서는 마음대로 쓰실 수 있습니다. 제가 서성거리는 것만 괜찮으시다면."

콘스탄스는 도대체 뭐가 뭔지 알 수가 없어서 그곳을 떠났다. 그저 그는 그녀가 자신을 귀찮게 여길 것이라고 생각한 것을 그대로 말한 것뿐이다. 자신이 무엇을 생각하는지, 무엇을 느끼는지 모른 채 그녀는 혼란스러운 마음을 가지고 집으로 돌아갔다.

12.
새로운 테버셜
탄광 프로젝트

콘스탄스는 자신의 마음이 차츰 클리포드로부터 멀어져 가는데 상당히 놀랐다. 무엇보다도 자신이 그를 싫어해왔다는 사실을 깨달았다. 그의 정신적 매력과 자극 때문에 결혼한 것은 사실이었다. 하지만 지금은 정신적 흥분도 사라지고 허물어졌다. 다만 육체적 반감만 있을 뿐이다. 그 반감이 그녀의 마음속에서 솟구쳐 올랐다. 그리고 그녀는 그것이 얼마나 자신의 생활을 좀먹는지 깨달았다.

그녀는 자신이 약하고 불안하다고 느꼈다. 무언가 외부의 도움이 필요하다고 생각했다. 하지만 다행인 것은 클리포드의 마수가 그녀에게서부터 볼턴 부인으로 옮겨간 것이다. 자신은 그것을 깨닫지 못했다.

볼턴 부인은 무엇을 시켜도 훌륭하게 했다. 하지만 그녀 역시 현대 여성들이 가진 광기의 특징인 지배욕과 끝없는 아집을 가지고 있다. 자신은 남을 위해 희생을 하고 있다고 생각했기 때문이다. 클리포드는 그녀를 매혹시켰다. 그것은 클리포드가 그녀보다 날카로운 본능을 가지고 있어 그녀의 생각을 철저하게 말살시켰기 때문일 것이다.

지금도 밤 10시까지 그와 저녁을 보내는 것이 그녀의 습관이다. 그들은 말을 나누거나 함께 책을 읽기도 하고, 그의 원고에 대해 의논하기도 했다. 하지만 이제 그녀는 그런 일에 전혀 흥미가 없었다. 그의 원고는 지루했다. 그래도 그녀는 의무적으로 타자를 쳤다. 그러나 얼마 후에는 그것마저도 볼턴 부인이 하게 되었다.

사실 그것은 콘스탄스 자신이 볼턴 부인에게 타자를 배우면 어떻겠냐고 넌지시 말했기 때문이다. 무엇이든 해보고 싶었던 볼턴 부인은 당장 배우기 시작해서 아주 열심히 연습했다. 그래서 이제 클리포드는 그녀에게 편지 정도는 쓰도록 했다. 그녀의 타자 솜씨는 다소 느렸지만, 아주 정확했다. 클리포드도 어려운 단어나 이따금씩 나오는 프랑스어 철자를 참을성 있게 가르쳐 주었다. 가르쳐 주는 사람이 재미를 느낄 만큼 그녀는 그것을 기뻐했다.

요즘 콘스탄스는 저녁식사 후에도 두통이 있다는 것을 구실로 윗층의 자기 방으로 올라갔다. "볼턴 부인이 피켓(32장으로 하는 트럼프 놀이) 상대를 해드릴 거예요."

"괜찮아. 당신은 방에 가서 좀 쉬도록 해요."

그녀가 사라지면 그는 곧 볼턴 부인을 불러 피켓이나 베지크(64장으로 하는 트럼프 놀이), 때로는 체스 상대를 시켰다. 그는 그러한 놀이를 일일이 그녀에게 가르쳐 주었다. 볼턴 부인이 마치 소녀처럼 얼굴을 붉히면서 자신 없이 퀸이나 나이트에 손을 댔다가 떼는 것을 보는 것이 콘스탄스는 말할 수 없이 싫었다. 그러면 클리포드는 다소 놀리는 듯한 어조로 엷은 웃음을 지으면서 말했다. "자드브(기다리라는 뜻)라고 해야지."

그녀는 놀란 눈빛으로 그를 바라보면서 얌전하고 조그맣게 말했다. "자드브!"

이것은 그가 그녀를 교육시키고 있다고 하는 것이 맞았다. 자신의 힘을 느끼기 때문에 재미있었던 것이다. 그녀 역시 전율적인 흥미를 느꼈다. 그녀는 이른바 신사숙녀가 알고 있는 것, 돈 이외에도 상류계급 사람답게 만드는 자격을 조금씩 몸에 익혀갔다. 그것이 그녀를 기쁘게 했다. 이는 클리포드가 그녀를 곁에 두고 싶어하도록 만들었다.

어떤 의미에서 이 부인은 클리포드와 사랑에 빠진 것임에 틀림없었다. 그녀는 아름답고, 젊었다. 그녀의 잿빛 눈은 때로 기가 막힐 정도로 매력적이었다. 이와 더불어 그녀에게는 남모르는 은밀한 만족감이 있었다. 그것은 승리감이라고도 할 수 있는 자기만족이었다.

클리포드가 이 부인의 포로가 된 것은 당연했다. 그녀는 자기 나름대로의 집요한 방법으로 그를 숭배하고 있었다. 오로지 그가 요구하는 대로 자신의 모든 것을 다 바쳐 헌신적으로 봉사했다. 그래서 그가 아주 만족감을 느낀 것은 어쩌면 당연한 일이었다.

콘스탄스는 그들 사이에 오랜 대화가 오가는 것을 자주 들었다. 아니, 주고 받는다기 보다는 볼턴 부인이 많은 이야기를 하는 편이었다. 그녀는 테버셜 마을의 여러 가지 소문을 그에게 들려 주었다. 그것은 소문 이상의 것이었다. 볼턴 부인이 마을 생활에 대해 한번 이야기하기 시작하면, 어떤 작품보다도 훌륭했다.

그녀의 이야기를 듣는 것은 콘스탄스로서는 매우 재미있는 일이었다. 하지만 나중에는 다소 부끄럽게 여겨졌다. 그렇게 열광적인 호기심을 가지고 들을만한 일이 아니었다. 다시 말해 모든 사람이 진정으로 동정할 만한 괴로움에 짓눌린 사람을 존경하고, 이에 대해 세심한 주의를 기울이고 있다면, 다른 사람의 사사로운 사정을 들어줘도 좋다. 비록 풍자일지라도 일종의 동정이기 때문이다. 동정이 흐르거나 멈추는 상태가 우리의 생활을 결정한다. 그리고 바로 이 점에서 적절하게 만들어진 소설이 중요하다.

볼턴 부인의 이야기를 듣고 난 후 테버셜 마을의 모습은 상당히 명확해졌다. 그것은 추악하고 진흙투성이의 무시무시한 것이었다. 클리포드는 그 이야기 속에 나오는 대부분의 사람들을 알고 있었다. 콘스탄스는 그 중 한 두사람밖에 몰랐다.

"아마 미스 올소프가 지난 주에 결혼한 이야기를 들으셨을 거예요. 구둣방 제임스 올소프 영감의 딸이지요. 영감은 83살이었는데도 젊은 이처럼 정정했답니다. 그 영감이 지난해 겨울, 아이들이 만든 베스트우드 언덕의 미끄럼판에서 발을 헛디뎌 넓적다리가 부러졌어요. 그렇게 불쌍하게 돌아가셨지요. 그런데 영감이 자기 재산을 모조리 딸인 테티에게만 물려주고, 아들에게는 한푼도 주지 않았답니다. 테티는... 작년 가을에 53살이었어요. 그 집안 모두 믿음이 깊은 사람들이었어요. 테티만 하더라도 아버지가 돌아가실 때까지 30년 동안 주일학교 교사였으니까요. 그런데 테티가 킨브룩에서 온 남성이랑 관계를 가졌다네요? 그 남성은 꽤 나이나 많은 빨간 코의 멋쟁이인데, 해리슨 목공소에서 일하고 있어요. 아무리 봐도 65살 정도 되었을 거예요. 둘이서 팔짱을 끼고 다니기도 하고, 문 앞에서 키스 하는 것을 보면 마치 한쌍의 젊은 애인 같았어요. 그 남성에게는 이미 40이 넘은 아들이 있나봐요. 2년 전에 아내를 잃었지만요. 제임스 올소프는 살아있을 때는 딸을 무척 독실하게 키웠지만, 죽었으니 무덤에서 나올수도 없잖아요? 그들은 결혼해서 킨브룩에서 살고 있어요. 그런 게 모두 영화에서 영향을 받은 거라고 생각합니다만. 그렇다고 영화를 못 보게 할 수도 없죠. 그래서 전 언제나 이렇게 말한답니다. 훌륭한 교육 영화를 보는 것은 좋지만, 멜로 드라마나 연애는 제발 보지 말라고 말이에요. 아무튼 아이들에게는 보여주지 않는 게 제일이에요. 하지만 요즘은 탄광 경기가 그리 좋지 않아서 주머니 사정이 나빠져 예전처럼 화려하게 지내지는 못한답니다. 그래서 다들 불평이지요. 여성들이 특히 심하죠. 자랑하러 돌아다니고, 메리 공주의 결혼식을 축하하는 선물에 대한 말을 들으면서 자신을 잊어버리고. 그분은 다른 사람과 어디가 어떻게 다른지, 스완에드거(런던의 백화점)에서는 그분에게 모피 코트를 6벌이나 주었다는데 나한테도 한 벌쯤 주면 어떠냐는 둥, 그 분은 내게 아무것도 주지 않는데 나는 10실링 손해를 봤다는 둥. 우리 아버지는 돈벌이가 없어서 나한테 스프링코트 한 벌 사주지 못하는데, 그분은 마차 몇 대분의 선물을 받는다는 둥, 이제 부자들은 돈에 진절머리가 났을 테니 우리 같은 가난뱅이들도 필요한 돈을 가져도 괜찮지 않겠냐는 둥. 난 정말 새 스프링코트가 가지고 싶지만, 어떻게 하면 마련할 수 있는지 모르겠다는 둥... 그래서 내가 그 사람들에게 이렇게 말해주었어요. 예쁘게 차려 입지는 못하더라도 입고, 먹고, 사는데 불편하지 않는 것만으로도 감사하게 생각하라구요. 그러면 사람들은 제게 덤벼 든답니다. '어머, 그러면 누더기를 걸치고 아무 것도 가지지 못한 채 시집가는데 기분이 좋겠어요? 그런 사람들은 마차 몇 대분을 가지고 가는데, 나는 봄옷 한 벌도 없단 말이에요. 공주는 참 행복하겠어요! 결국은 돈 문제죠! 나도 똑같은 사람인데, 나한테는 주지 않잖아요! 내가 봄옷 한 벌을 가지고 싶어 하면서도 가지지 못하는 것은 결국 돈이 없기 때문이에요.' 그 사람들은 옷에 대한 것 말고는 생각하지 않아요. 겨울옷 한 벌에 80, 90파운드씩이나 돈을 쓰면서도 아무렇지도 않게 생각한답니다. 광부의 딸이 말이에요. 어린애 여름 모자 하나에도 2파운드나 주고 사는 걸요. 우리가 어렸을 때는 2실링 6

펜스짜리 여름 모자를 쓰고도 기뻐했는데, 요즘은 2파운드나 준 모자를 쓰고 예배를 보러 간대요. 요즘이 바로 이런 세상이랍니다. 어쩔 수 없는 일이에요. 옷에 대해서는 다들 정신이 없더군요. 그건 남자아이들도 마찬가지예요. 젊은 아이들은 옷이니, 담배니, 조합매점에서 술을 한다던가, 1주일에 두세번씩 셰필드로 놀러간던가 해서 가진 돈을 다 써버리는 상황이에요. 세상이 완전히 달라졌어요. 게다가 젊은 이들은 존경할 줄도, 두려워할 줄도 몰라요. 나이 먹은 남성들은 참을성 있고, 마음이 좋아서 여성들이 마음대로 하도록 그냥 내버려 둔답니다. 그러니까 이렇게 되는 거죠. 정말이지 여성들이 마귀예요. 하지만 젊은 남성들도 자기네들 아버지 같지 않아요. 이제는 조금도 희생하지 않거든요. 그저 자기 일밖에 몰라요. 집을 마련하기 위해 다만 얼마라도 저축하면 어떻겠냐고 하면, 그런 것은 어떻게든 되겠지, 즐길 수 있는 동안 즐기는 거야, 나머지 일은 어떻게든 되겠지라고 하더군요. 모두들 난폭하고 이기주의라고 할까요? 나이 많은 사람들이 뭐든지 다 하고 있으니 어딜 보나 형편없군요."

하지만 클리포드는 자신의 마을에 대해 다른 생각을 가지고 있었다. 그 말은 언제나 그를 위협하고 있었고, 왠지 그 위협은 변함없을 것 같은 생각이 들었던 것이다.

"그 사람들 사이에 사회주의나 볼셰비즘이 많소?" 그가 물었다.

"천만예요!" 볼턴 부인이 대답했다. "누가 그런 말씀을 드렸나보군요. 하지만 빚지고 있는 건 대부분 여성들이에요. 남성들은 전혀 그렇게 생각하지 않아요. 그들은 전혀 아랑곳하지 않는답니다. 테버셜 마을이 공산화된다고는 생각할 수 없어요. 젊은이들이 쓸데없는 이야기를 하기도 한답니다. 물론 그런 말을 정말로 하는 건 아니죠. 다만 소비조합에서 쓸 돈이나 셰필드로 놀러 갈 돈이 좀 더 있었으면 할 따름이랍니다. 그것밖에는 생각하지 않아요. 돈이 한 푼도 없으면 빨갱이들의 선동에 귀를 기울이겠지만, 그걸 진짜로 듣는 사람은 없어요."

"그렇다면 위험한 일은 없겠군?"

"절대로 없어요. 일만 계속 잘된다면 그런 걱정은 전혀 없습니다. 하지만 불경기가 너무 오랫동안 된다면 젊은이들이 이상한 생각을 할지도 모르겠어요. 그들은 제멋대로 자란 이기주의자들이니까요. 오토바이를 타고 우쭐거리거나 셰필드의 무도회장에 출입하거나 하는 것 외에는 전혀 진지하지 않죠. 예복을 입고 무도회장에 가서 여러 여성들 앞에서 우쭐대면서 찰스턴인가 뭔가를 추는 편이 훨씬 진실되죠. 때로는 무도회장에 가는 예복을 입은 광부 아이들로 버스가 가득 찬 경우도 있답니다. 혹은 자기 여자를 자동차나 오토바이에 태우고 가는 젊은이들도 있지만, 그들은 돈카스터나 경마에 관한 일이 아니면 진지하게 생각하지 않는답니다. 그리고 축구! 그런데 축구도 옛날만큼 열중하지는 않더군요. 어쩐지 노동하는 기분이 든다나요. 그보다는 토요일 오후에 노팅엄이나 셰필드로 오토바이를 타고 달리는 걸 더 좋아한답니다."

"그런데 가서 뭘 하지?"

"그냥 돌아다니거나 미카도 같이 화려한 곳에서 차를 마시거나... 그리고 여성과 함께 무도회장이나 영화관이나 엠파이어로 가거나 하는 거죠. 여성들도 남자아이들과 전혀 다를 바 없이 하고 싶은 거 맘대로 한답니다."

"그런 걸 할 만한 돈이 없을 땐 뭘 하지?"

"어떻게 해서든 마련하나 봐요. 그렇지 않으면 추잡한 이야기를 주고받곤 한답니다. 이렇게 남성들은 유흥비를 가지고 싶어하고, 여성들도 옷에만 열중하니 도저히 볼셰비즘 같은 것들은 생길 틈이 없죠."

콘스탄스는 하층계급도 다른 계급과 전혀 다를 바 없다는 생각이 들었다. 테버셜이든, 메이페어든, 켄싱턴이든 똑같은 짓을 하고 있을 따름이다. 현대에는 단 하나의 계급, 즉 '돈이 있는 사람'만이 있을 따름이다.

볼턴 부인을 영향을 받은 클리포드는 탄광에 새로운 흥미를 가지기 시작했다. 그는 그 책임이 자신에게 있다고 느꼈다. 일종의 새로운 자신감이 솟구쳤다. 결국 그가 진정한 테버셜의 군주이자, 클리포드 자신의 탄광이기 때문이다. 그것은 지금까지 그가 공포를 느끼고 망설였던 새로운 권력이었다.

테버셜 탄광은 점점 쇠퇴하고 있었다. 탄갱은 2개밖에 없었다. 테버셜과 뉴런던이었다. 예전에 테버셜 탄광은 유명했고, 막대한 이익을 냈다. 하지만 이제 그런 모습은 사라졌다. 뉴런던은 아주 흥했던 적은 없지만, 그럭저럭 수지를 맞추고 있었다. 다만 요즘같은 불경기에는 뉴런던 같은 탄갱도 폐쇄할 수밖에 없었다.

클리포드에게 볼턴 부인의 이야기는 새로운 투지를 심어주었다. 사실 탄광은 그의 관심 밖이었다. 그가 차지하려고 했던 것은 문학과 명성, 인기의 세계였지, 노동의 세계는 아니였기 때문이다. 하지만 지금 그는 인기의 성공과 일의 성공을 구별할 수 있다. 그것은 기쁨을 추구하는 세상과 노동을 추구하는 세상의 차이였다.

그는 개인적으로는 소설을 쓰면서 기쁨을 추구하는 민중들의 요구를 찾고 있었다. 하지만 기쁨을 추구하는 민중들 아래에는 노동을 추구하는 민중들이 있었다. 그들은 음울하고, 지저분하고, 무시무시했다. 그들 역시 자신들이 추구하는 노동의 요구를 들어줄 공급자가 있어야 했다. 하지만 노동을 추구하는 민중의 요구를 채우려는 노력은 기쁨을 추구하는 민중을 위한 것보다 훨씬 음울했다. 그가 소설을 써서 세상에 진출하는 동안 테버린은 궁지에 빠지고 있었다.

클리포드는 볼턴 부인의 영향을 받아 다른 하나의 생산 산업이라는 수단을 통해 암캐신을 사로잡는 전투에 참여하고자 했다. 그녀는 그의 용기를 뒤흔들었다. 어떤 의미에서 볼턴 부인은 그를 남성적으로 만든 것이다. 그것은 콘스탄스가 하지 못했던 일이었다.

그는 자진해서 다시 탄광으로 나갔다. 그곳에 도착하자 그는 운반기를 타고 갱내로 내려가서 현장을 돌아보았다. 전쟁 전에 배워서 알고 있었지만, 지금은 까맣게 잊어버렸을 것만 같은 일들이 다시 생각났다.

그는 전에 자신이 쓴 석탄공업 기술서적을 다시 읽었다. 정부 보고서도 읽고, 독일어로 쓰인 최신 채굴법이나 석탄과 이판암의 화학조작 등에 대한 것도 주의 깊게 읽었다. 무엇보다도 유익한 발견은 되도록 비밀로 했다. 하지만 일단 채굴에 대해 연구하고, 그 방법론이나 부산물, 석탄의 화학조작에 대해 조사하기 시작하자, 미술이나 문학이라는 빈약하고 감정적인 얼빠진 일보다 공업상의 기술 연구는 훨씬 더 재미있었다. 그 영역에서 인간은 새로운 발견을 하고, 그것을 실천하려는 것은 신 또는 악마와 같았다.

이제 그가 흥미를 가지고 있는 것은 현대의 탄광기술이고, 테버셜을 궁지에서 구출하는 것이었다. 그는 매일 갱내로 내려갔다. 그리고 연구했다. 그는 총지배인이나 갱외감독, 갱내감독, 그리고 기사들에게 그들이 상상조차 하지 못했던 일들을 시켰다. 힘! 그는 새로운 힘이 온 몸에 흐르는 것을 느꼈다. 그것은 몇 백 명인지 알 수도 없는 광부들에게 미치는 힘이었다. 그는 이해하고 생각한 대로 해나가기 시작했다.

그는 다시 태어난 것 같았다. 새로운 생명이 그의 내부에서 솟아올랐다. 그는 자신의 생명이 석탄에서, 탄광에서만 뛰는 것처럼 느꼈다. 갱내의 썩은 공기조차 그에게는 산소보다 더 좋았다. 그것은 그에게 힘, 힘의 의식을 주었다. 그는 무슨 일인가 하고 있으며, 또한 하려고 했다. 그는 진정으로 이기고자 했다. 그것은 정력과 악의가 복잡하게 얽힌 혼란 속에서 소설에 의해 그가 얻었던 단순한 인기가 아니었다. 그것이야말로 남성으로서의 승리였다.

처음에 그는 전기로 해결할 수 있다고 생각했다. 석탄을 전략화하면 된다고 생각한 것이다. 하지만 다시 생각을 바꾸었다. 독일인은 자동으로 연료를 공급하는 장치가 있어서 화부(火夫)가 필요하지 않은 새로운 기관차를 발명했다.

엄청난 열을 내면서 서서히 타는, 새로운 압착된 연료라는 생각이 클리포드를 매혹시켰다. 이러한 종류의 연료가 연소되기 위해서는 단순히 공급 이외에도 외적인 자극이 필요했다. 그래서 화학에 뛰어난 재능을 가진 명석한 젊은이를 조수로 고용했다.

그는 이긴 듯한 기분이 들었다. 드디어 자기 밖으로 탈출했다. 자기 밖으로 나가고자 했던 은밀한 생애의 소망을 드디어 만족시켰다. 예술은 그것을 성취시켜주지 않았다. 그것을 좀 더 심하게 내면으로 몰았을 뿐이다. 하지만 이제야말로 그것을 성취한 것이다.

그는 볼턴 부인이 얼마나 자신을 뒷받침해주었는지 알지 못했다. 자신이 얼마나 그녀를 의지하고 있는지도 깨닫지 못했다. 그러면서도 그녀와 함께 있으면 그의 목소리는 다소 속되다고 할 정도로 친근한 어조가 되어 버린 것은 분명했다.

　콘스탄스를 대할 때 그는 약간 딱딱해졌다. 자신이 모든 것을 그녀에게 짐지우는 것 같아서 그녀가 겉으로 자신에게 존경심을 보여주면 더없는 존경과 염려를 그녀에게 보냈다. 하지만 그가 은근히 그녀를 두려워하고 있는 것이 분명했다. 그의 마음속에 생긴 새로운 아킬레스 건이었다. 여성, 그의 아내인 콘스탄스와 같은 여성만이 그 아킬레스건을 차서 그를 치명적인 절름발이로 만들 수 있었다. 그는 공포심을 가지고 거의 아첨하듯이 한없이 그녀에게 다정하게 대했다. 하지만 그녀에게 말을 걸 때 그의 목소리는 다소 여유를 잃었다. 그녀 앞에서는 언제나 침묵을 지키게 되었다.

　볼턴 부인과 함께 있을 때에만 그는 마치 군주와 같은 생각이 들었다. 그래서 그녀와 마찬가지로 마음 편히, 거리낌 없는 어조로 지껄이게 되었다. 그리고 그는 어린아이처럼 그녀에게 수염을 깎도록 하고, 몸을 씻기게 했다.

13.
새로운 생활의 시작

이제 콘스탄스는 혼자 있는 시간이 많아졌다. 라그비 저택을 찾아오는 사람들도 이전보다 적어졌다. 클리포드는 더 이상 그들이 필요하지 않았다. 그는 친구들로부터도 멀어졌다. 아주 변했다. 그는 오히려 라디오를 더 좋아했다. 처음에는 상당한 돈을 들여서 설치했다. 그러자 기가 막히게 잘 들렸다. 그는 불편한 중부지방에 앉아 있으면서도 마드리드나 프랑크푸르트의 방송을 들을 수 있었다.

그는 크게 울리는 확성기 앞에서 몇 시간이고 앉아 있었다. 이런 그의 모습에 콘스탄스는 매우 놀랐다. 그는 정말로 듣고 있는 것일까? 아니면 다른 무엇인가 그의 내부에서 일어나는 동안 그가 취하고 있는 수면제일까? 콘스탄스로서는 도무지 알 수 없었다. 그녀는 자기 방에 올라가 있거나 숲속을 산책했다.

하지만 그녀는 자유롭지 못했다. 혹시 그녀가 자신을 버리는 것이 아닌가하는 신경질적인 공포심을 가지고 있는 클리포드가 그녀를 놓아주지 않았기 때문이다. 그는 어린아이나 백치와 같은 공포심을 가지면서 그녀에게 매달렸다. 그녀, 그의 아내인 차탈리 부인은 라그비 저택에 있어야만 했다. 그렇지 않으면 그는 들판에 서 있는 백치처럼 헤맬 것이다.

이런 의심이 들자 콘스탄스의 온몸이 오싹해졌다. 클리포드가 탄광 지배인이나 위원회 사람들, 젊은 과학자들과 이야기하는 것을 들으면 그녀는 그의 날카로운 통찰력과 실무자가 가진 물질적인 힘에 더욱 놀랐다. 그럴 때 그는 다른 사람 못지않은 실무자였고, 주인이라는 힘을 가진 빈틈없는 실무자였다.

하지만 이 빈틈없고 실용적인 사람도 감정적인 인생 문제에 직면하면 거의 천치와 마찬가지였다. 그는 콘스탄스를 숭배하고 있었다. 그녀는 자신의 아내였지만, 자신보다 높은 존재였다. 그는 야만인이 우상을 숭배하는 것처럼, 공포심과 증오를 느끼면서도 묘하게 그녀를 숭배하고 있었다. 더욱이 콘스탄스가 자신의 곁을 떠나지 않고, 자신을 버리지 않도록 맹세하기를 바랐다.

"클리포드." 콘스탄스가 말했다. 그녀가 숲속 오두막집 열쇠를 얻은 후의 일이었다.

"당신은 정말로 내가 아이를 가졌으면 하나요?"

그는 다소 튀어나온 푸른 눈으로 겁먹은 듯 그녀를 바라보았다.

"그런 일로 우리 사이에 변화만 없다면 그래도 괜찮아."

"무슨 변화요?"

"나와 당신 사이 말이오. 우리들의 애정이 변함없다면 말이오. 만약 애정을 변화시키는 거라면 나는 반대야. 왜냐하면 머지않아 어쩌면 나도 아이를 생기게 할지도 모르니까."

그녀는 깜짝 놀라 그를 바라보았다.

"그건 가까운 장래에 내게 그런 능력이 되돌아올지도 모른다는 말이오."

그녀가 여전히 놀란 눈으로 바라보았기 때문에 그는 다소 불쾌해졌다.

"그럼 당신은 내가 아이 가지는 것을 좋아하지 않는 거죠?" 그녀가 말했다.

"분명히 말하는데, 나에 대한 당신의 애정에 변함이 없다면 나도 그것을 바라오. 하지만 그 일로 당신의 애정이 변한다면 절대로 반대요."

콘스탄스는 차디찬 공포심과 모욕감을 느끼고 잠자코 있었다. 그는 지금 자신이 무슨 이야기를 하고 있는지조차 모를 것이다.

"그런 일로 당신에 대한 애정이 변할 리 있겠어요?" 그녀는 불쾌한 어조로 말했다.

"그렇지!" 그가 말했다. "그게 중요해! 그렇기만 하다면 나는 전혀 상관없어. 어린아이가 집안을 뛰어다니고, 그 아이를 위해서 장래의 여러 가지를 마련한다고 생각하는 것은 아주 즐거운 일이 될 거야. 그렇다면 내가 애쓰는 보람이 있으니까. 그리고 당신의 아이라고 생각하면 될 거 아니겠소. 동시에 내 아이가 될 테니까. 가장 중요한 것은 당신이오. 그렇게 생각하지 않소? 결국 당신 없이는 '나'라는 존재는 없는 거나 마찬가지니까. 나는 당신을 위해, 당신의 장래를 위해 살아 있는 거란 말이오. 나 자신에게 있어 나는 아무 것도 아니요."

그 말을 듣자 콘스탄스의 놀라움과 혐오감은 더욱 심해졌다. 그것은 인간의 존재를 해하는 끔찍한 반┼진실일 뿐이었다. 올바른 사고방식을 가진 사람이라면 어떻게 여성에게 함부로 이런 말을 할 수 있을까. 조금이라도 명예를 가진 남성이라면 이토록 끔찍한 책임을 지운 채 여성을 허무감 속에 내버려 둘 수 있단 말인가?

미처 반시간도 못 되어 콘스탄스는 클리포드가 볼턴 부인에게 열띤 목소리로 충동적인 감정을 드러내며 마치 정부나 유모에게 말하는 것처럼 이야기하는 것을 들었다. 그때 볼턴 부인은 사업상 중요한 손님에게 야회복을 정성껏 입혀주고 있었다.

정말 이런 때가 되면 콘스탄스는 차라리 죽었으면 좋겠다는 생각을 했다. 클리포드의 신기한 사업 능력은 어떤 의미에서 그녀를 위압하고 있었기 때문에 그가 그녀를 숭배한다는 말은 그녀를 어쩔 줄 모르게 만들었다. 그들 사이에는 아무 것도 없었다. 그녀는 요즘 그에게 통 가까이 가지 않았고, 그 역시 그녀에게 절대로 접근하지 않았다. 그녀의 손을 다정하게 잡아주는 일조차 하지 않았다. 이처럼 전혀 신체적 접촉을 하지 않고 있을 때 그가 그녀에게 우상 숭배 선언을 했다는 사실이 그녀를 괴롭혔다. 그것은 완전히 무능함에서 오는 잔혹함이었다.

그녀는 가능한 한 숲으로 도피했다. 어느 날 오후, 그녀가 '존의 샘'에서 차갑게 솟아오르는 물을 멍하니 바라보면서 생각에 잠겨 있을 때 산지기가 그녀에게 다가왔다.

"마님, 열쇠를 만들었습니다." 그가 인사를 하면서 그녀에게 열쇠를 내밀었다.

"아, 고마워요!" 그녀는 놀라서 말했다.

"오두막집은 그리 깨끗하지는 않습니다만." 그가 말했다. "대강 치워는 두었습니다."

"그렇게까지 하지 않아도 괜찮은데, 괜히 그랬군요." 그녀가 말했다.

"뭐, 그리 힘든 일도 아닙니다. 1주일가량 지나면 암탉에게 알을 품게 할 겁니다. 그 녀석들도 마님을 무서워하지는 않을 겁니다. 아침저녁으로 돌봐야 하지만, 그밖에는 방해하지 않을 겁니다."

"방해할 일은 없을 거예요." 그녀는 반대했다. "만약 내가 방해된다면, 차라리 오두막집에 가지 않겠어요."

그는 날카롭고 푸른 눈으로 그녀를 바라보았다. 그는 다정스러운 표정이었지만, 훨씬 멀어진 기분인 듯 했다. 하지만 적어도 이 사나이만큼은 올바른 정신을 가졌고, 건전했다.

"기침을 하는군요." 그녀가 말했다.

"아니오, 대수롭지 않은 겁니다. 감기일 뿐입니다. 전 폐렴을 앓은 후로 아직도 기침을 좀 합니다만, 별 것 아닙니다."

그는 그녀로부터 떨어져서 더 이상 가까이 오려 하지 않았다.

그녀는 꽤 자주 오두막집을 찾아갔다. 아침에도 가고, 오후에도 갔지만 한 번도 그를 보지 못했다. 분명히 그가 그녀를 피하고 있음이 분명했다. 그는 혼자 있고 싶은 것이었다.

오두막집은 그가 깨끗이 치워주었다. 난로 옆에는 작은 의자가 있었다. 그밖에도 불쏘시개와 장작이 한 무더기 있고, 그가 자주 쓰는 물건이나 도구는 자신의 존재가 눈에 띄지 않도록 하려는 듯 치워져 있었다. 어느 날 그녀가 찾아오자, 두 마리의 암탉이 꿩의 알을 품은 채 날카롭게 그녀를 경계하는 것을 발견했다. 암탉은 알을 품는 암컷이 지니는 뜨거운 혈액에 파묻혀 자랑스럽게 몸을 부풀렸다. 그것을 보자 콘스탄스는 마음이 찢어지는 듯 했다. 자신은 완전한 외톨이이자 여성의 역할을 다 하지 못하는, 여성이라고 할 수 없는 무의미한 존재에 지나지 않았다.

얼마 후 5개의 새 집에 암탉 다섯 마리가 모두 들어갔다. 세 마리는 갈색이었고, 한 마리는 회색, 그리고 나머지 한 마리는 검은색이었다. 암탉들은 모두 여성적인 본능과 흥분으로 깃털을 부풀리고, 무게 있는 모습으로 둥지에 틀어박혀 알을 품고 있었다. 콘스탄스가 암탉들 앞에 웅크리고 앉자, 그것들은 빛나는 눈으로 그녀를 지켜보았다. 그리고 성질을 내면서 짧고 날카롭게 울었다. 분노와 경계를 의미하는 듯 했다.

오두막집의 모이통에는 밀이 들어 있었다. 그녀는 손바닥에 그것을 올려놓고 암탉에게 주었다. 하지만 암탉은 먹지 않았다. 그 중 한 마리는 몹시도 사나운 기세로 그녀의 손바닥을 쪼았다. 콘스탄스는 매우 놀랐다. 그러나 먹지도, 마시지도 않고 알을 품고 있는 암탉에게 뭔가 해주고 싶었다. 작은 빈 통에 물을 담아 주었는데, 그 중 한 마리가 물을 마시는 것을 보자 그녀는 기뻐했다.

요즘은 매일 암탉에게 갔다. 그것만이 이 세상에서 그녀의 마음을 따뜻하게 녹여주는 유일한 일이었다. 때는 봄이다. 숲속에는 히아신스가 피기 시작하고, 개암나무 새싹은 녹색 빗방울처럼 움트고 있다. 이런 봄에도 모든 것들이 싸늘한 마음만 가지고 있다니, 이 얼마나 무서운 일인가? 오로지 알을 품고 있는 암탉의 뜨거운 여성적인 몸만이 따뜻했다! 콘스탄스는 지금이라도 당장 기절하는 것은 아닌가하는 아슬아슬한 마음으로 숨만 겨우 쉬고 있었다.

개암나무 아래에는 앵초가 무리지어 피고, 길가에는 제비꽃이 아름답게 피어 있는 어느 맑은 날 오후, 콘스탄스가 새집에 와보니 아주 작은 새끼 꿩이 가슴을 젖히고 둥지 주위를 소리 내면서 돌아다니고 있었다. 암탉은 몹시 놀라 울고 있었다. 가냘프고 작은 새끼 꿩은 회갈색에 작은 검정 얼룩이 섞여 있었다. 이 순간 새끼 꿩은 온 세상에서 가장 싱싱하고 작은 생명체였다.

콘스탄스는 이 장면에 완전히 매혹되고 말았다. 그녀의 욕망은 지금 그저 숲의 빈터에 가는 것이었다. 그 밖의 모든 일은 일종의 괴로운 꿈에 지나지 않았다. 하지만 때로 주부로서의 의무에 얽매여 하루 종일 라그비 저택에 있어야 할 때가 있었다. 그럴 때면 자신까지 공허해져서, 공허하기 짝이 없는 광기에 빠지는 것만 같았다.

어느날 저녁, 그녀는 손님이 있던 말던 상관하지 않고, 차를 마신 후 저택을 빠져 나왔다. 이미 늦은 시간이었다. 그녀는 다시 불려 들어가는 것을 두려워하는 듯 정원을 가로질러 뛰었다. 숲속으로 들어가자 이미 태양은 장밋빛으로 저물고 있었다. 그녀는 꽃이 피어 있는 길을 서둘러 걸어갔다. 흥분한 그녀는 무의식적으로 빈터에 도착했다. 마침 산지기가 셔츠 바람으로 작은 새끼 꿩들이 밤새 안전하게 지낼 수 있도록 둥지를 덮어주고 있었다. 세 마리의 새끼 꿩은 아장아장 돌아다니고 있었다. 날쌘 황갈색 새끼 꿩은 어미닭이 부르는 것도 듣지 않은 채 짚 덮개 밑을 서성거리고 있었다.

"새끼 꿩을 보고 싶었어요!" 그녀는 가쁜 숨을 몰아쉬면서 그를 전혀 인식하지 못한 척 했다.

"더 낳았어요?"

"모두 서른 여섯 마리입니다." 그가 대답했다. "아주 좋은 성적입니다."

그 또한 새끼 꿩이 나오는 것을 보면서 신기한 기쁨을 느끼고 있었다.

콘스탄스는 맨 끝의 새집에 웅크리고 앉았다. 세 마리의 새끼 꿩도 둥지 속으로 들어갔다. 앙증맞은 머리가 노란 깃털 사이로 밖을 내다보더니 다시 기어들어갔다. 이번에는 구슬 같이 작은 머리 하나가 커다란 어미닭의 몸 밖으로 내다보았다.

"한 번 만져보고 싶어요!" 그녀는 닭장 창살 사이로 살그머니 손가락을 집어넣었다. 하지만 어미닭이 무서운 기세로 그녀의 손을 쪼자 깜짝 놀라 손을 움츠렸다.

"어머나, 나를 쪼는군요! 내가 싫은가 봐요." 그녀는 신기한 듯 말했다. "해치려고 하지는 않았는데!"

그녀 뒤에 서 있던 산지기가 웃었다. 그리고 그녀 곁에 쭈그리고 앉아 차분하게 둥지 속으로 손을 넣었다. 암탉이 그의 손을 쪼았지만, 그리 심하지는 않았다. 천천히, 그리고 조용히, 부드럽게 그는 암탉의 깃털 속을 더듬어 새끼 꿩을 잡아 냈다.

"자!" 그는 자기 손을 콘스탄스 쪽으로 내밀었다. 그녀는 그 작은 황갈색 새끼 꿩을 자기 손에 받아 쥐었다. 그러자 새끼 꿩은 생각할 수도 없을 만큼 가늘고 작은 다리로 손바닥 위에 섰다. 균형을 유지하고 있는 이 작은 생명체의 떨림이 그 다리를 통해 콘스탄스의 손바닥에 전해졌다. 하지만 그 새끼 꿩은 귀엽고 또렷하게 작은 머리를 쳐들어 날카롭게 주위를 두러보면서 작게 '삐약!'하고 울었다.

"어쩌면 이리도 귀여울까! 깜찍하기도 해라!" 그녀는 부드럽게 말했다.

그녀 옆에 쭈그리고 앉아 있던 산지기도 그녀 손안의 대담한 새끼 꿩을 재미있다는 듯이 바라보고 있었다. 갑자기 그는 한 방울의 눈물이 그녀의 손목에 떨어지는 것을 보았다.

그는 일어서서 다른 둥지 쪽으로 갔다. 이미 영원히 꺼져버린 것으로 생각했던 과거의 불꽃이 허리에서 힘차게 솟구치는 것을 깨달았기 때문이다. 그녀 쪽으로 등을 돌리고 그는 그것과 싸웠다. 하지만 그것은 계속 솟아올라 그의 무릎 주위를 맴돌면서 아래로 내려갔다.

그는 다시 그녀에게로 돌아섰다. 그녀는 무릎을 꿇고 두 손을 아무 생각 없이 앞으로 내밀고, 새끼 꿩을 어미닭에게 돌려보내려 했다. 그렇게 하고 있는 그녀로부터 어떤 무언가의 서글픔이 느껴지자 그녀에 대한 연민이 그의 내부에서 솟아올랐다.

자신도 모르게 그는 재빨리 다가가 그녀 옆에 쭈그리고 앉아 어미닭을 무서워하는 그녀의 손에서 새끼 꿩을 받아 새장 속으로 돌려보냈다. 그의 허리에서는 갑자기 좀 더 세찬 불꽃이 일었다.

그는 불안한 얼굴로 그녀를 바라보았다. 콘스탄스는 얼굴을 돌리고 무턱대고 하염없이 울었다. 갑자기 그의 마음이 녹으면서 한 줄기 불꽃이 되었다. 그는 손을 뻗어 그녀의 무릎에 놓았다.

"울지 마십시오." 그가 조용히 말했다.

그 때 그녀는 두 손에 얼굴을 묻었다. 그리고 자신의 마음은 완전히 찢어져 버렸기 때문에 이제는 어떻게 되든 상관없다고 생각했다.

그는 그녀의 어깨 위에 손을 얹었다. 그 손은 부드럽고 조용하게 그녀의 등 곡선을 따라 맹목적으로 애무하는 동작을 계속하면서 밑으로 내려가 쪼그려 앉은 그녀의 허리에 이르렀다. 거기에서 그의 손은 맹목적이고 본능적인 애무를 하면서 부드럽게 옆구리 곡선을 어루만졌다.

그녀는 손수건을 꺼내 얼굴을 닦았다.

"안으로 들어가시겠습니까?" 그가 감정을 누른 조용한 목소리로 말했다. 그리고 그녀의 팔을 부드럽게 잡아 일으켜 조용히 오두막집 안으로 데리고 들어갔다. 그녀가 완전히 들어가 버릴 때까지 그는 손을 놓지 않았다. 그리고 나서 그는 의자와 탁자를 치우고 군대용 갈색 담요를 도구 상자에서 꺼내 천천히 펼쳤다. 그녀는 꼼짝하지 않고 서서 그의 얼굴을 힐끗 쳐다보았다.

그의 얼굴은 창백하고 무표정했다. 마치 운명을 따르는 사람처럼.

"여기 누우십시오." 그는 부드럽게 말하고 문을 닫았다. 방안이 어두워졌다. 아무 캄캄해졌다.

야릇하게도 그녀는 순순히 하라는 대로 담요 위에 누웠다. 이윽고 부드럽고도 더듬는 듯한, 그리고 욕망을 누르지 못하는 듯한 손길이 그녀의 얼굴을 만지고, 육체에 닿는 것을 느꼈다.

그 손은 그녀의 얼굴을 부드럽게, 아주 부드럽게 어루만졌다. 그 손길은 무한한 위로와 구원이었다. 그리고 마지막으로 그녀의 뺨에 부드럽게 키스했다.

콘스탄스는 가만히 누워 있었다. 잠에 취한 듯, 꿈속을 헤매는 듯 가만히 누워 있었다. 그러면서 그녀는 그의 손길이 가만히, 하지만 이상하게도 어색한 손길로 자신의 몸을 더듬는 것을 느꼈다. 바르르 몸이 떨렸다. 하지만 그 손은 어디에서 옷을 벗기면 되는지 알고 있었다. 그는 명주옷을 가만히, 그리고 조심스럽게 끌어내렸다. 그리고 발에서 벗겨냈다. 그는 말할 수 없는 절묘한 기쁨에 부르르 떨면서 그녀의 따뜻하고 부드러운 몸을 어루만지고, 키스를 퍼부었다. 잠시 그녀의 배꼽에 입을 맞추고 그녀에게 바싹 다가갔다. 여성의 몸 안으로 들어간다는 것, 그것은 그에게는 순수한 평화의 순간이었다.

콘스탄스는 그저 잠에 취한 듯 가만히 누워 있었다. 처음부터 끝까지 움직인 것도 그였고, 먼저 황홀함에 느낀 것도 그였다. 콘스탄스는 자신을 위해서는 어떤 것도 할 수 없었다. 자신의 몸을 단단히 안고 있는 팔의 힘도, 그의 격렬한 육체의 동작도, 그리고 자신의 몸 안에 쏟아지는 그의 정액도. 이 모든 것이 일종의 잠이었다. 그가 끝마친 다음, 가쁜 숨을 몰아쉬며 그녀의 가슴 위에 가만히 누울 때까지 그녀는 잠에서 깨어나지 않았다.

이제 그녀는 이상하다고 생각했다. 그저 희미하게나마 이상함을 느꼈다. 도대체 이런 일이 왜 필요한 걸까? 왜 이것이 그녀 위에 덮여 있는 큰 구름을 걷고, 그녀에게 평화를 주는 걸까? 정말 이게 사실일까? 그것은 진정 휴식이었을까?

산지기는 신비로울 정도로 가만히 누워 있었다. 그는 무엇을 느끼는 걸까? 무엇을 생각하는 걸까? 그녀는 도무지 알 수가 없었다. 그녀에게 그는 낯선 사람, 그저 알지 못하는 사람이다. 그래서 그녀는 그냥 기다려야만 했다. 그의 신비로운 조용함을 깨뜨릴 수 없기 때문이다. 그는 그녀의 육체 위에 누워서 축축하게 젖은 육체를 바싹 붙인 채 양팔로 그녀를 안고 있었다. 하지만 그에 대해서 그녀는 전혀 알지 못했다. 그럼에도 불구하고, 전혀 불안하지 않았다. 그가 그렇게 하고 가만히 있다는 것 그 자체만으로도 평화로웠다.

이윽고 그가 몸을 일으켜 그녀로부터 떨어져 나가자 그녀는 깨달았다. 그것은 버림받은 것과 마찬가지였다. 그는 어둠 속에서 그녀의 옷을 무릎까지 내리고 잠시 서 있었다. 그는 자기 옷을 입는 것 같았다. 그러고 나서는 조용히 문을 열고 밖으로 나갔다.

그녀는 작은 달이 떡갈나무 가지 부근에서 빛나는 것을 보았다. 그녀는 재빨리 몸을 일으켜 옷을 입고, 매무새를 고쳤다. 그리고 오두막집 문 쪽으로 걸어갔다.

숲속의 작은 나무들은 깜깜하다고 해도 좋은 만큼 그림자 속에 갇혀 있었다. 하지만 머리 위의 하늘은 마치 수정 같았다. 그 나무의 그늘 아래 어둠 속에서 그는 그녀에게 다가왔다. 그의 얼굴은 마치 창백한 반점처럼 어둠 속으로 떠올랐다.

"그럼 가실까요?" 그가 말했다.

"어디로?"

그는 자기 나름대로 결정한 것이다. 그는 오두막집을 열쇠로 잠그고 그녀 뒤를 따라왔다.

"후회하지 않으십니까?" 그는 그녀와 나란히 걸으면서 말했다.

"아니오, 당신은?" 그녀가 물었다.

"후회하지 않습니다!" 그가 대답했다. 그리고 잠시 후 덧붙였다. "그러나 다른 여러 가지 일이 있으니까요."

"다른 일이라니요?" 그녀가 물었다.

"클리포드 나리 말입니다. 그리고 다른 사람들도. 여러 가지 복잡한 관계가 있습니다."

"복잡한 관계라니요?" 그녀가 실망해서 되물었다.

"반드시 그렇게 됩니다. 마님께도, 제게도 그렇습니다. 늘 복잡한 관계가 있지요." 그는 어둠 속을 힘차게 걷고 있었다.

"그래서 후회하고 있군요?" 그녀가 말했다.

"어떤 의미에서는요." 그는 하늘을 올려다보았다. "이미 그런 일은 끝나버렸다고 생각했습니다. 그런데 다시 시작하고 말았군요."

"무엇을 말인가요?"

"생활입니다."

"생활이라구요?" 그녀는 그 말에서 알 수 없는 기쁨을 느끼면서 되물었다.

"그것은 생활입니다. 도저히 피할 수 없습니다. 그리고 만약 그것을 피한다면, 죽는 것과 다름없습니다. 그러니까 다시 시작해야 한다면, 계속 하는 수밖에 없습니다."

그녀가 꼭 그렇게 생각한 것은 아니었다. 하지만...

"이것은 연애예요." 그녀는 즐거운 듯이 말했다.

"그것이 무엇이든지 말입니다." 그가 대답했다.

그들은 잠자코 저무는 숲속을 걸어갔다. 이윽고 나무 샛문 근처에 도착했다.

"하지만 내가 싫지 않은가요?" 그녀는 깊은 생각에 잠기면서 물었다.

"천만에요." 그가 대답했다. 그는 갑자기 그녀를 가슴에 끌어안았다. 그리고 그녀에게 말했다. "저는 이것으로 좋습니다. 부인은?"

"네, 나도." 그녀는 약간 거짓말을 했다.

그는 따뜻하고 다정하게 그녀에게 키스했다.

"다만 이 세상에 다른 사람들이 그리 많지 않았으면 좋겠군요." 그가 서글픈 어조로 말했다.

그녀는 웃었다. 그는 정원으로 나가는 샛문이 있는 곳까지 왔다. 그리고 문을 열어주었다.

"더는 가지 않겠습니다." 그가 말했다.

"네!" 그녀는 악수할 때처럼 그에게 손을 내밀었다. 그러자 그는 두 손으로 그녀의 손을 움켜잡았다.

"다시 와도 괜찮겠어요?" 그녀는 애수에 찬 어조로 물었다.

"그럼요!"

그녀는 그와 헤어져 정원을 지나갔다. 그는 그 자리에 우두커니 서서 그녀가 어둠 속을 지나가는 것을 쓰린 기분으로 지켜보았다. 혼자 있기를 원했던 사나이의 고독을 그녀가 빼앗은 것이다.

그는 돌아서서 어두운 숲속으로 돌아갔다. 주위는 고요했다. 이미 달은 기울었다. 하지만 그의 귀에는 밤의 소리, 스택스 게이트의 엔진 소리, 국도를 지나가는 자동차 엔진 소리가 들렸다. 그는 천천히 벌채된 언덕을 올라갔다. 그 언덕 꼭대기에 서자 이 지역이 전부 내려다보였다. 스택스 게이트의 반짝이는 불 행렬, 그보다 작은 테버셜 탄광

불빛, 테버셜 마을의 노란 불빛, 그리고 어두운 국도 여기저기의 불빛이 보였다. 그밖에도 멀리 떨어진 용광로의 빨간 불빛은 마치 희미한 장밋빛처럼 보였다. 날카롭고 심술궂은 전깃불처럼 보이는 것은 스택스 게이트였다. 그 빛에는 무어라 형용할 수 없는 악의 냄새가 스며 있었다. 그것은 모든 중부지방 공업지대의 밤에서 발생하는 불안하면서도 끊임없는 공포였다. 교체되는 광부들을 갱내로 들여보내는 스택스 게이트의 기중기 소리가 들렸다. 이 탄광에서는 하루에 세 번 광부들을 교대했다.

그는 다시 숲의 어둠과 은둔 속으로 들어갔다. 하지만 그는 숲의 어둠이란 단지 환상에 지나지 않음을 알고 있었다. 이제 사람은 외톨이가 되어 세상을 떠나는 것이 불가능하다. 이 세계는 은둔자를 허용하지 않는다. 그래서 그는 지금까지 여성과 관련해 새로운 고통과 운명으로 이어진 쇠사슬을 스스로 짊어진 것이다.

물론 그것은 여성의 죄가 아니다. 사랑의 죄도 아니다. 섹스의 죄도 아니다. 죄는 저쪽에 있는 사악한 전등과 악마의 기계가 내는 소음이다. 탐욕스러운 기계와 기계화된 탐욕의 세계 속에서 빛을 발하고, 뜨거운 금속을 붓고, 소음을 내는 운반차를 운전하면서 거대한 악이 자신에게 순응하지 않는 건 모두 허물어버리려고 한다. 그것은 머지않아 숲도 허물어 버릴 것이다.

그는 한없이 다정한 마음으로 그녀를 생각했다. 불쌍하고 의지할 곳이 없는 여성. 그녀는 자신이 생각했던 것보다 훨씬 더 뛰어난 여성이었다. 뿐만 아니라 지나치게 훌륭한 여성이다. 가련하게도 그녀에게는 야생 히아신스처럼 상처받기 쉬운 구석이 있다. 그녀에게는 어딘지 부드러운 것, 자라나는 히아신스와 같은 부드러움, 오늘날 셀룰로이드

제 여성에게는 없는 부드러운 무엇이 있다. 아마도 잠시 동안은 내 심장으로 그녀를 보호할 수 있을 것이다. 냉혹한 철의 세계와 기계화된 탐욕스러운 돈의 신이 머지않아 자신과 그녀를 둘 다 파멸시키기까지 그 짧은 시간 동안 말이다.

그는 총을 메고 개를 데리고 자신의 어두운 집으로 돌아갔다. 램프에 불을 켜고, 난로에 불을 지폈다. 빵과 치즈에 새 양파와 맥주로 저녁 식사를 했다. 그는 자신이 사랑하는 침묵 속에 그저 홀로 잠겨 있었다. 그의 방은 청결하고 잘 정돈되어 있었지만, 딱딱한 느낌이 들었다. 하지만 불은 활활 타오르고, 흰 천을 덮은 식탁 위에 석유램프가 걸려 있었다. 그는 인도에 관한 책을 읽으려 했지만, 왠지 오늘밤은 읽을 수 없었다. 셔츠 바람에 난롯가에 앉아 담배도 피우지 않고, 손이 닿는 부근에 맥주 컵을 놓았다. 그리그 그는 콘스탄스에 대해 생각했다.

사실대로 말하자면, 그는 아까 사건을 후회하고 있었다. 그것도 그녀를 위해서였다. 그는 일종의 예지력을 가지고 있었다. 이는 부정이나 죄악 등의 감각은 아니었다. 그러한 점에서는 조금도 양심의 가책을 느끼지 않았다. 그는 자신을 두려워하지 않았다. 하지만 그는 분명히 사회를 두려워했다. 사회가 악의를 가진 반(半)미치광이 짐승이라는 것을 그는 본능적으로 알고 있었기 때문이다.

그 여성! 만약 여기에 그녀와 나, 둘밖에 없고, 아무도 없다고 한다면! 욕망이 다시 솟구쳤다. 그의 페니스가 마치 새처럼 움직이기 시작했다. 이와 동시에 어떤 압박감이 그의 어깨를 짓눌렀다.

그는 욕구 때문에 생기는 이상야릇한 하품을 하면서 기지개를 켰다. 4년 동안 그는 남성은 물론, 여성으로부터 떨어져서 혼자 살았다. 그는 일어나서 옷을 입고, 총을 들고, 램프 불을 낮춘 다음 개를 데리고 별이 총총한 밖으로 나왔다. 그리고 천천히, 그리고 조용히 숲속을 돌아다녔다. 그는 어둠을 사랑하고, 그 속에 자신을 파묻고 있었다. 이른바 그의 부풀어 오른 욕망에 밤의 어둠은 아주 적합했다.

한편 콘스탄스는 아무런 생각 없이 정원을 지나 집으로 급하게 돌아왔다. 아직 그녀에게는 그것을 생각할 여유가 없었다. 저녁 시간에는 늦지 않았을까.

하지만 문이 닫혀 있었기 때문에 난처했다. 어쩔 수 없이 종을 울려야만 했다. 볼턴 부인이 문을 열어주었다.

"어머, 마님이시군요! 길을 잃으신 게 아닌가 했어요!" 그녀는 약간 심술궂게 말했다. "하지만 클리포드 나리께서 마님을 찾진 않으셨습니다. 린리씨가 오셔서 지금 이야기를 나누시는 중입니다. 저녁 시간까지 남아계실 모양입니다."

"그렇겠지." 콘스탄스가 말했다.

"저녁을 15분 가량 늦출까요? 그러면 천천히 옷을 갈아입으실 수 있을테니까요."

"그렇게 해줘요."

린리씨는 탄광의 총지배인으로 북부지방 출신의 늙은이였다. 그는 클리포드에게 너무 점잖기만 한 사람이었다. 하지만 콘스탄스는 린리가 좋았다. 다만 아첨을 잘 하는 린리 부인은 만나고 싶지 않았다.

린리는 저녁식사 때까지 머물고 있었다. 사려 깊은 콘스탄스는 겸손하고, 조심성 있고, 남성들이 호감을 가지는 여주인이었다. 그녀의 크게 뜬 파란 눈과 상냥한 대답은 자신이 진심으로 생각하는 것을 완전히 감추고 있었다. 콘스탄스는 언제나 그런 여성스러운 태도를 취하고 있었기 때문에 이것은 거의 제2의 천성이라고 해도 좋을 정도였다.

그녀는 자신의 방으로 올라가 혼자 생각에 잠길 수 있을 때까지 참을성 있게 기다렸다. 그녀는 무슨 일이든 꾸준히 기다렸다. 기다린다는 것은 그녀의 특기인 듯 했다.

　　자신의 방에 들어가자 그녀는 아직도 망연자실해서 혼란스러웠다. 무엇을 생각해야 할지 몰랐다. 그는 어떤 종류의 인간일까? 나를 정말 사랑하고 있는 걸까? 그녀를 그다지 사랑하는 것 같지는 않았다. 그는 친절했다. 하지만 그는 어떤 여성에게든 이러한 친절을 베풀 수 있는 사람이 아닐까? 만약 그렇다 하더라도 그것은 이상하게도 평화로움과 위로를 주었다. 더욱이 그는 정열적인 사람이었다. 아주 열정적이었다. 하지만 그는 개인적으로 깊이 들어가서 생각하지 않았을지도 모른다. 그저 과거에 관계한 여성과 같은 태도로 자신을 다루었을지도 모른다. 그녀만을 특별히 다루는 태도는 아니었다. 다만 그녀는 그에게 참된 여성으로 취급되었을 뿐이다.

　　하지만 오히려 그편이 나았다. 결국 그는 그녀 내부에 있는 여성에 대해 다정하게 대해주었다. 그것은 어떤 남성도 그녀에게 해주지 않았던 것이다. 남성들은 그녀라는 인간에 대해서는 부드럽게 대해주었다. 하지만 여성으로서의 그녀에 대해서는 잔인했고, 때로는 경멸하고 무시했다. 그들은 콘스탄스 리드나 차탈리 부인에 대해서는 매우 부드럽게 대했지만, 그녀의 자궁에 대해서는 다정스럽지 않았다. 그러나 그는 콘스탄스니 차탈리 부인이니 하는 따위에는 아랑곳하지 않고, 다만 허리와 가슴을 부드럽게 애무했을 따름이다.

14.
성숙한 인간의 두려움

이튿날 그녀는 숲으로 갔다. 날씨가 흐린 조용한 오후였다. 짙은 녹색 풀이 개암나무 덤불 잎에 퍼져 있었다. 모든 나무들은 아무런 소리도 내지 않고 싹을 틔우기 위해 애를 쓰고 있었다. 그녀는 빈터로 갔다. 하지만 그는 그곳에 없었다. 그녀는 기대하지 않았다. 새끼 꿩은 암탉이 걱정스럽게 우는 새둥지에서 가볍게 나와 뛰어다니고 있었다. 콘스탄스는 앉아서 그것을 지켜보면서 기다렸다. 그녀는 그저 기다리고 또 기다렸다.

마치 꿈처럼 시간은 서서히 흘러갔다. 하지만 그는 오지 않았다. 그녀는 어쩌면 그가 오지 않을지도 모른다고 생각했다. 그날 오후 그는 끝내 나타나지 않았다. 그녀는 차 마시는 시간에 돌아가야만 했다.

집으로 돌아오는 길에는 가랑비가 내리고 있었다.

"또 비가 내리나?" 그녀가 모자의 빗방울을 터는 것을 보고 클리포드가 말했다.

"가랑비예요." 그녀는 말없이 생각에 잠긴 채 차를 따랐다. 그녀는 그것이 정말인지 확인하기 위해 오늘 꼭 산지기를 만나고 싶었던 것이다. 정말로 진실이었는지를...

"나중에 책이라도 좀 읽어줄까?" 클리포드가 말했다.

그녀는 그를 바라보았다. 무슨 눈치를 챈 건가?

"왜인지는 모르겠지만, 봄에는 기분이 좋지 않아요. 좀 쉬고 싶어요." 그녀가 대답했다.

"당신 좋은 대로 해요. 정말 어디가 좋지 않은 거 아니야?"

"그렇지 않아요! 그저 왠지 자꾸만 피곤해요. 볼턴 부인과 무슨 놀이라도 하세요."

"괜찮아. 라디오를 듣지."

그녀는 그의 목소리에 묘한 만족감이 담겨 있음을 확인했다. 그녀는 침실로 올라왔다. 그러자 확성기에서 울부짖는 소리가 들렸다. 마치 백치 같고, 벨벳과도 같은 고상한 목소리였다. 그녀는 보라색 비옷을 걸치고 옆문으로 살그머니 집을 빠져 나왔다. 가랑비는 베일처럼 신비롭고 훈훈하게, 그리고 조용히 내리고 있었다. 그녀는 정원을 빠른 걸음으로 지나갔다. 몸이 후끈했다. 그래서 가벼운 비옷의 앞자락을 열어젖혀야만 했다.

숲은 곤충 알이며, 반쯤 열린 꽃봉오리며, 절반쯤 핀 꽃들로 가득 차서 해질녘의 가랑비 속에 소리 없는 신비로움에 싸여 있었다. 희미한 어둠 속에서 나무들은 마치 옷을 벗은 것처럼 거무스름한 살을 드러냈고, 땅 위의 푸른 풀은 초록색 콧노래를 흥얼거리는 듯했다.

빈터에는 아무도 보이지 않았다. 새끼 꿩은 거의 다 어미 닭의 품속으로 들어가 버리고, 미처 들어가지 못한 대담한 한두 마리의 새끼 꿩들만이 지붕 아래 마른 땅을 돌아다니고 있었다. 다소 불안한 모습이었다.

그래! 그는 아직 오지 않았다. 그는 일부러 오지 않는 것이다. 아니면 무슨 일이 생긴 걸까? 그렇다면 그의 집까지 가 보는게 좋지 않을까.

그녀는 날 때부터 기다리는 성격을 가지고 있기 때문에 오두막집 문을 자기 열쇠로 열었다. 모든 것은 잘 정돈되어 있었다.

그녀는 문 앞 의자에 앉았다. 모든 것이 쥐죽은 듯이 조용했다! 가랑비는 소리 없이 옅은 안개처럼 날리듯 내리고 있었다. 하지만 바람 소리는 전혀 나지 않았다. 아무런 소리도 없었다. 나무들은 어두운 황혼 속에 소리 없이 서 있었다. 모든 것이 전부 생생해 보였다.

다시 밤이 다가왔다. 이제 돌아가지 않으면 안 된다. 그는 분명히 피하고 있는 것이다.

그런데 갑자기 비에 젖어 반짝이는 운전사의 검은 방수 재킷을 입은 그가 성큼성큼 빈터로 걸어왔다. 그는 힐끗 오두막집 쪽으로 눈길을 주고는 가볍게 인사한 다음을 방향을 바꾸어 새집 쪽으로 걸어갔다. 그는 그곳에 쭈그리고 앉아 세심하게 살핀 다음 암탉과 새끼 꿩이 밤에도 문제없도록 문을 닫았다.

드디어 그가 그녀에게 조용히 다가왔다. 그녀는 여전히 의자에 앉아 있었다. 그는 그녀 앞 현관 아래쪽에 서 있었다.

"와 계셨군요." 사투리가 섞인 억양으로 말했다.

"네." 그녀는 그를 쳐다보며 말했다. "늦었군요!"

"네!" 그는 숲 쪽을 바라보면서 대답했다.

그녀는 의자를 한 쪽으로 치우면서 조용히 일어났다.

"들어오시겠어요?" 그녀가 물었다.

그는 날카롭게 그녀를 바라보았다.

"부인께서 매일 밤 여기에 오시는 걸 다른 사람들이 이상하게 생각하지 않을까요?"

"왜요?" 그녀는 당황하며 그를 바라보았다.

"여기에 온다고 하지 않았으니까 아무도 모를 거예요."

"하지만 곧 알게 될 겁니다." 그가 대답했다. "만약 그렇게 되면 어떻게 하시겠습니까."

"어떻게 안단 말이죠?" 그녀가 물었다.

"반드시 알게 됩니다." 그는 절망적인 어조로 대답했다.

그녀의 입술이 약간 떨렸다.

"그럼 하는 수 없죠." 그녀가 더듬거렸다. "아닙니다." 그가 말했다. "여기에 오시지만 않는다면, 그것은 어떻게든 됩니다. 부인께서 그럴 생각만 있으시다면요." 그는 낮은 어조로 덧붙였다.

"하지만 그러고 싶지 않아요." 그녀가 중얼거렸다.

그는 숲속으로 눈길을 돌리면서 말없이 있었다.

"그러나 모두가 알게 되면 어떻게 되겠습니까?" 그가 물었다.

"그 점을 생각하십시오, 부인! 남편의 고용인인 내가 상대라면, 부인께서 어떤 굴욕적인 일을 당하게 될 지를 생각해보십시오."

그녀는 외면하고 있는 그의 얼굴을 바라보았다.

"그건." 그녀는 말을 더듬었다. "그건 당신에게 내가 필요하지 않다는 말인가요!"

"생각해보십시오!" 그는 말했다. "만약 모두가 알게 된다면, 클리포드 경과... 그 밖의 여러 가지 소문과..."

"그럼 나는 집을 나가겠어요."

"어디로 간답 말입니까?"

"어디라도! 나에게는 내 재산이 있어요. 우리 어머니가 나를 위해 2만 파운드를 맡겨 두었어요. 그것은 클리포드도 손댈 수 없는 돈이에요. 나는 나갈 수 있어요."

"하지만 만약 나가고 싶지 않게 된다면요?"

"그렇지 않아요! 어떤 일이 생긴다고 해도 난 괜찮아요."

"네, 지금은 그렇게 생각하시겠죠. 그러나 자연스럽게 마음이 쓰이게 됩니다. 그렇게 되지 않을 수가 없어요. 부인이 산지기와 관계를 맺고 있다는 사실을 생각해야 합니다. 그건 내가 신사인 경우와 다릅니다. 틀림없이 후회할 겁니다. 틀림없이."

"절대로! 무엇 때문에 체면 따위를 걱정하겠어요. 난 정말로 그게 싫단 말이에요. 그런 말을 들을 때마다 난 조롱당하는 것 같아요. 정말이지, 놀림을 받고 있는 것 같아요! 당신조차도 그 말을 할 때에는 날 놀리고 있는 거예요."

"내가요?"

그는 그제서야 비로소 똑바로 그녀를, 그녀의 눈을 바라보았다.

"난 부인을 놀리거나 하지 않습니다." 그가 말했다.

그가 그녀의 눈을 바라보자 그녀는 그의 눈동자가 크게 확대되어 어둡게, 정말 어두워지는 것을 보았다.

"정말 부인은 그 위험을 조금도 상관하지 않는단 말입니까?" 그는 메마른 목소리로 물었다. "그것은 생각해볼 일입니다. 나중에는 때를 놓치게 됩니다."

이상하게도 그의 목소리는 충고하는 듯 했고, 애원하는 듯 했다.

"하지만 그래도 난 잃을 것이 아무 것도 없는 걸요." 그녀가 초조한 듯 대답했다.

그는 짤막하게 대답했다. "나는 두렵습니다. 아주 두려워요. 여러 가지 일을 두려워합니다."

"어떤 일이지요?" 그녀가 물었다.

그는 머리를 자기 뒤쪽을 젖혔다. 그것은 바깥세상을 의미하는 것이었다.

"여러 가지 것! 많은 사람들! 저 수많은 사람들 말입니다."

그리고 나서 몸을 굽혀 갑자기 슬픈 표정을 짓고 있는 그녀에게 키스했다.

"아니, 상관하지 않겠습니다." 그는 말했다. "끝까지 해나갑시다. 다른 것은 어떻게 되든 상관없습니다. 하지만 만약 부인께서 나중에라도 후회한다면!"

"나를 버리지 말아요." 그녀가 애원했다.

그는 그녀의 볼을 손으로 어루만졌다. 그리고 느닷없이 그녀에게 뜨겁게 키스했다.

"들어갑시다." 그가 부드럽게 말했다. "자, 비옷을 벗으십시오."

그는 못에 초를 걸고 젖은 재킷을 벗은 다음 담요에 손을 내밀었다.

"덮을 수 있게 담요를 한 장 더 가져 왔습니다." 그가 말했다.

"난 오래 있을 수 없어요. 저녁식사 시간이 7시 반이니까요." 그녀가 말했다.

그는 힐끗 그녀와 손목시계를 보았다.

"좋습니다." 그가 말했다.

그는 문을 닫았다. 그리고 매달려 있는 바람막이 램프에 불을 붙였다.

"언제 한 번 오랫동안 시간을 가져봅시다."

그는 조심스럽게 담요를 끌어내려 그녀가 벨 수 있도록 접었다. 그런 다음 의자에 앉았다. 그리고 그녀를 끌어당겨 한 팔로 꼭 껴안으며 다른 한 팔로 그녀의 몸을 더듬기 시작했다. 콘스탄스는 그의 손이 자신의 몸에 닿자 숨이 막힐 듯한 소리를 들었다. 그녀의 얇은 페티코트 아래는 완전히 알몸이었다.

"아! 당신 몸을 만지니 황홀하군요." 그는 그녀의 허리와 엉덩이의 섬세하고도 따뜻한, 하지만 아무도 모르는 비밀의 살결을 손가락으로 애무했다. 그는 얼굴을 아래로 숙이고 그녀의 배와 넓적다리에 뺨을 문질렀다. 그녀의 내면 깊숙한 곳에서도 새로운 흥분이 전율을 느꼈고, 적나라한 감정이 일어나는 것을 느꼈다. 한편으로는 두려운 감정이 들었다. 자신을 그렇게 애무해주지 않기를 바라는 마음도 절반쯤 들었다. 그는 그녀를 옴짝달싹 못하게 둘러싸고 있었다. 하지만 그녀는 애타게 기다리고 있었다.

그렇게 순수하고 평화로운 애무와 쾌락의 절정을 느끼면서 그를 기다리고 있었다. 그녀는 가만히 누워 있었다. 그녀의 몸속에 담긴 그의 동작을 느끼고, 깊숙이 잠긴 그의 정열을 느끼고, 사정할 때 떨던 경련과 무섭게 짓누르던 힘이 점점 줄어드는 것을 느꼈다. 엉덩이의 동작, 그것은 확실히 우스꽝스러운 것이었다. 만약 당신이 여성이고 이 작업의 일부를 알고 있다면, 남성이 엉덩이로 내리누르는 동작은 상당히 우스꽝스러울 것이다.

하지만 그녀는 꼼짝하지 않고 가만히 누워있었다. 그가 끝냈을 때에도 마이클리스에게 그랬듯이 자기만족을 얻으려고 기를 쓰지 않았다. 그녀는 그저 가만히 누워 있었다. 눈에 서서히 눈물이 괴더니 결국 주르륵 흘러내렸다.

그도 가만히 누워 있었다. 그런 그녀를 꼭 껴안고 그녀의 발가벗은 두 다리를 자기 다리로 따뜻하게 감싸 안아 덮어주려 했다. 그는 착 달라붙어 따뜻한 체온을 느끼며 그녀 위에 엎드려 있었다.

"춥지 않습니까?" 그는 부드럽고 작은 소리로 나직이, 마치 아주 가까이 있는 것처럼 속삭였다. 하지만 그녀는 저 멀리 내버려진 듯한 심정이었다.

"아뇨, 이제 가봐야겠어요!" 그녀도 조용히 말했다.

그는 콘스탄스의 눈물을 눈치 채지 못했다. 그녀 역시 자신과 마찬가지였을 것이라고 생각했다.

"가봐야 해요." 그녀가 되풀이해서 말했다.

그는 몸을 일으켜 잠시 콘스탄스 앞에 무릎을 꿇었다. 그리고 그녀의 넓적다리 안쪽에 키스하고 그녀의 스커트를 내려 주었다. 그리고 나서는 램프의 희미하고 어슴푸레한 빛을 받으며 자기 웃옷 단추를 채웠다.

그는 다정하고 자신 있게, 그러면서도 너그러운 표정으로 그녀를 바라보면서 말했다. "언제 한 번 우리 집에 오셔야겠습니다."

그러나 그녀는 맥없이 누워 생각에 잠긴 듯 그를 빤히 올려다보았다. 그녀는 갑자기 그가 원망스러웠다. 그는 외투를 걸치고 마룻바닥에 떨어진 모자를 쓴 다음 총을 멨다.

"가시지요." 그는 특유의 따뜻하고 평화로운 눈으로 그녀를 바라보면서 말했다.

그녀는 천천히 몸을 일으켰다. 왠지 가고 싶지 않았다. 하지만 여기에 있는 것도 싫었다. 그는 그녀가 얇은 비옷을 입는 것을 도와주고, 단정한지 살펴보아 주었다. 그리고 문을 열었다. 바깥은 아주 캄캄했다. 현관 아래에서 그를 기다리고 있던 충실한 개는 그를 보자 아주 기뻐서 벌떡 일어났다. 가랑비는 칠흑 같은 어둠 속에서 구슬프게 내리고 있었다.

"램프를 가지고 갑시다." 그가 말했다. "오두막집에는 필요 없을 테니까요."

그는 앞장서서 걸어가면서 램프를 흔들었다. 비와 안개 때문에 나머지 세계는 온통 암흑의 바다를 이루고 있었다.

"언젠가는 우리 집에 와보셔야지요." 그가 말했다. "일은 이미 엎질러졌으니, 어린 양으로 목이 매달리던, 큰 양으로 매달리던 그건 마찬가지겠지요."

콘스탄스는 지금 걷고 있는 길에 디기탈리스 잎이 있는 것을 보고, 자신이 어디쯤 걷고 있는지 짐작할 수 있었다.

"7시 15분이군요." 그가 입을 열었다. "서둘러야겠습니다." 그의 어조가 달라졌다. 그녀와의 거리감을 느끼고 있는 것 같았다. 그들은 마차길 맨 마지막 모퉁이를 돌아 개암나무 담장 샛문을 향했다. 그러자 그는 램프불을 꺼버렸다.

"여기서부터는 조심해야 합니다." 그는 부드럽게 콘스탄스의 팔을 잡았다.

하지만 걷기가 힘들었다. 발 아래 대지는 신비로웠다. 그녀는 무엇이 있는지 발 아래 촉감으로 길을 더듬었다. 하지만 그는 이 길을 잘 알고 있는지 성큼성큼 발을 내디뎠다. 샛문에 도착하자 그는 그녀에게 회중전등을 주었다.

"정원 안은 좀 밝지만, 길을 잃을지 모르니 가지고 가십시오." 사실 그랬다. 정원의 넓은 빈 터는 마치 유령이라도 나올 것처럼 희미한 잿빛으로 뒤덮여 있었다. 그는 갑자기 그녀를 앞으로 끌어당기더니 그녀 옷 속으로 손을 집어넣어 비에 젖은 싸늘한 손으로 그녀의 따뜻한 몸을 더듬었다.

"나는 당신의 몸을 만지기만 해도 죽을 것 같소." 그는 목구멍에서 나는 소리로 말했다. "비록 한순간일지라도." 그녀는 또다시 자신을 요구하는 남성의 갑작스러운 욕망을 느꼈다.

"안돼요, 이젠 가야 해요." 그녀는 다소 사납게 말했다.

"그렇습니까?" 그는 갑자기 태도를 바꾸어 그녀를 놓았다.

그녀는 돌아섰다가 얼른 그에게로 되돌아서면서 말했다. "키스!"

그는 그녀에게 몸을 굽혀 왼쪽 눈 위에 키스했다. 그녀가 입술을 내밀자 그는 부드럽게 키스하고 곧 물러났다. 그는 입술에 키스하는 것을 싫어했다.

"내일 갈게요!" 그녀는 떨어지면서 말했다. "될 수 있는 대로." 그녀는 덧붙였다.

"아, 너무 늦게는 말고요!" 어둠 속에서 그가 대답했다. 이미 그의 모습은 보이지 않았다.

"안녕!" 그녀가 말했다. "안녕히 가십시오, 마님." 그의 목소리였다.

그녀는 걸음을 멈추고 비에 젖은 어둠을 되돌아보았다. 그의 형체만 겨우 알아볼 수 있었다. "왜 그런 말을 하죠?" 그녀가 물었다.

"아닙니다." 그는 재빨리 말했다. "안녕히 가십시오. 얼른 뛰어가십시오."

그녀는 어둡고 잿빛이 도는 어둠 속을 달려갔다. 옆문이 열려 있었다. 아무에게도 들키지 않고 자기 침실로 몰래 들어갔다. 문을 닫을 때 식사 종이 울렸다. 그러나 여느 때와 마찬가지로 목욕을 해야 했다. '그래, 목욕을 꼭 해야지. 이제부턴 이렇게 늦지 말아야지.' 그녀는 속으로 중얼거렸다. '너무 애가 타니까.'

이튿날 콘스탄스는 숲에 가지 않았다. 대신 클리포드와 함께 유스웨이트에 갔다. 그는 가끔 자동차로 외출했다. 그래서 힘센 젊은 운전수를 고용했다. 필요하면 그를 자동차에서 내려야 했기 때문이다. 클리포드는 유스웨스트에서 멀지 않은 쉬플리 저택에 살고 있는 대부 레슬리 윈터씨를 만나고 싶어 했다. 윈터는 에드워드 왕조시대에 전성기를 보낸 부유한 탄광주 가운데 한 사람으로 꽤 나이가 든 노신사였다. 당시 에드워드 왕도 사냥을 위해 쉬플리 저택에 저주 머물렀다. 저택은 횟가루 반죽을 칠한 집으로 아름답고 고풍스러웠으며, 아주 운치 있게 꾸며졌다. 레슬리 윈터는 클리포드를 사랑했다. 하지만 사진잡지에 나오는 사진이나 문학작품이 마음에 들지 않았기 때문에 그를 존경하지는 않았다. 그는 에드워드 왕조풍의 멋쟁이였기 때문에 생활은 생활답게 해야 한다는 생각을 가지고 있었다. 그래서 글을 쓰는 사람은 다른 인종으로 생각했다. 그는 콘스탄스에게 매우 정중히 대했다. 그는 그녀가 매력 있고 착실한 여성인데 클리포드 때문에 상당히 약해졌다고 생각했다.

그녀는 다음날도, 그 다음날도, 또 그 다음날도 숲에 가지 않았다. 그녀는 그가 자신을 기다리고, 자신을 요구한다고 생각할수록 가지 않기로 했다. 하지만 나흘째가 되자 그녀는 침착성을 잃고 불안해졌다. 그녀는 그것을 얼버무릴 수단을 모색했다. 셰필드로 드라이브를 하거나 방문하는 것 등이었다. 하지만 그런 생각은 전부 마음에 들지 않았다. 드디어 그녀는 산책하기로 결정했다. 숲이 아니라 반대쪽으로. 그녀는 정원 반대쪽에 있는 철문을 지나 메어헤이로 가기로 했다. 구름이 끼었지만 온화한 봄날이었다. 그녀는 자신도 모르는 생각에 잠겨 발길 닿는 대로 걸어갔다. 주변에 대해서는 전혀 의식하지 않고 걸었다. 하지만 메어헤이 농장의 개가 큰 소리로 짖는 바람에 깜작 놀라서 걸음을 멈추었다. 메어헤이 농장! 그 목작은 라그비 저택 정원 울타리와 이어져 있어서 사실상 이웃이었지만, 콘스탄스가 오랫동안 찾아오지 않은 곳이었다.

"벨!" 그녀는 커다랗고 흰 불테리어에게 소리쳤다. "벨! 나를 잊었니? 나를 모르겠어?" 그녀는 개가 무서웠다. 벨을 뒷걸음질 치면서 짖었다. 그녀는 농장을 지나 사냥금지 구역의 길로 나가고 싶었다.

플린트부인이 나왔다. 그녀는 콘스탄스와 같은 또래로 이전에는 교사였다. 하지만 콘스탄스는 그녀를 교활한 여자라고 생각했다.

"어머나, 차탈리 부인 아니세요!" 새삼스럽게 플린트 부인이 눈을 빛내며 얼굴을 붉혔다. "벨, 이게 뭐야! 차탈리 부인께 짖다니, 벨, 그만둬!" 그녀는 달려가서 손에 들고 있던 흰 헝겊으로 개를 내쫓으면서 콘스탄스에게 다가왔다.

"전에는 나를 알아봤는데." 콘스탄스는 악수를 하면서 말했다. 플린트 부인은 차탈리네 토지를 세내고 있었다.

"물론 부인을 알아보지요. 장난하는 거예요." 플린트 부인은 낯을 붉히고 혼란스러운 눈빛으로 쳐다보았다.

"그렇지만, 뵌 지 너무 오래되서요. 그동안 별고 없으셨나요?"

"네, 덕분에 잘 있어요."

"겨우내 못 뵈었습니다. 잠깐 들어오셔서 갓난아이를 봐주지 않으시겠어요?"

"글쎄요." 콘스탄스는 망설였다. "그럼, 잠깐만."

플린트 부인을 방을 치우려고 집 안으로 뛰어 들어갔다. 그녀는 그 뒤를 따라 들어갔다.

플린트 부인이 다시 나왔다.

"죄송합니다." 그녀가 말했다. "어서 이리 들어오세요."

그들은 거실로 들어갔다. 갓난아이는 그곳 난로 앞의 낡은 깔개 위에 앉아 있었다. 식탁 위에는 차가 준비되어 있었다. 어린 하녀는 부끄러운 듯이 우물거리면서 복도를 뛰어갔다.

갓난아이는 한 살 가량 된 깜찍하게 생긴 여자아이였다. 머리카락은 아버지를 닮아 붉고, 또렷하고 푸른 눈을 가지고 있었다. 아이는 네댓 개의 쿠션 사이에 앉아 있고, 주변으로는 헝겊 인형과 장난감이 가득했다.

"어머, 참 예쁜 아이군요!" 콘스탄스가 말했다. "어쩌면 이렇게 컸을까요! 정말 많이 컸군요. 아주 큰 아이 같은데요!" 그녀는 그 갓난아이가 태어났을 때 숄을 선물로 보냈고, 크리스마스에는 셀룰로이드로 만든 오리를 보냈다.

"조세핀! 지금 오신 분이 누구지? 어떤 분일까? 조세핀? 차탈리 부인이시란다. 알지? 차탈리 부인 말이야."

묘하게 깜찍한 아이는 건방진 표정을 지으면서 콘스탄스를 바라보았다. 귀부인 따위는 아이에게 아무 것도 아니었다.

"이리 온, 내게로 온." 콘스탄스는 갓난아이에게 말했다.

갓난아이는 사람을 가리지 않았다. 콘스탄스는 아이를 안아 올려서 무릎에 앉혔다. 무릎 위에 갓난아이를 앉히고 있으니 부드럽고 작은 팔이며, 무의식적으로 버둥거리는 작은 발이 너무나도 귀여웠다.

"전 지금 혼자서 차를 마시려던 참이었어요. 루크는 시장에 갔기 때문에 이렇게 아무 때나 마신답니다. 차탈리 부인, 함께 드시겠어요? 댁에서 마시는 것과는 다르겠지만요. 그렇지만..."

콘스탄스는 승낙했다. 다만 그녀가 집에서 언제나 마시는 차 이야기를 하는 것이 싫었다. 준비하는 데에는 오랜 시간이 걸렸다. 그녀는 제일 좋은 찻잔과 주전자를 들고 나왔다.

"너무 폐를 끼치는군요." 콘스탄스가 말했다.

그들은 여성들 사이에서 주고받는 이야기를 늘어놓으면서 즐거운 시간을 보냈다.

"대접할 것이 아무것도 없어서요." 플린트 부인이 말했다.

"집에서 먹는 것보다 훨씬 맛있어요." 콘스탄스는 진심으로 말했다.

"어머나, 그래요?" 플린트 부인은 물론 믿지 않은 채 말했다.

드디어 콘스탄스는 일어났다. "이제 가야겠어요."

"내가 어디 있는지 주인은 모르세요. 도대체 어떻게 된 걸까 생각하고 있을 거예요."

"설마 여기에 계시리라고는 생각하지 않겠지요?" 플린트 부인이 기쁜 듯이 웃었다.

"틀림없이 사람을 보내서 찾을 거예요."

"안녕, 조세핀." 콘스탄스는 갓난아이에게 키스하면서 성기고 붉은 머리카락을 쓰다듬었다.

플린트는 열쇠로 잠그고 빗장을 건 현관문을 열어주면서 그리로 나가라고 했다. 그래서 콘스탄스는 쥐똥나무 울타리로 둘러싸인 농장의 작은 정원으로 나왔다. 오솔길 양쪽으로는 비로드 빛깔의 짙은 앵초가 두줄로 피어 있었다.

"예쁜 앵초군요." 콘스탄스가 말했다.

"제멋대로 피었다고 루크가 말한답니다." 플린트 부인은 웃었다. "조금만 가지고 가세요."

그녀는 비로드 같은 노란 꽃을 열심히 땄다.

"됐어요, 이제 됐어요." 콘스탄스가 말했다.

그들은 정원의 작은 문 있는 데까지 왔다.

"어느 길로 가시겠어요?" 플린트 부인이 물었다.

"수렵금지구역으로 가겠어요."

"그러세요! 소는 우리 안에 들어가 있어서 아직 나오지 않았어요. 하지만 문이 잠겨 있으니 넘어가야 해요."

"넘을 수 있어요." 콘스탄스가 대답했다.

"그럼 울타리까지 모셔다 드릴게요."

그들은 토끼들이 마구 짓밟아 빈약해진 목장을 지나갔다. 해질 무렵 숲속에서는 새들이 시끄러운 소리를 내면서 지저귀고 있었다. 어떤 사나이가 뒤에 처져 있는 소를 부르고 있었다. 소는 짓밟힌 목장을 어슬렁어슬렁 걸어오고 있었다.

"오늘 저녁은 젖짜기가 늦어지는군요." 플린트 부인이 딱딱하게 말했다. "루크가 어두울 때까지 돌아오지 않는다는 걸 알고 있어서겠죠."

그들은 울타리까지 왔다. 저편에는 어린 전나무가 빽빽이 우거져 있었다. 조그마한 문이 잠겨 있었다. 안쪽 잔디 위에는 빈 병이 놓여 있었다.

"저건 산지기의 빈 우유병이랍니다." 플린트 부인이 설명했다.

"여기에 갖다 놓으면 그 사람이 와서 가져간답니다."

"언제 오죠?" 콘스탄스가 물었다.

"언제나 순찰할 때 오죠. 아침에 자주 와요. 그럼 차탈리 부인, 안녕히 가세요. 또 오세요. 들러주셔서 정말 기뻤습니다."

콘스탄스는 울타리를 넘어 빽빽이 우거진 어린 전나무 사이의 좁은 오솔길에 접어 들었다. 그녀는 플린트네 갓난아기를 생각하면서 고개를 숙인 채 걸어갔다. 귀엽게 생긴 아이였다. 갓난아이를 가진다는 것은 얼마나 마음이 따뜻하고 흐뭇한 일일까! 플린트 부인은 그것을 그토록 자랑스럽게 이야기하지 않는가! 아무튼 그녀는 콘스탄스가 가지지 못한, 또는 가질 수 없는 것 같은 무언가를 가지고 있는 것이다. 그렇다. 플린트 부인은 자신의 모성을 사랑한다. 그래서 콘스탄스는 질투심을 느꼈다. 그것은 이성으로는 누를 수 없는 감정이었다.

15.
생명의 소리

그녀는 갑자기 몽상에서 깨어나 짧은 비명을 질렀다. 거기에 한 남성이 서 있었던 것이다.

그는 산지기였다. 그는 발람의 나귀(구약성서 <민수기> 22~24장. 도저히 믿을 수 없는 일을 의미함)처럼 길을 가로막았다.

"도대체 어떻게 된 겁니까?" 그가 말했다.

"어떻게 왔지요?" 그녀는 숨 가쁘게 말했다.

"당신이야말로 어떻게 된 일입니까? 오두막집에 갔었나요?"

"아뇨! 난 메어헤이에 다녀왔어요."

그는 이상하다는 듯이, 그녀를 살펴보았다. 그녀는 마치 나쁜 짓이라도 한 것처럼 고개를 푹 숙였다.

"그래, 지금은 오두막집으로 가는 길입니까?" 그가 강한 어조로 물었다.

"아뇨, 갈 수 없어요. 메어헤이에 지금까지 있었어요. 말하지 않고 나왔는걸요. 늦어서 이제 뛰어가야 해요."

"그럼 내게서 달아나는 건가요?" 그는 비웃는 듯한 가벼운 웃음을 띠고 물었다.

"아니에요, 그런 건 아니에요. 다만..."

"다만?" 그는 그녀에게 바짝 다가와 그녀의 몸에 팔을 감았다.

그녀는 그의 육체 앞부분이 무섭게 접근해 오며 생동하는 것을 느꼈다.

"아니, 지금은 안 돼요. 지금은 안 된다니까요."

"왜 안 됩니까? 아직 6시밖에 안 됐는데. 30분이나 있지 않습니까. 나는 당신이 꼭 필요합니다."

그는 그녀를 꼭 끌어안았다. 그러자 그가 초조해서 성급하게 구는 것이라는 사실을 알 수 있었다. 그녀의 본능은 자유를 추구하기 때문에 싸우려고 했다. 하지만 마음속의 다른 무언가가 이상하게도 나른하면서도 묵직하게 느껴졌다. 그의 몸은 초조하게 그녀를 원했다. 그녀는 싸울 기력을 잃었다. 그는 주위를 둘러보았다.

"여기를 빠져나갑시다." 그는 빽빽하게 뒤얽힌 반쯤 자라 전나무 사이를 들여다보면서 말했다.

그는 그녀를 돌아보았다. 그의 눈이 날카롭게 빛났다. 그녀는 그 눈빛이 애정 이외의 무언가를 나타내고 있다는 것을 알아차렸다. 하지만 그녀는 이미 의지를 상실했다. 팔다리에는 이상한 무거움이 느껴졌다. 결국 그녀는 양보하고 굴복했다.

그는 가시덤불이 얽혀 빠져나가기 힘든 것을 헤치고 그녀를 끌고 들어가 마른 나뭇가지가 떨어져 쌓인 작은 빈터로 갔다. 그는 여전히 조심스럽고 신중했다. 그녀가 거북하지 않게 편히 누울 수 있도록 도와주었다. 하지만 그녀는 죽은 듯 꼼짝도 하지 않고 누웠을 뿐 아무것도 도와주지 않았다. 그래서 그는 그녀의 속옷 끈을 스스로 풀어야만 했다.

그 역시 자신의 육체 앞부분을 드러냈다. 그가 자신의 몸속으로 들어올 때 그녀는 그의 벌거벗은 맨살이 닿는 것을 느꼈다. 그는 잠시 동안 그녀의 몸속에서 부풀리면서 가만히 있었다. 어쩔 수 없는 흥분에 사로잡혀 그가 움직이기 시작하자 이상야릇한 흥분이 그녀의 몸속에 파도처럼 퍼졌다. 그녀는 마지막 황홀함에 자신도 모르게 부르짖은 가냘픈, 그리고 거친 신음소리조차 의식하지 못했다. 하지만 너무 빨리 끝나 버리고 말았다. 너무 순간적이었다. 그리고 그가 점점 오므라들면서 자신에게서 슬쩍 빠져나가는 순간에 이른 것을 느꼈을 때 마음속으로 신음했다. 하지만 그는 가버리려 했다.

그녀는 정열에 넘쳐 자신도 모르게 그에게 매달렸다. 그는 아직 완전히 빠져나가지는 않았다. 그녀는 흥분한 자신의 몸속에 그의 부드러운 봉오리가 움직이고 있는 것을 느꼈다. 이상하게도 그녀의 속에서 달아오르면서 부풀고 커져서 그녀의 의식을 완전히 채워버렸다. 그러자 정말 움직이는 것이 아니라 형용할 수 없는 동작이 모든 육체와 의식 속으로 깊이 파고들어 순수하고 깊은 흥분의 소용돌이가 일기 시작했다. 그녀는 무의식적으로 거의 알아들을 수 없는 소리를 냈다. 드디어 그가 몸을 움직이기 시작했다. 아무런 방비조차 없는 벌거벗은 알몸을 의식한 것이다. 그녀는 자신을 포옹하던 사나이의 육체가 힘을 늦추면서 빠져나가는 것을 느꼈다. 그리고 자신을 감싸면서 덮어주지 않고 내버려 두는 그를 참을 수 없었다.

하지만 그는 끝내 빠져나가 키스하고, 그녀를 덮어준 다음 옷을 입기 시작했다. 그녀는 누운 채 나뭇가지를 바라보았다. 아직까지도 몸을 움직일 수 없었다. 그는 일어나서 주위를 두리번거리면서 바지에 혁대를 맸다. 주위에는 나무가 우거지고 조용했다. 개는 움츠린 듯 앞발을 코밑에 대고 자고 있었다.

그는 다시 작은 가지 위에 앉아 콘스탄스의 손을 잡았다. 그녀는 고개를 돌려 그를 바라보았다.

"이번에는 둘이 함께 끝났군요!" 그가 말했다. 그녀는 대답하지 않았다.

"그런 때는 이루 말할 수 없이 좋지요. 대부분의 사람들은 한평생을 살아도 그런 걸 모르고 살거든요." 그가 뭔가 꿈꾸듯이 말했다.

그녀는 생각에 잠긴 그의 얼굴을 들여다보았다.

"그래요?" 그녀가 물었다. "만족스러웠어요?"

그는 그녀의 눈 속을 들여다보았다.

"만족스러웠냐고요? 그렇고 말고요. 그런 건 걱정마세요." 그는 콘스탄스가 이야기하는 것을 원하지 않았다. 그래서 몸을 굽혀 키스했다.

드디어 그녀는 일어나 앉았다.

"그렇게 같이 끝나지 못할 때가 자주 있을까요?" 콘스탄스는 순수한 호기심에서 물었다.

"많은 사람들이 그렇지요. 사람들의 미련에 찬 표정을 보면 알 수 있어요." 그는 무심히 말했다.

"다른 여성들과도 그렇게 같이 끝냈어요?"

그는 재미있다는 표정으로 그녀를 바라보았다.

"모르겠는걸요." 그는 말했다.

콘스탄스는 그가 말하고 싶지 않은 것은 절대로 말하지 않는다는 사실을 알고 있었다. 그녀는 다시 그의 표정을 살폈다. 그를 소유하고 싶은 열정이 그녀의 육체 속에서 다시 꿈틀거렸다.

그는 조끼와 외투를 입었다. 그리고 다시 오솔길로 나섰다.

석양의 마지막 햇살이 수평으로 숲을 비추고 있었다.

"배웅하지 않겠습니다." 그가 말했다. "그편이 좋을 것 같습니다."

그녀는 아쉬운 듯 그를 유심히 본 다음 돌아섰다. 개는 주인이 걷기를 기다리고 있는 것 같았다. 그는 아무런 할 말이 없는 듯 했다. 아무것도. 콘스탄스의 속에는 또 하나의 자신이 살면서 자궁와 내장 속에 부드럽게 녹아 불타고 있었다. 이러한 자신에 의해 그녀는 그를 찬미하고 있었다. 이렇게 찬미하는 마음이 고조되자 그녀는 무릎에서 힘이 빠지는 것을 느꼈다.

'만약 내게도 아이가 생긴다면!' 그녀는 혼자 생각해보았다. '만약 내가 그 사람의 아이를 가진다면!' 그러자 그녀의 온몸은 맥이 풀리는 듯 힘이 빠져 나갔다. 하지만 그녀는 자신만의 아이를 낳는다는 것과 자신이 사모하는 사람을 위해 아이를 낳는다는 것 사이에 절대적인 차이가 있다는 사실을 알아차렸다.

이런 새로운 자각 속에서 한동안 그녀의 내면에는 과거의 열정이 불타올랐다. 남성은 경멸할 만큼 형편없는 존재로 생각되었고, 그 임무가 끝난 뒤에는 갈가리 찢기고 마는 단순한 소유자가 되었다. 그녀는 자신의 팔다리, 그리고 육체에 바커스의 힘을 느꼈다. 여성이 빛을 내고, 바람처럼 남성을 무너뜨리는 것이다. 하지만 그녀는 그런 것을 바라지 않았다. 그것은 이미 잘 알려진 것처럼 너무나도 결실이 없는 불모지와 마찬가지였다. 오히려 찬탄하는 마음이야말로 그녀에게는 보물과도 같은 것이었다.

그녀는 새로운 생명의 탄생 속에서도 소리조차 내지 않고, 찬탄의 노래를 부르는 자궁과 장기 속에 가라앉고 싶었다. 남성을 무서워하기에는 아직 좀 이른 듯했다.

"메어헤이까지 산책하고, 플린트 부인과 차를 마시고 왔어요." 그녀는 플리포드에게 말했다.

"갓난아이가 보고 싶었어요. 머리카락이 빨간 거미줄 같은 귀여운 아이더군요. 아주 귀여웠어요. 플린트는 시장에 가고 없어서 플린트 부인과 아이와 셋이서 차를 마셨어요. 제가 어디 갔는지 궁금했죠?"

"궁금했지. 하지만 어디에서 차라도 마실 거라고 생각했어." 클리포드는 다소 질투어린 어조로 말했다. 일종의 투시력으로 그녀의 내면에 무언가 새로운 것이 있다는 것을 짐작하고 있었다. 하지만 그것은 어린아이 탓이라고 생각했다. 콘스탄스를 괴롭히는 것은 단지 그녀에게 아이가 없는 것이라고 생각했다. 말하자면 어린아이가 자연스럽게 생기지 않는 것에 있다고 말이다.

"철문 쪽으로 정원을 지나가시는 걸 봤기 때문에 저는 목사관에 가셨나 했습니다." 볼턴 부인이 말했다.

"그럴까 생각했지만, 그러다가 메어헤이네로 갔어요."

두 여인의 눈이 서로 부딪혔다. 볼턴 부인은 콘스탄스에게 애인이 생겼다는 사실을 거의 확신했다. 그러나 어떻게 해서 생겼을까, 그 상대자는 누구일까, 도대체 어디에 살고 있는 남자일까?

"이따금 세상 사람들을 만나시는 게 좋을 거예요." 볼턴 부인이 말했다. "저도 마님께서 좀 더 세상 사람들과 사귀시면 틀림없이 좋은 결과가 있을 거라고 나리에게 말씀드렸습니다."

"그래요, 나도 가길 잘했다고 생각해요. 정말 귀엽고 사랑스런 아이였어요. 클리포드." 콘스탄스가 말했다.

"그 머리카락은 어쩜 그리 거미줄 같고, 반짝반짝 빛나는 오렌지 빛인지. 게다가 눈은 참 이상해요. 왠지 고집이 셀 것 같은, 푸른 유리알 같은 눈이었어요. 물론 여자아이여서 그럴 거예요. 정말 깜찍하더군요. 프랜시스 드레이크(16세기 영국 제독)이 어렸을 때보다 더 깜찍해

보였어요.”

“마님 말씀대로입니다. 플린트네 아이들은 모두 그렇더군요. 모두 성격이 대단하고, 오렌지빛의 머리카락이에요.” 볼턴 부인이 말했다.

“한 번 보시지 않겠어요, 클리포드? 당신에게 보여드릴까 하고 차 마시는데 초대했어요.”

“누구를?” 그는 매우 불안하게 콘스탄스를 보면서 물었다.

“이번 월요일에 플린트 부인과 아이를 오라고 했어요.”

“당신 방에서 차를 대접해요.” 그가 대답했다.

“어머, 아기를 보고 싶지 않으세요?” 그녀가 외쳤다.

“물론 보고말고. 하지만 차 마시는 시간 내내 함께 앉아 있지는 못하겠는걸.”

“어머나!” 콘스탄스는 커다랗고 막연하게 뜬 눈으로 그를 쳐다보았다.

“마님 방에서 차를 드시는 게 더 차분할 거예요. 게다가 플린트 부인도 나리가 계시지 않는 편이 더 마음 편할 거고요.” 볼턴 부인이 말했다.

그녀는 콘스탄스에게 애인이 있다는 사실을 확신했기 때문에 영혼 속에서 환희를 느꼈다. 하지만 상대방은 누구일까? 과연 누구일까? 아마도 플린트 부인이 그 실마리를 알려줄지도 모른다.

그날 밤 콘스탄스는 목욕을 하지 않았다. 그의 맨살이 자신에게 닿았던 그 느낌, 그가 그녀 위에 밀착하고 있던 그 느낌이 그녀에게 귀중한 것으로 느껴졌고, 어떤 의미에서는 신성한 것이었기 때문이다.

클리포드는 매우 불안했다. 저녁 식사 후에도 그는 콘스탄스를 놓아주려 하지 않았다. 그녀는 혼자 있기를 갈망했지만. 그는 그녀를 바라보았다. 왠지 이상할 만큼 온순했다.

"무슨 놀이라도 할까? 아니면 책이라도 읽어줄까? 아니면 다른 뭔가라도?" 그가 불안한 듯 말했다.

"뭐든지 읽어주세요." 콘스탄스가 말했다.

"뭘 읽어줄까? 시? 산문? 아니면 희곡?"

"라신(프랑스 비극 시인)이 좋겠어요." 그녀가 대답했다.

라신을 프랑스식의 장엄한 어조로 읽는 것이 그의 특기였다. 하지만 지금은 목소리가 너무 쉬어서 의식적인 것처럼 되어 버렸다. 사실 그는 라디오가 듣고 싶었다. 하지만 콘스탄스는 바느질을 하고 있었다. 플린트 부인의 갓난아이에게 주기 위해 자신의 옷을 뜯은 것으로 앵초빛의 조그만 웃옷을 만들고 있었다. 집에 돌아와서 저녁시간까지 그녀는 그 옷을 마름질했다. 그리고 책 읽는 소리가 들려오자, 그녀는 조용하고 부드러운 자기도취에 빠져 바느질을 하면서 앉아 있었다.

클리포드가 라신의 작품에 대해 그녀에게 무언가 이야기했다. 그 말이 끝난 후에야 그녀는 가까스로 알아챘다. "네, 네!" 그녀는 그를 올려다보면서 말했다. "참 멋진 구절이에요."

그때 그는 그렇게 앉아 있는 그녀의 깊고 푸른, 빛나는 눈의 광채와 부드러운 평온함에 놀랐다. 그녀가 이처럼 부드럽고 조용한 적이 없었다. 무언가 그녀의 몸에 지니고 있는 향수에 매혹된 듯 그는 매력을 느꼈다. 그래서 힘없이 낭독을 계속 했다. 프랑스어를 말할 때마다 그녀에게 그 소리는 마치 굴뚝에서 빠져나가는 바람소리처럼 들렸다. 그녀에게 라신의 구전을 한 음절도 들리지 않았다.

그녀는 자기 내부의 부드러운 황홀감 속에 젖어 들어갔다. 그리고 자기 몸 속에, 자기 혈관 속에, 그녀는 그 사람과 그 사람의 아이를 느낄 수 있었다.

그녀는 숲과 같았다. 수없이 많은 싹이 트고, 희미한 소리를 내는 떡갈나무 숲의 어두운 덤불과 비슷했다. 그리고 욕망의 작은 새는 깊이를 알 수 없는 그녀 육체의 나뭇가지에서 잠들어 있었다.

하지만 클리포드의 목소리는 마치 날개짓 하듯, 목을 울리는 듯 이상한 소리를 내면서 계속되고 있었다. 책 위에 몸을 구부리고 있는 이 남성은 색다르고 탐욕스러운 문화인이며, 넓은 어깨와 모양만 있는 다리를 가지고 있다. 마치 날짐승처럼 날카롭고 냉혹한 불굴의 의지를 지닌, 그래서 따스함이라고는 전혀 찾아볼 수 없는 이상한 생명체! 콘스탄스는 그가 무서워서 몸을 약간 떨었다.

낭독은 끝났다. 그녀는 깜짝 놀랐다. 눈을 들었을 때 클리포드가 창백하고 증오어린 눈길로 자신을 응시하고 있자 더욱 놀랐다.

"정말 고마워요! 당신의 라신 낭독은 정말 훌륭해요." 그녀가 부드럽게 말했다.

"당신이 듣는 것만큼이나 훌륭하겠지." 그가 잔인하게 말했다.

"무얼 만들고 있지?" 그가 물었다.

"플린트네 갓난아이에게 줄 아기옷을 만들고 있어요."

그는 얼굴을 돌렸다. 아, 어린아이! 그녀는 지금 어린아이에게만 사로잡혀 있다.

그는 연설투로 말했다. "그래서 라신에게서는 우리가 바라는 것은 무엇이든 발견할 수 있어. 질서가 유지되고, 형태가 이루어진 열정은 무질서한 열정보다 중요해."

그녀는 마치 베일에 덮인 듯한 명청한 눈으로 그를 바라보았다.

"네, 저도 그렇게 생각해요." 그녀가 말했다.

"정말 그래." 그가 말했다.

사실 그는 피곤했다. 오늘 밤 그는 지쳐 있었다. 차라리 기술에 관한 책이나 탄광 지배인이나 라디오와 마주앉아 있고 싶었다.

볼턴 부인이 몰트를 넣은 우유 두 잔을 들고 왔다. 클리포드에게는 수면제 역할을 하는 것이고, 콘스탄스에게는 건강을 위한 보약이었다. 이것은 볼턴 부인이 말을 꺼낸 이후 반드시 마시게 된 일종의 술이었다.

그것을 마시고 나니 콘스탄스는 클리포드의 잠자리 시중을 들지 않고 바로 자기 방으로 올라갈 수 있다는 사실을 기쁘게 생각했다. 그녀는 잔을 쟁반 위에 올려놓고, 가져갈 수 있도록 밀어 놓았다.

"클리포드, 편히 주무세요! 안녕히 주무세요! 라신은 마치 꿈처럼 기분 좋았어요. 안녕."

그녀는 벌써 문가로 가 있었다. 그에게 굿나잇 키스조차 하지 않고 가려는 것이었다. 그는 날카롭고 냉정한 눈으로 그녀를 노려보았다. 지금까지 계속 책을 읽어주었는데, 키스조차 안 한단 말인가! 아무리 키스가 형식적인 것에 지나지 않는다 하더라도, 생활은 형식에 의해 이루어지는 것 아닌가! 그녀의 태도야말로 볼셰비키적이었다. 그녀의 본능이야말로 볼셰비키적이었다. 그녀가 나간 후 그는 분노에 찬 눈으로 문을 노려보았다. 분노, 바로 그것이었다!

밤의 공포가 다시 그를 덮쳐 왔다. 일에 몰두할 때는 정력적이고, 라디오를 들을 때에는 온화한 사람이 되곤 했지만, 그렇지 않을 때 그는 불안함과 위험으로 당장이라도 허물어질 듯한 허탈감에 쫓겼다. 그는 무서웠다. 만약 콘스탄스가 그 공포를 없애주려 한다면, 가능했다. 하지만 이제 더 이상 그녀는 그것을 해줄 것 같지 않았다. 그녀의 마음은 단단하고 차가울 뿐이다. 그는 자기 생명을 그녀에게 바치고 있었다. 그렇지만 그녀는 그에게 냉정하다. 단지 자신의 길을 개척할 것만을 바라고 있다.

그녀가 지금 사로잡혀 있는 것은 갓난아이였다. 그것도 그녀 자신의! 오로지 그녀 자신의 것이지, 자신의 것은 아니다.

클리포드는 신체가 자유롭지 못하지만, 건강했다. 얼굴 혈색은 좋았고, 튼튼하고 벌어진 어깨, 두툼한 살집. 그러면서도 그는 죽음을 두려워했다. 무서운 공허감이 어디에선가 그를 위협하고 있었다. 그렇기 때문에 약간 튀어나온 그의 푸른 눈은 이상하게도 경계하는 듯한, 그러면서도 다소 잔인하고 쌀쌀맞은 눈빛이었다.

그는 잠 못 이루는 밤이 정말 두려웠다. 사방에서 파멸이 자신을 덮쳐올 것만 같아서 정말 무서웠다. 그럴 때 그는 자신이 생명을 가지지 않고 살고 있다는 사실을 무서울 정도로 느꼈다. 한밤중에 생명을 가지지 않고 살고 있다는 그 사실을.

하지만 이제는 언제든지 볼턴 부인을 부를 수 있다. 그녀는 언제든지 와 주었다. 그것이 그에게는 커다란 위안이 되었다. 그녀는 화장옷을 입고, 머리를 땋아 등에 늘어뜨린 채로 오곤 했다. 이상하게도 소녀다운 아련한 모습이었다. 땋아서 늘인 갈색 머리카락에는 군데군데 흰 머리카락이 섞여 있긴 했지만. 그녀는 커피나 카밀레 즙을 만들어 주거나, 그와 함께 체스며 카드놀이를 했다.

오늘밤 그녀는 차탈리 부인의 애인이 도대체 누구일까라고 생각하고 있었다. 그녀는 사망한 지 오래 되었지만, 결코 사망했다고 단념할 수 없는 남편 테드를 생각했다. 그를 생각하면 또다시 세상에 대한 원한이 치밀어 올랐다. 그것도 그를 죽인 고용주에 대한 것이었다. 실제로 그들이 그를 죽인 것은 아니었다. 하지만 그녀에게 있어서 적어도 감정적으로는 그들이 그를 죽인 것처럼 느껴졌다.

꿈꾸는 듯한 그녀의 머릿속에는 테드에 대한 생각과 차탈리 부인의 누군지 모르는 애인에 대한 생각이 뒤엉켜 있었다. 하지만 이 순간에도 그녀는 6펜스를 걸고 그와 카드놀이를 하고 있었다. 준남작과 카드놀이를 한다는 것은 설령 6펜스를 잃는다 하더라도 한없이 만족스러운 일이었다.

카드놀이를 할 때 그들은 반드시 내기를 했다. 그러면 그는 자신을 잊을 수 있었다. 대부분의 경우에는 그가 이겼다. 오늘 밤에도 그가 이기고 있었다. 그래서 그는 새벽까지 자려고 하지 않았다. 다행히 4시쯤 되자 날이 밝아 왔다.

콘스탄스는 그 사이에 깊이 잠들었다.

하지만 산지기는 잠을 이루지 못했다. 그는 새집을 돌아보고, 숲을 한 바퀴 돈 다음 집에 돌아와서 저녁식사를 했다. 하지만 그는 쉽게 잠들지 못하고, 난롯가에 앉아 생각에 잠겼다.

그는 테버셜에서의 유년 시절과 5,6년간 지속되었던 결혼생활에 대해 생각했다. 아내를 생각하면 언제나 쓰디 쓴 기분이었다. 그의 아내는 매우 야비한 여성이었다. 그는 1915년 봄에 군대에 입대한 이후 아내를 만나지 않았다. 그녀는 여기에서 불과 3마일밖에 떨어지지 않은 곳에서 옛날보다 더 야비한 여성이 되어 살고 있다. 그는 살아 있는 한 그녀를 만나고 싶지 않다고 생각했다. 그는 병사로서 외국에서 생활했던 지난 일을 생각했다. 인도, 이집트, 그리고 다시 인도로 갔던 일을. 말과 함께 생활하면서 맹목적이고 별다른 사고 없던 생활을. 그를 사랑했던 대령과 그 덕분에 중위로 임관되어 오래지 않아 대위로 승진할 기회가 있었던 일을. 하지만 대령이 폐렴에 걸려 사망하고, 자신 역시 가까스로 죽음의 위기에서 빠져나온 일을. 그래서 손상된 건강과 영국으로 돌아온 후 심각한 불안감, 다시 노동자가 된 자신에 대해.

그는 그때그때 일시적인 생활을 하고 있었다. 적어도 이 숲에서는 한동안 안전하게 지낼 수 있다고 생각했다.

그는 혼자서 인간 세상으로부터 떨어져 있고 싶었다. 그저 그것만을 바랐다. 그는 자신을 어떻게 해야 할지 몰랐다. 수년 동안 장교생활을 하면서 아내나 가족을 거느린 다른 장교들 사이에서 지내면서 '출세' 를 해야 한다는 야심은 전혀 없었다.

그래서 그는 자신의 계급으로 다시 돌아왔다. 그런데 거기에는 몇 년 동안 자신이 떠나 있던 사이에 혐오감을 가질만한 속된 덩어리가 있었다. 하층계급 사회에서는 '하는 체'하는 일이 없었다. 베이컨이 1 페니 더 비싼가, 그렇지 않은가가 복음서의 내용보다 더 중요했다. 그 는 그것을 참을 수 없었다.

게다가 임금 문제도 있었다. 유산계급과 함께 생활해 온 그는 유일 한 길이 임금 문제에 대해 일체 상관하지 않는 것이라는 사실을 알고 있었다. 하지만 자신이 가난하고 곤궁한 지경에 이르면 그것을 근심 하지 않을 수 없다. 그럼에도 그는 돈에 '구애'되는 것을 거부했다.

그럼 과연 무엇이 있는가? 금전에 대한 걱정 이외에 인생은 무엇을 줄 수 있는가? 아무 것도 없다.

그는 혼자 생활할 수 있었다. 무엇 때문에 근심하면서 걱정하는 것 일까? 그 여성이 그의 생활 속에 들어오기 전까지는 아무런 근심도 없 고, 마음이 괴롭지도 않았다. 그는 그녀보다 거의 10살 이상 위였다. 둘의 관계는 점점 더 긴밀해졌다. 그는 머지않아 둘이 함께 생활하지 않으면 안 되는 날이 오리라는 예감을 할 수 있었다. '사랑의 굴레는 풀기 어려운 것이니까.'

그렇다면 다음은 어떻게 되는 것일까? 어떻게 된단 말인가? 의지할 만한 것도 전혀 없이 다시 생활을 해야 한단 말인가? 이 여성을 끌어 들여야 하나? 그녀의 불구 남편과 무서운 투쟁을 해야 하나? 그리고 자신을 증오하는 야비한 아내와도 투쟁을 해야 하나? 비참한 일이다! 너무나도 비참한 일 뿐이다.

만약 두 사람이 클리포드 경으로부터, 그리고 그의 아내로부터 벗어날 수 있다고 해도, 두 사람은 그 후에 무엇을 할 것인가? 도대체 뭘 어쩌려는 것인가? 어떻게 생활해 나갈 생각인가? 아무튼 뭔가 해야만 할 것이다. 그녀의 돈과 자신의 얼마 되지 않는 연금만을 믿는 생활만 큼은 절대 하지 않을 것이다.

"자, 나가자." 그는 개에게 말했다. "밖으로 나가는 게 좋겠다."

별이 총총한 밤이었다. 하지만 달은 없었다. 그는 천천히, 신중하고 부드러운 걸음으로 숲속을 살필 겸 돌아보았다. 그가 주의하는 것은 메어헤이의 스택스 게이트 광부들이 놓아둔 토끼덫 뿐이었다. 하지만 지금은 토끼 번식기이므로 광부들조차 덫에 신중했다. 밀렵자들의 자취를 몰래 돌아보고 있으려니 어느 정도 진정되고, 여러 가지 망상들을 잊을 수 있었다.

날씨가 추웠다. 그는 기침을 했다. 상쾌하고 차가운 바람이 언덕 위에서 불었다. 그는 그녀를 생각했다. 그녀를 포근하게 껴안고 둘이 한 담요를 덮고 잘 수 있다면. 그는 자신이 가지고 있는, 그리고 앞으로 가질 수 있을지도 모르는 모든 것을 주어도 좋다고 생각했다. 그녀와 거기에서 만나고, 한 장의 담요에 싸여 포근하게 잘 수 있다면, 그저 잘 수만 있다면 영원한 희망도, 지금까지 얻은 모든 이득도 다 버려도 좋다고 생각했다. 그녀를 안고 자는 것만이 유일하게 그에게 필요한 일이라고 생각했다.

그는 오두막집으로 가서 혼자 담요를 덮고 마루에 누웠다. 하지만 잘 수가 없었다. 자신만으로는 육체가 불완전하다는 것을 비참할 정도로 느낄 수 있었다. 자신이 혼자라는 불완전한 상태를 느꼈다. 그는 그녀를 가지고 싶었고, 그녀에게 닿고 싶었고, 한순간이나마 그녀를 꼭 끌어안은 채 자고 싶었다.

그는 다시 일어나서 밖으로 나왔다. 이번에는 정원으로 나가는 샛문 쪽으로 나갔다. 그리고 천천히 길을 따라 저택 쪽으로 향했다. 이미 4시가 가까웠다. 아직 대기는 맑고 싸늘했다. 하지만 날이 밝을 기색은 없었다. 그는 어둠에 익숙했기 때문에 사물을 잘 구별할 수 있었다.

이 커다란 저택은 마치 자석처럼 그를 천천히 끌어당겼다. 그는 그녀 옆에 가까이 가고 싶었다. 결코 이것은 욕정이 아니었다, 다만 말없이 그녀를 품안에 안고 싶을 정도로 불완전한 고독을 느끼고 있었기 때문이다. 그녀를 발견할 수 있을지도 모른다. 아니면 그녀에게 갈 수 있는 길을 찾을지도 모른다.

그는 조용히 저택으로 올라가는 비탈길을 더듬어 갔다. 저택은 낮고 길게 뻗어 있었다. 아래층의 클리포드 방에만 불이 켜져 있었다. 하지만 그는 이토록 자신을 무자비하게 끌어당기는 가느다란 한 가닥의 실의 한 끝을 쥐고 있는 여성이 과연 어느 방에 있는지 알 수 없었다.

그는 총을 한 손에 들고 조금 더 가까이 다가갔다. 그리고 저택을 지켜보며 찻길 위에 가만히 서 있었다. 어쩌면 지금이라도 그녀를 발견해서 만날 수 있을지도 모른다. 이 저택은 경계가 삼엄하지 않다. 하지만 어째서 그녀에게 다가갈 수 없단 말인가?

그는 그저 기다리면서 가만히 서 있었다. 그 사이에 새벽이 분간하기 어려울 정도로 희미하게 그의 등 뒤에서 밝아왔다. 저택에 켜져 있던 불이 꺼지는 것을 보았다. 그는 몰랐지만, 볼턴 부인은 창문으로 다가가 짙푸른 낡은 비단 커튼을 젖히고, 어두운 방에 서서 어슴푸레한 빛을 바라보고 있었다. 그녀는 클리포드가 아침이 된 것을 확인할 수 있을 정도로 환해지기를 기다렸다. 클리포드는 새벽이 됐다고 생각하면 잠이 들기 때문이다.

그녀는 창가에서 졸린 눈으로 아침이 되기를 기다리고 있었다. 그러다가 깜짝 놀라서 하마터면 소리를 지를 뻔했다. 차를 세우는 곳에 희끄무레한 빛 속에서 한 사나이가 서 있었기 때문이다. 그녀는 졸던 눈을 번쩍 뜨고 자세히 살펴보았다. 하지만 클리포드 경을 놀라게 하지 않으려고 소리를 지르지는 않았다.

주위로 햇빛이 비치기 시작하자 그 검은 모습은 점점 또렷하게 보였다. 그녀는 총과 각반, 헐렁한 재킷을 구분할 수 있었다. 그는 산지기 올리버 멜러스인 듯 했다. 그렇다. 개가 그림자처럼 냄새를 맡으면서 주위를 돌아다니지 않는가! 그렇다면 그는 거기에서 무엇을 하는 것일까? 그렇다! 볼턴 부인의 뇌리를 총알처럼 스치는 것이 있었다. 그는 차탈리 부인의 애인이다. 바로 그가!

이게 과연 무슨 일인가! 그래. 이 남성이라면. 그녀 아이비 볼턴도 한때 그를 조금은 사랑하지 않았던가. 그 때 그는 16살의 소년이었고, 그녀는 26살이었다. 그녀가 공부하던 무렵이었는데, 해부학이나 그밖의 것을 가르쳐주어 그녀를 도와주었다. 그는 총명해서 셰필드 중학교의 장학생이었다. 그리고 프랑스어와 다른 것들을 공부했다. 하지만 결국 제철공 감독이 되었다. 말을 좋아했기 때문이라고 했다. 하지만 세상에 나가 맞서 싸우기를 무서워했던 것이다. 그가 스스로 그것을 인정한 것은 아니지만.

하지만 그는 훌륭한 젊은이였다. 그녀를 여러 가지 방면에서 도와 다양한 학문을 재치 있게 이해시킬 줄 아는 젊은이였다. 그는 클리포드 경만큼 훌륭한 두뇌를 가지고 있었다. 그리고 언제나 여성에 대해 친절했다. 남성보다도 여성에 대해 더 친절하다는 평판이 있었다.

얼마 후 그는 자신을 포기하듯 버더 쿠츠와 결혼했다. 어떤 종류의 사람들은 무언가에 실망하면 자포자기하면서 결혼하고 만다. 그 결혼이 실패한 것은 당연했다. 그는 전쟁 중 내내 집에 돌아오지 않았다. 중위까지 승진했다. 그리고 진정한 신사라고 할 만큼 진짜 신사였다! 그런 그가 테버셜로 돌아와서 산지기가 된 것이다! 그는 기회가 찾아와도 그것을 잡지 않는 사람이었다. 아이비 볼턴은 그가 실제로 신사의 훌륭한 말을 할 수 있다는 사실을 알고 있지만, 그는 마치 하층민처럼 옛날 테버셜 사투리를 쓰고 있다.

그렇다, 마님은 저 사람과 사랑에 빠진 것이다!

그래. 저 사람의 매력에 빠진 것은 마님뿐만이 아니다. 저 사람에게는 매력이 있다. 하지만 이게 무슨 일이란 말인가! 테버셜에서 태어나 거기에서 자란 남성과 라그비 저택의 영부인이 사랑에 빠지다니! 정말 이건 명문가인 차탈리 집안에게는 커다란 굴욕이다.

한편 산지기는 주위가 밝아지자 더 이상 불가능하다는 사실을 깨달았다. 자신의 고독을 쫓아버리려 한들 아무런 소용이 없었다. 한평생 따라다닐 뿐이다. 한평생 자신의 고독을 받아들이고, 그것을 지켜야 한다. 하지만 그것은 저절로 찾아오는 것이라 무리해서 오게 할 수도 없다.

거기에서 갑자기 그는 자신을 그녀 쪽으로 끌어당기던 피 끓는 듯한 욕망이 끊겼다. 그래야 한다고 생각해서 끊어버린 것이다. 양쪽에서 다가와서 만나야 한다. 그녀가 찾아오지 않을 때 그가 억지로 끌어내서는 안 된다. 그래서는 안 된다. 돌아가서 그녀가 오기를 기다려야 한다.

그는 다시 고독을 받아들이고, 조용히 생각에 잠겨 그곳을 떠났다. 그편이 더 좋다는 것을 깨달은 것이다. 그녀 쪽에서 와야 할 일이지, 그가 그녀를 쫓아다닌다고 될 일이 아니다. 그것은 아무런 소용이 없는 일이다.

그가 사라지고, 그 뒤로 개가 쫓아가는 것을 볼턴 부인이 보고 있었다.

"저런!" 그녀가 말했다. "설마 저 사람이라고는 생각지도 못했어. 하지만 저 사람이라고 생각할 수밖에 없어. 저 사람은 내가 테드를 잃은 후 내게 다정하게 대해주었지. 하지만 저를 어쩌지! 만약 나리께서 눈치를 채신다면 뭐라고 하실까!"

그녀는 잠들어버린 클리포드의 얼굴을 의기양양하게 힐끗 바라보고는 살며시 그 방을 빠져 나갔다.

16.
스택스 게이트와 석탄

콘스탄스는 라그비 저택의 헛간을 치우고 있었다. 이런 헛간은 몇 개 더 있었다. 이 건물에는 원래 많은 가족이 살았고, 그들 중 어느 누구도 물건을 파는 일을 하지 않았다. 제프리 경의 부친은 그림 애호가였고, 모친은 16세기 가구 애호가였다. 제프리 경 자신은 교회 법의를 넣는 옛날 조각이 새겨진 떡갈나무 상자를 좋아했다. 이렇게 몇 대나 이어져 온 것이다. 클리포드는 아주 가격이 싼 현대 그림을 수집 중이었다.

그래서 헛간에는 에드윈 랜드셔 경(영국 동물화가)의 실패작이나 윌리엄 홀만홀트(영국 종교화가)가 그린 감상적인 새둥지 그림 등 이 미술원 회원 딸을 깜짝 놀라게 하는 다른 미술원회원들의 작품이 있었다. 그녀는 그것을 잘 조사해서 치워버리고자 했다. 또한 괴상하게 생긴 가구가 그녀의 흥미를 끌었다.

이 집안에는 향나무 요람이 파손되거나 벌레가 먹지 않도록 조심스럽게 포장되어 대대로 내려왔다. 일종의 매력이 있었다. 한참 동안 그녀는 그것을 들여다보고 있었다.

"그게 소용없다니, 참 유감이에요." 일을 거들던 볼턴 부인이 한숨을 쉬었다. "이런 요람은 이미 시대에 뒤진 것이지만, 어쩌면 필요하게 될지도 몰라. 아기를 가질지도 모르니까." 콘스탄스가 말했다.

"만약 나리께 어떤 일이라도 일어난다면 말입니까?" 볼턴 부인이 더듬거리면서 말했다.

"아니! 지금 그대로라도! 그분은 그저 근육이 마비되었을 뿐이니까. 완전히 다친 것은 아니거든요." 콘스탄스는 서슴치 않고 거짓말을 했다.

그것은 클리포드가 그녀에게 암시했던 것이다. 그는 이렇게 말했다. "물론 나도 아이가 생길 수 있을지도 몰라. 완전히 불구가 된 것은 아니니까. 허리와 가슴의 마비는 낫지 않더라도 능력은 회복될 수 있을지도 모르지. 그러면 임신이 가능해질 수도 있을 거야."

사실 탄광 문제에 모든 힘을 쏟아 부어 일하면서 그는 마치 성적 능력이 되돌아온 것처럼 느꼈다. 콘스탄스는 재치가 있었기 때문에 그의 암시를 자신을 지키는 수단으로 활용했다. 그녀는 될 수 있으면 아이를 낳고 싶었다. 하지만 그의 아이는 아니었다.

한순간 볼턴 부인은 어안이 벙벙했다. 숨조차 제대로 쉴 수 없었다. 하지만 그녀는 그 말을 믿지 않았다. 그 말에 계략이 있다는 사실을 금방 알아차렸다.

"어머, 마님. 그렇게만 된다면 얼마나 기쁘겠어요. 어디 마님뿐인가요? 모두가 기뻐할 겁니다. 정말로 라그비 저택에 아기가 있다면 얼마나 달라지겠어요?"

"그럴 거야." 콘스탄스가 대답했다.

그녀는 쇼틀랜드 공작부인이 개최하는 자선 바자회에 보낼 60년 전 미술원 회원 그림 3장을 골랐다. 이 공작부인은 '바자 공작부인'이라고 불렸는데, 언제나 사람들에게 팔 물건을 보내달라고 부탁하곤 했다. 미술원 회원의 작품은 분명히 그녀를 기쁘게 해 줄 것이다. 어쩌면 그 답례로 저택을 방문할지도 모른다.

그러나 볼턴 부인은 마음속으로 생각했다. 부인이 기다리는 것은 올리버 멜러스의 아이 아닌가? 정말 놀라운 일이다. 라그비 저택의 요람에서 자라는 아이는 테버셜 마을의 아이가 되겠지. 이 무슨 수치란 말인가!

이 헛간에는 다소 크고 검은 옻칠을 한 상자가 다른 진기한 물건 속에 섞여 있었다. 그것은 6,70년 전에 정교하게 세공해서 만든 것으로 어떤 물건을 넣어도 좋을 만큼 훌륭한 것이었다. 맨 위에는 화장 세트가 있다. 솔이나 병, 거울, 빗, 작은 상자, 칼집에 들어있는 아름다운 소형 면도칼, 면도용 물그릇까지 들어있다. 그 아래에는 문구류가 들어있다. 압지, 펜, 잉크병, 종이봉투, 비망록 등. 다음으로는 재봉 용구가 들어있다. 세 가지 가위, 골무, 바늘, 명주실, 무명실, 받침대 등 모두 최고급품이었다. 그 다음에는 약품이 들어 있다. 아편 팅크, 몰약 팅크, 말린 정향, 그밖에 상표가 붙은 병. 하지만 모두 비어 있었다. 모든 것이 새 물건처럼 보였다. 함께 넣으니 소형 가방에 여행용 물건을 채운 정도의 크기였다. 그리고 신기하게도 안쪽은 모든 것이 꼭 맞았다.

"어머나, 어쩌면 솔이 이렇게 아름다울까요! 비싼 물건이겠지요. 면도할 때 쓰는 솔이 세 개나 있고, 모두 훌륭한 물건뿐이군요. 그리고 이 가위는 어쩜! 얼마나 비쌀까요? 정말 훌륭한 물건이에요!"

"그래요? 그럼 당신에게 줄께요." 콘스탄스가 말했다.

"당치도 않습니다, 마님!"

"줄께요. 여기 버려두면 최후의 심판이 오는 날까지 그냥 굴러다니기만 할 거예요. 만약 당신이 받지 않으면 그림과 함께 공작부인에게 보낼 테지만. 그렇게 많이 보낼 필요는 없거든요. 가져요!"

"어머나! 마님. 뭐라고 감사해야 할지 모르겠어요."

"그럴 필요 없어요." 콘스탄스가 웃었다.

볼턴 부인은 흥분해서 홍조를 띠고 크고 까만 상자를 안고 가슴을 설레면서 내려갔다.

베츠가 그녀와 상자를 이륜마차에 싣고 그녀의 집으로 운반해주었다. 그녀는 그것을 보여주기 위해 친구들을 초대했다. 여교사, 약제사 부인, 출납계 차장 부인인 위든 부인 등이었다. 모두가 감탄했다. 다음으로는 차탈리 부인이 아이를 낳는다고 소곤거리기 시작했다.

"이상한 일도 다 있군요!" 위든 부인이 말했다.

하지만 볼턴 부인은 만약 아이를 낳는다면, 그 아이는 클리포드 경의 아이임을 확신한다고 말했다.

그런 일이 있은 후 목사가 조용히 클리포드에게 말했다.

"정말로 라그비 저택에 후계자가 태어날 수 있다는 희망을 가져도 괜찮습니까? 그야말로 하느님의 은총이 내리신 겁니다."

"네. 희망을 가져도 괜찮습니다." 클리포드는 조소와 동시에 확신을 가지고 말했다. 그리고 그는 진짜 자신의 아이가 생길수도 있다고 믿기 시작했다.

그러던 어느 날 오후, 윈터 영주가 찾아 왔다. 볼턴 부인이 베츠 부인에게 말한 것처럼 호리호리하고 청렴한 70살의 철저한 신사였다. 사실 모든 구석을 뒤져보아도 그는 신사였다. 더욱이 옛날 사람 같은 말씨는 더 시대에 뒤떨어져 보이는 듯 했다.

탄광에 관한 이야기가 오갔다. 클리포드의 생각으로는 그의 탄광에서 나는 가장 질이 나쁜 석탄일지라도 만약 축축한 산성 공기를 상당히 강한 힘으로 불어 넣으면, 고열로 타는 단단한 압축 연료로 만들 수 있다는 것이었다. 오랫동안 관찰한 결과, 탄광의 불은 강하고 습기 찬 바람이 부는 날에는 매우 잘 타며, 연기도 거의 나지 않고, 남은 재 도 불그스름한 자갈이 아니라 잔 잿빛 가루가 된다.

"하지만 그 연료를 쓰기에 적당한 기계가 어디 있을까?" 윈터가 물 었다.

"제가 만들 생각입니다. 그리고 제 자신이 그 연료를 쓰겠습니다. 그 래서 거기에서 생긴 전력을 파는 겁니다. 틀림없이 될 거라고 생각합 니다."

"만약 그게 가능하다면, 얼마나 훌륭할까. 굉장한 일이군. 정말 굉 장한 일이야! 내가 도와줄 수 있으면 좋겠지만, 나는 이미 옛날 사람 이 되어버렸어. 우리 광부들도 나를 닮아 시대에 뒤떨어져 있지. 하지 만 내가 죽은 후에 자네 같은 사람이 나올지도 몰라. 참 좋은 일이야! 그렇게 되면 광부들도 다시 고용하고, 석탄을 팔 필요도 없고, 팔다가 남는 일도 없겠지. 정말 훌륭한 생각이야. 부디 성공하길 바라네. 만약 내게도 아들이 있었다면 분명히 쉬플리 탄광에 알맞은 새로운 것을 생각했을 거야. 분명히! 그런데 라그비 집안에 후계자가 태어날 지도 모른다는 소문이 있던데, 근거 있는 소문인가?"

"그런 소문이 있습니까?" 클리포드가 물었다.

"필링우드의 마셜이 내게 편지를 보내서 그것밖에 몰라. 하지만 근 거 없는 일이라면 다시는 입밖으로 내지 않겠네."

클리포드는 묘하게 반짝이는 눈으로 불안하게 말했다. "그게 말입 니다. 희망은 있어요."

윈터는 다가와서 클리포드의 손을 잡았다.

"자네의 그 말을 듣고 내가 얼마나 흐뭇한지 상상도 못 할 거야! 자네가 아기를 갖는다는 희망 때문에 열심히 일한다는 말을 들으니. 더욱이 테버셜 마을 사람들을 전부 고용할 가능성도 있고 말이지. 이보게, 얼마나 보람된 일인지!"

이 노인은 정말로 감동했다.

다음 날, 콘스탄스는 유리병에 긴 노란 튤립을 꽂고 있었다.

클리포드가 말했다. "콘스탄스. 당신은 라그비 저택의 후계자가 될 아들을 낳는다는 소문이 파다한 것 알고 있어?"

콘스탄스는 눈앞이 캄캄해지는 듯한 공포심을 느꼈다. 하지만 조용히 꽃을 만지작거리면서 서 있었다.

"모르겠는데요. 그건 농담일까요? 아니면 중상일까요?"

"어느 쪽도 아니면 좋겠어. 하지만 그것이 예언이 되었으면 해."

콘스탄스는 여전히 꽃을 만지작거리고 있었다.

"오늘 아침 아버지로부터 편지를 받았어요. 알렉산더 쿠퍼 경이 7, 8월 경에 베니스의 에스메랄다 별장에 저를 초대한 것을 아버지가 승낙하셨다고 알려오셨어요."

"7, 8월에?" 클리포드가 물었다.

"줄곧 머무를 생각은 없어요. 당신은 안 가실래요?"

"난 외국여행은 하고 싶지 않아."

그녀는 꽃을 창가로 가져갔다.

"저는 가도 괜찮아요? 올여름에 가기로 약속한 걸요."

"얼마 동안 머물 예정인데?"

"한 3주일 정도."

잠시 침묵이 흘렀다.

클리포드가 천천히, 하지만 다소 우울하게 말했다. "3주일 정도라면 참을 수 있겠지. 다만 당신이 정말로 돌아온다면 말이야."

"전 틀림없이 돌아와요." 그녀는 분명한 확신을 가지고 온순하게 말했다.

클리포드는 그 확신을 느꼈다. 아무튼 그녀를 믿었다. 그리고 그것이 자신을 위한 것이라고 생각했다. 그러자 그는 한없이 즐거워졌다.

"그렇다면 좋아. 당신은 어때?"

"저도 그래요." 그녀가 말했다.

"색다른 걸 보는 건 즐겁겠지."

그녀는 이상스러운 푸른 눈으로 그를 바라보았다.

"전 다시 한 번 베니스를 보고 싶어요. 만(灣) 저쪽 모래섬에서 수영하고 싶어요. 하지만 리도섬(베니스 입구에 있는 모래섬)은 정말 싫어요. 게다가 알렉산더 쿠퍼 부인도 마음에 들지 않아요. 하지만 힐더 언니가 같이 가서 우리끼리 곤돌라를 타게 된다면 아마 즐거울 거예요. 당신도 함께 가면 정말 좋을텐데."

그녀는 진심으로 말했다. 이런 방법으로나마 그를 행복하게 해 주고 싶었던 것이다.

"하지만 북부역(파리 북쪽 정류장)이나 칼레(도버 해협의 프랑스 항구) 부두에서의 나를 생각해 봐."

"그렇지만 왜 안 되죠? 전쟁 때 들 것에 실려서 후송되는 부상자를 본 적 있어요. 우린 자동차로 여행할 수 있잖아요."

"남자가 두 명 필요할 거야."

"그렇지 않아요! 아마 필드가 잘 할 거예요. 그리고 가는 데마다 남자 한 사람쯤은 있을 거예요."

하지만 클리포드는 머리를 흔들었다.

"아니, 올해는 그만둡시다. 올해는 안 되겠어. 내년이라면 한 번 가보지."

그녀는 우울한 기분으로 방에서 나왔다. 내년! 내년에는 어떻게 될까?

사실은 그녀 자신도 베니스에 가고 싶지 않았다. 특히 지금은 그 사람도 있는데. 하지만 그녀는 일종의 수련으로 가려고 했다. 만약 아이라도 생긴다면 클리포드는 그녀가 베니스에서 애인을 만들었다고 생각할 것이다.

벌써 5월이다. 다시 춥고, 축축하고, 음산한 날씨가 시작되었다. 5월에 비가 오고 추우면, 옥수수나 목초에는 상당히 좋다. 콘스탄스는 유스웨이트에 볼 일이 있었다. 그곳은 그들 영지인 작은 도시로 차탈리 집안은 아직도 차탈리 집안으로 존재하고 있었다. 그녀는 혼자 갔는데, 필드가 차를 운전했다.

신록의 계절인 5월이지만, 이 고장은 왠지 음울했다. 다소 쌀쌀한데다가 빗속에서 안개가 피어올랐다. 마치 엔진의 배기가스가 공중에서 감돌고 있는 느낌이었다. 인간은 오로지 자신의 저항력에 의해서만 살아 있다. 이 고장 사람들이 모두 추하고 고집이 센 것도 무리는 아니었다.

자동차는 테버셜 마을의 시커먼 벽돌 건물, 끝이 뾰족하고 빛나는 검은 슬레이트 지붕, 석탄재로 시커먼 진흙, 검고 축축한 거리와 지저분한 집들이 늘어선 거리를 흔들리면서 지나갔다. 그리고 석탄 운반차가 쇳소리를 내면서 비가 내리는 언덕을 내려갔다. 필드는 언덕 위로 차를 몰았다. 크지만 볼품없는 양복점과 우체국을 지나 외딴곳에 있는 시장으로 갔다. 그곳에서는 '태양'이라고 부르는 행상인들이 숙박하는 여관 겸 선술집에서 샘 블랙이 얼굴을 내밀고, 차탈리 부인의 차를 향해 인사했다.

교회는 왼편의 검은 숲속에 있었다. 차는 내리막길에 접어들어 <광부의 무기> 술집 앞을 지나갔다. 지금까지 지나 온 술집만으로도 <웰링턴>, <넬슨>, <통집>, <태양>이 있었고, 지금 막 지나온 <광부의 무기> 다음에는 <기계관>이 있으며, 새로 신축된 요란한 <광부의 행복>이 있다. 최근에 지은 네댓 집의 별장이 있고, 이윽고 거무스름한 울타리와 짙은 녹색의 야채밭을 지나서야 스택스 게이트로 향하는 검은 길이 나왔다.

테버셜 마을! 이것이 테버셜 마을이다. 활기찬 잉글랜드 마을! 셰익스피어가 그려낸 잉글랜드 지방! 그곳은 콘스탄스가 처음으로 알게 된 잉글랜드의 모습이었다. 그곳에는 기분 나쁘면서도 지옥 같은 면이 있다. 바로 지옥이었다. 짐작조차 할 수 없는 곳이다.

그녀는 다시 찾아오는 공포 속에서 잿빛 모래와도 같은 절망감을 느꼈다. 더욱이 그녀는 갓난아이, 라그비 저택의 후계자를 낳으려 하지 않는가! 그녀는 두려움에 몸을 떨었다.

멜러스는 이런 환경에서 자랐다. 하지만 멜러스는 그녀와 마찬가지로 이들과 다르다. 그저 이 문제에 관해서는 먹먹함과 절망만 있을 따름이다. 이것이 바로 잉글랜드이다. 거대한 잉글랜드의 실체이다. 콘스탄스는 자동차로 그 중심부를 달려오면서 이 사실을 깨달았다.

자동차는 스택스 게이트를 향해 오르고 있었다. 이제 비는 그쳤다. 공기 중에는 5월의 맑은 기운이 감돌고 있었다. 기복이 심한 전망이 남쪽으로는 피크 지방으로, 동쪽으로는 맨스필드와 노팅엄으로 이어졌다. 콘스탄스가 가는 곳은 남쪽이었다.

높은 지대에 올라서자 그녀의 왼쪽으로 마치 파도가 물결치는 듯한 땅에서 빠져나온 높은 곳에 위숍 성의 짙은 잿빛 윤곽이 보였다. 그 주변으로는 새로운 광부들의 불그스름한 주택 벽이 보였고, 아래쪽으로는 탄광에서 내뿜는 검은 연기와 흰 수증기가 피어오르고 있었다. 이 탄광은 공작과 주주들에게 매년 수천 파운드의 수익을 가져다주었다.

　주변을 한 바퀴 돈 차는 스택스 게이트로 통하는 고지를 향해 계속 달렸다. 이 간선도로에서 보면, 스택스 게이트는 크고 호화로우며, 붉은 색과 흰색으로 칠해져 있어 다소 야만적인 느낌을 주는 <커닝스비의 무기>라는 새로운 호텔밖에 보이지 않았다. 하지만 주의 깊게 살펴보면, 왼쪽에는 도미노 놀이처럼 나란히 빈터와 정원이 딸린 아름다운 현대식 주택이 있었다.

　이것이 전쟁 후 새롭게 변한 스택스 게이트였다. 콘스탄스는 모르는 사실이지만, 과거의 스택스 게인트는 호텔에서 반마일 가량 떨어진 아래쪽의 작고 낡은 탄강과 거무스름하게 그을은 옛날 집, 그리고 한두 개의 교회와 가게, 술집만 있던 고장이었다.

　하지만 이제 그런 것은 전혀 문제되지 않는다. 높은 곳에 있는 새 공장에서 거대한 깃털과 같은 연기와 수증기가 하늘로 올라가는 곳이 지금의 스택스 게이트이다. 거기에는 교회도, 가게도 없고, 단지 큰 공장만 있을 뿐이다. 그곳은 온갖 신들의 교회가 있는 현대의 올림피아이다. 그리고 모범주택과 호텔이 있다. 이 호텔은 겉보기에는 일류처럼 보이지만, 실제로는 광부들의 술집일 뿐이었다.

　이 새 도시가 나타난 것은 콘스탄스가 라그비 저택으로 온 후의 일이었다. 모범주택에서는 어디에서 온지도 모르는 하층계급의 사람들이 모여 살면서 못된 일도 하는데, 클리포드의 토끼를 몰래 잡는 것도 그들이었다.

자동차는 이 고장을 바라보면서 고지를 향해 달렸다. 한때 이 고장은 영광과 위엄을 갖춘 곳이었다. 지평선 부근에는 거대하고 호화로우며 장대한 차드위크 저택이 있었다. 그것은 벽보다도 창문이 더 많기로 유명한 엘리자베스 왕조식 저택의 하나로서 커다란 정원 위에 고귀한 모습을 드러내 보였다. 하지만 이미 시대에 뒤떨어진 모습이었다. 아직 보존되어 있기는 했지만, 그저 구경하는 장소일 뿐이었다.

그것이 과거였다. 광부들이 사는 작은 집들은 백년 전과 마찬가지로 다닥다닥 붙어서 길을 따라 즐비하게 이어졌다. 집들이 늘어선 거리는 도로가 되어 버렸다. 낮은 땅으로 내려오면, 성이나 대저택은 마치 유령처럼 우뚝 솟아 있고, 넓고 기복 있는 이 지방 풍경이 마음속에서 사라져 버린다. 거기에는 뒤얽힌 철도와 너무나 우람해서 벽밖에 보이지 않는 주물공장이나 다른 공장이 있었다.

하지만 꼬불꼬불한 길을 지나 교회 뒤쪽의 도시 중심지로 가면 그곳에는 21세기 이전의 세계가 존재한다. <차탈리의 문장>이나 낡은 약국이 서 있는 거리는 성곽이나 위풍당당한 저택이 서 있는 이질적인 세계로 나가는 통로이다.

역시나 생각했던 대로였다. 오래되고 시커먼 광부의 집들은 구불구불한 옛 마을의 길 양쪽으로 다닥다닥 붙어 있었다. 이 거리를 지나면 이번에는 꽤 크고 새로운 분홍빛 집들이 나타났다. 그것은 직공들의 현대식 주택이었다. 그곳을 지나면 성곽이 보이는 넓은 들판이 나오고, 연기와 수증기가 부딪혀 흔들렸다. 여기에는 붉은 벽돌로 만들어진 새로운 채탄장 건물이 여기저기에 서 있었다.

나의 잉글랜드! 하지만 그 잉글랜드는 어디에 있는가? 잉글랜드의 위풍당당한 저택은 사진으로 찍으면 무척이나 아름다워서 마치 엘리자베스 여왕 시대의 사람들과 만나고 있다는 환상을 심어 준다. 선량한 앤 여왕(스튜어트 왕조의 마지막 여왕)이나 콤 존스(헨리 필딩의 소설 주인공) 시대 이래로 아름답고 고풍스러운 저택은 그대로 남아 있다. 하지만 황금빛 광채를 잃은 지 오래되어 그을은 회반죽 세공 위에는 시커먼 그을음이 덮여 있다. 당당한 저택과 마찬가지고 그것들 역시 하나씩 사라져간다. 오늘날 그것들은 파괴되어 가고 있다.

요즘에는 저런 훌륭한 저택조차 헐리고 있다. 조지 왕조 시대의 주택도 점점 사라져 간다. 콘스탄스가 자동차로 지나가던 날에는 아주 고풍스럽던 조지 왕조의 건축물인 프리슬리 저택조차 헐리고 있었다. 그것은 손질도 잘 되어 있었고, 전쟁 무렵까지는 웨덜리 집안 사람들이 호화롭게 생활하던 곳이었다. 하지만 요즘에는 너무 커서 유지비가 많이 들고, 이 고장이 그들 취미에 더 이상 맞지 않게 되었다.

이것이 바로 역사이다. 하나의 잉글랜드가 지금까지의 잉글랜드를 말살한다. 일찍부터 탄광은 대저택 사람들을 부유하게 했다. 지금 그 탄광은 지금까지의 잉글랜드식 시골집을 없애듯 이 저택도 없애고 있다. 공업국 잉글랜드가 농업국 잉글랜드를 말살하고 있다. 하나의 의미가 다른 의미를 지워버린다. 새로운 잉글랜드가 낡은 잉글랜드를 말살한다.

유한계급에 속한 콘스탄스는 옛 잉글랜드의 모습에 다소 애착을 가지고 있었다. 하지만 그것은 무섭도록 암담한 새로운 잉글랜드 때문에 말살되었고, 완전히 소멸될 때까지 그 말살이 계속 될 것이라는 것을 이해하는 데까지는 몇 년이 걸렸다. 프리슬리 저택이 그러했고, 윈터씨가 사랑하는 쉬플리 저택도 멸망에 직면하고 있었다.

콘스탄스는 잠깐 쉬플리 저택을 방문했다. 뒤쪽에 있는 정원 입구 옆에는 탄광철도의 교차점이 있었다. 쉬플리 탄광은 숲은 지나 바로 있었다. 문은 열려 있었다. 정원을 가로질러 광부들이 지나다니는 길이 있었기 때문이다. 그들은 정원 안을 자유롭게 오갔다.

광부들이 내버린 신문지 조각이 떠있는 연못가를 지나 자동차는 저택으로 가는 찻길로 들어섰다. 그 저택은 18세기 중반부터 있던 스타코를 칠한 건물로서 높은 지대에 세워져 있었다. 상수리나무가 아름답게 우거진 오솔길로 들어가자 고풍스러운 한 채의 집 앞에 도착했다. 그 저택은 산뜻하고 맵시 있었으며, 조지 왕조식의 창문 유리를 반짝이고 있었다. 뒤쪽으로는 정말 아름다운 정원이 있었다.

콘스탄스는 이 저택의 내부가 라그비 저택보다 더 마음에 들었다. 훨씬 더 밝고, 활기가 넘치며, 상쾌하고 우아했다. 방의 벽은 크림색으로 칠했고, 천장은 금빛으로 칠했다. 모든 시설은 훌륭했고, 비용을 아끼지 않고 고루 갖추어져 있었다. 복도는 넉넉했고, 부드러운 곡선으로 활기가 넘쳤다.

하지만 레슬리 윈터는 독신이었다. 그는 자기 집에 매우 애착을 가지고 있었다. 그의 소유인 정원은 세 군데의 탄광에 둘러싸여 있었다. 그는 마음이 너그러운 사람이어서 기꺼이 광부들이 정원 안으로 들어오게 했다. 그를 부유하게 만든 것이 바로 광부들 아닌가? 그렇기 때문에 몰골 사나운 사람들이 무리를 지어 연못가를 서성거리는 것을 보면 그는 이렇게 말하곤 했다. "광부들은 사슴만큼 정취를 더하지는 않지만, 그들이 훨씬 돈벌이가 됩니다."

하지만 그것은 빅토리아 여왕 시대 후반기, 황금시대의 일이었다. 당시에는 광부들도 선량한 노동자였다. 그래서 선량한 노동자들이 쉬플리 저택을 둘러싸게 되었다. 새로운 탄광 마을이 정원 안에 생겼다. 그러자 영주는 주민들이 자기와는 아무런 관계도 없는 사람들이라고 생각했다. 지금까지 그는 대인답게 자신을 영지와 광부를 지배하는 군주라고 생각했다. 하지만 이즈음에는 귀차니즘이 확산되어 그는 마치 따돌림을 받는 사람처럼 되어 버렸다. 이 영지에 속하지 않는 사람은 오직 그 뿐인 듯 했다. 그것은 분명한 사실이었다. 탄광, 즉 광업의 의지는 신분이 높은 영주에게 반항하는 것이었다.

그는 군인이었으므로 영국인다운 마음 한 구석에서는 그들이 그런 차이에 대해 화를 내는 것이 당연하다고 생각했다. 자신이 모든 특권을 가지는 것은 아무래도 잘못이라고 느꼈다. 하지만 죽지 않는 한 그럴 수밖에 없다. 콘스탄스가 방문한 후 죽음이 갑자기 그를 덮쳤다. 그는 유언장에서 클리포드에게 상당한 재산을 물려준다고 밝혔다.

후계자들은 곧 쉬플리 저택을 헐었다. 저택을 유지하기에는 비용이 너무 많이 들었기 때문이다. 그 곳에 살려는 사람도 없었다. 그래서 그 곳은 헐렸다. '또 하나의 지주 없는' 이 땅에는 두 채씩 이어붙인 주택을 지은 새로운 시가지가 생겼다. 이것이 쉬플리 저택의 주택지이다.

콘스탄스가 마지막으로 방문한 지 2년 후에 이러한 변화가 발생했다. 새로운 주택지에는 두 채씩 벽돌로 이어 지은 별장이 나란히 세워지고 있었다. 12달 전에 그 곳에 스타코 회반죽을 칠한 저택이 서 있었다고는 감히 상상조차 할 수 없는 일이었다.

하나의 잉글랜드가 지금까지의 잉글랜드를 말살한다. 윈터나 라그비 저택의 잉글랜드는 이미 사라지고 소멸되었다. 그저 그 말살이 아직 완전히 끝나지 않은 것뿐이다.

그렇다면 그 후에 오는 것은 무엇일까? 콘스탄스는 상상조차 할 수 없었다. 그녀는 언제나 이 다음에 올 것은 아무 것도 없다고 느꼈다. 그녀는 모래 속에 자신의 머리를 감추고 싶었다.

콘스탄스는 집에 돌아와 자신의 보금자리로 돌아온 것을 기뻐했다. 클리포드와 이야기를 나누는 것조차 기뻤다. 탄광과 철이 난무하는 중부지방에 대해 그녀가 느낀 공포심은 마치 유행성 감기처럼 야릇한 감정이 들게 했다.

"그래요, 미스 벤틀리 집에서 차를 마셔야만 했어요." 그녀가 말했다.

"그렇지. 윈터가 있었다면 차를 마시게 해주었을 텐데."

"정말 그래요. 하지만 미스 벤틀리를 실망시키고 싶지 않았어요."

미스 벤틀리는 코가 매우 큰 낭만적인 기질을 지닌 노처녀로서 긴장해서 조심스럽게 차를 내주었다.

"내 안부를 물었나?" 클리포드가 물었다.

"묻고 말구요! '부인, 실례합니다만, 클리포드 경께서는 좀 어떠십니까?'라고 하더군요. 그분은 당신을 캐벌 간호사(영국 간호사. 브뤼셀 간호병원에서 포로가 달아가는 것을 도와주었기 때문에 총살당함)보다 더 훌륭하게 생각하던걸요."

"더 건강해졌다고 말했지?"

"네! 그랬더니 그분은 당신에게 천국의 문이 열린다는 말을 들은 것처럼 기쁜 표정을 지었어요. 그래서 만약 테버셜 마을에 올 일이 있으면 당신을 만나러 오라고 했어요."

"나를? 뭐 때문에?"

"그래요. 클리포드. 그렇게 숭배하는데 조금이라도 보답해야지요. 그분 눈에는 카파도시아의 성 조지(영국 수호신)도 당신에 비하면 아무 것도 아니에요."

"그래서 그 여자가 올 것 같아?"

"그녀는 얼굴을 붉혔어요! 한순간이지만 귀여울 만큼 아주 아름다운 얼굴이 되더군요! 왜 남성들은 진정으로 자신을 숭배하는 여성과 결혼하지 않는 걸까요?"

"여성의 숭배는 언제나 너무 늦거든. 어쨌든 온다고 했지?"

"어머나!" 콘스탄스는 미스 벤틀리의 숨막힌 목소리를 흉내 내면서 말했다.

"부인, 저는 도저히 그렇게 염치없는 짓은 할 수 없답니다."

"염치없다니! 어리석게도. 하지만 안 오는 게 좋겠어. 그래, 차 맛은 어땠어?"

"짙은 립톤 차였어요. 그렇지만 클리포드. 당신은 미스 벤틀리 같은 여성들이 <장미꽃 이야기(13세기 프랑스의 대표적인 연애 이야기)>가 있다는 거 아세요?"

"그런 이야기를 들어도 그리 좋은 줄 모르겠는걸."

"아마 그런 사람들은 사진잡지에 나온 당신 사진을 전부 간직하고, 매일 밤 당신을 위해 기도하고 있을 거예요. 굉장한 일 아니겠어요?"

그녀는 옷을 갈아입으러 자기 방으로 올라갔다.

그날 밤 그는 그녀에게 말했다.

"당신은 결혼에 영원성이 있다고 생각해?"

그녀는 그를 바라보았다.

"그렇지만 클리포드. 당신의 영원이란 마치 뚜껑이나 어디를 가건 그 뒤에 끌려 다니는 긴 쇠사슬 같은 것처럼 들리는군요."

그는 난처한 표정으로 그녀를 바라보았다.

"내가 말하는 뜻은… 만약 당신이 베니스에 간다 하더라도 설마 '진지한' 연애를 하러 가는 건 아닐 테지."

"베니스에서 연애를 한다고요? 아뇨! 그런 일은 절대 없을 거예요. 베니스에서의 연애 따위는 '아주 사소한 일' 이상으로는 생각하지 않을 거예요."

그녀는 묘하게 경멸하는 어조로 말했다. 하지만 그는 그녀를 보면서 눈살을 찌푸렸다.

아침에 아래층으로 내려가자 산지기의 개 플로시가 클리포드의 침실 밖 복도에 앉아서 낑낑거리고 있었다.

"어머나, 플로시!" 그녀가 조용히 말했다.

"여기서 뭐하지?"

그녀는 조용히 클리포드의 방문을 열었다. 클리포드는 침대에 앉아서 침대용 책상과 타자기를 옆으로 밀어놓고, 산지기는 침대 발치에서 명령을 기다리고 있었다. 플로시가 뛰어들어왔다. 멜러스가 머리를 흔들며 눈으로 밖에 나가라고 명령하자 개는 다시 밖으로 나갔다.

"안녕히 주무셨어요, 클리포드." 콘스탄스가 말했다.

"이렇게 바쁘실 줄은 몰랐군요." 그녀는 산지기를 바라보면서 아침 인사를 했다. 그는 멍청한 표정으로 그녀를 보고 입속으로 중얼거리면서 인사를 했다.

하지만 그가 거기 있다는 사실만으로도 그녀는 열정의 숨결이 자기 몸에 와 닿는 것 같았다.

"방해가 되나요? 미안해요."

"아니, 뭐 대단한 일은 아니야."

그녀는 다시 방에서 나와 2층의 푸른빛이 도는 자기 방으로 올라갔다. 창가에 앉아 있으니 그가 길을 내려가는 것이 보였다. 그는 태어날 때부터 조용한 것이 특징이었다. 그래서 초연한 자부심과 허약해 보이는 데가 있었다.

하지만 그는 한낱 고용인이다. 클리포드의 고용인 가운데 한 사람이다! 브루투스여, 우리가 하찮은 하인인 것은 운명의 탓이 아니라 우리들 자신의 탓이라네(셰익스피어 <율리우스 시저> 제1막 제2장).

그는 왜 하인이란 말인가! 왜! 그는 자신을 어떻게 생각하고 있을까?

화창한 날씨였다. 콘스탄스는 볼턴 부인의 도움을 받으면서 정원 일을 하고 있었다. 웬일인지 두 여인은 사람들 사이에서 흔히 볼 수 있는 뭐라 설명할 수 없는 서로를 잡아 당겼다 놓았다 하는 이상한 조수에 휘말려 가까이 다가갔다. 두 사람은 카네이션 푯말을 세우고, 여름 화초를 심었다. 두 사람 모두 이런 일을 좋아했다. 콘스탄스는 묘목의 부드러운 뿌리를 검은 진흙 속에 깊이 묻는 것에 큰 기쁨을 느꼈다. 봄날 아침 그녀는 자신의 자궁에도 햇빛이 비쳐서 따뜻해지는 전율을 느꼈다.

"주인을 잃은 지 꽤 오래 되었지요." 콘스탄스는 묘목을 집어 구멍 속에 심으면서 볼턴 부인에게 말했다.

"23년 되었지요!" 매발톱꽃 묘목 한 다발을 조심스럽게 갈라놓으면서 볼턴 부인이 말했다.

"그이가 집으로 들려온지 23년이 지났어요." 이런 끔찍한 말을 듣자 콘스탄스의 심장이 갑자기 뒤흔들렸다.

"주인께서 어떻게 돌아가셨는지 아시나요?" 그녀가 물었다.

"당신과의 생활은 행복했나요?"

이것은 여성이 여성에게만 할 수 있는 질문이다. 볼턴 부인은 손등으로 얼굴에 흘러내린 머리를 쓸어 올렸다.

"전 모르겠어요, 마님. 그이는 무엇이든 양보를 할 줄 모르는 사람이었요. 게다가 다른 사람들과 전혀 어울리지 않았답니다. 이 세상 누구에게도 머리 숙이기를 원하지 않았어요. 일종의 고집이죠. 그것이 결국 죽음을 가져온 거죠. 마님께서는 그가 조심성이 없다고 생각하시겠죠? 저는 탄광이 그에게 좋지 않았다고 생가해요. 절대로 탄광에 들어가는 게 아니었는데. 하지만 그이 아버님이 어렸을 때부터 탄광에서 일하도록 했답니다. 그러니 20살이 넘어서 거기를 빠져나오기란 쉽지 않았겠지요."

"탄광이 싫다고 하던가요?"

"아니요, 그런 말은 한 번도 하지 않았어요. 그저 이상한 표정을 지을 뿐이죠. 모든 일에 주의하지 않는 성격이었어요. 사물을 어렵게 생각하는 사람도 아니고, 그저 아무 것에도 신경 쓰지 않는 사람이었어요. 전늘 그렇게 말했어요. '당신은 무엇에도, 누구에게도 무관심한 사람'이라구요. 그런데 그런 사람이 신경을 쓰기 시작하더군요. 제가 첫 아이를 낳고 모든 일이 별탈없이 끝났을 때 그이가 꼼짝도 하지 않고 유심히 저를 지켜보지 않겠어요? 오히려 제가 그를 위로해야만 했죠. '걱정없어요. 당신이 걱정할 일은 전혀 없어요.'라고 말이에요. 그랬더니 그이는 묘한 웃음을 띠고 저를 바라보더군요. 그리고 아무 말도 하지 않았어요. 하지만 그 후론 밤에 같이 자도 즐거워하지 않더군요. 그이는 끝까지 하지 않았어요. 그래서 전 말했답니다. '여느 때처럼 하세요.' 분명히 말했답니다. 하지만 그이는 아무 말도 하지 않고, 끝까지 하려고 하지도 않았답니다. 할 수 없었던 거죠. 더 이상 제게 아이를 낳게 하고 싶지 않았던 것 같아요. 저는 그이 어머니에게 그이를 산실에 있게 한 것을 비난했어요. 그런 데 있으면 안 되었나 봐요. 남성은 한 번 근심하기 시작하면 필요 이상으로 한없이 걱정하니까요."

"그렇게도 걱정을 하던가요?" 콘스탄스가 놀라서 물었다.

"네, 그이는 출산의 고통은 당연한 일이라고 생각하지 않았던 것 같아요. 그 때문에 그이는 결혼생활에 기쁨을 느끼지 못하게 되었어요. 저는 '제가 괜찮다는데 당신이 걱정할 이유는 없어요. 그건 제가 할 일인걸요.'라고 이야기했지만, 그이는 '그렇지 않아!'라고 말했어요."

"너무 민감했나 봐요." 콘스탄스가 말했다.

"맞아요! 남성이란 알고 보면 그렇답니다. 하찮은 일에 너무 민감해요. 그이는 느끼지 못했지만, 저는 그이가 탄광을 정말로 싫어했던 것을 알고 있어요. 죽었을 때는 마치 자유로운 몸이 된 것처럼 아주 조용한 표정이었답니다. 잘 생긴 사람이었죠. 저는 가슴이 찢어질 듯이 괴로웠답니다. 모두 탄광 탓이었지요."

볼턴 부인은 괴로운 듯 잠시 눈물을 흘렸지만, 콘스탄스가 더 많은 눈물을 흘렸다. 따뜻한 봄날이었다. 흙냄새와 노란 꽃향기가 주변을 감돌고, 갖가지 초목의 싹이 도고, 정원은 햇빛과 생기가 가득한 채 고요하기만 했다.

"당신에게는 정말 끔찍한 일이었겠군요!" 콘스탄스가 말했다.

"네, 마님! 처음에는 도저히 믿어지지 않았어요. 그저 '무엇 때문에 당신은 나를 남겨두고 갔나요?'라고 울부짖을 따름이었답니다. 그렇게 말하면서 울 수밖에 없었어요. 왠지 그이가 돌아올 것만 같았답니다."

"하지만 주인께서도 당신을 혼자 남겨두고 싶진 않았을 거예요."

"네, 무심코 그런 넋두리가 나온 거죠. 전 줄곧 그이가 돌아오기를 기다렸답니다. 특히 밤이 되면 더 그랬어요. 전 잠을 못 이루면서 생각했답니다. 어째서 그이는 나와 잠자리를 하지 않는 걸까라고 말이죠.

제 감정이 그이가 죽은 걸 믿지 않으려 했던 거예요. 그이가 내 곁에 있다는 따뜻한 느낌만이 그저 제가 바라던 일이었습니다. 그리고 이제 그이는 절대 돌아오지 않는다고 믿게 될 때까지 무척이나 괴로웠답니다. 오래도록 그렇게 생각하지 못했지요."

"그분의 촉감 말이지요?"

"맞아요, 마님. 그이의 촉감입니다! 아직도 그것을 잊지 못한답니다. 그건 언제까지나 계속 될거라고 생각해요. 그리고 만약 천국이 있다면 그이는 거기에서 제가 잠들 수 있도록 곁에 누워 있을테지요."

이 부인의 아름답고 추억에 잠긴 얼굴을 콘스탄스는 공포심을 느끼면서 힐긋 바라보았다. 그녀도 테버셜에서 태어난 또 다른 정열적인 사람이다! 그분의 촉감! '사랑의 굴레는 풀기 어려운 것이니까.'

"일단 남성을 자신의 핏 속으로 들어오게 하는 것은 무서운 일인가 보군요." 그녀가 말했다.

"네, 마님! 그 때문에 괴로워하는 거랍니다. 모두들 그이가 죽기를 바란 것이 아닌가 생각했어요. 탄광이 그이를 죽이려 했던 것처럼 느꼈어요. 만약 탄광이 없고, 그것을 경영하는 사람이 없었더라면, 제가 혼자 남게 될 일도 없었을 텐데라는 생각이 들었죠. 매일 그이가 일어나서 탄광으로 갈 때마다 전 이건 잘못된 거라고 생각했답니다. 하지만 그이는 그것 이외에 무엇을 할 수 있었겠어요? 남성이란 아무 것도 할 수 없는 거랍니다."

이상한 증오가 부인의 마음속에 불타올랐다.

"하지만 그 촉감이 그처럼 오래 계속되는 걸까요?" 콘스탄스가 갑자기 물었다. "그렇게 오랫동안 주인을 느낄 수 있었던가요?"

"어머나, 마님! 그밖에 오래될 것이 뭐가 있겠습니까. 아이들은 자라면 모두 곁을 떠나지요. 다만 남성들은 다르지요! 그래도 자기 속에 있는 그이의 촉감마저 세상 사람들은 죽이려 한답니다. 자신의 아이들까지도 그러지요. 어쩌면 우리도 헤어져 있었는지도 모른답니다. 하지만 그 느낌은 좀 달라요. 정말로 남성의 따뜻함을 이해하지 못하는 여성을 보면 아무리 화려하게 차려입고 다녀도 그저 불쌍한 올빼미 인형으로밖에 보이지 않아요. 전 이대로도 괜찮습니다. 전 세상을 그리 중요하게 생각하지 않습니다."

17.
산지기의 집

콘스탄스는 점심식사를 마치자 곧장 숲속으로 갔다. 정말 화창한 날씨였다. 맨 처음 핀 민들레는 태양처럼 빛나고, 데이지꽃은 하얗게 피어 있었다. 개암나무 숲은 반쯤 열린 잎과 작년의 먼지가 뿌옇게 쌓여 마치 레이스 세공처럼 보였다. 노란 아네모네는 무리를 이루어 노란빛을 빛내고 있었다. 그것은 초여름의 강렬한 노란빛이었다. 그리고 앵초가 푸르스름한 꽃을 주변에 가득 뿌리고 있었다. 싱싱한 진초록의 히아신스는 바다 같았고, 꽃봉오리는 연푸른빛 열매처럼 고개를 들고 있었다. 마차길에는 물망초가 가득 피어 있었고, 참매발톱꽃이 보랏빛 잉크처럼 요염한 자태를 보이고 있었다. 덤불 속에는 파란 새알 껍질이 여기저기 흩어져 있었다. 어딜 가든 꽃봉오리와 생명의 힘찬 약동을 볼 수 있다!

산지기는 오두막집에 없었다. 모든 것이 깨끗하게 정돈되어 있었고, 갈색 새끼 꿩은 활발하게 뛰어 다니고 있었다. 콘스탄스는 그를 보려고 집 쪽으로 걸어갔다.

집은 숲가에 햇빛을 받고 서 있었다. 작은 뜰과 열린 현관 옆으로 겹수선화가 피어 있고, 오솔길 양쪽으로는 빨간 데이지가 피어 있었다.

개 짖는 소리가 들리더니 플로시가 달려 나왔다.

문이 열려 있다! 그가 있는 것이다. 그리고 햇빛이 빨간 벽돌 바닥까지 비쳤다. 오솔길을 걸어가자 그가 셔츠 바람으로 식탁에 앉아 식사를 하고 있었다. 개는 조용히 꼬리를 흔들면서 부드럽게 짖었다. 그는 일어나 입을 우물거리면서 빨간 손수건으로 입을 닦으며 문가로 왔다.

"들어가도 괜찮아요?"

"어서 들어오세요."

햇빛이 비치는 깔개 없는 방안에는 난로 옆 고기 굽는 냄비에서 나는 양고기 냄새로 가득했다. 팬 위에는 아직 고기 굽는 냄비가 놓여 있고, 그 옆의 하얀 난로 위에 놓인 종이 위에는 까만 소스 냄비가 있었다. 불은 타고 있었지만, 이미 불기운이 떨어지는 중이었다. 갈고리에 걸린 차 주전자는 소리를 내며 끓고 있었다.

식탁 위의 접시에는 감자와 양고기 남은 것이 담겨 있었다. 그리고 바구니에는 빵과 소금, 맥주가 담긴 파란 컵이 있었다. 식탁보는 흰 색이었다. 그는 그늘 쪽에 서 있었다.

"식사가 늦군요. 어서 드세요!"

그녀는 문 옆에 햇빛이 비치는 나무의자에 앉았다.

"유스웨이트에 다녀오는 길입니다." 그는 식탁에 앉았지만, 식사는 하지 않았다.

"어서 드세요."

그러나 그는 음식에 손대지 않았다.

"뭘 좀 드시겠습니까?" 그가 물었다. "차는 어떠신지요? 물이 끓으니까요." 그가 다시 일어나려 했다.

"제가 준비할게요." 그녀가 일어섰다.

"차 주전자는 저기에 있습니다." 그는 방 한구석에 있는 작은 다갈색 찬장을 가리켰다.

"찻잔도. 잔은 당신 머리 위의 선반에 있습니다."

그녀는 검은 차 주전자를 가져왔다. 선반 위에서 차 항아리를 들었다. 차 주전자를 끓는 물에 헹구고 그것을 어디에 버려야 하는지 몰라 잠시 서 있었다.

"밖에 뿌리면 됩니다." 그가 알아차리고 말했다. "깨끗하니까요."

그녀는 문가로 가서 오솔길에 물을 뿌렸다. 말할 수 없이 기분이 상쾌했다. 정말 조용한 숲속이었다.

"이곳은 정말 기분 좋군요! 모든 것이 활기차고, 조용하고, 아름다운 걸요."

그는 천천히 식사를 했다. 그녀는 그가 뭔가에 실망하고 있음을 느꼈다. 하지만 잠자코 차를 넣었다. 이 근처 사람들이 하는 것을 알고 있었기 때문에 그 방식을 따라 차 주전자를 난로 선반에 놓았다. 그는 접시를 밀어두고 안으로 들어갔다. 자물쇠가 덜컥 소리를 냈다. 그는 접시에 치즈와 버터를 담아 들고 왔다.

그녀는 찻잔 두 개를 식탁 위에 놓았다. 찻잔은 2개밖에 없었다.

"차 드시겠어요?"

"그럼, 마실까요? 설탕은 찬장에 있습니다. 조그만 크림 항아리도. 밀크는 식기실 항아리 속에 있습니다."

"접시를 치울까요?" 그는 희미한 비웃음을 띠며 그녀를 바라보았다.

"글쎄요... 좋으시다면." 그는 이렇게 말하고 빵과 치즈를 천천히 먹고 있었다. 그녀는 뒤뜰 펌프가 있는 부엌으로 갔다. 왼편에 문이 있었는데, 식기실 문이 틀림없다. 문고리를 벗겼다. 그리고 그가 식기실이라고 말한 그 방을 보고 웃음을 터뜨릴 뻔 했다. 그것은 그저 길고 깨끗하게 청소한 벽장일 뿐이었다. 그래도 그 속에는 맥주통도 있고, 접시도 몇 개 있고, 먹을 것도 좀 있었다. 그녀는 노란 항아리에서 밀크를 좀 떴다.

"밀크는 어디에서 가져오나요?" 식탁으로 돌아오자 그녀가 물었다.

"플린트네서 가져옵니다. 언제나 목장 끝에 병을 놓아두죠. 당신과 만났던 바로 거기말입니다!"

그는 여전히 기운이 없었다.

그녀는 차를 따르고 크림 항아리를 내밀었다.

"필요 없어요." 그가 말했다. 그 때 어떤 소리를 들은 듯 그는 날카롭게 문 쪽을 바라보았다.

"문을 닫는 게 좋겠습니다."

"유감이군요. 아무도 오지 않아요. 누가 오겠어요?"

"거의 염려하지 않지만, 그래도 알 수 없으니까요."

"설사 온다고 해도 무슨 상관이에요. 그저 차를 마실 뿐인걸요. 스푼은 어디 있어요?"

그는 팔을 뻗어 식탁 서랍을 열었다. 콘스탄스는 문으로 들어오는 햇살을 받으면서 그와 식탁에 마주 앉았다.

"플로시!" 그는 계단 아래 작은 멍석 위에 누워 있는 개를 향해 말했다.

"쉿! 조심해!"

그는 손가락을 들었다. 그의 쉿!하는 소리는 매우 활기 넘쳤다. 개는 인근의 냄새를 맡기 위해 달려 나갔다.

"오늘은 무슨 슬픈 일이라도 있나요?" 그녀가 물었다.

"슬프지요. 아니, 마음이 울적합니다. 밀렵한 두 사람을 고소해야만 했습니다. 난 정말이지 세상 사람들이 싫습니다."

그는 훌륭한 영어로 냉담하게 말했다.

"산지기 일이 싫은가요?"

"산지기 일이요? 그렇지 않습니다. 혼자 있을 수만 있다면요. 하지만 경찰서나 여러 곳을 돌아다니거나, 바보 같은 사람들을 만나면... 정말 미칠 것 같습니다..." 그는 일종의 가벼운 제스처를 취해보이고는 웃었다.

"당신은 정말 자립할 수 없나요?" 그녀가 물었다.

"저 말입니까? 자립해서 살 수 있다고 생각합니다. 어쨌든 연금만으로도 먹고 살 수는 있으니까요. 하지만 저는 일을 하지 않으면 죽을 것 같습니다. 또 자신의 일을 할 만큼 참을성도 없지요. 다른 사람을 위한 일이 좋습니다."

그는 놀리는 듯한 얼굴로 웃었다.

"하지만 왜 그렇게 기분이 나쁘죠? 그건 언제나 화를 내고 있다는 표시인가요?"

"거의 그렇지요." 그가 웃으면서 대답했다. "화가 나서요."

"무슨 화죠?"

"화요! 화가 뭔지 모르십니까?"

그녀는 실망해서 잠자코 있었다. 그는 조금도 진지하게 상대해주지 않는다.

"다음 달에 잠시 여행을 떠나려고 해요."

"당신이! 어디로 가시나요?"

"베니스."

"베니스라고요? 클리포드 경과 함께입니까? 몇 달 동안?"

"한 달 가량. 클리포드는 가지 않아요."

"그 분은 여기에 남습니까?" 그가 물었다.

"네, 그이는 그런 몸으로 여행하기를 싫어해요."

"가엾군요." 그가 동정하듯 말했다.

침묵이 흘렀다.

"내가 없더라도 나를 잊지는 않겠지요?" 그녀가 물었다. 그러자 그는 눈을 들어 그녀를 빤히 바라보았다.

"잊는다고요? 잊을 수가 있겠습니까? 그건 기억의 문제가 아닙니다."

그녀는 그럼 뭐의 문제죠,라고 묻고 싶었다. 하지만 묻지 않았다. 그 대신 우물거리며 말했다. "난 클리포드에게 아이를 낳을지 모른다고 했어요."

그의 날카로운 눈이 긴장을 하고 그녀를 바라보았다.

"그랬습니까? 그 분은 뭐라고 하던가요?"

"그이는 상관없어요. 자기 아이인 것처럼 보이기만 하면 그이는 좋아할 거예요."

그녀는 감히 그를 마주볼 수가 없었다.

오랫동안 아무 말 없이 있다가 그는 다시 그녀를 바라보았다.

"물론 '내 이야기'는 하지 않았겠지요?"

"네, 물론 말하지 않았어요."

"그 분은 대신 씨를 뿌려준 사람이 나라고는 생각하지 않을 겁니다. 그럼, 당신은 어디에서 임신한 것으로 하실 겁니까?"

"베니스에서 연애 사건이 생겼다고 해도 좋을 것 같아요."

"그렇겠군요. 그래서 가는 겁니까?" 그가 천천히 대답했다.

"연애하기 위해서가 아니에요." 그녀는 호소하듯 그를 바라보면서 말했다.

"그렇게 보이도록 하기 위한 겁니까?"

침묵이 흘렀다.

"그렇다면 당신은 임신을 조심하지 않는 거군요? 이런 결과를 가져오지 않을 수도 있답니다." 그가 그녀에게 물었다. "하긴, 나도 하지 않았지만 말입니다."

"아뇨. 그런 건 싫어요." 그녀가 갑자기 말했다.

그는 그녀를 보았다. 그러고 나서 묘하고 복잡한 웃음을 지으면서 창밖을 바라보았다. 긴장과 침묵이 흘렀다.

드디어 그는 그녀를 향해 비꼬는 투로 말했다.

"그렇다면 당신에게 내가 필요했던 것은 그 때문이군요. 단지 아기 때문에?"

그녀는 고개를 숙였다.

"아뇨, 정말 그렇지는 않아요."

"그렇다면 정말은 뭡니까?" 그는 매섭게 물었다.

그녀는 원망스러운 듯 그를 바라보았다. "모르겠어요." 그는 웃음을 터트렸다.

"그걸 제가 안다면 재미있겠군요."

오랜 침묵이 계속 되었다. 차디 찬 침묵이었다.

드디어 그가 말했다. "글쎄요. 마님 뜻대로이겠지요. 만약 대를 이을 아이를 가지게 되면 클리포드 경도 기뻐하시겠지요. 저도 아무 것도 잃은 게 없습니다. 그뿐이겠습니까? 전 매우 좋은 경험을 했답니다. 정말 기가 막힌 경험이지요!" 그는 입속으로 하품을 하며 기지개를 켰다. "당신이 나를 이용했다 하더라도, 이용당한 것이 이번이 처음이 아닙니다. 더욱이 이번처럼 유쾌하게 이용된 적도 없습니다. 물론 점잖은 짓을 했다고 생각하지는 않습니다."

"하지만 난 당신을 이용하지 않았어요." 그녀는 대들듯이 말했다.

"귀부인의 서비스였군요."

"아뇨. 난 당신의 몸이 마음에 들었어요."

"그렇다면 우린 서로 마찬가지군요. 나도 당신의 몸이 좋았으니까요."

그는 이상하게 어두워진 눈길로 그녀를 바라보았다.

"2층으로 올라가시겠습니까?" 그가 목에 걸린 듯한 목소리로 물었다.

"아뇨, 지금은 안 돼요." 그녀는 무겁게 대답했다. 하지만 만약 그가 그녀에게 강요했다면 그녀는 따를 수밖에 없었을 것이다. 그에게 저항할 힘이 없기 때문이다.

그는 다시 얼굴을 돌렸다. 이미 그녀의 일은 잊은 듯 보였다.

"당신이 나를 만지듯 나도 당신을 만지고 싶어요." 그녀가 말했다. "나는 당신의 몸을 진정으로 만져본 적이 없어요."

그는 그녀를 보고 미소 지었다.

"지금 말입니까?"

"아니요, 여기에선 안 돼요. 오두막집에서요. 지금 갈까요?"

"내가 어떤 식으로 당신의 몸을 만지지요?" 그가 물었다.

"당신이 내 몸을 어루만질 때 말이에요?"

그는 그녀를 바라보았다. 그녀의 눈은 무겁고 불안한 듯 했다.

"내가 당신을 어루만지는 것이 좋습니까?" 그는 여전히 웃으면서 그녀에게 물었다.

"네, 당신은?"

"저 말입니까?" 그는 말투를 바꾸어서 말했다. "그야 묻지 않아도 잘 아시겠지요."

그것은 사실이었다.

그녀는 일어나서 모자를 집어 들었다.

"난 가야겠어요." 그녀가 말했다.

"가시겠습니까?" 그가 정중하게 대답했다.

그녀는 그가 자기 몸을 어루만져주고 뭐라고 속삭여주길 바랬다. 하지만 그는 아무 말도 하지 않고 정중하게 기다리고 있었다.

"차 잘 마셨어요." 그녀가 말했다.

"부인께 차를 대접할 영광을 얻게 된 데 대해 감사의 말씀을 잊었습니다." 그가 말했다.

그녀는 오솔길을 내려갔다. 그는 옅은 웃음을 띤 채 문 앞에 서 있었다. 플로시가 꼬리를 흔들며 그녀 뒤를 따랐다.

그녀는 몹시 풀이 죽어 괴로워하면서 집으로 돌아갔다. 이용당했다고 한 그의 말이 어떤 의미에서는 사실이었기 때문에 그녀에게는 몹시 거슬렸다. 그녀는 두 가지의 모순된 감정에 사로잡혔다. 그에 대한 분노와 그와 화해하고 싶다는 욕망이었다.

차를 마시는 동안 그녀는 내내 불안하고 초조했다. 그래서 바로 자기 방으로 올라갔다. 하지만 방에 있으면서도 어찌할 바를 몰랐다. 어떻게든 해결하지 않으면 안 되었다. 오두막집에 가봐야만 할 것 같았다. 만약 그가 그 곳에 없다면 할 수 없지만.

그녀는 옆문으로 빠져 나갔다. 그리고 약간 불쾌한 표정으로 오두막집을 향해 갔다. 빈 터에 이르자 그녀는 매우 불안해졌다. 하지만 그는 거기에 있었다. 셔츠 바람으로 쭈그리고 앉아 암탉을 둥지에서 꺼내고 있었다. 새끼 꿩은 마치 매처럼 용맹스럽게 자라 지금은 암탉보다도 더 미끈했다.

그녀는 곧장 그에게로 다가갔다.

"나 왔어요!"

"알고 있습니다." 그는 몸을 일으키면서 재미있다는 듯이 그녀를 바라보았다.

"이번에는 암탉을 내놓나요?" 그녀가 물었다.

"오랫동안 둥지 안에만 있어서 그런지 뼈와 가죽만 남았군요." 그가 말했다. "뭘 좀 먹으려 하질 않아요. 알을 품는 어미닭에게는 자기라는 것이 전혀 없답니다. 그저 알과 새끼에게만 열중할 따름이죠."

불쌍한 어미닭. 콘스탄스는 동정심을 느끼면서 암탉을 바라보았다. 두 사람 사이에는 침묵이 흘렀다.

"안으로 들어가시겠습니까?" 그가 물었다.

"당신도 내가 필요한가요?" 그녀가 믿을 수 없다는 듯이 물었다.

"네, 들어가시겠다면." 그녀는 잠자코 있었다.

"그럼 들어오시죠." 그가 말했다.

콘스탄스는 그를 따라 안으로 들어갔다. 문을 닫아버리자 방 안은 꽤나 어두워졌다. 그는 램프에 불을 붙였다.

"속옷을 벗고 왔나요?"

"네!"

"그럼 저도 벗어야겠군요."

그는 담요를 폈다. 한 장은 덮으려고 옆으로 내놓았다. 그녀는 모자를 벗고 머리를 흔들어 흘러내리게 했다. 그는 앉아서 구두와 각반을 풀고 코르듀이 바지를 벗었다.

"자, 누우시죠!" 그는 셔츠 바람으로 서서 말했다. 그녀는 말없이 순순히 따랐다. 그는 그녀와 나란히 누워 담요를 끌어당겨 함께 덮었다.

"자!"

그는 그녀의 옷을 가슴 위까지 올려서 젖가슴에 부드럽게 키스하고, 젖꼭지를 입술로 깨물면서 애무했다.

"아, 좋아요!" 그는 갑자기 그녀의 따뜻한 배에 얼굴을 문지르면서 말했다.

그러자 그녀는 두 팔을 그의 셔츠 밑으로 넣어서 끌어안았다. 하지만 힘차 보이는 가늘면서도 미끈한 알몸이 갑자기 두려웠다. 그녀는 주춤했다.

육체적으로는 가깝게 밀착되었지만, 유난히 서두르는 그의 소유욕 때문에 굳어진 것이다. 이번에는 그녀 자신의 열정에서 나온 황홀감도 그녀를 마비시킬 수 없었다. 그녀는 그의 뜨거운 몸 위에 힘없이 팔을 올려놓은 채 누워 있었다. 아무리 애를 써도 그녀의 정신은 그녀의 머리 위에서 자신을 냉정하게 나려다보고 있는 듯 했다. 그가 엉덩이를 움직이는 모습은 우스꽝스럽기만 했다. 그렇다. 이게 사랑이다.

그녀의 묘한 여성적인 차디 찬 마음은 이를 비웃으면서 따로 떨어져 있었다. 그녀는 꼼짝도 하지 않고 가만히 누워 있었다. 하지만 충동대로 한다면, 허리를 들고 남성을 밀쳐내고 그의 추악한 포옹과 우스꽝스러운 엉덩이의 움직임에서 빠져나오고 싶었다. 그의 육체는 따분했다. 완벽한 진화는 이런 행위나 기능을 제거할 것이기 때문이다.

하지만 그가 끝내고 침묵에 빠져 가만히 누워 있을 때 그녀의 가슴 속은 울음으로 가득차기 시작했다. 그녀는 그가 차츰차츰 시들면서 마치 바닷가에 뒹구는 돌멩이처럼 자기를 남겨두고 썰물처럼 물러가는 것을 느꼈다. 그렇다, 그는 물러가고 있다. 그의 정신도 그녀를 버리고 있었다. 이는 그도 알고 있었다.

그녀의 이중적인 의식과 반응 때문에 슬픔에 잠긴 그녀는 울음을 터트렸다. 그가 말했다. "아, 이번에는 잘 안됐군요. 당신 마음이 아직도..." 그렇다, 그는 알고 있었던 것이다! 그녀는 점점 더 심하게 흐느꼈다.

"하지만 그게 어떻다는 거죠?" 그가 물었다.

"간혹 가다가 한 번씩 그럴 수도 있는 거 아닌가요?"

"난... 당신을 사랑할 수 없어요." 흐느끼면서 그녀는 갑자기 가슴이 찢어지는 듯한 아픔을 느꼈다.

"사랑할 수 없다고요? 그렇게 속 태우지 마세요. 꼭 그래야 한다는 법은 없으니까요. 이럴 수도 있습니다."

그는 그녀의 가슴에 손을 얹고 가만히 있었다. 그녀는 자기의 손을 그로부터 떼내었다.

그의 말은 전혀 위로가 되지 않았다. 그녀는 소리 내어 흐느꼈다.

"아닙니다. 이럴 때도 있고, 저럴 때도 있는 거죠. 이번에는 좀 언짢았지만 말입니다."

그녀는 마구 흐느껴 울었다.

"그렇지만 난 당신을 사랑하고 싶었는데, 잘 되지 않아요. 무섭기만 해요."

그는 괴로우면서도 재미있다는 듯이 옅은 웃음을 띠었다.

"무서울 게 뭐가 있나요? 그렇지 않습니다. 무서워할 것도 없지요. 저를 사랑하려고 너무 마음 쓰지 마세요. 억지로 되지 않는 겁니다. 바구니에 가득 담긴 밤 속에는 나쁜 밤도 섞이게 마련이지요. 그러니 너무 이것저것 생각하지 마세요."

그는 그녀를 어루만지지 않고, 대신 그녀의 가슴 위에 얹었던 손을 그냥 떼 버렸다. 그녀는 그가 자신의 몸에서 손을 떼자 왠지 모르게 심술이 났다. 그녀는 그의 사투리가 싫다. '유(You)' 대신 '디(thee)'나 '다(tha)', '디센(thysen)' 등의 사투리가 너무나도 싫었다.

하지만 그가 조용히 일어나려고 몸을 떼자 그녀는 공포에 질려서 그에게 매달렸다.

"가지 말아요! 제발 떠나지 말아요! 화내지 말아요! 나를 안아줘요. 꼭 안아줘요."

그녀는 자신이 무슨 말을 하는지도 모른 채 미친 사람처럼 속삭였다. 그리고 강한 힘으로 그에게 매달렸다. 그녀는 자기 마음 속 분노와 저항으로부터 구원받고 싶었다.

그는 그녀를 다시 꼭 끌어안았다. 그러자 갑자기 그녀는 그의 품속에서 희미한 존재가 되었다. 신기한 평화로움 속에서 온 몸이 녹아들었다. 그의 팔에 안긴 채 녹아버린 그녀는 그에게도 무한한 욕망을 불러일으켰다. 오묘하면서도 까무라칠 듯한 애무의 손으로 순수하면서도 부드러운 욕망을 따라 그녀의 비단같이 곱고 비스듬한 허리의 굴곡을 쓰다듬으면서 따뜻한 엉덩이 사이를 더듬자 그녀의 연약한 살이 있는 곳에 이르렀다. 그녀는 부드러운 욕망의 불길 속에서 그를 느꼈고, 그 불길 속에서 자신이 녹는 것을 느꼈다. 그녀는 자제심을 잃었다. 그의 페니스가 무서우면서도 자신 있게 일어나는 것을 느꼈다. 그녀는 열중했다. 죽음과도 같은 전율을 느끼면서 자신을 내맡긴 해 그에게만 매달렸다.

그녀는 이상하게도 무섭게 자신의 몸속으로 사정없이 들어오는 것을 느꼈다. 그리고 떨었다. 그것이야말로 죽음을 의미하는 것일지도 모른다. 그녀는 갑자기 괴로움과 공포 때문에 그에게 매달렸다. 하지만 그것은 마치 어둠 속에 평화를 가져오듯, 태초의 세계를 만든 것처럼 묵직하면서도 부드럽게 다가왔다. 그러자 공포도 사라지고, 그녀의 마음은 점차 평화로워졌다. 더 이상 아무것에도 매달리지 않았다. 그녀는 모든 것을 놓아버린 채 완전히 홀로 되어 그 물결 속에 휩싸였다.

그녀는 마치 자신이 바다 같다고 생각했다. 이 바다는 검푸른 파도가 일면서 무섭게 팽창해서 온몸의 암흑이 천천히 움직이고, 깊고 말없는 물결이 요동치는 듯 했다. 오! 그녀의 몸 속 깊은 곳에서 심연이 갈라지고, 멀리까지 요동치는 긴 물결이 되어 몸부림쳤다. 그러자 점점 더 깊이 들어와 그녀의 심연은 더 부드럽게 굽이쳤다. 점점 더 깊이 들어왔다. 갑자기 부드럽게 몸부림치는 경련을 일으키는 듯한 감촉을 느끼자 그녀는 절정에 달한 것을 알았다. 그러자 정신이 나갔다. 정신이 나가자 그녀는 존재하지 않았다. 이제 그녀는 하나의 여성으로서 탄생한 것이다.

오! 너무 황홀하다! 힘이 빠져나가자 모든 아름다움을 깨달을 수 있었다. 이제 그녀의 몸은 부드러운 사랑으로 가득 차서 이 미지의 남성에게 매달렸다. 그렇게 힘차게 몰입한 뒤 자신도 모르게 시들어가는 페니스에 미친 듯이 매달렸다. 그것이 비밀스럽고 감각적인 그녀의 육체에서 빠져나가자 무의식적인 비명을 지르며, 도로 그것을 찾으려고 애썼다. 그것이야말로 이루 말할 수 없을 정도로 흐뭇했다!

그제서야 페니스의 작은 꽃봉오리 같은 침묵과 부드러움을 의식했다. 그러자 놀라움과 괴로움이 섞인 작은 울부짖음이 새어 나왔다. 지금까지 힘 그 자체였던 그녀의 여성스러운 가슴이 부드럽고 연약해지는 것에 대한 부르짖음이었다.

"아! 정말 좋았어요! 참 좋았어요!" 그녀는 신음했다.

그는 아무 말 하지 않고 그녀 위에 가만히 몸을 누인 채 부드럽게 키스했다. 그녀는 하나의 희생물로서, 새롭게 탄생한 하나의 생명체로서 더할 나위 없는 행복감에 잠겨 신음했다.

이제 그녀의 마음속에서는 그에 대한 놀라움이 눈뜨고 있었다. 남성! 자신을 지배한 남성의 신비로운 힘! 아직까지 두려워하면서도 그녀의 손은 그의 몸을 더듬고 있었다. 그때까지만 하더라도 이상하고, 적대감을 느끼고, 냉랭한 존재였던 남성이었다. 하지만 그녀가 직접 만져보니 뭐라 형용할 수 없는 아름다움과 순수함을 느꼈다. 이토록 우아하고 힘찬 육체의 고요함이라니! 이 얼마나 아름다운가! 그녀의 손은 그의 등을 머뭇거리듯 쓰다듬으면서 부드럽고 작은 엉덩이 곡선을 미끄러져갔다.

아름답다! 너무 아름답다! 이 아름다움에 대한 새로운 의식이 갑자기 그녀의 온몸을 스쳤다. 조금 전만 하더라도 그렇게 반발하고 혐오감을 느낀 곳이 이렇게 아름답게 느껴질 수 있다니! 과연 있을 수 있는 일일까? 따뜻하고 부드러운 엉덩이 감촉, 말할 수 없는 아름다움! 생명 속의 생명, 그야말로 따뜻한 힘이자 참다운 생명의 약동이다. 그의 다리 사이에 있는 남근의 묵직함! 얼마나 신비로운가!

그녀는 두려움에 가까운 놀라움으로 가쁜 숨을 몰아쉬면서 그에게 매달렸다. 그는 말없이 그녀를 꼭 끌어안았다. 두 사람 모두 한 마디도 하려 하지 않았다. 그녀는 이러한 놀라움에 접근하기 위해 그에게 바싹 붙었다. 그러자 이해할 수 없는 고요함 속에서 남근이 다시 힘차게 일어나는 것을 느낄 수 있었다.

그녀의 내면에서 그의 존재는 부드럽고 무지갯빛이었다. 그녀는 경련을 일으키면서 무의식 중에도 활기차게 약동했다. 그것이 무엇인지 그녀도 알 수 없었다. 기억할 수도 없다. 다만 기억하는 것은 다른 무엇보다도 좋았다는 것이다. 그뿐이었다. 그것이 끝난 뒤 그녀는 완전한 고요함, 정말 무아지경에 이르러 얼마나 그러고 있었는지 알 수 없었다. 그도 헤아릴 수 없는 침묵에 사로잡혀 그녀와 나란히 누워 있었다. 이에 대해서는 서로 아무런 말도 하지 않았다.

의식이 되돌아오자 그녀는 그의 가슴에 매달리면서 "오! 내 사랑! 내 사랑!"하고 소곤거렸다. 그는 아무 말도 하지 않고, 그녀를 꼭 안았다. 그녀는 그의 가슴에 몸을 맡겼다. 모든 것이 그저 완벽했다.

"당신, 어디 계시나요?" 그녀가 속삭였다. "어디 있지요? 말해줘요, 무슨 말이든 해줘요!"

그는 부드럽게 키스하면서 속삭였다. "아, 내 아기!"

그녀는 중얼거렸다. "나를 사랑하나요?"

"다 알면서 그래요?"

"그래도 그렇다고 말해줘요." 그녀가 애원했다.

"그럼! 당신은 그렇게 느끼지 않았나요?" 그는 희미하지만 부드럽고 자신 있게 말했다. 그녀는 그에게 더 바짝 매달렸다. 사랑할 때 그는 그녀보다 더 조용했다. 그녀는 그로부터 다짐을 얻고 싶었다.

"나를 사랑하나요?" 그녀는 다짐하는 어조로 속삭였다. 그러자 그의 손은 욕망의 떨림은 없지만, 마치 한 송이 꽃을 다루듯 그녀의 몸을 부드럽고 섬세하게 만졌다. 그래도 사랑을 단단히 움켜잡고 싶은 욕망이 그녀를 떠나지 않았다.

"언제나 나를 사랑한다고 말해줘요." "네!" 그는 대답했다. 하지만 그녀는 자신이 한 질문이 오히려 그를 멀어지게 한다는 것을 느꼈다.

드디어 그가 말했다. "일어나야겠지요?"

"싫어요!"

그러나 그의 의식은 밖에서 나는 소리에 귀를 기울이면서 방황했다. "어두워졌습니다." 그녀는 그의 목소리에서 환경의 압력을 느꼈다. 그녀는 자신의 시간을 양보해야 하는 여성의 슬픔을 안고 그에게 키스했다.

그는 일어나서 램프 불을 켜고 옷을 입기 시작했다. 그의 몸은 재빨리 옷 속으로 들어갔다. 그는 그녀 앞에서 바지를 채우며 크게 뜬 어두운 눈으로 그녀를 바라보았다. 그의 얼굴은 상기되었고, 머리는 헝클어져 있었다. 희미한 램프 불빛에 비친 그의 모습은 이상하게도 따뜻하고, 조용하며, 아름다웠다. 뭐라 형용할 수 없을 정도로 아름다웠다. 그녀는 그에게 꼭 매달려 있고 싶었다. 그래서 그녀는 부드러운 엉덩이 곡선을 드러낸 채 누워 있었다. 그는 그녀가 무슨 생각을 하는지 도통 알지 못했다. 하지만 그에게 그녀는 다른 무엇보다도 아름다웠다. 그녀는 그가 들어갈 수 있는 부드럽고 놀라우며 신기한 존재였다.

"당신 속에 들어갈 수 있으니 당신을 사랑합니다."

"나를 좋아하나요?" 그녀는 설레는 마음을 느끼면서 물었다.

"당신 속에 들어갈 수 있으니 모든 것과 화해한 셈이죠. 당신이 내게 자신을 열어주었으니 당신이 좋은 겁니다. 당신을 사랑하니까 당신 속으로 들어가지 않았을까요?"

그는 몸을 굽혀 부드러운 옆구리에 키스하고 그곳에 뺨을 비빈 다음 담요를 덮어주었다.

"절대로 나를 떠나지 않을 거죠?"

"그런 말은 아예 꺼내지도 마세요."

"하지만 당신을 사랑한다는 것은 믿죠?"

"방금 나를 사랑하지 않았나요 어느 때 보다도 더. 하지만 당신도 생각해봐요. 앞으로 어떻게 될지 누가 알아요."

"그런 말은 싫어요! 그리고 당신을 이용하려 했다는 생각은 하지 않는 거죠?"

"어떻게 말이죠?"

"아기를 가지기 위해서..."

"어린아이야 누구든 가질 수 있지요." 그는 앉아서 각반을 차면서 말했다.

"아니에요. 진정으로 하는 말은 아니겠지요?"

"글쎄요! 당신이 무척 좋습니다."

그녀는 가만히 누워 있었다. 그는 살며시 문을 열었다. 하늘은 투명한 청록색이고, 가장자리는 짙은 청색이었다. 그는 밖에 나가 암탉을 우리에 넣었다. 그리고 개를 불렀다. 그녀는 누운 채 생명과 존재의 기이함에 대해 새삼스럽게 생각했다. 그가 돌아왔을 때에도 그녀는 마치 집시처럼 눈동자를 빛내며 여전히 누워 있었다. 그는 그녀 곁의 의자에 앉았다.

"떠나기 전에 한 번 오십시오. 그러시겠습니까?" 그는 눈썹을 치켜올리고 두 손을 무릎 밑으로 늘어뜨리면서 물었다.

"그러시겠소." 그녀는 그의 흉내를 내면서 놀렸다.

그는 빙긋이 웃었다.

"그래, 올 거죠?"

"네, 올 거요." 그녀는 그의 사투리 억양을 흉내 내면서 대답했다.

"그래요."

"그래요!" 그녀가 되풀이했다.

"와서 함께 밤을 지냅시다. 그래야만 합니다. 언제 오시겠습니까?"

"언제 올까요?"

"아니, 그건 안 되죠. 언제 오시겠습니까?"

"일요일쯤." 그녀가 말했다.

"일요일쯤? 알겠습니다."

그는 그녀에게 짧은 웃음을 던졌다.

"그럴 수는 없을 겁니다." 그가 말했다.

"왜 없나요?" 그녀가 물었다.

그는 웃었다. 그녀의 사투리 흉내가 우스웠던 것이다.

"그럼... 이제 가야겠군요." 그가 말했다.

"가야 하나요?"

"가야겠나요라고 해야죠." 그가 말을 고쳐주었다.

"왜 사투리를 써야 하죠?" 그녀가 따지고 들었다. "좋지 않아요."

"그게 어때요?" 그는 몸을 앞으로 기울여 그녀의 얼굴을 부드럽게 쓰다듬으면서 말했다.

"당신의 그것, 참 좋더군요. 이 세상에 남은 가장 좋은 것이던데요. 그렇게 할 생각이 있을 때 말입니다. 당신이 그렇게 하길 원할 때 말입니다."

"그게 뭐예요?" 그녀가 물었다.

"그걸 몰라요? 바로 그거 말이에요. 내가 당신 속에 들어갈 때 얻는 그것 말이에요. 그리고 내가 당신 속에 있을 때 당신이 얻는 그것 말이에요."

"그런 거 말이군요!" 그녀는 놀려댔다. "그거란 성교를 의미하는군요."

"아니, 천만예요! 성교란 그저 그 행동을 의미하는 것일 뿐이죠. 동물도 성교를 합니다. 하지만 그것은 그 이상을 의미합니다. 그건 당신 자신을 말하는 겁니다. 당신의 아름다움은 바로 그거란 말입니다."

그녀는 일어나서 그의 두 눈 사이에 키스했다.

그의 눈은 부드럽게, 이루 말할 수 없이 아름답게 그녀를 바라보고 있었다.

"그래요?" 그녀는 말했다. "그래서 제 생각을 하시나요?"

그는 대답 대신 키스를 했다.

"이젠 가야지요. 먼지를 털어드리겠습니다." 그가 말했다.

그의 손이 곡선을 이룬 그녀의 몸을 쓰다듬었다. 욕망은 사라지고 없지만, 부드럽고 친밀한 이해심을 가지고 있었다.

그녀가 땅거미 진 길을 뒤로 하고 집으로 달려갈 때 세상은 그녀에게 꿈의 세계로 느껴졌다. 정원의 나무는 밀물에 닻을 내리면서 출렁거리는 듯 했고, 집에 이르기까지 기복 있는 언덕은 생명으로 넘쳐 있었다.

18.
지배계급과 질서

일요일에 클리포드는 숲을 산책하고 싶어 했다. 아름다운 아침이었다. 배꽃과 자두꽃은 이 세상에 나타난 흰 기적처럼 여기저기 피기 시작했다. 온 세상에 꽃이 피고 있는데, 남의 힘을 빌려 휠체어에서 휠체어로 옮겨야만 하는 클리포드는 불쌍했다. 하지만 그는 그런 사실을 깨닫지 못했다. 그는 자신의 다리가 불편하다는 사실을 잊고 있는 듯했다.

그녀는 너도밤나무가 늘어선 찻길 맨 꼭대기에서 그를 기다리고 있었다. 그의 휠체어는 자유롭지 못한 그의 몸을 염려하는 듯 조심스럽게 올라갔다. 아내가 있는 데까지 오자 그가 말했다.

"거품을 내뿜는 준마에 올라탄 클리포드 경 같지 않아?"

"적어도 콧바람은 내고 있군요." 그녀가 웃었다.

그는 휠체어를 멈추고 길고 낮은 낡은 갈색 저택을 둘러보았다.

"라그비 저택은 눈 하나 깜짝 하지 않는군!" 그가 말했다.

"그게 당연하지. 나는 인간의 지혜가 만들어낸 기계를 타고 있고, 이건 준마보다 더 훌륭하니까."

"분명히 그래요. 두 필의 말이 끄는 전차를 타고 하늘로 올라갔다는 플라톤의 영혼도 오늘날이라면 포드 자동차를 타고 올라갔을 거예요."

"그렇지 않으면 롤스로이스겠지? 플라톤은 귀족이니까."

"그렇군요. 그러면 검정말을 채찍질해서 혼내지 않아도 되겠네요. 플라톤은 우리가 검정말이나 백마 없이 더 교묘하게 엔진만으로 달릴 거라는 생각은 못했을 거예요!"

"엔진과 가솔린 만으로!" 클리포드가 말했다.

"내년에는 이 낡은 건물을 좀 손질해야겠어. 여기에 쓸 천 파운드쯤은 남겨두어야겠어. 하지만 임금이 너무 비싸단 말이지." 그가 덧붙였다.

"좋아요." 콘스탄스가 말했다. "이제는 파업이 없으면 좋겠어요."

"또 파업을 해봐야 어쩌겠단 말이요! 그 결과는 사업을 못하게 할 뿐이지. 영리한 사람들은 그걸 깨닫고 있지."

"사업이 엉망이 되어도 상관이 없나 봐요." 콘스탄스가 말했다.

"어린아이 같은 소리! 일을 해야 그들도 먹고 살 수 있는 거지." 그가 말했다.

그 말투는 묘하게 볼턴 부인과 비슷했다.

"그렇지만 당신은 언젠가 보수적인 무정부의주자라고 하지 않았어요?" 그녀가 순진하게 물었다.

"내가 한 말의 의미는 인간이 생활의 형식과 기구를 망가뜨리지 않고, 유지하기만 한다면 마음대로 할 수 있고, 좋은 대로 느낄 수 있고, 하고 싶은 일을 해도 좋다는 거였어."

콘스탄스는 잠자코 몇 걸음 걸었다. 그런 다음 그녀는 완강하게 말했다.

"그렇다면 달걀은 그 껍질만 그대로 보전하고 있으면 속은 아무리 썩어도 괜찮다는 말인가요? 하지만 달걀은 썩으면 저절로 깨지고 말죠."

"난 인간은 달걀과 같다고 생각하지 않아."

"인간이 천사의 달걀이라고 생각하지도 않지. 나의 귀여운 복음전도사님."

화창한 아침 탓인지 그는 기분이 퍽 좋았다. 종달새는 정원 위를 날면서 기쁜 듯이 지저귀고, 멀리 떨어진 골짜기에 보이는 탄광에서는 조용히 수증기가 오르고 있었다. 이러한 풍경은 전쟁 전과 조금도 다르지 않았다. 콘스탄스는 전혀 논쟁할 마음이 없었다.

"없을 거야. 일을 잘 처리해 나가면 이제 파업은 없을 거야."

"어째서죠?"

"파업을 불가능하게 만들어버리는 거지."

"하지만 광부들이 가만히 있을까요?" 그녀가 물었다.

"그들에게 물어보고 하는 게 아니지. 그들이 눈치 채지 않도록 하는 거지. 그러면서도 그들에게도 이익이 되도록."

"물론 당신에게도 이익이 되는 거겠죠?"

"물론이지. 모든 사람의 이익을 위해서야. 그것도 나 자신을 위해서보다는 그들을 위해서지. 난 탄광 없이도 생활할 수 있어. 하지만 그들은 안 된단 말이지. 그들은 탄광이 없으면 굶어 죽지. 내겐 다른 생활 수단이 있잖아."

그들은 탄광이 있는 낮은 골짜기와 그 너머로 마치 뱀이 언덕을 기어 올라가는 듯한 테버셜 마을의 검은 지붕들이 늘어서 있는 것을 바라보았다. 오래된 갈색 교회에서 종이 울렸다. 일요일이다!

"하지만 광부들이 당신의 조건을 받아들일까요?"

"그야 받아들일 수밖에 없지. 이쪽에서 부드럽게만 한다면 말이지."

"서로 이해하도록 할 수는 없을까요?"

"되고말고. 다만 사업이 개인보다 더 소중하다는 것을 이해해준다면 말이지."

"그렇지만 당신이 사업의 소유주가 되어야 하나요?"

"반드시 그렇지는 않아. 하지만 내가 소유하고 있는 한 그것은 결정적으로 내 것이야 해. 재산 소유권은 오늘날 종교적으로도 문제가 되고 있지. 예수와 성 프란체스코(1181~1226년 이탈리아 수도사) 이래 계속 그랬지만. 하지만 그것은 자신이 가지고 있는 것을 가난한 사람에게 베풀어 주라는 것이 아니라, 자신이 가지고 있는 것을 투자해서 사업을 발전시켜 가난한 사람들에게 일자리를 주라는 것이지."

"그럼 불평등은요?"

"그건 운명이지. 목성은 왜 해왕성보다 크지? 이미 정해진 질서를 바꿀 수는 없어."

"하지만 사람들의 선망이나 불만이 한꺼번에 폭발해 버린다면요?" 그녀가 말을 꺼내기 시작했다.

"온 힘을 다해 막아야지. 그래서 사업에는 우두머리가 있어야 해."

"그럼 누가 우두머리가 되죠?"

"사업을 소유하고 경영하는 사람이지."

오랜 침묵이 흘렀다.

"아무래도 내겐 나쁜 우두머리 같은데요." 그녀가 말했다.

"그럼 그 우두머리가 어떻게 하면 좋겠다는 건데?"

"왠지 그 지배권을 진지하게 다루지 않는 것 같아요." 그녀가 말했다.

"하지만 그것은 당신이 귀부인이라는 지위를 다루는 방식보다 훨씬 진지하게 다루어지고 있어." 그가 말했다.

"하지만 그건 제게 억지로 떠맡겨진 거예요. 사실 나는 바라지 않아요." 그녀는 자신도 모르게 불쑥 말해버리고 말았다. 그는 휠체어를 멈추고 그녀를 바라보았다.

"자신의 책임을 회피하는 기업가가 과연 있을까?"

"이제 와서 자신의 책임을 회피하려는 당신의 우두머리는 어디에 있을까?"

"하지만 나는 우두머리 같은 입장을 바라는 게 아니에요!" 그녀는 항의했다.

"하지만 그건 비겁해. 그건 당신의 몸에 붙은, 운명 같은 거야. 그래서 당신은 거기에 어울리는 생활을 해야만 해. 그나마 가치 있는 것들을 광부에게 준 사람은 누구지? 위생이나 보건 시설, 책, 음악, 이런 모든 것들을 그들에게 준 사람이 누구지? 광부들이 스스로 얻은 건가? 아니오! 잉글랜드 지방의 라그비 저택이나 쉬플리 저택이 자신들의 몫을 나누어 준거지. 그리고 앞으로도 계속 줄 거야. 그것이 당신이 가진 책임이야."

콘스탄스는 그 말을 듣고 얼굴이 빨개졌다.

"나는 뭔가 주고 싶지만, 그게 허용되지 않아요. 지금은 어떤 것이든 팔아서 그 대가를 받고 있는 거죠. 당신이 말씀하신 것도 라그비 저택이나 쉬플리 저택이 상당한 이익을 취하고, 광부들에게 '판' 거라고요. 모든 것이 다 팔리고 있어요. 당신은 단 한 방울의 동정도 그들에게 주지 않았어요."

"그럼 난 어떻게 해야 하지?" 그는 얼굴이 창백해졌다. "그들에게 내 것을 약탈하도록 해야 하는 거야?"

"테버셜은 왜 이토록 더럽고 추할까요? 어째서 사람들의 생활은 이렇게 절망적이죠?"

"그들이 제멋대로 테버셜을 만든 거지. 그들이 스스로 아름다운 테버셜을 만들고, 자신들이 아름다운 생활을 해야지. 내가 그들 대신 그런 생활을 할 필요는 없어. 딱정벌레일지라도 자신의 생활을 영위해야 하니까."

"하지만 당신은 그 사람들이 당신을 위해 일하도록 만든 거예요. 그들은 당신의 탄광에서 일하고 있으니까요."

"천만에. 모든 딱정벌레는 자기 먹을 것을 찾기 마련이지. 어떤 사람도 나를 위해 일하라고 강요당한 사람은 없어."

"그들의 생활이 산업화되어서 어떻게 할 수 없기 때문이에요. 우리 생활도 마찬가지죠." 그녀가 외쳤다.

"난 그렇게 생각하지 않아. 그것은 단순히 낭만주의적인 말버릇일 뿐이지. 정신을 잃거나 생명을 잃는 낭만주의 유물. 콘스탄스, 당신이 그렇게 서 있는 모습은 전혀 절망적이지 않아."

그것은 사실이었다. 그녀의 푸른 눈이 빛나고, 뺨을 빨갛게 달아올랐고, 절망은커녕 정열에 불타고 있었다. 그녀는 풀숲의 어린 앵초가 아직 솜털이 쌓인 채 서 있는 것을 보았다. 그녀는 화가 나는 중에 클리포드를 '나쁘다'고 생각한 것은 왜일까라고 이상하게 여겼다.

"모두가 당신을 싫어하는 것도 무리는 아니에요." 그녀가 말했다.

"나를 싫어하진 않아! 잘못 생각해선 안 돼. 당신이 말하는 식으로 한다면, 그들은 사람이 아니지. 다른 사람들에게까지 당신의 꿈을 덮어 씌워서는 안 돼. 사회대중은 언제나 그랬고, 앞으로도 달라지지 않아. 네로의 노예는 오늘날 광부나 포드 자동차 공장 직원과 거의 다를 바 없지. 이것이 대중이고, 거기에는 변화가 없어. 대중에서 어떤 개인이 나올 수는 있지. 하지만 대중은 변화될 수 없어."

클리포드가 하층계급에 대해 자신의 진정한 감정을 이렇게 노골적으로 말하는 것을 듣자 콘스탄스는 공포심을 느꼈다. 그의 말에는 포악함을 띤 진리가 숨어 있었다. 물론 그것은 잔인한 진리였다. 그녀가 창백한 얼굴로 입을 다물자 클리포드는 다시 휠체어를 움직이기 시작했다. 그리고 숲의 샛문에서 휠체어를 멈출 때까지 그는 아무 말도 하지 않았다.

그녀가 샛문을 열었다.

"우리가 지금 가질 필요가 있는 것은 칼이 아니라 채찍이야. 대중은 역사가 시작된 이후 계속 통치를 받아왔고, 인류의 종말 때까지 통치받을 거요. 그들에게 자치 능력이 있다는 것은 정말 위선이 아니면 희극이지!"

"그러면 당신은 그 통치를 할 수 있어요?"

"나 말이야? 물론, 할 수 있지. 나의 정신과 의지는 불구가 아니니까. 나는 이 다리로 통치하는 게 아니야. 내가 맡고 있는 것만큼은 통치할 수 있지. 완전히 내 몫은 말이지. 그리고 내게 자식이 있다면 내 뒤를 이어서 자기 몫을 통치할 수 있겠지."

"하지만 그 아이가 당신의 친자식이 아니고, 당신 같은 지배계급의 아이가 아니라면, 아마 그럴지도 모르죠." 그녀는 말을 더듬었다.

"난 그 아이의 아버지가 누구든 상관없어. 다만 그 아이가 건강하고, 보통 수준의 지능을 가지고만 있으면 말이야. 어쨌든 건강하고 정상적인 두뇌를 가진 사람의 자식이었으면 해. 그러면 나는 유능한 차탈리 집안 사람으로 키워 낼 거야. 아버지가 누구인가 하는 것보다는 어떤 환경에서 자라느냐가 문제지."

"그렇다면 하층계급이란 따로 있는 게 아니군요. 귀족이라는 것도 그 피가 따로 있는 건 아니고요." 그녀가 말했다.

"아니, 그렇지 않아. 그건 그저 낭만적인 꿈이지. 귀족이란 하나의 능력이자 일종의 운명이야. 대중이란 또 다른 운명의 역할을 하지. 귀족계급을 만드는 것은 개인이 아니야. 귀족사회 전체의 능력이 만드는 거지. 그리고 대중 전체의 능력이 현대사회의 평민을 만드는 거야."

"그럼 우리들 모두에게는 공통되는 인간성이란 없다는 거군요."

"마음대로 생각해. 하지만 표면적인 능력이나 실천적인 능력에 관해서는 통치계급과 근로자계급 사이의 간극, 절대적 간극이 있다고 생각해. 두 가지 능력은 서로 상대적이지. 그리고 그 능력이 개인을 결정하는 거지."

콘스탄스는 어리둥절한 눈으로 그를 바라보았다.

"더 안 가시겠어요?" 그녀가 물었다.

그는 휠체어를 움직였다. 그녀는 공허한 무감각 상태에 빠졌다. 어쨌든 숲에서는 그와 더 이상 논쟁하지 않기로 했다.

눈앞에는 벽처럼 된 잿빛 개암나무 사이로 마차길이 마치 갈라진 틈처럼 달리고 있었다. 휠체어는 엔진 소리를 내면서 천천히 개암나무 그림자를 넘어 물망초 사이를 조용히 지나갔다. 마차길 한 가운데에 물망초가 피어 있지 않은 곳만 골라서 클리포드는 지나갔다. 하지만 뒤따라오던 콘스탄스는 차바퀴에 선갈퀴나 꿀풀이 짓밟히고, 포복식물의 노란 화관이 짓밟히는 것을 보았다. 그런 다음 그는 물망초 사이에 자국을 남기면서 가버렸다.

거기에는 온갖 꽃들이 피어 있었다. 처음에는 히아신스가 웅덩이에 괸 물처럼 파랗게 피어 있었다.

"당신이 아름답다고 말한 대로군! 정말 놀라운데. 잉글랜드의 봄처럼 '비할 데 없이' 아름다운 데가 또 있을까!"

잉글랜드의 봄! 어째서 아일랜드의 봄도, 아니고 이스라엘의 봄도 아닐까? 휠체어는 조용히 앞으로 나가 블루벨 숲을 가로질러 잿빛의 산우엉 잎사귀를 밟았다. 그 다음에는 수목이 잘린 빈터에 도착했다. 햇빛은 꽤 강했다. 히아신스는 빛나는 푸른빛이 되어 여기저기에서 보랏빛으로 변해 있었다. 그 사이에서 고사리는 갈색 소용돌이 모양의 머리를 들어 마치 이브에게 새로운 비밀을 속삭이는 어린 뱀처럼 보였다.

클리포드는 계속 휠체어를 움직여 언덕 끝까지 갔다. 콘스탄스는 조용히 따라갔다. 떡갈나무 새싹은 갈색으로 부드럽게 돌아나고 있었다. 온갖 것이 낡고 단단한 것에서 부드럽게 나오고 있었다. 혹이며 마디가 많은 떡갈나무에서조차 더없이 부드러운 어린잎이 싹트고 있었고, 박쥐의 날개처럼 엷은 갈색의 날개를 햇빛 속에서 펴고 있었다. 어째서 사람만이 자신의 내면에 새로움을 가지지 못하고, 싹터야 할 신선함을 가지지 못한단 말인가! 썩어빠진 인간!

클리포드는 언덕 꼭대기에 이르자 휠체어를 멈추고 주위를 둘러보았다. 히아신스는 넓은 길 가득 마치 홍수처럼 푸른빛으로 흘렀다. 그리고 언덕 비탈을 따뜻한 푸른빛으로 비추었다.

"이것만 보면 아름답지만, 그림으로 그릴 수는 없겠는걸."

"그래요!" 콘스탄스는 전혀 흥미를 가지지 않고 대답했다.

"샘 있는 데까지 내려가볼까?" 클리포드가 말했다.

"돌아갈 때 휠체어가 언덕을 올라갈 수 있을까요?"

"해봅시다. 모험 없이는 얻는 것도 없으니까."

휠체어는 다시 천천히 움직이면서 파란 히아신스가 가득 피어 있는 넓고 아름다운 길을 내려갔다. 그들은 오두막집으로 구부러지는 오솔길에 이르렀다. 그 길은 휠체어가 지나갈 만큼 넓지 않았다. 간신히 한 사람이 지나갈 정도밖에 되지 않았다. 휠체어가 비탈 아래 이르자 거기에서 옆길로 돌아 사라졌다. 그러자 콘스탄스는 뒤에서 나는 낮은 휘파람 소리를 들었다. 그녀는 깜짝 놀라 뒤를 돌아보았다. 산지기가 개를 데리고 그녀 쪽으로 비탈을 내려오고 있었다.

"클리포드 경께서는 오두막집에 가시는 건가요?" 그녀의 눈을 보면서 그가 물었다.

"아니요, 샘 있는 데요."

"좋습니다. 그분을 만나지 않아도 되겠군요. 오늘 밤에 만납시다. 정원 샛문에서 10시에 기다리겠습니다."

그는 다시 그녀의 눈을 똑바로 바라보았다.

"네..." 그녀는 우물쭈물했다.

클리포드가 콘스탄스를 부르는 경적 소리가 들렸다. 그녀는 "네."하고 대답했다. 산지기 얼굴에는 당황한 표정이 드러났다. 그는 그녀 앞으로 다가섰다. 그리고 그녀의 가슴을 부드럽게 손을 쓸어 올렸다. 그녀는 놀라서 그를 바라보았다. 그리고 언덕을 뛰어내려오면서 다시 한 번 "네."라고 대답했다. 위쪽에 서 있던 그는 뛰어가는 그녀를 바라보다가 옅은 웃음을 띠며 오던 길로 되돌아갔다.

클리포드는 맞은편 낙엽송이 우거진 비탈 중간에 있는 샘 쪽으로 천천히 올라가고 있었다. 그녀가 뒤따라갔을 때는 이미 샘가에 도착해 있었다.

"정말 수고했어." 그는 휠체어를 향해 말했다.

콘스탄스는 낙엽송 숲에 기괴한 모양으로 자란 잿빛 우엉잎을 보았다. 사람들은 그것을 '로빈 후드의 대황(大黃)'이라고 불렀다. 그것은 음침한 모습으로 샘 옆에서 조용히 자라고 있었다. 하지만 샘물은 놀랄 정도로 맑게 빛나면서 솟아나고 있었다. 문득 둑 아래를 보니 땅이 움직이고 있었다. 두더지였다! 두더지는 붉은 손으로 흙을 헤치며 작고 빨간 코끝을 쳐들고 눈이 보이지 않는 얼굴을 흔들었다.

"왠지 코끝으로 보는 것 같아요." 콘스탄스가 말했다.

"눈보다 잘 보이는 것 같아."

"당신, 물 마실래?"

"당신도 물 마실래요?"

그녀는 나뭇가지에 걸려 있는 에나멜 컵을 들고 허리를 굽혀 그에게 물을 떠주었다. 그는 빨아들이듯 물을 마셨다. 그녀는 다시 몸을 굽혀서 자신도 물을 마셨다.

"얼음 같아요!" 그녀는 숨가쁜 듯 말했다.

"참 맛있는 물이야! 지금 당신은 어떤 소원을 빌었어?"

"당신은요?"

"나도 소원을 빌었지. 하지만 내용은 말하지 않겠어."

딱따구리가 나무를 쪼는 소리, 낙엽이 굴러가는 소리, 부드럽고 기분 나쁜 바람소리가 들렸다. 그녀는 위를 올려다보았다. 흰 구름이 푸른 하늘에 흘러가고 있었다.

"구름이 나왔어요!" 그녀가 말했다.

"하얀 어린 양 같아." 그가 말했다.

작은 빈터를 구름 그림자가 스쳐갔다. 두더지는 부드러운 흙 위로 나왔다.

"저런 불길한 동물은 죽여 버려야 해." 클리포드가 말했다.

"저것 보세요! 설교단의 목사 같잖아요?" 그녀가 말했다. 그녀는 선갈퀴 가시를 몇 개 꺾어서 그에게 내밀었다.

"금방 벤 풀이군! 이 냄새에는 행실이 올바른 19세기의 낭만적인 부인다운 점이 있어."

그녀는 흰 구름을 물끄러미 바라보았다.

"비가 오지 않을까요?"

"비라고! 왜? 비가 오는 게 좋겠어?"

그들은 되돌아가기로 했다. 클리포드는 조심스럽게 내려갔다. 어둑한 낮은 곳에 이르자 오른쪽으로 구부러졌다. 백 야드 가량 가서 히아신스가 피어 있는 비탈을 오르기 시작했다.

"자, 부탁한다." 클리포드가 비탈길로 휠체어를 돌리면서 말했다.

그 비탈은 꽤 가파르고 울퉁불퉁했다. 휠체어는 괴로운 모습으로 천천히 올라갔다. 가까스로 히아신스가 피어 있는 곳까지 올라갔다. 하지만 거기에서 걸려 꽃밭에서 나오자 딱 멈춰버렸다.

"산지기가 나올지도 모르니까 경적을 울려보세요." 콘스탄스가 말했다. "조금 밀어달라고 하죠. 그리고 나도 밀어보겠어요. 그러면 어떻게든 되겠지요."

"잠시 휠체어를 쉬게 합시다. 바퀴 밑에 돌을 괴어 줘요."

콘스탄스는 돌을 찾아 왔다. 그들은 기다렸다. 잠시 후 클리포드는 다시 엔진을 걸고, 휠체어는 묘한 소리를 내면서 몸부림쳤다. 마치 앓는 동물 같았다.

"제가 밀게요!" 콘스탄스가 뒤로 돌아가서 말했다.

"괜찮아! 밀지마!" 그가 화를 내듯 말했다. "밀어야만 움직인다면 이게 무슨 소용이야. 돌을 괴어줘."

잠시 쉬고 다시 움직여보았지만, 아까보다 더 나빠졌다.

"밀어야겠어요. 아니면 경적을 울려서 산지기를 부르세요."

"잠깐!"

그녀는 기다렸다. 그는 다시 한 번 해보았지만, 점점 더 나빠지기만 했다.

"만약 제가 미는 게 싫다면 경적을 울리는 게 좋겠어요." 그녀가 말했다.

"참! 당신은 좀 잠자코 있어요!"

그녀는 입을 다물었다. 그는 작은 모터로 힘껏 해보았다.

"그렇게 하면 엉망이 되고 말겠어요. 클리포드. 너무 신경 쓰시면 안 돼요."

"내가 내려가서 기계를 살펴볼 수 있다면!" 그는 화를 내면서 말했다. 그리고 요란하게 경적을 울렸다.

"멜러스가 고장한 데를 알아낼 수 있겠지."

차츰 구름이 짙어오는 하늘 아래에서 두 사람은 짓밟힌 꽃밭 사이에 서 있었다. 정적 속에서 산비둘기가 울기 시작했다. 클리포드는 경적을 요란하게 울려서 산비둘기 소리를 막았다.

곧 산지기가 나타났다. 그는 모퉁이를 돌아 주위를 둘러보며 걸어왔다. 그리고 인사했다.

"자네 모터에 대해 좀 알고 있나?" 클리포드가 날카로운 목소리로 물었다.

"잘 모릅니다. 고장났습니까?"

"그런 것 같군." 클리포드가 무뚝뚝하게 말했다.

멜러스는 휠체어 옆에 구부리고 앉아 열심히 작은 엔진을 들여다보았다.

"이런 기계는 도무지 모르겠습니다. 가솔린과 기름이 충분하다면..."

"어디 부서진 데가 없는지 잘 살펴보게나." 클리포드가 다시 말했다.

멜러스는 총을 나무에 기대 놓고, 웃옷을 벗어 그 옆에 던졌다. 갈색 개는 앉아서 주위를 살폈다. 멜러스는 쭈그리고 앉아 휠체어 아래를 들여다보았다. 기름투성이의 엔진을 손가락으로 만지면서 깨끗한 셔츠에 기름이 묻는 것이 못마땅했다.

"부서진 데는 없는 것 같습니다." 그가 모자를 뒤로 젖혀 땀을 닦으면서 조사하는 것처럼 엔진을 보고 말했다.

"아래 연접봉은 확인했어? 고장이 나지 않았는지 확인해봐!"

멜러스는 엎드려서 목을 비틀면서 엔진 아래의 여기저기를 움직이면서 만지작거렸다. 콘스탄스는 그 모습이 너무 불쌍하고 연약하고 조그맣게 보이는구나라고 생각했다.

"제가 보기에는 이상이 없습니다." 그가 중얼거리는 소리가 들렸다.

"아무래도 할 수 없을 것 같습니다." 그는 몸을 일으켜 광부들처럼 쪼그려 앉았다. "망가진 데는 확실히 없는 것 같습니다."

클리포드는 엔진을 걸고 기어를 넣었다. 휠체어는 움직이려고조차 하지 않았다.

"좀 더 세게 해 보시면 어떻겠습니까?" 산지기가 말했다.

클리포드는 그의 참견이 불쾌했다. 그는 엔진을 웅웅거리며 울렸다. 그러자 휠체어가 쿨럭거리면서 좀 나아지는 듯 했다.

"소리가 좀 좋아지는 것 같습니다."

그 때 클리포드는 이미 기어를 넣고 있었다. 휠체어는 힘없이 비틀거리더니 앞으로 조금씩 움직였다.

"조금 밀면 잘 나갈 것 같습니다." 산지기가 뒤에서 걸어오면서 말했다.

"저만큼 있게! 혼자 갈 테니까." 클리포드가 가로막았다.

"하지만 클리포드!" 콘스탄스가 말했다. "이 기계로는 너무 과중해요. 당신은 왜 그렇게 고집을 부리는 거죠?"

클리포드는 새파랗게 질려서 화를 내고 있었다. 그는 레버를 이리저리 움직였다. 휠체어는 조금씩 앞으로 나갔으나 히아신스가 피어있는 풀숲까지 오자 다시 멈춰버렸다.

"이젠 틀렸습니다. 마력(馬力)이 모자랍니다." 산지기가 말했다.

"전에도 올라갔어." 클리포드가 말했다.

"이번에는 안 될 것 같습니다."

클리포드는 대답하지 않았다. 그는 엔진 상태를 알아보려고 했다. 그 소리가 숲속에 울려 퍼졌다. 그러자 갑자기 그는 브레이크를 늦추고 기어를 넣었다.

"그러다 망가지겠습니다." 산지기가 중얼거렸다.

"클리포드!" 콘스탄스가 뛰어갔다.

하지만 산지기가 휠체어 손잡이를 잡았다. 클리포드는 상관하지 않고 온힘을 기울여 길 쪽으로 휠체어를 움직였다. 이상한 소리를 내면서 휠체어는 언덕을 올라갔다. 멜러스는 뒤에서 휠체어를 밀고 있었다. 그러자 휠체어가 지금까지의 보상이라도 하듯 비탈을 올라갔다.

"봐! 되잖아!" 클리포드는 의기양양하게 어깨너머로 뒤를 돌아보았다. 하지만 그는 산지기의 얼굴과 마주쳤다.

"자네가 밀었어?"

"밀지 않으면 안 됩니다."

"손을 놓아, 정말이야."

"안 됩니다."

"손을 놓으라니까!" 클리포드는 강한 어조로 고함을 쳤다.

산지기는 손을 놓았다. 그리고 웃옷과 총을 가지러 되돌아갔다. 그러자 휠체어는 바로 이상한 소리를 내기 시작했다. 꼼짝 못하고 앉아 있는 클리포드는 창백하게 질려서 어쩔 줄 몰라했다. 다리를 움직일 수 없는 그는 손으로 이리 저리 레버를 움직였다. 하지만 엔진은 더 이상한 소리를 냈다. 아무리 해도 움직이지 않았다. 그는 엔진을 끄고 분노에 싸여 꼼짝않고 앉아 있었다.

콘스탄스는 둑에 앉아 짓밟히고 흐트러진 히아신스를 내려다보았다. '잉글랜드의 봄처럼 아름다운 것은 없을거야.' '내 몫만은 통치할 수 있어.' '우리가 지금 손에 잡을 필요가 있는 것은 칼이 아니라 채찍이야.' '지배계급이야.'

산지기가 웃옷과 총을 들고 올라왔다. 플로시가 조심스럽게 그의 뒤를 따라왔다. 클리포드는 멜러스에게 엔진의 여기저기를 보아달라고 했다. 모터에 대해서는 전혀 모르는데다가 비참한 일을 여러 번 당한 콘스탄스는 아무런 쓸모없는 사람처럼 참을성 있게 둑 위에 앉아 있었다. 산지기는 다시 엎드렸다. 지배계급과 근로계급!

그리고 나서 그는 참을성 있게 말했다.

"자, 다시 한 번 해보십시오." 마치 어린아이라도 타이르는 듯한 조용한 말투였다.

클리포드가 다시 엔진을 걸자 멜러스는 얼른 뒤로 가서 밀기 시작했다. 엔진 힘 절반, 사람 힘 절반으로 휠체어가 움직이기 시작했다.

클리포드는 뒤를 돌아보고 화를 내면서 얼굴빛이 달라졌다.

"손을 놔!" 산지기는 얼른 손을 놓았다. 클리포드는 덧붙여 말했다.

"밀면 휠체어의 힘을 알 수 없잖아."

멜러스는 총을 놓고 웃옷을 입기 시작했다. 이제 그가 할 일은 없는 것 같았다.

이 때 휠체어가 조용히 뒷걸음치기 시작했다.

"클리포드, 브레이크!" 콘스탄스가 외쳤다.

그녀도, 멜러스도, 클리포드도 모두 놀랐다. 그곳으로 달려가면서 콘스탄스와 산지기의 몸이 가볍게 부딪혔다. 휠체어는 멈추었다. 그 순간 모두 가만히 있었다.

"아무래도 손을 빌려야겠어!" 클리포드가 말했다.

그는 새파랗게 질려 화를 내고 있었다.

아무도 대답하지 않았다. 멜러스는 어깨에 총을 메고, 그저 자신을 억누르는 막막한 표정을 보일 뿐이었다. 플로시는 불안한 듯 주인의 두 다리 사이를 맴돌며 세 사람 사이에서 어떻게 해야 할지 모르는 것 같았다.

"밀 수밖에 없겠어." 클리포드가 일부러 냉정한 말투로 말했다.

대답이 없다. 방심한 듯한 표정을 한 멜러스의 얼굴은 아무것도 듣지 못한 것처럼 보였다. 콘스탄스는 걱정스럽게 그를 바라보았다. 클리포드도 다시 돌아보았다.

"멜러스, 집까지 밀어주게." 그는 냉랭하면서도 오만한 말투로 말했다. "내가 자네에게 불쾌한 말을 했던가?" 그는 혐오감이 깃든 말투로 덧붙였다.

"천만예요! 휠체어를 밀라는 겁니까?"

"그래!"

멜러스는 휠체어로 다가갔다. 하지만 이번에는 밀어도 꼼짝하지 않았다. 브레이크가 단단히 박힌 것이다. 밀었다 당겼다 해보았다. 산지기는 다시 총과 웃옷을 벗었다. 이제 클리포드는 아무런 말도 하지 않았다. 결국 산지기는 휠체어를 땅에서 들어 올렸다. 하지만 실패였다. 너무 무거워서 그는 헐떡였다.

"그렇게 하지 말아요!" 콘스탄스가 그에게 말했다.

"이쪽으로 이렇게 바퀴를 당겨주시면." 그가 손짓으로 가리켰다.

"아니에요. 이걸 들어 올리는 건 그만두세요. 무리한 일이에요." 그녀는 화를 내며 얼굴이 빨개져서 말했다.

하지만 그는 그녀의 눈을 들여다보며 눈짓을 했다. 그래서 그녀는 바퀴를 잡아주어야만 했다. 그가 휠체어를 들어 올리자 그녀가 바퀴를 잡아 당겼다. 그제서야 휠체어는 움직였다.

"아, 이게 무슨 꼴이람." 클리포드가 공포에 질려 외쳤다.

그래도 이번에는 브레이크가 떨어져나와 상태가 그나마 좋아졌다. 산지기는 바퀴에 돌을 괴고 둑에 앉아 잠시 쉬었다. 너무 힘을 썼기 때문에 심장이 세게 고동치고, 얼굴이 창백해져서 약간 어지럽기까지 했다. 그를 보자 콘스탄스는 울고 싶을 정도로 화가 치밀었다.

"어디 다쳤어요?" 그에게 다가서서 물었다.

"아닙니다." 그는 화난 듯 얼굴을 돌렸다.

숨막히는 듯한 침묵이 흘렀다. 클리포드의 금발 머리는 움직이지 않았다. 하늘은 온통 구름으로 뒤덮였다.

드디어 멜러스는 한숨을 쉬고, 빨간 손수건으로 코를 풀었다.

"폐렴에 걸린 후로는 몹시 약해졌습니다." 그가 말했다.

아무도 대답하지 않았다. 콘스탄스는 저 휠체어와 몸집이 큰 클리포드를 들어 올리는데 필요한 힘의 양을 생각해보았다. 그것은 힘에 겨운 일이다. 너무나도 힘에 겨운 일이다! 몸이나 다치지 않으면 좋겠는데!

그는 일어나서 옷을 집어 휠체어 손잡이 사이에 걸었다.

"그럼 시작할까요?"

"언제든지!"

그는 몸을 구부려 바퀴에 낀 돌을 치웠다. 그리고 나서 휠체어를 밀었다. 지금까지 콘스탄스가 본 적이 없는 창백하고 무표정한 얼굴이었다. 클리포드는 무거웠고, 비탈은 가팔랐다. 콘스탄스는 산지기와 걸음을 나란히 했다.

"나도 밀겠어요!" 그녀가 말했다.

그녀는 화난 여성의 거친 힘으로 휠체어를 밀기 시작했다. 그러자 휠체어는 이전보다 더 빨라졌다. 클리포드가 돌아보았다.

"그럴 필요가 있어?"

"물론이죠. 당신은 이 사람을 죽일 작정인가요? 엔진을 걸어준다면..."

하지만 그녀가 말을 끝내기도 전에 엔진이 폭음 소리를 냈다. 그녀는 조금 힘을 늦추었다. 너무나도 힘이 드는 일이었다.

"좀 천천히 하십시오." 그녀 옆에 있던 멜러스가 희미한 웃음을 지으면서 말했다.

"정말 어디 다치지는 않았나요?" 그녀가 야무지게 물었다.

그는 고개를 저었다. 그녀는 햇볕에 그을은 작고 힘찬 그의 손을 바라보았다. 그녀를 애무한 손이다. 지금까지 그녀는 그 손을 자세히 본적이 없었다. 갑자기 그녀의 영혼은 그에게로 이동하기 시작했다. 그는 묵묵히 그녀의 손이 미치지 않는 곳에 있었다. 그 역시 갑자기 몸에 활기가 도는 것을 느꼈다. 그는 왼손으로 휠체어를 밀면서 오른손을 그녀의 흰 손에 얹고, 그 손을 조용히 애무하면서 꼭 쥐었다. 그러자 힘이 그의 등과 허리에 골고루 퍼져서 활기가 생겼다. 그녀는 갑자기 몸을 굽혀 그의 손에 키스했다. 그때까지도 클리포드의 머리는 그들 앞에서 꼼짝도 하지 않았다.

언덕 꼭대기에 이르자 그들은 잠시 쉬었다. 콘스탄스는 거기에서 손을 놓을 수 있어서 마음이 가벼웠다. 그녀는 이 두 사람 사이에서 일어날 지도 모르는 우정에 대해 마음대로 상상한 적이 있었다. 한 사람은 그녀의 남편이고, 다른 한 사람은 그녀 자식의 아버지이다. 하지만 두 사람은 물과 불처럼 적의를 가지고 있었다. 그들은 서로 상대를 밀어내고 있었다. 그녀는 그 증오가 얼마나 미묘한지 비로소 깨달았다. 그리고 처음으로 클리포드가 이 땅에서 사라져 버려야 할 것 같은 증오심을 가지게 되었다.

평지에서는 멜러스 혼자 휠체어를 밀 수 있었다. 클리포드는 자신이 전혀 당황하지 않았다는 사실을 보여주기 위해 그녀와 가벼운 이야기를 했다. 디에브에 있는 에바 부인의 이야기, 그리고 멀컴 경이 콘스탄스가 그의 소형 자동차로 함께 베니스까지 갈 것인지, 아니면 콘스탄스와 힐더가 기차로 갈 거인지 물어봤다는 이야기 등.

"기차로 가는 것이 훨씬 좋겠어요." 콘스탄스가 대답했다. "먼지가 많을 때에는 오랜 시간 동안 자동차 여행을 하고 싶지 않아요. 하지만 힐더가 어떻게 하려는지 물어볼게요."

"그분은 자신의 자동차에 당신을 태우고 싶은 것 같던데." 그가 말했다.

"그렇겠죠! 여기는 밀어야겠군요. 이 휠체어가 얼마나 무거운지 당신은 몰라요.”

그녀는 휠체어 뒤로 가서 분홍빛 자갈길을 멜러스와 나란히 밀었다. 누가 봐도 상관없다고 생각했다.

“여기에서 기다릴테니 필드를 불러와. 그는 건강하니까 이런 일에 잘 맞을거야.” 클리포드가 말했다.

“거의 다 왔는걸요.” 그녀가 헐떡이면서 말했다.

꼭대기까지 왔을 때, 그녀도, 멜러스도 얼굴의 땀을 닦아야만 했다. 이상하게도 이 일을 함께 했기 때문인지 그들은 어느 때 보다도 더욱 가깝게 느껴졌다.

“멜러스, 참 고마워.” 저택 문까지 왔을 때 클리포드가 말했다. “아무튼 다른 모터를 마련해야겠어. 부엌에 가서 식사를 하고 가. 마침 식사 때니까.”

“고맙습니다. 하지만 오늘은 일요일이라 어머니와 식사하기로 되어 있습니다.”

“그럼 좋도록 해.”

멜러스는 웃옷을 입고 콘스탄스를 힐끗 보면서 인사하고 물러갔다. 콘스탄스는 몹시 화가 나서 자기 방으로 올라갔다.

점심식사 때 그녀는 도저히 자신의 감정을 억누르고 있을 수 없었다.

“당신은 어쩌면 그리도 동정심이 없나요, 클리포드?”

“누구에게?”

“산지기에게 말이에요. 만약 그런 것이 당신의 지배계급이라는 것이면, 나는 정말 유감이에요.”

“왜?”

“그 사람은 아픈 다음이라 몸이 약하거든요!”

"나도 그렇게 믿어."

"만약 그 사람이 다리가 불편해서 휠체어에 앉아 당신이 한 것과 똑같이 했다면, 당신은 그 사람에게 어떻게 했을까요?"

"이봐요, 복음 전도사님, 그렇게 인물과 인격을 혼동하는 건 악취미지."

"그렇지만 당신처럼 치사하고, 메마른, 연민이라고는 전혀 없는 그런 악취미가 어디 있어요."

"그럼 어떻게 하라는 거지? 자기 고용인에 대해서도 필요 이상의 감정을 가지라는 건가? 그건 거절할게. 그런 건 모두 복음 전도사님에게 맡기지."

"마치 그 사람은 당신과 같은 인간이 아니라는 것 같군요!"

"게다가 그 사람이 1주일에 2파운씩 돈을 주고, 집까지 준 산지기라면 더욱 그렇겠지."

"돈을 준다구요? 1주일에 2파운드와 집은 대체 무슨 대가로 지불하는 거죠?"

"그의 노동에 대한 대가지."

"어머나! 나 같으면 1주일에 2파운드와 집을 제발 가져가 달라고 하겠어요."

"아마 그도 그러고 싶을 거야. 하지만 그런 사치스러운 짓은 할 수 없지!"

"그게 당신의 지배군요." 그녀가 말했다. "지배한다고 우쭐거리지 마세요. 다만 당신은 당연히 가져야 할 몫 이상으로 돈을 가지고 있을 뿐이고. 그것으로 1주일에 2파운드를 받고 당신을 위해 일할 건지, 아니면 굶을건지 협박하고 있는 거니까."

"차탈리 부인으로서는 아주 점잖은 말이군."

"분명히 말씀드리지만, 당신은 오늘 숲에서 너무 점잖은 행동을 하시더군요. 나는 옆에서 너무나도 부끄러웠어요."

그는 손을 뻗쳐 초인종을 눌러 볼턴 부인을 불렀다. 이번에야말로 진짜 화가 난 것이다.

그녀도 화가 나서 자기 방으로 올라가면서 중얼거렸다.

"저들은 뭐든지 돈으로 사려고 해! 하지만 나를 살 수는 없어."

그녀는 오늘밤 계획을 세워서 클리포드를 자신의 마음속에서 밀어내기로 결심했다. 이제 그를 증오하고 싶지도 않았다. 어떤 감정으로도 그와 깊은 관계를 맺고 싶지 않았다. 무슨 일이 있어도 자신의 생각, 특히 산지기에 대한 자신의 감정을 그에게 알리고 싶지 않았다.

저녁식사 때 그녀는 어느 때와 다름없이 시치미를 뗀 채 조용히 내려갔다. 그는 아직도 화가 풀리지 않았다. 그가 화를 내고 있을 때에는 묘하게 변했다.

그는 프랑스어 책을 읽고 있었다.

"당신, 프루스트를 읽은 적 있어?"

"읽어봤지만, 지루하더군요."

"아니야, 프루스트는 정말 놀라운 작가야."

"그럴지도 모르죠. 하지만 난 지루했어요. 그 궤변이란 정말! 프루스트에게는 감정이 없고, 다만 감정에 관한 언어의 흐름만 있을 뿐이에요. 그 오만한 지성에 싫증났어요."

"당신은 오만한 야성이 좋단 말이야?"

"그럴지도 몰라요! 하지만 잘난 척하지 않는 것이 나을지도 모르죠."

"글쎄, 난 프루스트의 정교함과 아치 있는 혼란이 좋은데."

"하지만 정말 생명 없는 세계처럼 느껴져요."

"그게 나의 아내, 복음 전도사님 말이군."

또 시작되었다. 또다시 시작된 것이다! 하지만 그녀는 그와 다투지 않을 수 없었다. 그는 기에 마치 해골처럼 앉아 있었다. 그 해골이 그녀에게 달려들어 갈비뼈 부분을 끌어안는 것 같았다. 그도 정말 싸울 작정으로 있었다. 그런 그를 보자 그녀는 그가 조금은 무서웠다.

그녀는 재빨리 자기 방으로 올라갔다. 9시 반이 되자 일어나 복도로 나와 귀를 기울였다. 아무런 소리도 나지 않았다. 그녀는 옷을 입고 아래층으로 내려갔다. 클리포드는 볼턴 부인을 상대로 내기 카드놀이를 하고 있었다. 아마도 밤중까지 계속될 것이다.

콘스탄스는 방으로 돌아와 잠옷을 흐트러진 침대 위에 벗어던지고, 얇은 테니스용 옷을 입고 그 위에 옷을 걸쳤다. 고무로 만든 테니스 구두를 신고 가벼운 외투를 걸쳤다. 이것으로 준비는 끝났다. 만약 누구를 만난다면 잠깐 산책하는 것이라고 하자. 그리고 아침에 돌아올 때에는 아침식사 전에 곧잘 하는 산책을 했다고 하자. 다만 밤중에 누구라도 그녀의 방에 온다면? 하지만 그것은 만에 하나라도 거의 있을 수 없는 일이었다.

아직 베츠가 문을 잠그지 않았다. 그는 10시에 문을 잠그고 아침 7시에 문을 열었다. 그녀는 소리 없이 아무에게도 들키지 않고 빠져나왔다. 발달이 비추고 있어 주변이 희끄무레하게 밝았지만, 그녀를 비출 정도는 아니었다. 그녀는 밀회의 기쁨보다는 가슴 속에서 불타오르는 분노와 반항심을 가지고 정원을 빠른 걸음으로 지나갔다. 그것은 애인을 만날 때 가지는 감정으로는 어울리지 않았다.

19.
전사의 과거

정원 샛문 가까이 오자 빗장이 열리는 소리가 들렸다. 이미 그가 숲 속의 어둠 속에서 그녀를 지켜보고 있었다.

"빠르시군요." 그가 어둠 속에서 말했다. "아무 일 없었어요?"

"아무렇지 않았어요."

그녀가 들어가자 그는 샛문을 닫고 땅을 향해 등불을 비췄다. 그러자 어둠 속에서 파르스름한 꽃이 피어 있는 것이 보였다. 그들은 잠자코 떨어져서 걸었다.

"오늘 아침에 휠체어 때문에 어디 다치지는 않았나요?"

"아니, 아무데도요."

"폐렴을 앓았을 땐 어땠나요?"

"별 것 아닙니다. 그냥 좀 심장이 약해진 것과 폐의 저항력이 좀 줄었을 따름이지요. 폐렴을 앓으면 그렇게 됩니다."

"너무 무리하면 안되겠군요."

"너무 오랫동안 계속하면 안 되지요."

그녀는 분노에 싸여 잠자코 걸었다.

"클리포드를 미워하나요?" 그녀가 드디어 물었다.

"미워하지는 않습니다! 그런 사람들을 좋아할 수 없다는 것을 알고 있기 때문에 그저 하는 대로 내버려 둘 따름입니다."

"그 사람은 어떤 종류의 사람인가요?"

"그건 당신이 더 잘 아실 겁니다. 부인처럼 생긴 젊은 신사. 다만 구슬을 가지고 있지 않은."

"무슨 구슬?"

"구슬은 남성의 고환을 의미합니다."

그녀는 그 말을 듣고 생각에 잠겼다.

"그렇지만 그것이 이것과 무슨 상관이 있을까요?" 그녀는 조금 당황하면서 물었다.

"바보 같은 사나이를 쓸모가 없다고 하지요. 비열한 사람은 인정이 없다고 하고, 겁많은 사나이는 배짱이 없다고 하지 않습니까? 용기를 가지지 못한 사나이는 구슬이 없는 거지요. 길들여진 남성이라는 뜻입니다."

그녀는 그 말을 듣고 곰곰이 생각했다.

"클리포드는 길들여진 사람인가요?"

"길들여지고 더러워진 겁니다. 가까이 가보면 그런 사람은 모두 마찬가지입니다."

"그럼 당신은 길들여지지 않았다고 생각하나요?"

"완전히는 아니죠!"

이윽고 그녀는 저 멀리 노란 불빛을 발견했다.

"불빛이 보이는군요."

"언제나 집에 불을 켜 놓습니다." 그가 대답했다.

그녀는 다시 그와 나란히 걸었다.

그는 집 자물쇠를 열고 들어가자 다시 문을 잠갔다. 마치 감옥에라도 들어온 것 같았다. 주전자가 끓고 있고, 식탁에는 찻잔이 놓여 있었다.

그녀는 날로 옆에 나무로 만든 흔들의자에 앉았다. 싸늘한 밖에서 안으로 들어오니 따뜻했다.

"구두가 젖었으니 벗을게요." 그녀가 말했다.

그녀는 번쩍거리는 난로 위에 양말 신은 발을 올려놓았다. 그는 식기실로 가서 먹을 것을 가지고 왔다. 빵과 버터, 압축한 설육 등이었다. 그녀는 몸이 따뜻해지자 외투를 벗어 문에 걸어 두었다.

"코코아, 커피. 어느 것이 좋은가요?"

"생각 없어요." 그녀가 식탁을 보면서 말했다. "하지만 당신은 드세요."

"나도 마시고 싶지 않습니다. 개에게나 먹을 것을 주죠."

그는 조용히, 하지만 침착하게 벽돌 바닥을 밟으면서 갈색 그릇에 개 먹이를 주었다.

스패니엘 개는 불안스럽게 그를 올려다보았다.

"그래, 그게 네 저녁이다. 신통치 않은 표정은 보이지 마라!" 그가 말했다.

그는 그릇을 깔개 밑에 놓고 벽 앞 의자에 앉아 각반과 구두를 벗기 시작했다. 개는 음식을 먹지 않고 그에게 다시 와서 난처하다는 듯 앉아서 쳐다보았다.

그는 천천히 각반을 풀었다. 개는 더 바싹 다가왔다.

"왜 그러지? 다른 사람이 있어서 차분해지지 않아? 하긴 너도 여자구나. 자, 어서 가서 먹어."

그는 개의 머리에 손을 얹었다. 그러자 개는 비스듬히 그에게 목을 뻗쳤다. 그는 기다란 비단 같은 귀를 조용히, 그리고 부드럽게 잡아 당겼다.

"자, 가서 저녁을 먹어. 어서!"

그는 깔개 위에 있는 그릇 쪽으로 의자를 기울였다. 그러자 개는 얌전하게 이르는 대로 따라가서 저녁을 먹기 시작했다.

"개가 좋으세요?" 콘스탄스가 물었다.

"아뇨, 좋은 건 아닙니다. 하지만 너무나 잘 따라서요."

그는 각반을 풀자 무거운 구두를 벗었다. 콘스탄스는 난로에서 눈길을 돌렸다. 어쩜 이다지도 꾸미지 않은 방일까!

하지만 그의 머리 위 벽에는 그와 분명히 그의 아내인 듯한 여성의 아주 크게 확대된 젊은 부부의 사진이 걸려 있었다.

"당신인가요?" 콘스탄스가 사진을 가리키며 물었다.

그는 몸을 돌려 머리 위에 있는 사진을 보았다.

"네, 제가 21살 때 결혼하기 얼마 전에 찍은 겁니다."

그는 냉담하게 보고 있었다.

"마음에 드나요?"

"마음에 드냐고요? 아니요, 전혀 마음에 들지 않습니다. 그 여자가 모두 이렇게 걸어놓은 거예요."

그는 다시 구두를 벗기 시작했다.

"마음에 안 든다면서 왜 저기 걸어두나요? 아마 부인이 걸어두고 싶었던 모양이죠?"

그는 빙그레 웃으며 그녀를 바라보았다.

"그 여잔 가져갈 만한 물건은 모두 가져갔습니다. 저것만 남겨둔 셈이죠."

"그럼 어째서 그냥 두고 있나요? 감상적인 마음에서인가요?"

"아니요. 전 이걸 전혀 보고 있지 않습니다. 사실 거기에 있는 줄도 몰랐습니다. 여기에 온 뒤로 내내 걸려 있었지요."

"왜 안 태워버리나요?" 그녀가 물었다.

그는 다시 고개를 돌려 사진에 눈길을 주었다. 사진은 금색과 갈색이 섞인 액자에 들어 있었다. 꽤 높은 칼라에 깨끗하게 면도한 쾌활해 보이는 젊은이와 검은 새틴 웃옷을 입고 고수머리를 부풀려 빗은 약간 뚱뚱한 거만스러운 여자가 거기 있었다.

"그것도 나쁘지 않군요. 그럴까요?"

그는 의자에 올라서서 사진을 떼었다. 그 뒤로는 엷은 녹색 벽지에 크고 흰 흔적이 남았다.

"지금 먼지를 털 순 없겠군요." 그것을 벽에 세우면서 그가 말했다.

그는 부엌에 가서 망치와 장도리를 가지고 왔다. 조금 전에 앉은 자리에 다시 앉아 커다란 액자에서 뒤에 바른 종이를 뜯고, 고정시킨 못을 뽑았다. 뒤판을 뜯은 다음 튼튼한 흰 대지에 붙은 사진을 꺼냈다. 그리고 재미있다는 듯이 그것을 들여다 보았다.

"젊었을 땐 이랬습니다. 젊은 목사 같죠? 이 여자 역시 보이는 대로 거만했지요. 잘난 체하고 뻔뻔스러웠어요."

"보여줘요." 콘스탄스가 말했다.

그는 수염이 없는 말끔한 얼굴로 20년 전의 순진한 젊은이답게 보였다. 하지만 사진에서도 그의 눈은 날카롭고 겁이 없어 보였다.

"이런 건 두는 게 아니에요."

"둘 게 못 되지요. 그리고 이런 걸 만드는 것도 아니죠!"

그는 대지에 붙은 사진을 무릎에서 갈기갈기 찢은 다음 난롯불에 던졌다.

"이런 걸 넣으면 불이 잘 안 탈 텐데." 그가 말했다.

그는 유리와 뒤판을 2층으로 가지고 올라갔다. 그리고 사진틀을 망치로 두드려서 부수었다. 석고가 사방으로 튀었다. 그는 그 파편을 식기실로 가지고 갔다.

"저건 내일 태워야겠습니다. 석고가 너무 두껍게 붙어 있는 것 같아요."

주위를 깨끗하게 치우고 그가 앉았다.

"당신은 부인을 사랑했나요?" 그녀가 물었다.

"사랑했냐고요? 당신은 클리포드 경을 사랑했습니까?"

하지만 그녀는 그렇게 말을 슬쩍 돌리는 것이 싫었다.

"하지만 그 여자에 대해 마음을 썼겠죠?" 그녀가 우겼다.

"마음을 썼을 거라고요?" 그가 쓴 웃음을 지었다.

"아마 지금도 마음이 쓰일 거예요."

"제가 말입니까! 아니, 난 그 여자를 생각할 수 없습니다."

"왜죠?"

하지만 그는 고개를 저을 뿐이었다.

"그럼 왜 당신은 이혼하지 않는 거죠? 언젠가 그녀는 당신에게로 돌아올테죠."

그는 날카롭게 그녀를 바라보았다.

"여기에서 1마일도 가까이 안 올 겁니다. 내가 싫어하는 것 이상으로 그 여자도 나를 싫어하니까요."

"두고 봐요. 반드시 돌아올 테니."

"절대로 그렇지 않습니다. 이미 끝났어요. 그 여자를 보기만 해도 난

구역질이 납니다."

"반드시 만나게 될 거예요. 게다가 당신들은 법률상으로는 이혼하지 않았잖아요?"

"맞아요."

"그렇다면 그 여자가 돌아오면 당신은 그녀를 집에 들여야 할 거예요."

그는 콘스탄스를 빤히 쳐다보았다. 그런 다음 묘하게 고개를 흔들었다.

"당신 말이 옳을지도 몰라요, 깨끗하게 이혼해 버려야겠어요. 나는 관청이니, 법정인, 재판관이니 하는 것이 너무 싫어요. 하지만 참고 해야겠어요. 이혼할게요."

그녀는 그가 입술을 꽉 다무는 것을 보았다. 마음속으로 그녀는 기뻤다.

"차를 마시고 싶어졌어요."

그는 일어나서 차를 따랐다. 하지만 침통한 표정이었다.

식탁에 마주 앉았을 때 그녀는 그에게 물었다.

"왜 그 여자와 결혼했나요? 당신에게는 어울리지 않았을 텐데. 볼턴 부인이 그 여자 이야기를 들려주었어요. 당신이 왜 그 여자와 결혼했는지 모르겠다고 하더군요."

그는 그녀를 빤히 바라보았다.

"그럼 이야기하지요. 내가 여성을 처음 알게 된 것은 16살 때였습니다. 올러톤의 교장 딸이었는데, 정말 귀엽고 아름다운 소녀였어요. 나는 셰필드 중학교를 나와 프랑스어와 독일어를 좀 알았고, 다들 날 머리가 좋은 젊은이라고 생각했죠. 그 소녀는 통속적인 것을 싫어하는 낭만적인 여성이었습니다. 시나 독서 등에 있어 그 소녀가 나를 교육

해주었지요. 어떤 점에서는 나를 어엿한 남성으로 만든 것이 바로 그 소녀입니다. 나는 그 소녀를 위해 맹렬히 책을 읽고 사색했습니다. 당시 나는 버털리 군청 서기였는데, 야위고 창백해서 책에서 읽은 여러 가지 것으로 정신이 들뜬 상태였어요. 그리고 모든 것에 대해 그 소녀와 이야기를 나누곤 했죠. 페르세폴리스(페르시아의 옛 수도)나 팀바크로(아프리카 수단의 상업도시)에 대해서까지 이야기했죠. 이 근처의 가까운 주를 열흘간 뒤져도 우리만큼 많은 것을 아는 사람은 아마도 없었을 겁니다. 나는 황홀해서 그녀에게 마구 지껄이곤 했어요. 정말로 열중했어요. 그녀는 나를 찬미했지요. 그런데 성(性)이라는 뱀이 풀 속에 숨어 있었어요. 웬일인지 그 소녀에게는 그런 마음이 전혀 들지 않았답니다. 나는 점점 야위고 미쳐갔어요. 그래서 연인이 되어야 한다고 이야기했죠. 그 소녀를 간신히 타일러서 가르쳤답니다. 그녀는 조금은 허락했지만, 내가 흥분했는데도 전혀 그것을 바라지 않더군요. 전혀 그럴 마음이 없는 겁니다. 나를 존경하고, 나와 이야기하거나 키스하는 걸 좋아하고, 나에 대한 정열도 가득했죠. 하지만 다른 점에서는 욕망이 전혀 없었습니다. 그런 여성이 흔히 있죠. 하지만 나는 다른 것 바라고 있었습니다. 그것이 헤어진 원인이었습니다. 나는 잔혹하게 그 여성을 버렸습니다. 그리고 다른 여성과 가까워졌죠. 여교사였는데, 나보다도 연상이고, 매우 조용하며 살결이 흰 바이올린을 켜는 여성이었지요. 그녀 역시 매우 묘했습니다. 연애에 대한 모든 것을 좋아하면서 성에 대해서만큼은 흥미가 전혀 없는 여성이었어요. 성교를 강요하면 이를 악물고 혐오감을 드러냈어요. 나는 억지로 그걸 강요했습니다. 그러자 그 일로 나를 진심으로 싫어하더군요. 그 다음에 만난 여성이 바로 그 여자, 버더 쿠츠였지요. 그녀는 내가 어렸을 때 이웃에 살고 있어서 잘 알던 사이였는데 무척 가난했답니다. 내가 21살이 되어 아까 그녀와 그런 경험을 한 후에 유행하는 옷을 차려입고 꽃을 달고 잔뜩 뽐내는 태도로 버더가 돌아왔어요. 전차에서 가끔 보는 여성들이 달고 있는 그런 육감적인 꽃이었지요. 그때 나는 마치 살인이라도 할 것 같은 마음이었습니다. 서기로서 아무런 가망이 없다고 생각해서 버털리 직장을 그만두었어요. 그리고 테버셜 철공 감독이 되었지요. 아버지가 제철공이어서 늘 함께 있으면서 그걸 배웠던 거지요. 나는 말 다루는 것을 좋아해서 드디어 그게 손에 익은 일이 된 거죠. 그래서 나는 모든 사람들이 말하는 '훌륭한 말씨'인 영어를 그만두고 사투리를 쓰기 시작했습니다. 그래도 집에 있을 때는 책을 읽었습니다. 제철공 노릇을 해서 조랑말이 끄는 마차를 가지고 있었어요. 나는 마차 위에서는 지주인 척 했죠. 아버지가 돌아가실 때 내게 3백 파운드를 남겨 주었어요. 그래서 나는 버더와 가까워지기 시작했고, 그녀가 가난한 집 딸이라는 사실이 오히려 기뻤어요. 오히려 그게 더 좋았죠. 나 자신이 평범하기를 바랐으니까요. 그래서 그녀와 결혼했어요. 당시에는 그녀가 꽤 좋았습니다. 다른 '순진한' 여성들은 나를 쓸모없게 만들었는데, 그 점에서 그녀는 나무랄 데가 없었습니다. 그녀는 나를 요구했고, 조금도 귀찮아하지 않았어요. 그래서 나는 기뻤답니다. 그녀야말로 내가 찾던 여성이었으니까. 나와 그걸 하고 싶어 했던 여성이니까. 그래서 그녀를 좋은 여성이라고 생각하면서 함께 욕망을 채웠어요. 그런데 내가 그걸 기뻐하고, 가끔씩 그녀를 위해 침대에 아침식사를 가져다 주었더니 그녀가 나를 경멸하기 시작하더군요. 내가 일을 하고 돌아와도 식사준비도 제대로 하지 않았어요. 내가 뭐라고 하면 난폭하게 덤벼들었죠. 나 역시 난폭하게 굴었습니다.

그래서 그녀를 요구할 때 그녀는 그걸 거절했습니다. 일부러 나를 초조하게 하려고 질질 끄는 거였어요. 그러다가 내가 바라지 않게 되면 마구 덤벼들어서 나를 못살게 굴고, 아양을 떨곤 했습니다. 그럴 때마다 내가 졌죠. 그런데 내가 다 끝났을 때에도 함께 끝내지 않고 그저 기다리기만 하더군요. 내가 반시간을 끌면, 그녀는 더 오래 끌었어요. 그리고 내가 절정에 도달하고 나면, 그제서야 자기를 위해 움직이기 시작했습니다. 그러면 그녀가 움직이기 시작하고, 소리를 지르면서 끝날 때까지 나는 그녀 속에 버티고 있어야만 했어요. 그러면 그녀는 어쩔 줄 몰라 하면서 황홀해하더군요. 그리고 나서야 '아, 참 좋았어요.'라고 하는 겁니다. 나는 차츰 그게 싫증나고 진절머리가 나기 시작했습니다. 그녀의 버릇은 날고 더 심해졌어요. 말하자면 하기 더 어려워졌습니다. 그리고 마지 주둥이로 쪼듯 그녀의 그것이 나를 쪼기 시작했습니다. 당신은 여성의 그것이 무화과처럼 보드랍다고 생각하죠? 천만예요. 예전에 창녀들은 다리 사이에 새 주둥이 같은 것이 있어서 아플 때까지 마구 찔러댔다고 하더군요. 그녀가 그랬어요. 쪼고, 또 쪼고. 그녀는 정말 어쩔 수 없었습니다. 나는 내가 그런 것을 얼마나 싫어하는지 사실대로 말했습니다. 그러지 않겠다고 하더군요. 그래서 다시 해보았죠. 내가 움직일 때 가만히 있도록 해보았지만, 소용없었습니다. 그녀는 내가 움직이는 것만으로는 아무런 감각을 느끼지 못했습니다. 자신이 직접 해야 하는 거죠. 그래서 이전 상태로 되돌아가고 맙니다. 마치 미친 것처럼 날뛰고, 비비면서 가장 바깥 주둥이 이외에는 아무런 감각이 없는 듯 그렇게 하는 겁니다. 남성들 이야기에 따르면, 이런 행동은 나이 든 매춘부나 하는 것이라고 하더군요. 나는 더 이상 참을 수 없었습니다. 그래서 우리는 따로 자기로 했습니다. 그래서 그녀는 자신의 방을 가지게 되었죠. 나는 절대로 그녀가 내 방에 들어오지 못하도록 했습니다. 나는 이제 그 짓이 싫어졌습니다. 그리고 그녀는 나를 미워했습니다. 아이를 낳기 전까지 그녀가 나를 얼마나 미워했는지! 그녀가 증오로 아이를 가진 거라고 생각했습니다. 아무튼 아이가 태어난 후로 난 그녀에게 접근하지 않았습니다. 그러다가 전쟁이 시작되었고, 나는 군대에 지원했죠. 그리고 그녀가 스택스 게이트에서 다른 남성과 산다는 이야기를 들을 때까지 돌아오지 않았던 겁니다."

그가 창백한 얼굴이 되어 말을 끊었다.

"그런데 스택스 게이트의 남성은 어떤 사람인가요?" 콘스탄스가 물었다.

"못된 소리만 지껄이기 좋아하는 다 큰 어린아이 같은 사내죠. 그녀는 그 남자를 못살게 구는 것 같더군요. 둘 다 주정뱅이입니다."

"하지만 여기로 돌아온다면요?"

"정말 큰일입니다! 나는 집을 나가서 다시 어디론가 가버리고 말겁니다."

침묵이 흘렀다. 불 속의 종이는 이제 하얀 재가 되었다.

"그럼 당신을 요구하는 여성을 만나기는 했지만, 너무 심한 여성을 만났던 거군요."

"네, 그런 것 같습니다. 하지만 소년시절의 순진한 여성이나 독을 풍기는 듯한 백합 같은 여성보다, 또는 안돼요!라고 하는 여성들보다는 차라리 버더가 나았다고 생각해요."

"그 밖의 여성들이라니요?" 콘스탄스가 물었다.

"그 밖의? 이제는 없습니다. 다만 제 경험으로 대부분의 여성들은 그런 것 같습니다. 대부분 남성을 요구하지만 섹스는 바라지 않죠. 그저 거래의 일부분으로 참고 있을 따름입니다. 좀 더 구식 여성들은 그저 가만히 누워서 남성이 먼저 일을 끝내게 내버려 두죠. 자신들은 나중에 해도 되는 거죠. 대개의 남성들은 그걸로 만족하죠. 난 그것이 싫다는 겁니다. 하지만 그런 여성들 가운데에서도 좀 똑똑한 여성은 그렇지 않은 듯한 표정을 짓죠. 그녀들은 아주 감동해서 기쁜 척 합니다. 하지만 그것은 거짓말입니다. 그런 척 할 뿐이죠. 그리고 좀 더 심한 여성이 있죠. 내 아내처럼 어떻게든 끝내고 싶지 않고, 자기 스스로 끝내고 싶어하죠. 자기가 적극적이지 않으면 불만이 생깁니다. 또 다른 종류가 있습니다. 그건 그 속이 죽은 여성들입니다. 완전히 죽은 거나 다름없습니다. 자신도 알고 있죠. 또 다른 여성은 남성이 완전히 끝내기도 전에 남성에게 빼도록 하고, 남성의 넓적다리 위에 자신의 허리를 비비면서 기쁨을 얻는 여성입니다. 대부분 동성애형입니다. 여성은 의식하건 의식하지 못하건 놀랄만큼 동성애 경향이 짙습니다."

"그게 걱정스러운 일인가요?"

"죽이고 싶을 정도입니다. 진짜 동성애형의 여성을 만나면 죽이고 싶은 충동이 솟아오른답니다."

"그럼 당신은 어떻게 하나요?"

"최대한 빨리 달아날 뿐이죠."

"당신은 동성애 여성이 동성애 남성보다 더 나쁘다고 생각하나요?"

"그렇습니다. 왜냐하면 그런 여성에게 시달려왔으니까요. 이론은 없지만, 동성애형의 여성을 만나면 여성이 그것을 알든 모르든 화가 납니다. 그래서 나는 어떤 여성하고도 관계를 가지지 않으려고 했어요. 혼자가 되고 싶었습니다. 그리고 자신의 외로움과 품위를 지키고 싶었습니다."

그는 창백하게 얼굴이 흐려졌다.

"그럼 나를 만났을 때 당신은 다소 곤란했겠군요." 그녀가 물었다.

"곤란하기도 했지만, 기쁘기도 했어요."

"지금은 어때요?"

"바깥일을 생각하니 괴롭습니다. 여러 가지 귀찮은 관계나 추문, 반소(反訴) 등이 머지않아 생길 거예요. 기운이 없고, 마음이 약해질 때 그런 생각이 듭니다. 하지만 기분이 좋을 때는 한없이 기쁘답니다. 승리한 듯 의기양양해지는 거죠. 정말 나는 비참한 마음이 들 뻔했으니까요. 나는 진정한 섹스는 남아 있지 않다고 생각했죠. 남성과 동시에 끝낼 수 있는 여성은 흑인 여성뿐이라고 생각했어요. 그런데 우리는 백인 아닌가요?"

"그래서 당신은 나를 만나서 기쁜가요?"

"그렇습니다. 다른 일들은 잊을 수 있을 때 기쁘지요. 하지만 다른 일을 잊을 수 없을 때에는 식탁 아래에 들어가서 죽고 싶답니다."

"왜 하필 식탁 아래로 들어가죠?"

"왜라니요?" 그가 웃으면서 말했다. "어린아이처럼 거기에 숨는 거죠."

"당신은 끔찍한 여성을 경험했던 모양이군요."

"물론 내 자신을 속일 수는 없지요. 대부분의 남성들은 요령껏 하는 모양이더군요. 한 가지 태도를 결정하고, 거짓을 받아들이지요. 하지만 나는 절대로 내 자신을 속일 수가 없습니다. 나는 내 자신이 무엇을 요구하는지 알고 있기 때문에 그것을 얻지 못하면 얻었다고 할 수 없습니다."

"그러면 지금은 그것을 얻었나요?"

"그런 것 같군요."

"그런데 왜 그처럼 창백하고 우울하죠?"

"추억이 가슴에 꽉 차 있어서 그렇습니다. 아마 제 자신이 무서운 모양입니다."

그녀는 잠자코 앉아 있었다. 밤이 꽤 깊었다.

"당신은 남성과 여성의 관계를 중요하다고 생각하나요?" 그녀가 물었다.

"내겐 그렇습니다. 만약 여성과 올바른 관계를 가지고 있다면, 그건 내 생활의 중심을 이루는 겁니다."

"만약 그것이 없다면?"

"그럴 땐 없는 대로 있을 수 밖에요."

그녀는 잠시 생각에 잠겼지만, 다시 물었다.

"그래서 당신은 언제나 여성에 대해 정당했다고 생각하나요?"

"절대로 그렇지 않습니다. 내 아내가 그렇게 된 것은 제 탓입니다. 저도 나빴습니다. 이걸 아셔야 합니다. 나는 한 사람을 진심으로 신뢰하기까지 시간이 오래 걸립니다. 하지만 다정한 사람인 것은 사실입니다."

그녀는 그를 보았다.

"당신은 열정에 불탔을 때 당신의 몸을 믿지 못하나요?" 그녀가 물었다. "그것을 믿지 않지는 않죠?"

"슬프지만 믿을 수 없습니다."

"마음 같은 건 안 믿어도 되잖아요? 그게 무슨 상관이 있죠?"

개는 깔개에서 불만스러운 듯 숨을 쉬고 있었다. 불은 재에 파묻혀 꺼져 가고 있었다.

"우린 둘 다 싸움에서 진 전사군요." 콘스탄스가 말했다.

"당신도 싸움에서 졌습니까? 그런데 지고 싸우려 하는군요."

"그래요. 정말 무서워졌어요."

"그렇습니다!"

그는 일어나서 습기 찬 그녀의 구두를 말리고, 자기 구두를 닦아 난롯가에 놓았다. 아마도 아침에 약칠을 할 것이다. 그는 두꺼운 종이 재를 불속에서 잘 가려냈다. "타도 더럽군." 그가 중얼거렸다. 그러고 나서는 그는 아침에 쓸 장작을 가지고 와서 난로 옆에 올려놓았다. 그리고는 개를 데리고 밖으로 나갔다.

그가 돌아오자 콘스탄스가 말했다. "나도 잠시 밖에 나갔다 올게요."

그녀는 혼자서 어둠 속으로 나갔다. 머리 위에는 무수히 많은 별이 빛나고 있었다. 밤공기 속에서 꽃향기가 감돌고 있다. 그녀는 그에게서, 그리고 모든 인간에게서 떠나고 싶은 충동을 느꼈다.

추웠다. 그녀는 부르르 떨면서 집으로 들어왔다. 그는 꺼져가는 불 앞에 앉아 있었다.

"아, 추워!" 그녀는 몸을 떨었다.

그는 장작을 다 집어넣고 조금 더 가져왔다. 곧 불길이 타올라 굴뚝까지 불꽃이 올라왔다. 마치 물결이 치는 듯한 노란 불꽃이 그들의 얼굴과 영혼을 따뜻하고 녹여주고, 행복에 잠기게 했다.

"걱정하지 말아요!" 말없이 앉아 있는 그의 손을 잡고, 그녀는 말했다. "할 수 있는 데까지는 해보는 거예요."

"맞습니다." 그는 일그러진 미소를 띠고 한숨을 쉬었다.

그녀는 불 앞에 물끄러미 앉아 있는 그에게 기대어 그의 가슴에 안졌다.

"잊어버려요! 잊어야 해요!" 그녀가 속삭였다.

따뜻한 불기운이 충만한 가운데 그는 그녀와 좀 더 가까이 앉았다.

불꽃 그 자체는 망각인 것 같았다. 그녀의 부드럽고 따뜻한, 무르익은 몸의 무게! 그의 피가 천천히 밀려왔다가 다시 물러가서 힘과 용기가 되었다.

"여성들은 당신을 정말로 사랑하고 싶었던 거예요. 하지만 그렇게 할 수가 없었던 거죠. 그것이 전부 그녀들의 탓은 아니었을 거예요." 그녀가 말했다.

"그건 저도 압니다. 제 자신이 짓밟혀서 마치 뼈가 부러진 뱀처럼 얼마나 싫었던지요!"

그녀는 갑자기 그에게 매달렸다. 그녀는 다시는 이런 이야기를 꺼내고 싶지 않았다. 하지만 뭔가 심술궂은 기분이 들어 이런 말을 꺼낸 것이다.

"하지만 지금의 당신은 그렇지 않아요." 그녀가 말했다.

"지금의 당신은 짓밟혀서 뼈가 부러진 뱀이 아니에요."

"내 자신이 뭔지 저도 모르겠습니다. 앞으로 암담할 때가 오겠지요."

"그럴 리 없어요!" 그녀는 그의 말을 부인했다. "왜죠? 어째서죠?"

"불행한 날은 우리에게 올지, 누구에게 올지 아무도 몰라요." 그는 마치 예언자처럼 우울하게 말했다.

"그렇지 않아요! 그런 말 하지 말아요."

그는 아무 말도 하지 않았다.

"그런데 당신은 성에 대해 무척 냉혹하게 말하는군요." 그녀가 말했다. "당신 자신의 기쁨과 만족만을 요구하는 것처럼 말이에요."

그녀는 그가 말한 것에 대해 신경질적으로 항의했다.

"아닙니다. 나는 내 자신의 기쁨과 만족을 여성에게서 얻으려 했지만, 한 번도 얻지 못했어요. 그런 일은 한 번도 일어나지 않았어요. 양쪽 다 기쁨이 필요한 거죠."

"당신은 어떤 여성도 믿지 않았던 거예요. 나도 믿지 않는 거구요."

"여성을 믿는다는 게 어떤 의미인지 나도 모르겠습니다."

"무엇보다도 그게 나쁜 거예요!"

그녀는 아직 그의 무릎 위에 몸을 웅크리고 있었다. 하지만 그의 잿빛 마음이 텅 비어 있어서 그녀의 마음이 반영되지 않았다. 그녀가 무슨 말을 하면 할수록 그의 마음은 점점 더 멀어져만 갔다.

"그러면 당신은 무엇을 믿나요?" 그녀가 따졌다.

"모르겠습니다."

"그럼 내가 알던 남성들처럼 아무것도 안 믿는군요." 그녀가 말했다.

둘 다 입을 다물었다. 그가 몸을 움직이면서 말했다.

"아니, 저는 뭔가 믿습니다. 따뜻한 마음을 믿어요. 특히 사랑에서 생기는 따뜻한 마을. 따뜻한 마음에서 교섭하고, 여성이 그것을 따뜻한 마음으로 받아들인다면 모든 것이 잘 되리라고 믿습니다. 차디 찬 마음으로 교섭하는 것은 다만 죽음과 어리석은 행위밖에 낳지 않죠."

"하지만 당신은 냉정한 마음으로 나를 안지는 않아요." 그녀가 항의했다.

"나는 당신을 전혀 안으려 하지 않습니다. 지금 내 마음은 차디 찬 감자만큼의 열도 없답니다."

"어머나." 그녀는 놀리듯 키스하며 그에게 말했다. "그렇다면 그것을 버리기로 하죠."

그는 웃으면서 몸을 똑바로 했다.

"사실입니다. 조금이라도 따뜻한 마음이 있다면 그것이 모든 것을 해결하죠. 하지만 여성들은 그것을 좋아하지 않습니다. 여성들은 훌륭하고, 날카롭고, 꿰뚫는 듯한 차디 찬 마음의 교섭을 좋아하죠. 나에 대한 당신의 부드러움은 어디에 있죠? 당신은 고양이가 개를 의심하듯 나를 의심하고 있습니다. 당신은 교섭하기를 매우 좋아하지만, 교섭이 자부심을 만족시키는 무엇인가 신비로운 것이 되기를 바라고 있어요."

"그건 내가 하고 싶은 말이에요. 당신이야말로 당신의 자부심이 무엇보다도 소중한 거죠?"

"아, 좋습니다.. 그렇다면!" 그는 일어나고 싶은 듯 몸을 움직이면서 말했다. "그럼 우리 서로 헤어집시다. 나는 차디 찬 마음으로 교섭한다면 차라리 죽는 편이 낫습니다."

그녀는 그에게서 몸을 뺐다. 그러자 그가 일어섰다.

"그렇다면 당신은 내가 그것을 바라고 있다고 생각하나요?"

"그렇지 않기를 바랍니다. 그러나 어쨌든 당신은 2층에서 주무십시오. 난 여기에서 잘 테니까요."

그녀는 그를 바라보았다. 그는 창백하고 우울하게 눈썹을 찌푸리고 있었다. 그는 차디찬 북극처럼 먼 곳에서 쓸쓸히 서 있는 것처럼 보였다. 그래, 남성은 모두 마찬가지다.

"아침까지 집에 갈 수 없어요." 그녀가 말했다.

"그렇군요. 2층에서 주무십시오. 벌써 1시 15분 전입니다."

"난 싫어요." 그녀가 말했다.

그는 걸어가서 자기 구두를 집었다.

"그러면 내가 나가지요!"

그는 구두를 신기 시작했다. 그녀는 그를 지켜보았다.

"잠깐만!" 그녀가 더듬거리면서 말했다. "기다려요! 우리 어떻게 된 거예요?"

그는 허리를 굽혀 구두끈을 매면서 아무런 말도 하지 않았다. 그녀는 정신을 잃을 것 같은 멍한 기분이 들었다. 모든 의식이 사라지고 눈을 뜬 채 아무 생각도 없이, 아무것도 모르고 그냥 서서 그를 바라보았다.

너무 조용하자 그는 얼굴을 들고 바라보았다. 눈을 뜬 채 정신을 잃어가고 있는 그녀를 바라보았다. 그는 마치 바람에 밀린 듯 한쪽 구두만 신은 채 그녀에게 다가와 쓰러지려는 그녀를 꼭 안았다. 그녀는 꼼짝도 하지 않았다.

이윽고 그의 손이 그녀의 몸을 따라 내려갔다. 옷 아래에서 그녀의 매끄럽고 따뜻한 곳을 만지작거렸다.

"왜 그러죠? 이제 싸우지 맙시다. 절대로 싸우지 않겠어요. 나는 당신을 사랑하고 있어요. 그러니 나와 말다툼하면 안 돼요. 아니! 함께 삽시다."

그녀는 얼굴을 들어 그를 보았다.

"놀라지 말아요. 놀랄 것 없어요. 놀라지 말라요. 당신은 정말 나와 함께 되고 싶나요?" 그녀가 차분하게 말했다.

그녀는 또렷한 눈길로 그의 얼굴을 바라보았다. 그는 움직이기를 멈추고 갑자기 조용해지더니 얼굴을 돌렸다. 그의 온 몸이 조용해졌다. 하지만 몸을 떼지는 않았다.

그는 고개를 들어 묘하면서도 희미한 웃음을 띠고 그녀의 눈을 들여다보면서 말했다.

"정말이에요. 언제까지나 함께 있어요."

"정말인가요?" 그녀는 눈에 눈물을 가득 글썽이면서 말했다.

"정말입니다. 몸도, 마음도 전부." 아직도 희미한 미소를 띠고 그녀를 내려다보는 그의 눈빛에는 괴로운 듯한 비웃음이 남아 있었다.

그녀는 소리 없이 울고 있었다. 그는 그녀와 나란히 누웠다. 난로 앞 양탄자 위에서 그는 그녀 속으로 들어갔다. 그들은 어느 정도 평온함을 얻었다. 그런 다음 그들은 재빨리 침대로 옮겨갔다. 밤공기가 추웠기 때문이다. 그들은 모두 피곤했다. 그녀는 조그맣게 감싸인 듯 느끼면서 그의 품 안에 안겼다. 그들은 이내 깊은 잠에 빠졌다. 그대로 잠든 채 한 번도 깨지 않았다. 드디어 아침 해가 숲 위로 떠오르고 새로운 하루가 시작되었다.

그는 눈을 뜨고 햇살을 바라보았다.

커튼이 열려 있었다. 숲 속에서 지빠귀의 울음소리가 요란했다. 맑게 개인 날인 것 같았다. 언제나 일어나는 5시 반이었다. 이토록 깊이 잠들다니! 말할 수 없니 기막힌 아침이었다. 그녀는 아직도 몸을 동그랗게 하고 깊이 잠들어 있었다. 그의 손이 여성의 육체를 만지자 그녀는 놀란 듯한 파란 눈을 뜨고 자기도 모르는 새 그의 얼굴을 보고 미소를 지었다. "벌써 일어났어요?" 그녀가 말했다.

그는 그녀의 눈을 들여다보았다. 그는 미소를 지으며 그녀에게 키스했다.

그녀는 갑자기 일어나 앉았다.

"어머나! 내가 여기 있었군요."

그녀는 경사진 천장에 흰 커튼이 걸려 있는 창문이 있는 하얗고 작은 침실을 보았다. 방안에는 노랗게 칠한 작은 옷장과 의지 하나, 그리고 그와 그녀가 자고 있던 작고 흰 침대 이외에는 아무것도 없었다.

"어쩜, 여기에 있었군요!" 그녀가 그를 내려다보면서 말했다.

그는 그녀를 지켜보며 누워 있었다. 그러면서 그녀의 얇은 잠옷 속 젖가슴을 어루만졌다. 그가 다정하고 조용하게 보였다. 그녀는 마치 한 송이의 꽃처럼 싱싱하고 젊었다.

"이걸 벗기고 싶은걸!" 그는 얇은 무명 잠옷을 그녀 머리 위로 잡아당기면서 말했다. 그녀는 어깨와 황금빛으로 빛나는 가슴을 드러낸 채 앉아 있었다. 그는 사랑에 불타 그녀의 젖가슴을 가만히 흔들었다.

"당신도 잠옷을 벗어요." 그녀가 말했다.

"싫어요!"

"안돼요, 벗어요!" 그녀가 명령하듯 말했다.

그는 낡은 무명 잠옷을 벗었다. 그리고 바지도 벗었다. 그의 손과 손목, 그리고 목을 제외하고는 우유처럼 흰 살결이었다. 마치 예전에 목욕하는 그를 보았을 때처럼 마음을 감동시키는 아름다움이 느껴졌다.

황금빛 햇살이 흰 커튼에 비쳤다. 그녀는 햇살이 방 안으로 들어오고 싶어 한다고 생각했다.

"커튼을 좀 걷으세요! 새들이 어쩜 저리도 지저귀죠? 햇빛을 들어오게 해요."

그는 그녀에게 등을 보인 채 침대에서 내려갔다. 벌거벗은 흰 살에 늘씬한 몸매였다. 그는 창가로 걸어가서 발돋움을 하면서 커튼을 걷고 잠시 밖을 내다보았다. 그의 등은 희고 부드러웠고, 엉덩이도 멋있었다. 남자답게 섬세하고 아름다웠다. 목덜미는 불그레하니 섬세하면서도 튼튼해 보였다.

그 섬세하고 아름다운 몸매에는 외적인 힘보다는 내적인 힘이 넘쳐
흘렀다.

"당신, 참 아름답군요." 그녀가 말했다.

"어쩌면 이리도 순결하고 훌륭한지요! 어서 이리 오세요!" 그녀는
두 팔을 벌렸다.

그는 그녀에게 돌아서기가 멋쩍었다. 알몸인 것을 의식했기 때문이
다. 그는 바닥에서 셔츠를 들어 앞을 가리면서 그녀에게 갔다.

"그러면 싫어요!" 그녀는 여전히 아름다운 늘씬한 팔과 젖가슴을 내
밀면서 말했다.

"어디 보여 주세요."

그는 셔츠를 떨어뜨리고 그녀 쪽을 바라보면서 그대로 서 있었다.
나지막이 창문으로 들어 온 햇살은 한 줄기 빛이 되어 그의 넓적다리
와 날씬한 복부, 그리고 남근을 훤히 비췄다. 그녀는 놀라는 동시에 두
렵기도 했다.

"참 신기하군요. 거기 그렇게 서 있는 게 신기해요. 저렇게 크고, 검
고, 자신만만하다니! 언제나 그래요?"

그는 자신의 호리호리한 흰 몸 앞쪽을 내려다보면서 웃었다. 보잘것
없는 앞가슴에 난 털은 거무스름했다. 하지만 복부 아래 굵게 일어난
그것은 작은 구름을 이루면서 불그스름한 황금빛을 띠고 있었다.

"참으로 자랑스럽군요!" 그녀가 불안한 듯 중얼거렸다. "저렇게 위
엄이 있다니! 이제야 알았어요. 왜 남성들이 그렇게 도도하게 구는지.
어쨌든 정말 귀엽군요."

그녀는 두려움과 흥분에 싸여 아랫입술을 지그시 깨물었다.

그는 아무 말도 하지 않고 긴장해 있는 그것을 내려다보았다. 그리

고 드디어 조그맣게 말했다.

"이 녀석아! 이젠 됐어, 고개를 들어!"

"어머나. 괴롭히지 말아요." 그녀는 침대 위를 무릎 걸음으로 걸어가 그에게 다가갔다. 그녀는 그의 희고 늘씬한 허리에 팔을 감아서 자기쪽을 끌어당겼다.

그러자 그녀의 늘어진 젖가슴이 흔들리면서 곤두선 남근 끝에 닿아 물이 한 방울 묻었다. 그녀는 그를 꼭 끌어안았다. "누워요!" 그가 말했다. "어서 누워요!" 그는 서두르고 있었다.

그 후에 그들이 조용해졌을 때 그녀는 다시 남성의 덮개를 벗겨 그 신비로운 것을 보고 싶었다.

"이젠 작아졌군요. 생명의 작은 싹처럼 보드라워요!" 그녀는 조그맣고 말랑말랑해진 남근을 어루만졌다. "어쨌든 귀엽네요. 내 몸에 그렇게 깊숙이 들어오다니. 당신은 이걸 모욕해서는 안 돼요. 이건 내 것이기도 하니까요. 당신 것만이 아니라 내 것이기도 해요. 어쩌면 이리도 귀엽고 순결할까?" 그녀는 페니스를 가만히 손에 쥐었다.

그는 웃었다.

"우리의 마음을 이렇게 사랑으로 묶어 놓은 유대감에 축복이 있기를!"

"물론이죠. 보드랍게 작아질 때에도 내 마음이 거기에 매달려 있는 것 같아요. 그리고 여기에 있는 털은 참으로 아름다워요. 정말 달라요!"

"그건 존 토머스의 털이지, 내 것이 아니에요." 그가 말했다.

"존 토머스! 존 토머스!" 그녀는 재빨리 부드러운 페니스에 키스했다. 이때 그것은 다시 일어나기 시작했다.

"아아!" 남성은 괴로운 듯 몸을 펴면서 말했다. "그놈은 내 영혼 속에 뿌리박고 있어요. 그래서 때로는 어떻게 처리해야 할지 모를 때가 있어요. 저놈은 자신의 의지를 가지고 있어서 만족시키기가 어렵지요."

"남성들이 그것을 늘 두려워하는 것도 무리는 아니군요." 그녀가 말했다. "이렇게 대단한 걸요."

전율이 휩쓸면서 의식의 흐름이 아래쪽으로 향했다. 그러자 페니스가 서서히 굵어져서 단단하게 기운차게 일어났다. 그로서도 어쩔 수 없었다.

지켜보던 그녀도 몸을 떨었다.

"자, 가져가요. 당신 거니까." 그가 말했다.

그녀는 부르르 떨었다. 그가 자신의 몸 안에 들어오자 이루 형용할 수 없는 쾌감의 파도가 그녀의 온몸을 휩쓸었다. 이때부터 녹아 없어지는 듯한 전율이 마침내 그녀가 극도의 발작을 일으키게끔 몰고 가서 결국 넋을 잃고 말았다.

멀리서 스택스 게이트의 기적이 7시를 알렸다. 월요일 아침이었다. 그는 가볍게 몸서리를 쳤다. 그리고 그녀의 젖무덤 사이에 파묻은 얼굴을 좀 더 세게 눌러서 자신의 귀를 막았다.

그녀는 그 기적 소리조차 못 들었다. 마치 그녀의 영혼이 씻겨서 투명해진 기분으로 아주 조용하게 누워 있었다.

"가야 하지 않을까요?" 그가 중얼거렸다.

"몇 시인가요?"

"7시 기적이 막 울렸어요."

"그럼 가야겠군요."

그녀는 강요당할 때는 언제나 화가 났다.

그는 앉아서 우두커니 창 밖을 보고 있었다.

"당신, 나를 사랑하죠?" 그녀가 조용히 물었다.

그는 그녀를 내려다보았다.

"당신이 잘 알지 않나요? 뭐 때문에 묻죠?" 그가 다소 화가 나는 듯 대답했다.

"날 가지 못하게 붙들어주었으면 해서요." 그녀가 대답했다.

그의 눈에는 아무것도 생각할 수 없는, 따뜻하고 조용한 어둠이 넘치고 있었다.

"언제? 지금?"

"지금이라도 당장 여기에 와서 당신과 함께 살고 싶어요."

그는 아무 생각도 할 수 없어서 고개를 떨어뜨린 채 알몸으로 침대 위에 앉아 있었다.

"당신은 그러고 싶지 않나요?" 그녀가 물었다.

"그야, 그러고 싶죠."

그러자 다른 의식의 불꽃이 일어나 그의 눈이 다시 어두워지면서 거의 잠든 것처럼 그녀를 바라보았다.

"지금은 내게 아무것도 요구하지 말아 주세요. 나는 당신이 좋아요. 거기 누워 있을 때의 당신을 사랑해요. 하지만 지금은 아무것도 요구하지 말아주세요. 지금은 될 수 있는 한 가만히 이대로 있게 내버려 주세요. 나중에는 무슨 말이든 물어도 좋지만. 하지만 지금은 이대로 내버려 두길."

그는 부드럽게 그녀의 비너스 봉오리에, 그 갈색의 보드라운 털에 손을 얹었다. 그리고 자신은 가만히 침대에 앉아 있었다. 그 얼굴은 마치 조각상처럼 조금도 움직이지 않았다.

잠시 후 그는 손을 뻗어 셔츠를 집어 들고 입었다. 아무 말 없이 재빨리 옷을 입고 그는 침대 위에 선 글루아루 드 디종처럼 벌거벗은 채 희미한 황금빛을 띠고 가만히 누워 있는 그녀를 한동안 물끄러미 바라보더니 밖으로 나갔다. 그녀는 아래층에서 그가 문을 여는 소리를 들었다.

그녀는 여전히 생각에 잠긴 채 누워 있었다. 그에게서, 그의 집에서 떠나는 것이 몹시 괴로웠다. 아래층에서 그가 소리쳤다. "7시 반입니다!" 그녀는 한숨을 쉬고 침대에서 몸을 일으켰다. 아무런 장식도 없는 작은 방! 작은 옷장과 작은 침대뿐인 방! 하지만 마룻바닥은 깨끗하게 청소되어 있었다. 창가의 구석에 있는 선반에는 몇 권의 책이 있고, 순회도서관에서 빌려온 책도 몇 권 있었다. 그녀는 그것을 살펴보았다. 러시아에 관한 책과 여행기가 몇 권 있고, 원자와 전자에 관한 것이 한 권, 지각의 구성과 지진 원인에 관한 책이 한 권, 그리고 몇 권의 소설과 인도에 관한 책이 세 권 있었다. 그는 독서가인 듯 했다.

창문으로 햇살이 그녀에게 쏟아졌다. 밖에서는 플로시가 돌아다니고 있었다. 개암나무 숲은 녹색으로 흔들리고 있었고, 바닥에는 암녹색의 풀이 나 있었다. 새들이 날면서 재잘거리는 맑게 갠 아침이었다. 여기에 머물 수만 있다면! 만약 그만으로 그녀의 세계가 만들어져 있다면!

그녀는 좁은 나무계단을 걸어 아래층으로 내려왔다. 만약 이 작은 집만으로 세상이 이루어져 있다면, 그녀는 이 집만으로도 만족할 것이다.

세수를 한 그는 상쾌해 보였다. 난롯불이 벌써 타고 있었다.

"뭘 좀 먹을래요?" 그가 말했다.

"아니오, 빗 좀 빌려주세요."

그녀는 그를 따라 부엌으로 들어가 뒷문에 있는 조그만 거울 앞에서 머리를 빗었다. 이제 그녀는 떠나기로 했다.

그녀는 작은 앞뜰에 서서 이슬에 젖은 꽃을 바라보았다.

"다른 세계가 다 사라졌으면. 그리고 여기에서 당신하고 살았으면."

"사라질 리 없을 거예요." 그가 말했다.

그들은 아름답게 이슬에 젖은 숲속을 잠자코 걸어갔다. 그들의 마음은 자신들만의 세계로 꽉 차 있었다.

라그비 저택으로 돌아가는 것은 그녀에게 무척이나 괴로운 일이었다.

"난 당장이라도 여기에 와서 같이 살고 싶어요." 그녀는 헤어질 때 그에게 말했다. 그는 대답 대신 미소를 지었다. 그녀는 아무도 눈치채지 못하게 조용히 자기 방으로 올라갔다.

20.
폭풍우와 물망초

식탁 위에는 힐더에게서 온 편지가 놓여 있었다.

아버지께서는 다음 주에 런던에 가실 예정이란다. 나는 6월 17일, 이번 주 목요일에 너를 찾아갈 생각이야. 그러니 우리가 곧 출발할 수 있도록 준비해주길 바래. 나는 레트포드의 콜먼 씨 댁에서 머무를 예정이야. 목요일에 점심 식사를 하자. 그리고 차 마시는 시간에 출발하면 그래덤에 머무르게 될 것 같아. 클리포드와 하룻밤을 지낸다는 것은 무의미한 일이야. 네가 떠나는 걸 좋아하지 않을거야, 그에겐 아무런 즐거움도 되지 않을테니까.

클리포드는 그녀가 가는 것을 못마땅하게 여겼다. 그녀가 집을 비우면 안정감을 잃기 때문이었다. 그녀가 있으면 왠지 차분해질 수 있고, 자신이 손대는 여러 가지 일을 마음대로 할 수 있기 때문이다. 그는 탄광 일에 열중했다. 가장 경제적인 방법으로 석탄을 채굴하고, 그것을 하는 방법에 골머리를 앓고 있었다. 그는 석탄 사용 방법이나 전환 방법을 발견해야만 한다고 생각했다. 그렇게 되면 석탄을 팔 필요도 없고, 팔리지 않아서 걱정할 필요도 없지 않은가? 사업에 활기를 불어넣기 위해 그는 마치 미친 사람처럼 애썼다.

그것은 일종의 광기였고, 이를 성취하기 위해서는 광인이 되어야만 했다. 콘스탄스는 얼마동안 그가 미쳤다고 생각했다. 탄광 문제에 있어서 그의 열정과 총명함은 그녀에게는 일종의 광기처럼 보였다.

그는 모든 중요한 계획은 그녀와 상의했다. 그녀는 놀라움을 느끼면서도 그의 이야기에 귀를 기울였다. 그러면 그는 유창한 이야기를 멈추고, 라디오 확성기로 향했다.

요즘 그는 매일밤 6펜스씩 걸고 볼턴 부인과 영국 병사들이 하는 트럼프인 폰툰놀이를 즐겼다. 그는 어떤 내기든지 일종의 무의식 상태 혹은 도취한 상태에 빠져 그것을 즐겼다. 콘스탄스는 그런 그를 볼 수가 없었다. 하지만 그녀가 잠자리에 들면 그나 볼턴 부인은 새벽 2,3시까지 이상한 욕망에 사로잡혀 내기를 계속 했다.

어느 날 그녀는 콘스탄스에게 말했다.

"어젯밤에 클리포드 나리께 23실링이나 잃었어요."

"그 분은 당신한테서 돈을 받던가요?" 콘스탄스는 어처구니가 없어서 물었다.

"네, 물론이지요. 마님! 명예로운 빚인걸요."

콘스탄스는 심하게 꾸짖고 두 사람에게 화를 냈다. 그래서 클리포드는 볼턴 부인의 급여를 1년에 1백 파운드나 인상했다. 그녀는 그것으로 내기를 할 수 있게 되었다. 아무튼 콘스탄스에게 클리포드는 점점 나빠지는 것처럼 보였다.

드디어 그녀는 그에게 17일에 출발한다고 알렸다.

"17일! 언제 돌아오지?"

"늦어도 7월 20일까지는 돌아오겠어요."

"좋아, 7월 20일이면."

그는 이상하게 콘스탄스를 바라보았다.

"당신이 날 실망시키지는 않겠지?" 그가 말했다.

"뭘요?"

"당신이 없다는 것으로 말이야. 틀림없이 돌아오겠지?"

"무슨 일이 있어도 꼭 돌아올게요."

"알았어! 7월 20일이야."

그는 매우 이상한 표정으로 그녀를 바라보았다.

그는 그녀가 잠시라도 연애를 해서 임신을 해서 돌아오면 좋겠다고 바라고 있었다. 그와 동시에 그는 그녀가 떠나는 것을 두려워했다.

그녀는 떨리는 마음으로 그와 완전히 헤어질 기회를 기다렸다. 그래서 산지기에게로 가서 자신의 외국 여행에 대해 이야기했다.

그녀는 말했다. "돌아오면 클리포드에게 헤어지자고 이야기할 거예요. 그러면 당신과 함께 나갈 수 있어요. 아무도 상대가 당신이라는 걸 몰라요. 우리는 외국으로 나갈 수 있겠지요? 아프리카나 오스트레일리아로 말이에요."

그녀는 자신의 계획에 완전히 흥분했다.

"당신은 식민지에 가 본 일이 없죠?"

"네, 당신은요?"

"난 인도에도, 남아프리카에도, 이집트에도 가 봤어요."

"우리 남아프리카에 가도 좋지 않을까요?"

그가 천천히 말했다. "가려고만 한다면 어디든 갈 수 있어요."

"아니면 어디로 가는 게 싫은 건가요?"

"나는 상관없어요. 어떻게 하든 난 상관없어요."

"그렇게 하면 행복해지지 않는 걸까요? 왜 그럴까요? 우리 가난하지는 않을 거예요. 내게는 약 6백 파운드의 수입이 있어요. 내가 편지로 물어보았어요. 많지는 않지만 충분하겠지요."

"내가 보기엔 충분히 큰 재산이에요."

"아, 얼마나 즐거울까!"

"하지만 난 이혼을 해야 합니다. 당신도 그렇고. 그렇지 않으면 귀찮은 일이 일어날 테니까요."

생각할 문제는 한두 가지가 아니었다.

어느 날 그녀는 그에 대해 여러 가지를 물어보았다. 그들은 오두막 집에 있었다. 밖에는 비가 퍼붓고 있었다.

"당신은 중위며 장교였던 신사였을 때에도 행복하지 않았나요?"

"행복? 네, 행복했지요. 나는 그 대령이 좋았어요."

"당신은 그 사람을 사랑했나요?"

"네, 사랑했어요."

"그분도 당신을 사랑했나요?"

"어떤 의미로는 나를 사랑해주었죠."

"그분 이야기를 좀 해줘요."

"무슨 이야기가 좋을까? 대령은 졸병에서부터 출세한 사람이었어요. 그는 군대를 사랑했죠. 결혼하지 않은 독신자였어요. 나보다도 20살이나 위였어요. 매우 교양 있는 사람이었고, 군대에서도 외톨이였지만 매우 정열적이고, 영리한 장교였어요. 그분과 함께 있는 동안 나는 완전히 그분의 매력에 빠지고 말았죠. 그래서 그분 뜻에 따라 생활했어요. 하지만 절대로 그것을 후회하지 않았어요."

"그 사람이 죽었을 때 타격을 입었나요?"

"마치 내가 죽은 것 같았어요."

그녀는 앉아서 생각에 잠겼다. 밖에서는 천둥소리가 요란해서 마치 홍수 때 노아의 방주에 타고 있는 것 같았다.

"지금까지 당신은 많은 경험을 했군요."

"그런가요? 나는 이미 한두 번쯤은 죽었던 것 같아요. 하지만 나는 지금 여기에 있죠."

그녀는 열심히 생각했다. 여전히 비바람 소리를 들으면서.

"그 대령이 죽었을 때 당신은 장교로서, 신사로서 행복하지 않았나요?"

"그랬죠." 그가 갑자기 웃었다. "대령은 언제가 이렇게 말했어요. '이봐, 영국 중산계급 사람들은 매번 서른 번은 씹어야 해. 그들의 창자는 매우 가늘어서 콩알만하게 씹으면 변비가 되니까. 그들은 자만심에 가득 차서 구두끈이 조금만 비뚤어져도 놀라지. 그들은 썩은 냄새를 풍기는 새처럼 악취를 풍겨. 그리고 언제나 구실을 찾고 있어. 난 그게 질색이야. 언제나 구실을 찾고 있고, 코 끝에 자만심을 가지고 잘난 척 하는 놈들뿐이야!'라고 말이에요."

콘스탄스는 웃었다. 비는 억수같이 퍼붓고 있었다.

"그분은 사람들을 미워했나 보군요?"

"아니요. 귀찮아하지는 않았어요. 좋아하지도 않았지만요. 대수롭지 않은 차이지만요. 그가 말한대로 영국 군인 모두가 잘난 척하고, 불알은 반쪽이고, 창자가 가늘어져 있었으니까요. 하지만 그렇게 되는 것이 인류의 경향이지요."

"하층민도, 노동자도 말인가요?"

"그렇지요. 그들은 기운이 없어졌어요. 자동차, 영화, 비행기는 인간의 것을 말살시키고, 기계만 숭배하는 철저한 과격주의랍니다. 돈, 돈, 돈! 현대의 인간적인 감정을 빼앗고, 인간의 참다운 저항력을 말살시키고, 과거의 아담과 이브를 회로 만들어 버리고. 그들은 모두 똑같아요. 이 세계도 마찬가지예요. 기계적인 성교만 있을 뿐 진정한 교섭은 없습니다. 모두 마찬가지입니다. 세계의 남근을 다 잘라버리고, 그것에 돈을 지불하는 거죠. 돈을 지불해서 인류의 생기를 빼앗고, 인간을 작고, 소심하고, 옹졸한 기계처럼 만들어버리지요."

오두막집에 앉아 있는 그의 얼굴에는 비웃는 듯한 조소적인 표정이 떠올랐다. 하지만 그는 퍼붓는 비바람 소리에 귀를 기울이고 있었다. 그것은 그에게 고독감을 느끼게 했다.

"그것은 끝날 수 없을까요?" 그녀가 말했다.

"끝날 겁니다. 자신이 구제하겠죠. 왜냐하면 올바른 정신의 근본은 고환이니까요. 그래서 모두 미치게 되면 성대한 '종교재판'을 하게 될 겁니다. 종교재판을 아시지요? 이교도 심문소에 의해 행해지는 화형이요. 네, 그들은 자기 손으로 성대하고 비겁한 화형을 하는 것입니다. 서로를 신에게 바치면서 말입니다."

"서로를 죽인다는 말인가요?"

"바로 그렇습니다! 만약 현재의 상태로 계속해 나간다면 백 년 이내에 이 섬에는 만 명의 인간도 채 남지 않을 겁니다. 아니 더 적을지도 모르지요. 서로를 멸망하게 하고 말 겁니다."

천둥은 무서운 소리를 내면서 멀어져 갔다.

"그거 좋겠군요!" 그녀가 말했다.

"참 좋지요! 인류가 멸종하고, 다른 생물이 나타날 때까지 긴 공백을 생각하면 다른 어떤 것을 생각하는 것보다 냉정해집니다. 그래서 이렇게 모두 지식인이고, 예술가고, 지배자고, 실업가고, 노동자고. 모든 사람이 미쳐서 마지막으로 남은 귀중한 인간의 감정, 직관력, 최후의 본능을 계속 죽여 버린다면, 그렇게 오늘날처럼 기하급수적으로 계속된다면 그때야말로 인류는 마지막이죠. 하지만 전혀 상관없습니다."

콘스탄스는 웃었다. 하지만 행복한 것 같지는 않았다.

"그렇다면 당신은 그들이 모두 과격주의자인 것을 기뻐해야겠군요."

그녀가 말했다. "그들이 종말로 치닫는 것을 기뻐해야겠군요."

"네, 기뻐해야죠. 난 그들을 막지 않아요. 막고 싶어도 어쩔 수 없으니까 말이에요."

"그런데 왜 이렇게 우울하죠?"

"아니, 난 우울하지 않아요! 난 조금도 상관없어요."

"하지만 만약 당신의 아이가 태어난다면?" 그녀가 말했다.

그는 고개를 떨어뜨렸다.

"아무래도 아이를 낳는다는 것은 잘못된, 괴로운 일이라고 생각해요."

"아니에요, 그런 말 하지 말아요. 제발 하지 말아요!" 그녀가 말했다. "나 아이가 생긴 것 같아요. 기쁘다고 말해줘요."

그녀는 자기 손을 그의 손 위에 얹었다.

"당신이 기쁘다면 나도 기뻐요." 그가 말했다. "하지만 나는 태어날 아이에게 심각한 배신을 하고 있는 것 같아요."

"아, 안돼요!" 그녀는 소스라치면서 말했다. "그렇다면 당신은 정말로 나를 원할 수 없어요. 그렇게 생각한다면 당신은 나를 원할 수 없어요."

그는 입을 다물고 얼굴을 찌푸렸다. 밖에는 비가 퍼붓고 있었다.

"그건 거짓말이에요!" 그녀가 속삭였다.

그녀는 자신이 그와 헤어져서 베니스로 가기 때문에 그가 좀 우울해진 것이라고 생각했다. 그러자 이런 일이 반쯤 그녀를 기쁘게 했다. 그녀는 그의 옷을 벗겨 배를 드러나게 하고, 그의 배꼽에 키스했다. 그리고 나서 그의 배에 볼을 비비면서 따뜻한 허리에 팔을 둘러 껴안았다. 홍수 속의 외로운 두 남녀.

"자, 말해줘요. 당신도 어린아이가 있기를 바라죠!" 그녀는 자신의 얼굴을 그의 배에 대면서 소곤거렸다. "그렇다고 해줘요. 네?"

"맞아요!" 드디어 그가 말했다.

그녀는 그의 배에 부드럽게 뺨을 비볐다.

문 밖이 조용해지고, 약간 추워졌다. 콘스탄스는 반쯤 귀를 기울이고 있었다. 그리고 오두막집으로 오는 길에 꺾은 물망초 몇 송이를 그의 배 털 밑에 꽂았다.

"당신은 네 가지 털을 가지고 있군요." 그녀가 그에게 말했다. "당신 가슴에는 거무스름한 털이 있어요. 머리카락은 검지 않은데. 당신 수염은 빳빳하고 불그스름하고. 그리고 여기에 있는 털은. 아! 당신의 사랑의 털은 밝은 황금빛이 감도는 붉은 빛의 겨우살이 풀이 모인 숲 같아요. 이게 가장 아름다워요."

그는 사타구니 털 속에 놓인 우윳빛 물망초를 바라보았다.

"거기가 바로 물망초를 놓을 장소군요. 하지만 미래에 대해 걱정스럽지 않나요?"

그녀는 그를 쳐다보았다.

"그야 걱정돼요!"

"인간 세계는 그 자체의 지독한 잔인함 때문에 현재와 같은 운명이 되었다고 생각하면, 식민지로 간다고 해도 안전하지 않아요. 설사 달로 간다고 하더라도 되돌아보면 더럽혀지고, 잔인하고, 불쾌한 지구가 별들 사이에서 보이기 때문이죠. 하지만 간혹 까맣게 잊어버릴 때도 있지요. 지난 3백 년 동안 인간이 어떻게 했을까요. 정말 부끄러운 일입니다. 인간은 일만 하는 일벌레일 뿐 아무것도 아니었습니다. 인간다운 정도 없고, 진정한 생활조차 없어졌죠. 나는 다시 한 번 지구 표면에서 기계를 완전히 없애버리고 싶습니다. 하지만 그것은 내게도, 그리고 누구에게도 가능한 일이 아니라서 차라리 나의 평화를 지키고 싶을 뿐입니다."

밖에서는 우레가 멈추었다. 하지만 갑자기 비가 퍼붓기 시작했다. 콘스탄스는 불안했다. 그는 지금 오랜 시간 동안 이야기를 하고 있다. 하지만 그것은 그녀에게 한 이야기가 아니라 자신에게 한 이야기였다. 절망감이 그를 완전히 감싸 버린 듯 했다. 그러나 그녀는 행복함을 느끼고 있었다.

그녀는 문을 열고 쏟아지는 비를 바라보았다. 그녀는 갑자기 빗속으로 뛰어나가 마구 달리고 싶어졌다. 그래서 일어서서 양말을 벗기 시작했다. 그리고 옷과 속옷을 벗기 시작했다. 그는 숨을 죽이고 바라보았다. 그녀의 날카롭고 뾰족한, 야성적인 젖가슴은 몸을 움직일 때마다 흔들렸다. 주위의 푸른빛을 받은 그녀의 몸은 상아빛을 띠었다. 그녀는 신발을 신고 웃으면서 밖으로 뛰어 나갔다. 앞가슴에 억수같이 퍼붓는 비를 맞으면서 마구 뛰어다녔다.

그는 쓸쓸하게 웃었다. 그도 옷을 벗어던졌다. 더 이상 참을 수 없었다. 벌거숭이가 되어 밖으로 나갔다. 몸을 약간 움츠리면서 퍼붓는 빗속으로 달려 나갔다. 플로시도 미친 듯이 짖어대며 그의 앞으로 뛰어갔다. 머리카락이 흠뻑 젖은 채 그녀는 상기된 얼굴로 그를 돌아보았다. 그녀의 푸른 눈은 홍분에 싸여 있었다. 그리고 빈터를 지나 길 아래로 쏜살같이 달려갔다. 비에 젖은 나뭇가지가 몸을 스쳤다. 그의 눈에는 몸을 쪼그리고 도망가는 멋진 여성의 나체밖에 보이지 않았다!

넓은 길에 이르렀을 때 그는 그녀를 따라가 젖은 팔로 비에 젖은 그녀의 부드러운 허리를 감싸 안았다. 그녀는 소리를 지르면서 몸을 일으켰다. 그녀의 부드럽고 따스한 살결이 그의 몸에 닿았다. 그는 미친 듯이 그녀를 끌어안았다. 부드럽고 싸늘한 그녀의 살이 그에게 닿자 불꽃을 일으키는 것처럼 순식간에 따뜻해졌다. 비는 그들 위로 사정없이 퍼부었다. 퍼붓는 빗속의 고요함 속에서 그는 그녀를 안고 짧고 날카롭게, 마치 짐승처럼 끝마쳤다. 눈으로 흘러드는 빗물을 닦아내며 그는 일어섰다.

"돌아갑시다." 그가 말했다. 그들은 오두막집을 향해 달리기 시작했다. 그는 곧장 달려갔다. 비를 좋아하지 않았기 때문이다. 하지만 그녀는 천천히 물망초와 패랭이꽃, 히아신스를 꺾으면서 달리는 그를 바라보며 갔다.

꽃을 들고 헐떡이면서 오두막집에 들어섰을 때 그는 벌써 불을 피워놓고 있었다. 나뭇가지가 소리를 내면서 타고 있었다. 그녀의 몸은 빗물이 뚝뚝 떨어지면서 번쩍거렸다. 이런 모습은 그녀를 다른 사람처럼 보이게 했다.

그는 낡은 시트로 그녀를 닦아 주었다. 그런 다음 자기 몸도 닦았다. 그리고는 오두막집 문을 닫았다. 난롯불은 세차게 타올랐다.

"수건 하나로 둘이 닦다가 싸우겠는걸요!" 그가 말했다.

그녀는 머리카락이 헝클어진 채 그를 바라보았다.

"아니에요!" 그녀는 눈을 크게 뜨고 말했다. "수건이 아니라 시트에요."

그리고는 계속 머리를 열심히 닦았다. 그리고 여전히 숨을 헐떡거리면서 군대용 담요로 몸을 감싸고 아무말 없이 앉아 있었다. 콘스탄스는 살결에 닿는 담요의 감촉이 싫었다. 하지만 시트가 젖었으니 어쩔수 없었다.

그녀는 담요를 던지고 난롯가에 무릎을 꿇고 머리를 불 위로 내밀면서 머리카락을 흔들었다. 그는 그녀의 아름다운 허리 곡선 부분을 주시했다. 오늘은 그것이 그를 매혹했다. 묵직하고 둥근 엉덩이로 뻗어 내려간 풍만한 곡선! 그리고 그 사이에 비밀스러운 따뜻함으로 감싸여 있는 신비한 입구!

그는 길고 가느다란 곡선을 이루는 동그란 엉덩이를 어루만졌다.

"참으로 탐스러운 엉덩이를 가졌군요." 그는 애무하면서 사투리가 섞인 목소리로 말했다. "당신의 엉덩이는 누구보다도 훌륭해요. 이보다 더 탐스러운 것은 없을 거예요. 그야말로 여성스럽죠. 당신이야말로 남성들이 진정으로 좋아하는 부드러운 곡선을 가지고 있어요."

이렇게 말하면서 그는 줄곧 동그란 엉덩이를 부드럽게 쓰다듬었다. 그러자 걷잡을 수 없는 불꽃이 그 손안으로 번져오는 것을 느꼈다. 그의 손가락 끝은 조그만 불길의 솔처럼 부드럽게 그녀의 비밀 문을 어루만졌다.

"만일 여기로 똥이나 오줌을 눈다고 해도 나는 기뻐요."

콘스탄스는 놀란 듯이 웃음을 터뜨렸다. 하지만 그는 전혀 아랑곳하지 않고 계속 쓰다듬었다.

"당신은 정말 진짜예요. 여기로 똥이나 오줌을 누든 나는 손을 떼지 않겠어요. 그리고 당신을 사랑해요. 그것 때문이에요. 당신은 그야말로 알맞고, 여성스러운, 그리고 자랑스러운 엉덩이를 가지고 있어요. 조금도 부끄러울 것이 없는 엉덩이죠."

그는 다가서서 인사라도 하듯 그녀의 비밀문을 손으로 덮었다.

"이게 좋아요. 비록 단 6분만 사는 한이 있더라도 당신의 엉덩이를 쓰다듬고, 그것을 알게 된다면 나는 그것으로 한평생을 산다고 생각할 겁니다. 알겠어요? 바로 여기에 내 생활이 있는 거랍니다."

그녀는 몸을 돌려 그의 무릎 위로 기어 올라가서 매달렸다.

"키스해줘요." 그녀가 속삭였다.

이별이라는 생각이 아직도 마음속에 도사리고 있다는 사실을 깨닫자 그녀는 서글퍼졌다.

그녀는 그의 가슴에 머리를 파묻고 상아처럼 윤이 나는 두 다리를 벌린 채 그의 넓적다리에 올라앉았다. 난롯불은 고르지 않게 그들을 비추고 있었다. 머리를 숙이고 앉아 있던 그는 불빛이 밝혀주는 그들의 몸을 보면서 그녀의 벌린 넓적다리 사이의 그곳으로 늘어선 부드러운 갈색 털을 바라보았다. 그는 뒤에 있는 식탁으로 손을 뻗어 그녀가 꺾어 온 꽃다발을 집어 들었다.

"꽃은 비가 오나 안 오나 밖에서만 지내야 하는군요." 그가 말했다. "꽃에게는 오두막집이 없으니까요."

"그래요. 오두막집이 없지요." 그녀가 중얼거렸다.

그는 물망초 몇 송이를 그녀의 아름다운 갈색 털 사이에 꽂아놓았다.

"봐요! 제자리에 꽃핀 물망초네요!"

그녀는 자기 몸 아래쪽 갈색 털 속에 꽂힌 우윳빛의 작은 꽃을 바라보았다.

"정말 아름다워요!"

"마치 생명처럼 아름다워요." 그는 진분홍빛 히아신스 꽃봉오리를 그 속에 꽂아 놓았다.

"이건 나예요. 이젠 나를 잊지 않을 거예요."

"그럼 내가 간다고 해도 걱정하지 않을 거죠?" 그녀는 그의 얼굴을 바라보며 짙은 생각에 잠겨 말했다.

"당신 좋을 대로 해요." 그는 훌륭한 영어로 말했다.

"하지만 당신이 정 싫다면 난 안 가겠어요." 그녀는 그에게 매달리면서 말했다.

둘 다 잠자코 있었다. 그는 몸을 굽혀 난로에 나뭇조각을 지폈다. 불꽃은 그의 무표정한 얼굴을 비추었다.

"나는 클리포드와 헤어지는 계기로 그 방법이 좋다고 생각했어요. 난 어린아이가 가지고 싶어요. 그것은 내게 좋은 기회가 될 거예요." 그녀가 계속 말했다.

"사람들을 조금 속이기 위해서요?" 그가 말했다.

"네, 다른 여러 가지 일들이 있지만. 당신은 그 사람들이 사실을 알기를 바라나요?"

"그들이 어떻게 생각하건 난 상관없어요."

"난 싫어요! 라그비 저택에 있는 동안만은 모두가 불쾌하고 차디 찬 마음으로 나를 대하는 것이 싫어요. 내가 나가버린 후에는 저마다 좋을 대로 생각해도 상관없지만."

그는 잠자코 있었다.

"클리포드 경은 당신이 당연히 돌아올 걸로 생각하나요?"

"네. 돌아와야 해요." 그녀가 말해다. 그리고 다시 침묵이 흘렀다.

"그러면 당신은 라그비 저택에서 아이를 낳을 건가요?"

그녀는 두 팔로 그의 목을 끌어안았다.

"당신이 나를 어디론지 데리고 가주지 않으면 나로서는 그렇게 할 수밖에 없지요." 그녀가 말했다.

"어디로 데려 간단 말인가요!"

"어디라도 데려가줘요! 라그비 저택만 아니라면 아무데라도."

"언제?"

"내가 돌아왔을 때지요."

"그러나 한 번 나가면 그만이지, 다시 돌아와서 같은 짓을 두 번 되풀이할 이유가 있을까요?"

"나는 돌아와야 해요. 약속했는걸요. 진심으로 약속했어요. 그리고 사실은 당신에게 돌아오는 거예요."

"당신 남편의 고용인인 산지기에게로요?"

"그런 것은 문제가 되지 않아요." 그녀가 말했다.

"그래요?" 그는 한참 말없이 생각에 잠겼다. "그 후에 언제 다시 나갈 작정인가요? 정확하게 언제쯤?"

"그건 모르겠어요. 베니스에서 돌아온 다음 모든 것을 준비해요."

"어떻게 준비하죠?"

"난 클리포드에게 이야기하겠어요. 말하지 않으면 안 돼요."

"그래요?"

그는 침묵을 지켰다. 그녀는 그의 목에 두 팔을 걸었다.

"일을 어렵게 만들지 말아요. 내가 베니스에 가서 여러 가지 준비하는 걸 말이에요." 그녀가 애원하듯 말했다.

그의 얼굴에 미소가 피어오르고, 절반은 쓴웃음이 되었다.

"어렵게 하진 않아요. 그저 당신이 무엇을 하는지 알고 싶을 뿐이에요. 하지만 당신은 시간의 여유를 바라고 있어요. 떠나서 천천히 생각해보려는 거죠. 나는 당신을 원망하지 않아요. 당신은 현명한 것 같아요. 당신은 라그비 저택의 부인으로 머물기를 바라는지도 몰라요. 아무 것도 나무라지 않아요. 내게는 라그비 저택에 견줄만한 것이 없으니까요. 아니, 당신이 옳은 것 같아요."

그녀는 왠지 그가 자신의 말을 맞받아치고 있는 것처럼 느꼈다.

"하지만 당신은 나를 원하죠?" 그녀가 물었다.

"당신도 나를 원하죠?"

"내가 그렇다는 건 알고 있잖아요. 명백한 일인걸요."

"정말이에요. 그래서 언제 당신은 내가 필요하죠?"

"내가 돌아올 때쯤이면 그 준비를 다 마칠 수 있어요. 지금 나는 당신과 이런 이야기를 하는 것이 무척이나 괴로워요. 좀 더 신중해야 해요."

"그렇죠. 신중해야 하죠."

그녀는 마음이 조금 언짢아졌다. "하지만 믿어주시죠?" 그녀는 물었다.

"완전히!" 그녀는 그의 말에 조롱이 섞여 있다는 것을 알았다.

"그럼 말해주세요. 당신은 내가 베니스가 가지 않는 편이 좋다고 생각하나요?"

"가는 게 좋겠어요." 그는 다소 차갑게 대답했다.

"다음주 목요일인걸 아나요?"

"물론!"

그녀는 생각에 잠겼다. 그리고 드디어 입을 열었다.

"돌아오면 우리 입장을 좀 더 잘 알게 되겠지요."

"그렇지요!"

묘한 침묵의 심연이 그들 사이에 놓여 있었다.

"난 이혼 문제로 변호사에게 다녀왔어요." 그는 자신을 누르는 듯한 어조로 말했다.

그녀는 가볍게 몸을 떨었다.

"당신이? 뭐라고 하던가요?"

"좀 더 빨리 끝냈어야 하는 일이라고요. 지금은 귀찮게 될지 모르겠다구요. 하지만 변호사는 내가 군대에 있었다는 이유로 모든 것이 잘 될지도 모르겠다고 생각하는 것 같아요. 이것으로 내가 그 여자를 책임지지 않아도 된다면 좋겠지요."

"그 여자는 통지를 받았겠죠?"

"벌써 받았대요. 그 여자와 함께 사는 남성도 받았답니다."

"완전히 끝내려니 정말 싫은 일을 하게 되는군요. 나도 클리포드를 상대로 그렇게 해야 하는군요."

침묵이 흘렀다.

"물론 그렇지요." 그가 말했다. "그 때문에 6~8개월은 착실하게 생활할 수밖에 없겠군요, 당신이 베니스에 가면 적어도 한 두주는 유혹에서 멀어질 테니까요."

"내가 유혹한다구요?" 그녀는 그의 얼굴을 애무하면서 말했다. "내가 유혹한다니 기쁘군요! 그건 생각하지 않기로 해요. 떠나기 전에 다시 한 번 올까 생각하고 있어요. 한 번 이 집에 와야 할 것 같아요. 목요일 밤에 괜찮을까요?"

"그 날은 언니가 오는 날 아닌가요?"

"네. 하지만 언니는 차 마시는 시간에 떠나겠다고 했어요. 우리는 그때 떠날 거예요. 언니는 다른 곳에 머물 예정이고, 나는 당신과 함께 잘 수 있어요!"

"하지만 그렇다면 언니에게 다 털어놓고 이야기를 해야 할 텐데요?"

"이야기할 거예요. 조금은 이야기했어요. 그리고 이번에 전부 이야기할 거예요. 언니는 큰 힘이 되어 줄 거예요. 무척 이해심이 많으니까요."

그는 그녀의 계획을 생각해보았다.

"그래서 당신은 차 마시는 시간에 라그비 저택을 떠난단 말이죠. 런던으로 가는 척 하고 어느 길로 지나가나요?"

"노팅엄과 그랜덤을 지나갈 거예요."

"그러면 도중에 내려서 걷든가 타든가 해서 여기로 오겠다는 건가요? 위험한 것 같은데요."

"그런가요? 그럼 언니한테 데려다 달라고 할께요. 언니는 맨스필드에서 묵게 될테니까요. 그러니까 밤에 여기에 와서 아침에 다시 데려가달라고 하죠. 아주 쉬운 일이에요."

"그러다가 누가 당신을 보면요?"

"난 보안용 안경과 베일을 쓸 거예요."

그는 한참 동안 생각했다.

"좋아요! 언제나처럼 당신 마음대로 해요."

"당신 마음에는 안 드나요?"

"아니, 마음에 꼭 들어요!" 그는 조금 우울하게 말했다. "기회는 놓치지 않을게요."

그녀가 갑자기 물었다. "내가 뭘 생각하고 있는지 알아요?"

"이런 생각이 문득 떠올랐어요. 당신은 '불타는 절굿공이 기사'라고요."

"그럼 당신은요? 당신은 '빨갛게 단 절구통 귀부인'이군요."

"그래요. 당신은 절굿공이 경이고, 나는 절구통 부인이에요."

"좋아요. 나는 기사 작위를 받았군요. 존 토머스는 당신의 제인에게 존 경이 되었군요."

"그래요! 존 토머스는 기사 작위를 받았어요. 나는 '사랑하는 귀부인의 처녀털'이에요. 그러니까 당신은 이 꽃을 달아야 해요."

그녀는 진분홍색 히아신스 두 송이를 그의 페니스 위 불그스름한 황금색 숲에 꽂았다.

"자, 보세요. 얼마나 매력적인가요. 존 경!"

그리고 그녀는 작은 물망초를 검은 그의 가슴털에 꽂았다.

"여기에 꽂혀 있으면 날 잊지 않겠죠?" 그녀는 그의 앞가슴에 키스하고, 물망초 두 송이를 젖꼭지에 물고 다시 키스했다.

"나를 달력으로 만드는군요!" 그가 웃었다. 꽃이 가슴에서 흔들렸다.

"잠깐!"

그는 일어서서 오두막집 문을 열었다. 현관에 누워 있던 플로시가 벌떡 일어나서 그를 바라보았다.

"나야!" 그가 말했다.

비는 멎었다. 저녁때가 다가오고 있었다.

그는 밖으로 나가 숲속 길과는 반대쪽의 오솔길로 내려갔다. 콘스탄스는 그의 야위고 흰 뒷모습을 지켜보았다. 흡사 유령이 사라지는 것 같았다.

그의 뒷모습이 보이지 않게 되자 그녀의 가슴은 덜컥 내려앉는 듯했다. 그녀는 담요로 몸을 감싼 채 오두막집 입구에 서서 축축하고 고요한 밖을 내다보았다.

그는 빠른 걸음으로 꽃을 한 아름 안고 돌아왔다. 참매발톱꽃, 히아신스, 그리고 갓 벤 풀꽃과 작은 싹이 튼 인동덩굴, 가시나무였다. 그는 그녀의 젖가슴 위에 솜털로 덮인 어린 가시나무를 걸쳐 놓았다. 그리고 배꼽에는 진분홍 히아신스, 털 속에는 물망초와 선갈퀴를 꽂았다.

"영광에 싸인 그대여! 존 토머스와 결혼하는 제인 부인!"

그도 자신의 털에 털을 꽂고, 페니스 주변에는 크리핑제니 덩굴을 감고, 배꼽에는 히아신스를 한 송이 붙였다. 그녀는 열중하고 있는 그를 재미있다는 듯이 지켜보았다. 그리고 패랭이꽃 한 송이를 그의 콧수염 속에 끼워 놓았다. 꽃은 그의 코 밑에서 달랑거렸다.

"이건 존 토머스가 제인 부인에게 장가가는 겁니다." 그가 말했다. "우린 콘스탄스와 올리버를 각자 자기의 길로 보내야 해요."

햇빛이 나무 위를 비추고 있었다.

"벌써 햇빛이 비추는군요. 자, 당신이 갈 시간입니다. 귀부인. 날개가 없는데도 날아가는 건 뭘까요? 바로 시간입니다. 시간!"

그는 손을 뻗어 셔츠를 집었다.

"존 토머스에게 '안녕!'하고 인사하세요."

그는 페니스를 내려다보며 말했다. "이놈은 크리핑제니의 덩굴에 안겨 있으면 무사하죠. 지금은 그다지 불타는 절굿공이가 아니죠."

그는 플란넬 셔츠를 머리 위로 뒤집어썼다.

그가 머리를 내밀면서 말했다. "남성이 가장 위험한 순간은 셔츠를 입을 때입니다. 그때 머리를 자루 속에 넣어야 하니까요. 그래서 나는 재킷처럼 입을 수 있는 미국식 셔츠를 더 좋아하죠." 그녀는 여전히 그를 가만히 지켜보면서 서 있었다. 그는 짧은 바지를 입고 단추를 채웠다.

"제인을 보라! 연애에 열중한 제인을! 내년에는 누가 당신에게 꽃치장을 해줄까요?" 이렇게 말하면서 그는 앉은 채 양말을 신기 시작했다. 그녀는 여전히 꼼짝 않고 서 있었다. 그는 그녀의 비스듬한 허리에 손을 얹었다.

"귀여운 제인 부인!" 그가 말했다. "아마 베니스에서는 당신의 털에 재스민꽃을, 당신의 배꼽에 석류를 꽂아줄 남성이 있을지도 몰라요. 오, 불쌍한 제인 부인!"

"그런 말 하지 말아요! 그런 말을 하면 내 마음이 아파요." 그녀는 말했다.

그는 고개를 떨어뜨렸다. 그리고 심한 사투리로 말했다.

"그럴지도 모르지요. 그럴거예요. 그런 말은 더 이상 안 하겠습니다. 이제 그만 할께요. 그러니 옷을 입고, 웅장하고 당당한 당신의 영국 저택으로 돌아가세요. 시간이 되었습니다. 존 경과 제인 부인을 위한 시간은 이제 지났습니다. 차탈리 부인! 옷도 없이 꽃 누더기를 걸치고 있는 당신은 어떤 여성으로도 변할 수 있지요. 자, 그럼 내가 옷을 벗겨드리지요. 그대, 꽁지 잘린 귀여운 새여!" 그는 그녀의 머리카락에서 나뭇잎을 떼어내고 축축한 머리에 키스하고, 그녀의 앞가슴에 있는 꽃을 떼어냈다. 그리고 그녀의 젖무덤에 키스하고, 배꼽과 꽃을 꽂아두었던 털에 키스했다.

"자, 당신은 다시 알몸이 되었어요. 벌거벗은 여성이 되었어요. 옷을 입어요. 갈 시간이 되었으니까. 안 그러면 차탈리 부인께서 저녁 시간에 늦겠어요. 어디 갔다 왔냐고 물으면 어쩌시렵니까?"

그녀는 그가 사투리로 지껄이면 뭐라고 대답할지 몰랐다. 그래서 그녀는 옷을 입고 라그비 저택으로, 작고 수치스러운 집으로 갈 채비를 했다. 그녀는 저택을 작고 수치스러운 집이라고 느꼈다.

그는 넓은 숲속 길까지 데려다주겠다고 했다. 그가 키운 어린 꿩들이 정연하게 지붕 밑에 들어가 있었다.

그들이 숲속 길로 나오자 볼턴 부인이 창백하게 비틀거리면서 걸어왔다.

"어머나, 마님! 무슨 일이 생겼나 했어요."

"아니요, 아무 일도 없었어요."

볼턴 부인은 이 남성의 얼굴을 유심히 보았다. 그 얼굴은 사랑으로 윤기가 흐르고 신선해 보였다. 그의 눈은 절반은 웃고, 절반은 조롱하는 듯 했다. 당황하면 그는 언제나 웃었다.

"안녕하십니까. 볼턴 부인! 이제 마님께서는 아무런 염려가 없으시니 전 실례하겠습니다. 안녕히 주무십시오, 마님. 안녕히 주무십시오, 볼턴 부인."

그는 인사를 하고 물러갔다.

21.
사랑의 윤기와 빛

집으로 돌아간 콘스탄스는 질문의 화살을 받았다. 클리포드는 차 마시는 시간에 나갔다가 비바람이 불기 전에 돌아왔다. 하지만 콘스탄스는 어디에 있는가? 어느 누구도 알지 못했다. 볼턴 부인은 그녀가 숲으로 산책나갔을 것이라고 했다. 이런 비바람 속에 숲을!

클리포드는 미친 사람처럼 화를 냈다. 그는 번개가 번쩍일 때마다 놀라고, 천둥이 칠 때마다 쩔쩔맸다. 그는 마치 세상의 종말이 온 것처럼 뇌우를 보고 있었다. 그는 점점 더 격분했다.

볼턴 부인이 그를 달래려 했다.

"마님께서는 비바람이 그칠 때까지 오두막집에서 비를 피하고 계실 겁니다. 걱정하지 마세요. 염려 없을 겁니다."

"이런 폭풍우 속에 숲에 가다니, 그게 못마땅한 거야. 정말 숲에 가는 게 싫어. 벌써 두 시간 이상 지났잖아. 언제 나갔지?"

"나리께서 돌아오시기 조금 전이었습니다."

"정원에서는 만나지 않았어. 도무지 어디에 있는지, 무슨 일이 있는지 아무도 알 수 없잖아."

"마님께서는 아무 일 없을 겁니다. 비가 멈추면 곧 돌아오실 거예요.

비가 오니까 못 오시는 겁니다."

하지만 비가 그쳐도 그녀는 돌아오지 않았다. 사실은 시간이 훨씬 지나서 태양은 마지막 노란빛을 보이고 있었다. 그러나 그녀의 그림자조차 보이지 않았다. 해가 저물고 어두워지기 시작했다. 저녁을 알리는 첫 종이 울렸다.

"이제 기다려도 소용없어!" 클리포드는 미친 듯이 외쳤다.

"필드와 베츠를 보내서 콘스탄스를 찾아오도록 하겠어."

"그러면 안 됩니다. 다른 사람들이 자살이나 다른 소동이 생겼다고 생각할 거예요. 안 됩니다. 소문을 퍼뜨릴 그런 짓은 하지 마세요. 제가 오두막집으로 가보겠습니다. 마님께서 계신지 보고 오겠습니다. 틀림없이 마님을 찾을 수 있을 겁니다."

이렇게 한참동안 설득한 후에야 클리포드는 그녀가 가는 것을 허락했다. 그래서 혼자 새파랗게 질려서 헤매고 있는 볼턴 부인을 숲속 길에서 만난 것이다.

"마님, 마님을 찾으러 왔습니다만, 너무 신경 쓰지 마세요. 하지만 나리께서 몹시 화를 내고 계십니다. 마님께서 벼락을 맞으셨는지, 쓰러지는 나무에 깔렸는지 모른다고 생각하신답니다. 그래서 필드와 베츠를 시켜 마님을 찾으러 보내려고 하셨답니다. 저는 하인들을 떠들썩하게 하는 것보다 제가 나서는 편이 낫겠다고 생각한 겁니다."

그녀가 이야기했다. 볼턴 부인은 콘스탄스의 얼굴에 평온하고 마치 꿈을 꾸는 듯한 정열이 나타나는 것을 보았다. 그러자 자신이 하는 일에 초조함을 느꼈다.

"그랬군요!" 콘스탄스가 말했다. 하지만 그 말 외에는 아무 말도 하지 않았다.

두 여성은 젖은 숲을 잠자코 걸어갔다. 정원에 이르자 콘스탄스가 앞장서서 걸었다. 볼턴 부인은 숨을 약간 헐떡였다.

"야단법석을 떨다니, 클리포드는 참 못났지!" 화가 난 콘스탄스가 혼자 중얼거렸다.

"그래요. 남성이란 아시는 것처럼 그래요. 대번에 흥분하셨거든요. 그렇지만 마님을 보면 나리의 화도 가라앉으실 겁니다."

콘스탄스는 볼턴 부인이 자신의 비밀을 눈치챈 것에 화가 났다. 분명히 그녀는 알고 있는 것이다.

갑자기 콘스탄스는 길 한복판에서 걸음을 멈추었다.

"내 뒤를 밟다니, 정말 지독하군." 그녀가 말했다.

"어머나, 마님! 그런 말씀을 하시다니요! 주인께서 두 하인을 시켜 찾으러 보낼 뻔 했습니다. 그랬다면 곧장 오두막집으로 갔을 겁니다. 저는 오두막집이 어디에 있는지 정말 몰랐습니다."

콘스탄스는 이 말에 화가 치밀어 올라 얼굴이 새빨개졌다. 더욱이 정열에 사로 잡혀 있는 동안 거짓말을 할 수 없었다. 자기와 산지기 사이에 아무 일도 없었다는 것처럼 보이게 할 수 없었던 것이다. 그녀는 볼턴 부인을 보았다. 그녀는 얄밉게도 고개를 숙이고 있었다. 하지만 어쨌든 같은 여성의 입장에서 그녀는 콘스탄스의 편이었다.

"그래... 그럼 됐어. 난 아무렇지도 않아요."

"어머, 마님께서는 아무런 잘못도 없어요. 다만 오두막집에서 비를 피하셨을 뿐이죠. 정말 아무것도 아니죠."

그들은 집을 향해 걸었다. 콘스탄스는 클리포드의 방으로 갔다. 그의 창백하고 흥분한 얼굴과 튀어나온 눈을 보자 화가 치밀어 올랐다.

"분명히 말해야겠어요. 당신이 하인들을 시켜서 내 뒤를 밟게 할 필요는 없다고 생각해요." 그녀는 소리를 질렀다.

"아니!" 그는 분통을 터뜨렸다. "당신 어디 갔었어? 몇 시간이나 집을 비우고. 더욱이 이런 폭풍우 속에 대체 무엇 때문에 숲속에 간 거지? 비가 그치고도 여러 시간이 됐어, 여러 시간! 지금이 몇 시인지 알아? 당신은 사람을 미치게 하는 거야. 어디 갔다 왔지? 뭘 했냔 말이야!"

"내가 이야기 하지 않는다면 어쩔 작정인가요?" 그녀는 모자를 벗고 머리를 흔들었다.

그는 튀어나온 눈의 흰자위가 노랗게 보일 정도로 화난 눈으로 그녀를 쏘아 보았다. 이렇게 화를 내는 것은 좋지 않은 일이었다. 콘스탄스는 갑자기 불안함을 느꼈다.

그녀는 부드럽게 말했다. "사실 내가 어딜 갔는지 아무도 생각 못할 거예요! 나는 비바람이 몰아치는 동안 줄곧 오두막집에 있었어요. 불을 쬐었죠. 유쾌했어요."

그제서야 그녀는 차분하게 이야기할 수 있었다. 더 이상 그를 흥분시킬 필요가 있는가? 그는 의심스러운 듯 그녀를 바라보았다.

"당신 머리를 봐. 당신 꼴을 좀 보란 말이야."

"네, 그래요!" 그녀는 아무렇지도 않게 대답했다. "난 옷을 입지 않고 빗속으로 뛰어나갔으니까요."

그는 말없이 그녀를 응시했다.

"당신 정말 미쳤군?" 그가 말했다.

"왜요? 비로 샤워를 즐기는 게 미쳤나요?"

"어떻게 몸을 말렸지?"

"헌 수건과 난롯불로."

그는 여전히 어처구니없어하며 콘스탄스를 지켜보았다.

"만약 누가 온다면?" 그가 말했다.

"오긴 누가 와요?"

"누구라도 말이야! 게다가 멜러스, 그 산지기가 왔겠지? 그는 저녁 때면 거기에 가니까."

"네, 왔어요, 훨씬 나중에. 비가 개었을 때 꿩에게 모이를 주러 왔더 군요."

콘스탄스는 놀랄 만큼 태연하게 말했다. 옆방에서 귀를 기울이고 있던 볼턴 부인은 진심으로 감탄하면서 듣고 있었다. 저렇게 자연스럽게 해치울 수 있는 여성이 또 있을까?

"하지만 빗속에서 미친 사람처럼 아무것도 입지 않고 뛰어다닐 때 왔다면?"

"그랬다면 그 사람이 기겁하고 정신없이 달아났겠지요."

클리포드는 망연자실해서 그녀를 바라보았다. 너무 허탈한 상태에서 그녀가 말한 것을 단순하게 받아들일 뿐이었다. 그는 침착성을 되찾으면서 말했다. "적어도 심한 감기에 들지 않았으면 좋겠어."

그날 밤, 클리포드는 그녀와 화해하고 싶었다. 최근 그는 과학적인 종교 서적을 읽고 있었다. 그는 마음속으로 묘한 종교적인 면을 가지고 있었다. 클리포드는 때로 어떤 책에 관해 콘스탄스와 토론하는 것을 습관으로 삼고 있었다.

"그래서 여기에 대해서는 어떻게 생각하지?" 그는 책을 집어 들면서 말했다. "좀 더 시대가 진화하면 당신이 빗속을 뛰어다니면서 열로 들뜬 몸을 식힐 필요가 없을 거야. 아, 여기 있군. '우주는 두 가지 양상을 나타내고 있다. 한 가지는 물질적으로 소모되어 가고, 다른 한 가지는 정신적으로 상승하고 있다.'"

콘스탄스는 다음 말을 기대하면서 듣고 있었다. 하지만 클리포드는 그녀의 대답을 기다리고 있었다. 그녀는 깜짝 놀라서 그를 바라보았다.

"만약 정신적으로 상승한다면, 뿌리 쪽에서는 무슨 일이 생기죠?"

"아, 저자가 말하는 점에 대해 생각해 봐. 상승한다는 것은 소모한다는 것의 반대개념이라고."

"이를테면 정신적으로 꺼져버렸다는 건가요?"

"아니, 농담하지 말고. 진심으로 그것이 무슨 의미가 있다고 생각해?"

"물질적으로 소모한다는 건가요?" 그녀가 말했다.

"당신은 몸이 점점 불어가고 있고, 나도 자신을 소모하고 있지는 않아요. 당신은 태양이 예전보다 작아졌다고 생각하나요? 저에게는 그렇게 보이지 않아요. 전 이렇게 생각해요. 아담이 이브에게 준 사과도 지금 우리들이 먹는 사과보다 그리 크지 않았을 거라고. 그렇게 생각하지 않아요?"

"그럼, 다음을 들어봐. '그리하여 서서히 우리의 시간관념으로는 상상하지도 못할 만큼 천천히 새로운 창조적인 상태로 이동하고 있다. 그 상태가 되면 현재 우리가 알고 있는 물질세계는 겨우 존재하지 않는 것과 구별할 정도로만 나타날 뿐이다.'"

"정말 어리석은 거짓말이군요! 그 사람은 이 세상에서 물질적 파산자라고밖에는 볼 수 없어요. 그래서 온 우주를 물질적 파산자로 만들고 싶은 거예요. 오만하고 주제넘어요."

"글쎄, 들어봐요! 위대한 인간의 말을 농담으로 착각해서는 안 돼! '세계의 질서에 대한 현재 유형은 까마득한 과거에서 시작된 것이다. 그래서 그 무덤은 상상조차 할 수 없는 먼 미래에 발견될 것이다. 그런데 여기에서 추상적인 형식이라는 해결할 수 없는 영역이 존재한다. 그 자체의 창조물로 결정되는 변화하가 쉬운 성질을 지닌 창조 작용과 슬기로운 지혜가 질서의 모든 형식의 토대를 이루는 신, 이 두 가지가 함께 남는 것이다.' 그는 이렇게 결론짓고 있어."

하지만 콘스탄스는 경멸하듯 듣고 있었다.

"그 사람은 정신적으로 잘못되어 있어요." 그녀가 말했다.

"이게 무슨 잠꼬대 같은 말이에요! 상상할 수 없다느니, 질서의 무덤이니, 추상적인 형식의 영역이니, 변화하기 쉬운 성질의 창조 작용이니, 그리고 신이 질서의 형식과 관계가 있다느니! 이게 무슨 어리석은 말이냐고요!"

"그것은 확실히 막연한 결합물이지. 이른바 기체 혼합물처럼." 클리포드가 말했다.

"하지만 우주와 물질적으로 소모되어 정신적으로 상승하고 있다는 사상에는 뭔가 있다고 생각해."

"그렇게 생각하세요? 그럼 좀 더 높게 정신을 상승시키는 게 좋겠군요. 나는 아래쪽에서 물질적으로 안전하게 살게요."

그가 물었다. "당신은 육체가 마음에 들어?"

"사랑하고 있어요!"

"그건 좀 이상한 이야긴데. 그렇다면 여성이란 정신적인 생활에 한없는 기쁨을 느끼지 않나보군."

그녀가 그를 올려다보면서 말했다. "한없는 기쁨? 그런 어이없는 것이 정신생활과의 한없는 기쁨일까요? 천만예요! 나에게 육체를 주세요. 확실히 육체생활은 정신생활보다 더 위대한 현실이라고 생각해요. 육체가 정말로 생활에 눈떴을 때 말이죠."

그는 놀라서 그녀를 바라보았다.

그가 말했다. "육체생활은 동물적인 생활이야."

"하지만 학자인 척하는 주검과 같은 생활보다는 훨씬 나아요. 인간의 육체는 참다운 생명에 가까워요. 그리스인에게 육체는 사랑스러운 빛을 주었죠. 하지만 플라톤이나 아리스토텔레스가 육체를 죽이고 그리스도가 끝맺음을 한 거예요."

"마치 당신은 육체를 전부 받아들이기라도 하는 말투군! 하긴 이제부터 휴가를 즐길 참이니까. 하지만 그런 걸 너무 아무렇지도 않게 뽐내지는 말아요."

"클리포드, 어떻게 이런 내가 당신의 말을 믿을 수 있죠? 우리는 완전히 반대로 생각하는데요."

"도대체 무엇이 당신을 그리 변하게 했을까? 빗속을 알몸으로 뛰어나가게 하고, 바쿠스 흉내를 내게 하니. 감동하고 싶어서인가? 아니면 베니스에 가는 즐거움 때문인가?"

"둘 다예요! 당신은 내가 떠나기 전에 기뻐서 흥분하는 것이 보기 싫은가요?"

"그렇게 노골적으로 보이는 건 싫은데."

"그러면 감추어두죠."

"아냐, 괜찮아. 당신의 기쁨이 내게까지 전해지는 것 같거든. 마치 내가 함께 떠나는 것처럼."

"그럼 왜 함께 가지 않죠?"

"그 문제에 대해서는 충분히 생각했어. 그래서 당신이 그처럼 기뻐하는 것은 잠시나마 이곳을 떠날 수 있기 때문이라고 생각해. 당분간만이라도 헤어진다는 것만큼 기쁜 일은 없을 거야. 하지만 헤어진다는 것은 다시 어디에서 만난다는 것을 의미하지. 그리고 만난다는 것은 새로운 속박이지."

"난 새로운 속박을 만들 생각이 없어요."

"큰소리치지 말아요. 신이 듣고 계셔." 그가 말했다.

그녀는 꾹 참고 있었다.

"아뇨, 큰소리치지 않아요." 그녀가 말했다.

하지만 떠난다는 것은 기뻤다. 속박의 굴레가 끊어지는 것을 느꼈다. 그녀는 그 기분을 억누를 수가 없었다.

잠을 이룰 수 없었던 클리포드는 볼턴 부인과 밤새도록 카드놀이를 했다. 너무 졸린 나머지 그녀는 죽을 지경이 되었다.

힐더가 올 날이 되었다. 콘스탄스는 함께 밤을 지낼 계획이 뜻대로 잘 되면 창문에 녹색 숄을 걸기로 약속했다. 만약 실패하면 빨간 숄을 걸기로 했다.

볼턴 부인이 콘스탄스를 도와 짐을 꾸렸다.

"부인께서 여행을 떠나시는 건 좋은 일입니다."

"나도 그렇게 생각해요. 얼마 동안 당신에게 클리포드를 부탁해도 괜찮을까요?"

"괜찮고말고요! 충분히 시중들 수 있습니다. 나리께서 바라는 일은 뭐든지 다 할 수 있습니다. 전보다 좋아지시지 않았습니까!"

"맞아요! 당신은 그분께 기적과도 같은 일을 했어요."

"그렇지도 않아요. 하지만 남성들은 모두 마찬가지예요. 마치 어린아이 같지요. 그렇게 생각하지 않으세요?"

"난 도무지 경험이 모자라서요."

콘스탄스는 일손을 멈추었다.

"당신의 주인에게도 시중을 들어주고, 어린아이처럼 달래주고 했나요?" 그녀는 볼턴 부인을 쳐다보며 물었다. 볼턴 부인은 손을 멈추었다.

"네! 조금은 시중도 들어주고, 어린아이처럼 달래거나 했답니다. 하지만 그이는 대부분 제게 양보했지요."

"그럼 까다로운 사람이 아니었네요?"

"까다롭지 않았어요. 하지만 언제나 그이가 제게 양보했어요. 정말이지 까다로운 남편은 아니었어요, 그리고 저도 까다롭지 않고요. 그이가 도저히 화해할 수 없을 것 같으면 제가 양보했습니다. 가끔 괴로운 일도 있었지만요."

"만약 끝까지 고집을 피운다면 어떻게 하죠?"

"글쎄요. 잘 모르겠습니다. 전 한 번도 고집을 부리지 않아서요. 만약 그이가 잘못을 했더라도 우기면 그냥 제가 양보했어요. 우리 사이가 나빠지는 게 싫었어요."

"환자들에게도 그렇게 하나요?" 콘스탄스가 물었다.

"그건 다릅니다. 그런 마음은 전혀 쓰지 않습니다. 전 환자들에게 어떻게 하면 좋은지, 무엇이 도움이 되는지 알고 있어요. 그래서 머리를 써서 시중을 들죠. 하지만 정말 좋아하는 사람에 대해서는 이렇게 되지 않아요. 전혀 다르지요. 한 번이라도 누군가를 좋아했던 경험이 있다면, 다른 사람이 자기를 필요로 한다면 누구에게나 친절할 수 있답니다. 하지만 이것과는 달라요. 진짜 애정은 아니죠. 정말로 사랑했던 적이 있는 사람은 다른 사람을 진정으로 대할 수는 없다고 생각합니다."

이 말은 콘스탄스를 놀라게 만들었다. "그럼 사람은 단 한 번밖에 사랑할 수 없다고 생각하나요?"

"그렇죠."

"남성은 화를 잘 낸다고 생각하나요?"

"그렇죠. 자존심을 상하게 한다면요. 하지만 이건 여성도 마찬가지 아닐까요? 물론 자존심에는 약간 차이가 있지만요."

콘스탄스는 이 말을 듣고 곰곰이 생각했다. 그녀는 다시 떠나기를 망설였다. 잠시 동안이지만, 그녀가 그 사람을 무시하고 있는 것은 아닐까? 그는 그것을 알고 있다. 그래서 빈정거리는 것이다.

역시 그렇다! 인간의 생존은 외적 환경에 제한되어 있다. 그녀 역시 여기에 좌우된다. 그녀는 다만 5분이라도 벗어날 수 없다. 그것을 바라지도 않았다.

22.
생활의 연관성과 사랑

목요일 아침, 힐더가 경쾌한 2인승 자동차를 몰고 왔다. 여행용 가방이 자동차 뒤에 단단히 매어져 있었다. 그녀는 언제나처럼 냉담하고 조심스러웠다. 하지만 그녀는 확고한 자기의지를 가지고 있었다. 그녀는 지금 남편과 이혼하려 하고 있다. 애인은 없지만, 그녀 쪽에서 깨끗하게 헤어져야겠다고 생각하고 있었다. 그녀는 주부로서, 그리고 두 아이의 엄마로서 지내는 것에 아주 만족했다. 그리고 두 아이에게는 떳떳한 교육을 시킬 예정이었다.

콘스탄스는 작은 여행용 가방만 들고 나섰다. 트렁크는 기차로 가는 아버지에게 미리 보내 두었다. 베니스까지 자동차를 몰고 가는 것은 무리이고, 이탈리아의 7월은 너무 더워서 자동차로 여행을 할 수 없다는 아버지의 의견 때문이었다. 그래서 아버지는 기차로 편안하게 가기로 했다. 그는 방금 스코틀랜드에서 돌아왔다.

힐더는 여행에 필요한 것들을 챙겨주었다. 그녀들은 웃고 이야기하면서 2층 방에 앉아 있었다.

"하지만 언니!" 약간 주저하면서 콘스탄스가 말했다.

"오늘 밤에는 이 근처에서 머물고 싶어요. 여기가 아니라 이 근처에서!"

힐더는 이상한 눈초리로 동생을 바라보았다. 그녀는 매우 냉정하게 보였지만, 가끔 동생에게 화를 내는 일이 있었다.

그녀가 상냥하게 물었다. "이 근처라면 어디?"

"내가 어떤 사람을 사랑한다는 거 알고 있죠?"

"그래, 짐작하고 있었어."

"그 사람이 이 근처에 살고 있어요. 난 마지막 밤을 그와 함께 보내고 싶어요. 약속했는 걸요."

콘스탄스가 강하게 말했다.

힐더는 미네르바식으로 빗어 올린 머리를 숙였다. 그리고 다시 얼굴을 들었다.

"누군지 말해줄래?"

"우리집 산지기예요." 콘스탄스가 더듬거리면서 말했다.

"콘스탄스!" 힐더가 혐오감을 나타내며 말했다.

"알아요. 하지만 정말 좋은 사람이에요. 부드러움을 이해하고 있어요,"

힐더는 고개를 숙이고 생각에 잠겼다. 아버지의 기질을 이어받은 콘스탄스는 막무가내가 되면 다루기 힘들기 때문이다.

힐더가 클리포드를 싫어하는 것은 사실이다. 그래서 동생이 그와 헤어지기를 바라고 있었다. 하지만 엄격한 스코글랜드 중산계급으로서 가족에게 불명예가 되는 일은 싫어했다.

드디어 그녀가 얼굴을 들었다. "후회할거야."

"후회하지 않을 거예요!" 콘스탄스가 얼굴을 붉히면서 말했다. "그이는 정말 특이한 사람이에요. 난 진정으로 그이를 사랑해요. 애인으로서 조금도 흠잡을 데가 없는 사람이에요."

힐더는 여전히 생각에 잠겨 있었다.

"이내 싫어지고, 그 사람과 사는 네 자신이 부끄러워질 거야."

"아니요. 난 아이를 낳고 싶어요."

"콘스탄스!" 힐더가 외쳤다. 망치로 내리치듯 머리가 멍하고, 노여움으로 얼굴이 새파래졌다.

"낳을 것 같아요. 아이를 낳으면 마음껏 자랑할 수 있을 것 같아요."

더 이상 이야기해봐야 소용이 없을 거라고 생각했다.

"클리포드가 의심하지 않니?"

"아뇨, 왜요?"

"네가 의심받을 짓을 많이 했을 것 같은데."

"전혀 없어요."

"오늘 밤 일은 정말 어리석은 짓이야. 대체 그 사람은 어디에 사니?"

"숲속 오두막에."

"독신이니?"

"아뇨! 아내하고는 헤어져 있어요."

"몇 살이지?"

"몰라요. 나보다는 위예요."

힐더는 대답을 들을수록 화가 치밀어 올랐다. 어머니가 그랬듯이 일종의 병적인 발작이었다. 하지만 아직 그것을 감추고 있었다.

"내가 만약 너라면 오늘밤 장난은 그만두겠어." 그녀가 조용히 타일렀다.

"단념할 수 없어요. 오늘밤 꼭 같이 있어야 해요. 그렇지 않으면 베니스에 갈 수 없어요."

힐더는 결국 그 말에 지고 말았다. 그녀는 둘이서 맨스필드에 가서 저녁식사를 하고, 어두워진 후 길이 갈리는 곳까지 콘스탄스를 데려다주기로 했다. 그리고 이튿날 아침 콘스탄스를 데리러 가기로 약속하고, 자신은 자동차로 약 30분간 걸리는 맨스필드에 머물기로 했다. 하지만 그녀는 잔뜩 화가 나 있었다. 콘스탄스는 창가에 녹색 숄을 내걸었다.

힐더는 분개한 나머지 오히려 클리포드에게 부드러운 마음을 가지게 되었다. 그는 정신적인 사람이었다. 비록 남성으로서의 기능을 잃었다 하더라도. 그것 때문에 남성은 천박해지고, 자기중심적인 무서운 존재가 된다. 콘스탄스는 사실 보통 여성보다 괴로운 꼴을 당하지 않았다고 생각했다.

클리포드는 힐더를 지적인 여성이라고 단정짓고, 정치하는 남성에게 훌륭한 내조자가 될 거라고 생각했다. 정말로 그녀에게는 콘스탄스처럼 어리석은 점이 없었다. 사실 콘스탄스는 어린 아이같은 점이 많았다.

홀에서 차가 나왔다. 문이 활짝 열려 있어서 햇살이 비치고 있었다. 모두 다 약간 들떠 있었다.

"콘스탄스, 무사히 다녀오길."

"안녕, 클리포드! 오래 머물지 않을 거예요." 콘스탄스가 상냥하게 말했다.

"힐더, 저 사람을 잘 부탁해요."

"염려 마세요. 함부로 내보내지 않을게요."

"약속했습니다!"

"안녕, 볼턴 부인. 클리포드를 잘 보살펴줘요."

"염려 마세요,"

"무슨 일이라도 생기면 알려줘요. 클리포드의 소식을."

"알겠습니다. 잘 다녀오세요. 다녀오셔서 우리를 기쁘게 해 주세요."

모두 손을 흔들었다. 자동차가 달리기 시작했다. 콘스탄스는 뒤를 돌아보았다. 클리포드가 휠체어를 타고 계단 위에서 보고 있었다. 뭐라 해도 그는 역시 그녀의 남편이었다. 라그비 저택은 그녀의 집이다. 환경이 그렇게 만든 것이다.

체임버스 부인이 문을 열었다. 그리고 부인에게 즐거운 여행이 되기를 바란다고 말했다. 자동차는 정원을 뒤덮고 있는 잡목숲을 빠져 큰길 쪽으로 달렸다. 그들은 철도 옆을 달렸다. 그들이 지나는 길 아래쪽의 철도는 공사중이었고, 그들은 다리를 통해 그 철로를 건넜다.

"저게 오두막집으로 가는 길이에요." 콘스탄스가 말했다.

힐더는 초조한 듯 그 길을 힐끗 보았다.

"곧장 떠날 수 없다니 정말 속상하구나. 9시까지는 팔멜에 갈 수 있을텐데."

"언니, 미안해요." 콘스탄스가 말했다.

두 사람은 곧 맨스필드에 도착했다. 예전에는 낭만적인 도시였지만, 지금은 탄광도시였다. 힐더는 자동차 안내서에 쓰인 호텔에 차를 세웠다. 그리고 방을 잡았다. 모든 것이 무미건조했다. 그녀는 너무 화가 나서 아무런 말도 하지 않았다. 그래서 콘스탄스는 그에 대해 이야기해야만 했다.

"그 사람! 네가 그이라고 하는 사람의 이름은 뭐지? 넌 언제나 그이라고 하더구나." 힐더가 말했다.

"난 이름을 불러본 적이 없어요. 그이도 그래요. 언니가 그런 걸 물어보다니 좀 이상하군요. 우린 제인 부인이나 존 토머스라고 불러요. 하지만 그이 이름은 올리버 멜러스라고 해요."

"넌 왜 차탈리 부인 대신 올리버 멜러스 부인이 되고 싶은 거지?"

"그게 좋으니까요."

어쨌든 4, 5년 동안 인도에서 중위로 근무했다고 하니 그리 부끄러운 사람은 아닐 것이다. 분명히 인격을 가진 사람일 것이다. 이렇게 생각하자 힐더의 마음이 조금 풀리기 시작했다.

"하지만 그 사람이 금방 싫어질 거야. 노동자 계급과 관계한다는 것은 있을 수 없는 일이야."

"하지만 언니는 사회주의자여서 언제나 노동자 편이었잖아요?"

"정치적 위기가 닥치면 그들 편인지는 모르지만, 막상 편을 들고 보니 그 사람들과 함께 생활한다는 것이 불가능하다는 것을 알았어."

힐더는 실제로 정치 분야의 지식인들 사이에서 살았다. 그래서 그녀의 말에는 반문이 불가능한 정확성이 있었다.

호텔에서의 지루한 저녁식사가 시작되었다. 둘은 말없이 식사를 했다. 콘스탄스는 작은 비단 주머니에 약간의 일용품을 넣고 머리를 매만졌다.

"언니, 연애란 놀라운 거예요. 그것 때문에 살고, 창조의 한 가운데 있다고 느끼면 말이에요." 그녀는 자랑을 하는 듯했다.

황혼이 맑게 개어 작은 도시는 언제까지나 빛이 나고 있었다. 밤새도록 어슴푸레한 빛을 남길 것 같았다. 콘스탄스는 보안용 안경과 변장 모자를 썼다. 힐더가 반대했기 때문에 그녀는 한층 더 그의 편이 되었다. 언제까지나 그를 지킬 생각이었다.

크로스힐을 지날 무렵, 힐더가 헤드라이트를 켰다. 힐더는 다리 옆에의 좁은 길로 들어갈 참이었다. 그녀는 약간 속력을 늦추어 도로에서 벗어났다. 불빛이 풀이 무성한 좁은 길을 비추었다. 콘스탄스는 밖을 내다보았다. 그녀는 사람의 그림자를 보았다. 얼른 문을 열었다.

"왔어요." 그녀가 나직하게 말했다.

힐더는 불을 껐다. 그리고 차를 돌리는데 정신을 집중하고 있었다.

"다리 부근은 염려 없나요?" 그녀가 짤막하게 물었다.

"염려 없습니다." 남성의 목소리였다.

그녀는 다리까지 후진했다. 불이 모두 꺼졌다. 콘스탄스가 차에서 내렸다. 그는 나무 아래에서 서 있었다.

"오래 기다렸나요?"

"아니요. 별로."

둘은 힐더가 나오기를 기다렸지만, 힐더는 차 문을 닫고 그대로 앉아 있었다.

"언니 힐더예요. 이리 오셔서 언니하고 인사하지 않겠어요? 힐더! 멜러스예요."

산지기는 모자를 벗었지만 차에 가까이 가지는 않았다.

"같이 오두막집까지 가지 않겠어요? 그다지 멀지 않아요." 콘스탄스가 애원했다.

"차는 어쩌지?"

"사람들이 손대지 않을 겁니다. 열쇠는 가지고 계시죠?"

힐더는 잠시 생각했다. 그리고 나서 좁은 길을 바라보았다.

"저 풀숲을 돌 수 있을까요?"

"네, 돌 수 있습니다." 산지기가 대답했다.

그녀는 천천히 돌아 길에서 보이지 않는 곳에 차를 멈추고 열쇠로 잠근 다음 내렸다. 밤이었지만 어슴푸레했다. 드디어 콘스탄스는 노란 불빛을 보았다. 그녀의 가슴이 두근거렸다. 그녀는 약간 겁을 먹고 있었다.

그는 문을 열고, 따뜻하지만 아무런 장식이 없는 방으로 그녀들을 안내했다. 불이 약하고 타고 있었고, 받침쇠가 빨갛게 달아 있었다. 식탁에는 흰 새 식탁보가 씌워져 있었고, 두 개의 접시과 컵이 놓여 있었다. 힐더는 고개를 흔들면서 이 방을 둘러보았다. 그런 다음 용기를 내서 남성을 바라보았다.

그는 중간키에 말랐지만 훌륭한 남성처럼 보였다. 하지만 이야기를 싫어하는 듯 했다.

"힐더, 앉아요." 콘스탄스가 말했다.

"앉으시지요." 그가 말했다. "차를 드릴까요? 아니면 맥주를 드시겠습니까? 아주 차갑습니다."

"맥주." 콘스탄스가 말했다.

"저도 맥주를 주세요!" 힐더가 장난하는 말투로 말했다. 그는 그녀를 보았다. 그리고 눈을 껌뻑였다. 그는 파란 주전자를 들고 부엌으로 갔다. 맥주를 가지고 되돌아왔을 때 그의 표정은 아까와는 달랐다.

콘스탄스는 문 옆에 앉아 있었고, 힐더는 창문 구석 벽에 등을 기대고 멜러스가 늘 앉는 의자에 앉아 있었다.

"그건 저이 의자예요!" 콘스탄스가 부드럽게 말했다. 힐더는 화다닥 일어섰다.

"앉으십시오! 아무도 예의범절을 따지는 사람은 없으니까요. 앉고 싶은 의자에 앉으십시오." 그는 아주 태연하게 말했다. 그리고 컵을 들어 힐더에게 파란 주전자의 맥주를 따라주었다.

"담배는 가지고 있지 않습니다만, 두 분께서는 가지고 계시겠지요. 저는 피우지 않습니다. 뭘 좀 드시겠습니까?" 그는 똑바로 콘스탄스 쪽을 바라보았다. "가져오면 뭘 좀 먹을래요? 언제나 당신은 뭐든 조금 먹곤 했으니까요."

"뭐가 있나요?" 콘스탄스가 얼굴을 붉히면서 말했다.

"볶은 햄, 치즈, 절인 호두... 여러 가지는 없지만요."

"그래요. 힐더, 어때요?"

힐더는 그를 바라보았다.

"왜 요크셔 사투리로 말하죠?" 그녀가 조용히 물었다.

"이건 요크셔 사투리가 아니고 더비 말입니다."

그는 희미하게 엷은 웃음을 지으면서 그녀를 돌아보았다.

"더비! 그럼 왜 더비 사투리를 쓰죠? 처음에는 보통 영어였는데."

"그랬나요? 저는 그게 편하니까요."

"좀 부자연스러워요." 힐더가 말했다.

"아마 그럴 겁니다. 하지만 테버셜 마을에서는 당신들의 말이 더 부자연스럽게 들릴 겁니다."

그는 먹을 것을 가지러 부엌으로 갔다.

두 자매는 잠자코 있었다. 그는 접시 하나와 나이프, 포크를 가지고 왔다. 그런 다음 말했다.

"미안하지만 웃옷을 좀 벗겠습니다."

그는 옷을 벗어서 못에 걸고, 셔츠 바람으로 식탁에 앉았다. 옅은 크림색의 플란넬 셔츠였다.

그가 말했다. "어서 드십시오."

그는 빵을 잘라놓고 가만히 앉아 있었다. 힐더는 한때 콘스탄스가 느꼈던 것처럼 그의 침묵과 그의 태도에서 어떤 힘을 느꼈다. 그녀는 식탁에 올려놓은 그의 작고 예민해 보이는 손을 보았다. 그는 정말 단순한 노동자는 아니었다. 조그만 치즈를 집어 들면서 그녀가 말했다.

"하지만 사투리가 아니라 보통 영어로 말씀해주시면 좀 더 자연스럽겠군요."

"저는 예의에 싫증 났습니다. 그냥 내버려 두십시오."

세 사람은 말없이 먹었다. 힐더는 그의 식사 태도가 어떤지 살펴보았다. 그녀는 그가 천성적으로 자신보다 더 민감하고 고상한 부분이 있다는 사실을 깨달았다. 그녀에게는 스코틀랜드인 특유의 서툰 부분이 있었다. 하지만 그는 잉글랜드인 특유의 조용하면서도 확신 있는 태도를 가지고 있었고, 조금도 틈이 없었다. 그보다 더 훌륭하게 행동하기란 어려웠다.

그녀가 약간 부드럽게 말했다. "당신은 정말 이런 모험을 할 만한 가치가 있다고 생각하나요?"

"어떤 모험의 가치 말입니까?"

"내 동생과의 교제 말이에요."

그는 짓궂은 웃음을 띠었다.

"동생에게 물어보시지요." 그는 콘스탄스를 바라보았다.

"당신이 자진해서 한 일이잖아요? 내가 강요한 건 아니잖아요!"

콘스탄스는 힐더를 바라보았다.

"너무 책망하지 말아요, 힐더!"

"물론 나도 그러고 싶지는 않아. 하지만 누구든 그것에 대해 생각해야 해. 사람은 생활의 연관성을 깨뜨려서는 안 돼. 도리에 어긋난 짓을 하면 안 돼."

잠시 침묵이 흘렀다.

"연관성이라고요? 그게 뭐죠? 당신은 생활에 무슨 연관성을 가지고 있나요? 이혼하려 한다는 것은 알고 있습니다. 그것은 무엇과의 연관성이지요? 당신 고집과의 연관성이겠지요. 하지만 그게 무슨 소용입니까? 다행스러운 것은 당신과 교섭할 사람이 내가 아니라는 겁니다."

"그런 말을 할 권리가 있나요?" 힐더가 말했다.

"권리라고요? 당신이야말로 다른 사람을 당신의 연관성에 붙들어 맬 권리가 있습니까? 각자의 연관성에 맡겨 두시지요!"

"그럼 당신은 내가 당신의 일에 마음을 쓰고 있다고 생각하시나요?" 힐더가 조용히 물었다.

"그렇습니다. 어쨌든 당신은 나의 처형입니다." 그가 말했다.

"아직 그렇게까지는 되지 않았어요. 분명히."

"아니요. 그다지 멀지 않았습니다. 정말 당신처럼 내게도 어떤 의미의 연관성이 있습니다. 그것은 당신의 경우와 마찬가지죠. 그러니 동생이 조금이나마 사랑과 다정함을 바라고 내게 온 이상, 무엇을 바라는지 알고 있을 겁니다. 동생은 전에도 내 집에서 머무른 적이 있습니다. 그것은 당신의 연관성과는 아무런 관계가 없습니다."

죽음과 같은 침묵이 흘렀다. 이후 그는 계속 말했다.

"만약 다행스러운 결과가 있다면, 나는 운명에게 감사하겠습니다. 나는 이 분으로부터 많은 보물을 얻었습니다. 그 기쁨은 어느 남성이 당신으로부터 받는 것보다도 훨씬 많습니다. 당신께서도 아름다운 야생 사과가 아니라 맛있는 사과가 될 수 있을 텐데 유감입니다."

그는 묘한 미소를 띠면서 그녀를 바라보았다. 그것은 육감적이고 감각적인 웃음이었다.

"당신 같은 사람은 격리시켜야 해요. 자신의 비천함과 이기적인 욕정을 함부로 정당화시키는 사람 말이에요." 그녀가 말했다.

"네, 부인. 아직도 나 같은 남성이 있다는 것이 얼마나 다행인지 모릅니다. 하지만 당신은 지금 상태가 잘 어울립니다. 몹시 고독한 독신 말입니다."

힐더는 일어나서 문으로 갔다. 그도 일어나서 못에 걸린 웃옷을 들었다.

"혼자서도 갈 수 있어요."

"못 가실 겁니다." 그가 허물없이 대답했다.

그들은 다시 묘하게 줄을 지어 좁은 길을 묵묵히 걸었다. 자동차는 이슬에 젖은 채 그대로 있었다. 힐더는 차에 타자마자 시동을 걸었다.

차 안에서 그녀가 말했다. "내가 말하는 것은 당신들 중 누군가 나중에 이런 짓을 할 가치가 있었는지 의심하지 않을까 하는 거예요."

"한 사람에게 살이 되는 것은 다른 사람에게는 독이니까요." 그가 어둠 속에서 대답했다. "하지만 내게 이건 빵이며 동시에 음료입니다."

헤드라이트가 환하게 켜졌다.

"콘스탄스, 아침에 나를 기다리게 하지 말아줘!"

"네, 안 그럴게요. 안녕!"

자동차는 천천히 큰길로 나가자 이내 경쾌하게 달려갔다. 밤의 침묵만이 남았다.

콘스탄스는 겁을 먹고 그의 팔을 잡았다. 그리고 좁은 길을 걸어갔다. 마침내 그녀는 그의 걸음을 멈추게 했다.

"키스." 그녀가 소곤거렸다.

"좀 기다려요. 마음을 좀 가라앉혀요." 그가 말했다.

그것이 그녀를 즐겁게 했다. 아무런 말없이 그의 팔을 잡고, 서둘러 좁은 길을 걸었다. 그녀는 지금 그와 단둘이 있는 것이 너무나도 기뻤다.

"하지만 힐더에게 너무 심했어요." 그녀가 그에게 말했다.

"그 분은 좀 무시해도 괜찮아요."

"언니는 좋은 사람이에요."

그는 대답하지 않았다. 그는 어쩔 수 없다는 동작으로 조용히 식탁을 치웠다.

"2층으로 올라가세요. 거기에 초가 있습니다."

그는 식탁 위에서 타고 있는 초를 고개로 가리켰다. 그녀는 얌전히 그것을 잡았다. 그는 2층으로 올라가는 그녀의 풍만한 엉덩이를 바라보았다.

육감적이고 정열적인 밤이었다. 그녀는 다소 두렵고 마음이 내키지 않기도 했다. 부드러움과는 다른, 좀 더 날카롭고 무서운, 하지만 매 순간마다 더 바라고 싶은 욕망을 불러일으키는 밤이었다. 조금은 겁이 났지만 하고 싶은 대로 몸을 맡겼다.

그러자 무모하면서도 부끄러움이 없는 육감이 그녀를 송두리째 뒤흔들었다. 그것은 사랑이나 욕정이 아니었다. 그것은 마치 불꽃처럼 날카롭고, 영혼을 불태우는 감정이었다.

누구의 눈에도 띄지 않는 비밀스러운 곳에 자리 잡고 있는 가장 깊고, 오래된 부끄러움을 태워버렸다. 그의 의지에 따라 그가 하는 대로 내버려두기에는 노력이 필요했다. 하지만 정열적인 불꽃이 그녀를 깨끗하게 태워버리고, 육감적인 불꽃이 그녀의 장기와 가슴을 짓누르자 그녀는 정말로 죽은 것처럼 느꼈다.

마치 아벨라르가 엘로이즈를 사랑했을 때 수난과 정화를 겪었다고 말한 것의 뜻이 무엇일까. 그녀는 때로 이런 생각을 했다. 아! 천 년 전이든 만 년 전이든 똑같다. 그리스나 전 세계 어디나 똑같다. 정열의 정화, 욕정의 방종! 그렇다. 그릇된 부끄러움을 태워버리고, 육체의 광석을 찾아내서 순결하게 만드는 것이 필요하다.

짧은 여름밤 그녀는 완전한 육감의 불꽃과 더불어 많은 것을 배웠다. 그녀는 자신의 중심에 이른 것을 느끼자 더 이상 본질적인 부끄러움을 느끼지 않았다. 오히려 승리감과 자랑스러움을 느꼈다. 바로 그것이다! 이것이 인생이다! 이것이 인간 본연의 자태인 것이다!

지금까지는 공포 때문에 얼마나 미워했던가! 그러면서도 얼마나 갈망했던가! 이제야 알게 되었다. 그녀의 영혼 밑바닥에서는 남근의 침입이 필요했고, 한편으로는 남몰래 요구했던 것이다. 그런데 갑자기 이루어진 것이다. 그녀는 한 남성과 벌거숭이가 되어 사랑을 나누었고, 부끄러움을 모르게 되었다.

아, 신이여! 남성이란 참으로 희귀한 물건이다. 남성이란 누구나 할 것 없이 돌아다니다가 냄새를 맡고 교미하는 개와 같다. 조금도 무서워하지 않거나 부끄러워하지 않는 남성을 발견하다니! 그녀는 아득히 먼 꿈나라로 떠나 잠든, 그야말로 야생 동물처럼 잠자고 있는 그를 물끄러미 바라보았다. 그녀는 그에게서 떨어지지 않으려고 그의 가슴속으로 파고 들었다.

그의 몸이 움직이자 그녀는 완전히 잠에서 깼다. 그는 침대에 앉아서 자신을 내려다보고 있었다. 그녀는 자신의 벌거벗은 몸이 그의 눈에 비치고 있다는 것, 자신이 그대로 비친다는 것을 알았다. 그녀의 모든 것을 아는 남성의 눈빛이 빛을 발하면서 그녀를 관능적으로 휩싸이게 만들었다.

"일어날 시간인가요?" 그녀가 말했다.

"6시 반입니다."

8시에는 좁은 길 끝에 가 있어야 했다.

"아침식사를 여기로 가져올까요? 어때요?" 그가 말했다.

"네."

플로시는 얌전하게 낑낑거리고 있었다. 그는 일어나서 잠옷을 벗고 수건으로 몸을 문질렀다.

"커튼을 걷어주세요."

이미 태양이 아침의 초록빛 풀을 부드럽게 비추고 있었다. 그녀는 벌거벗은 팔과 젖가슴을 내놓고 마치 꿈을 꾸듯 지붕 밑 창문으로 밖을 내다보았다. 그는 옷을 입었다.

"내 잠옷은 어디에 있어요?"

그는 침대 속에 손을 넣어 얇은 비단 조각을 끄집어냈다.

"발목에 걸렸길래 알았죠." 그 잠옷은 찢어져 있었다.

"괜찮아요. 이 방의 것이니까 여기에 두고 가겠어요."

"그러세요. 밤에는 다리 사이에 끼고 잘게요. 거기에는 이름이나 표시가 붙어 있지 않겠죠?"

그녀는 찢어진 잠옷을 걸치고 앉아 꿈꾸듯 창밖을 내다보았다. 아침의 맑은 공기가 새소리와 함께 들려왔다. 새들은 끊임없이 날고 있었다. 플로시는 뛰어 나갔다. 그야말로 찬란한 아침이었다.

아래층에서 그가 불을 피우고, 물을 긷고, 뒷문으로 나가는 소리가 들렸다. 이내 구수한 베이컨 냄새가 풍겼다. 그는 문을 겨우 빠져나올 만한 커다란 검은 쟁반을 들고 올라왔다. 그는 쟁반을 내려놓고 차를 따랐다. 콘스탄스는 찢어진 잠옷을 입은 채 허기진 듯 먹었다.

"참 좋아요! 이렇게 함께 아침을 먹다니 말이에요."

그는 잠자코 먹고 있었다. 덧없이 빨리 흐르는 시간이 그의 마음을 무겁게 했다. 그 생각이 그녀에게도 전해졌다.

"정말이지 우리가 여기에서 함께 살고 라그비 저택이 한없이 먼 데 있으면 좋겠어요. 내가 진정으로 떠나는 것은 라그비 저택으로부터예요. 알죠?"

"그럼요."

"우리 함께 살면서 생활한다고 약속했죠? 그렇죠? 약속해주는 거죠?"

"가능할 때요."

"지금 바로 우리가 같이 살 순 없겠죠?" 그녀가 호소하듯 말했다.

"물론이죠. 이제 25분만 지나면 당신은 떠나야 해요."

"벌써요?" 그녀가 외쳤다. 그는 갑자기 손가락을 치켜들고 경계의 신호를 보이면서 의자에서 일어섰다.

플로시가 짧게 짖었다. 그리고 경계하듯 세 번 크고 날카롭게 짖었다.

그는 조용히 쟁반에 접시를 내려놓고 아래층으로 내려갔다. 정원 쪽으로 내려가는 소리가 들렸다. 자전거의 벨소리가 울렸다.

"안녕하세요, 멜러스. 등기우편입니다."

"그래요, 연필 가지고 왔어요?"

"여기 있습니다."

"캐나다군요." 낯선 목소리가 들렸다.

"네. 영국령 콜롬비아에 있는 친구에게서 온 거군요. 등기우편을 보내다니 웬일인지 모르겠네요."

"그럼 안녕히 계세요!"

"고마워요."

잠시 후 그는 2층으로 올라왔다. 약간 화가 난 것 같았다.

"우편배달부입니다." 그가 말했다.

"이른데요."

"지방배달이거든요. 대개 7시까지 여기에 오죠."

"친구가 좋은 거라도 보냈나요?"

"아니요. 영국령 콜롬비아의 사진과 신문입니다."

그는 우편배달부가 온 것을 염려하고 있었다. "저 자전거는 알아차리기 전에 왔는데. 아무것도 눈치 채지 못했으면 좋겠는데요."

"하지만 무슨 눈치를 챘겠어요?"

"자. 이제 일어나서 준비를 해요. 나는 잠깐 밖을 둘러보고 올게요."

그는 개를 데리고 총을 들고 좁은 길을 살피러 나갔다. 그녀는 아래층에 가서 세수를 했다. 그가 돌아왔을 때에는 모든 준비가 끝났다. 그는 문을 잠갔다. 둘은 좁은 길로 가지 않고 숲속을 걸었다. 그는 매우 조심스럽게 행동했다.

"어젯밤의 우리처럼 모두 서로 사랑하기 위해 살고 있다고 생각하지 않나요?"

"그렇지요. 하지만 그 일을 깊이 생각해야 할 시간도 있어야 해요." 그는 조금 무뚝뚝하게 대답했다.

"우리 함께 살아요, 네?" 그녀가 애원했다.

"그럽시다." 그는 돌아보지 않고 발을 옮기며 말했다. "그때가 오면! 하지만 지금 당신은 베니스인지 어딘지를 가려고 하잖아요."

그녀는 잠자코 그의 뒤를 따라갔다. 마음이 차분하게 가라앉았다. 아! 그렇다. 지금 떠나는 거다. "당신은 나를 다정하게 생각해주겠죠?" 그녀가 소곤거렸다. "어젯밤 당신을 사랑했어요. 부드럽게 나를 사랑해줄 거죠?"

그는 그녀에게 키스하고 잠시 가만히 끌어안았다. 그리고 나서 한숨을 쉬고 다시 한 번 키스했다. "차가 와 있는지 가보고 올게요."

그들은 차가 가까이 와서 가볍게 경적을 울리는 것을 들었다. 다리에 이르자 차는 속력을 늦추었다. 그녀는 갑자기 심한 슬픔에 사로잡히면서 그의 뒤를 따라갔다. 그리고 호랑가시나무 울타리가 있는 곳으로 왔다. 그는 그녀의 뒤에 있었다.

"자. 저기로 빠져 나가요." 그가 울타리 틈새를 가리키면서 말했다. "난 가지 않을게요."

그녀는 몹시 절망하면서 그를 보았다. 그녀는 호랑가시나무 울타리를 빠져나와 괴로운 기분으로 걸어갔다. 작은 도랑에 빠졌다가 겨우 좁은 길로 나섰다. 힐더가 초조하게 차에서 내려와 있었다.

"어머, 거기에 있었니? 그 사람은 어디에?"

"안 왔어요."

조그만 가방을 들고 차에 탔을 때 그녀의 얼굴은 눈물로 젖어 있었다. 힐더는 모양이 없는 보안용 안경이 달린 운전 모자를 들었다.

"이걸 쓰렴." 힐더가 말했다. 콘스탄스는 변장을 했다. 그 위에 운전복을 입었다. 보안용 안경을 쓴 모습은 인간처럼 보이지 않았다. 차는 벌써 큰길로 들어서고 있었다. 콘스탄스는 주변을 둘러보았다. 하지만 아무데서도 그는 보이지 않았다. 헤어진 것이다! 헤어지고 만 것이다! 그녀는 몹시 울었다. 이처럼 갑자기 이별이 찾아오다니. 그것은 죽음과도 같았다.

"잠시나마 그로부터 떨어진 것은 다행이야." 힐더가 크로스힐 마을을 피해 차를 돌리면서 말했다.

23.
새로운 생명과 자유

"언니." 점심식사 후에 콘스탄스가 말했다. 벌써 런던 가까이였다. "언니는 진정한 애정도, 욕망도 몰라요. 한 남성에게서 이 두 가지를 알게 된다면 큰 변화가 있을 거예요."

"제발 부탁이니 네 경험을 자랑하지 마!" 힐더가 말했다.

그녀는 언제나 언니의 지배를 받았다. 하지만 이제 그녀의 마음 한 구석에는 슬픔이 있지만, '다른 여성들'의 지배는 받지 않았다. 아! 그것은 새로운 생명이 주는 구원이었다. '다른 여성들'의 지배와 고집으로부터 자유로워진 것은.

그녀는 아버지와 함께 있게 된 것을 기뻐했다. 그녀는 언제나 아버지 마음에 들었다. 그녀와 힐더는 팔멜 근처의 작은 호텔에 머물렀고, 멀컴 경은 클럽에 머물고 있었다. 하지만 그는 저녁에 딸들을 데리고 나갔고, 딸들도 아버지와 함께 나가기를 좋아했다.

그는 아직 풍채가 좋았고, 정직했다. 그는 스코틀랜드에서 새로 아내를 맞았다. 그보다 젊고 부자였다. 하지만 첫 번째 아내와 마찬가지로 될 수 있는 한 그녀 곁을 떠나서 오랫동안 휴일을 즐겼다.

콘스탄스는 오페라를 보러 가서 아버지와 나란히 앉았다. 그는 아직도 튼튼하고 억셌다. 아버지의 기분 좋은 자기중심주의, 남에게 의지하지 않는 독립심, 후회하지 않는 욕망. 그야말로 남성다웠다! 하지만 슬프게도 노인이 되어가고 있었다.

런던에서 콘스탄스는 행복하지 않았다. 사람들은 모두 창백하고 유령처럼 보였다. 그들은 발랄하고 아름다웠지만, 활기찬 행복은 없었다. 모두 메마른 느낌이었다. 콘스탄스는 행복을 가지고 싶은 여성의 본능으로 행복을 갈망하고 있었다.

파리에서는 약간의 육감을 느낄 수 있었다. 하지만 얼마나 지루하고 지치고, 닳아빠진 육감이란 말인가! 애정의 결핍으로 닳아빠졌다. 아! 파리는 슬픈 곳, 가장 슬픈 곳 중 하나였다. 현대의 기계적인 육감에 지치고, 돈을 위한 흥분에 지치고, 울분과 기만에도 지쳤다. 죽음과 같은 피로였다.

콘스탄스는 자신이 세상을 두려워하고 있다는 사실을 알았다. 뤽상부르 공원에 있는 동안 그녀는 조금이나마 행복했다. 하지만 파리는 미국인이나 영국인으로 가득했다. 묘한 옷차림의 미국인이나 절망에 가득 차 건너 온, 외국에서는 도무지 역겨워서 볼 수 없는 언제나 무료한 영국인들이었다.

그녀는 드라이브를 하는 것이 즐거웠다. 갑자기 무더운 날씨가 되었다. 그래서 힐더는 스위스를 지나 브레너 산맥을 넘었다. 그리고 돌로마이츠 산맥을 넘어서 베니스로 갔다. 힐더는 모든 일을 처리하고, 운전하고, 앞장서서 시중 들기를 좋아했다. 콘스탄스는 아무것도 하지 않는 데에 만족했다.

여행은 그야말로 즐거웠다. 하지만 콘스탄스는 마음속으로 중얼거렸다. '왜 진정으로 이 여행이 마음에 들지 않는 걸까? 어째서 진심으로 기쁘지 않은 걸까? 이제 정말이지 경치고, 뭐고 다 싫어. 뭐 때문에 이런 걸 봐야 하지? 어째서? 난 다 싫어.'

그녀는 프랑스에서도, 스위스에서도, 티롤에서도, 이탈리아에서도 생기가 있는 것이라곤 찾아보지 못했다. 그녀는 차에 실린 채 여기저기 지나갔을 뿐이다. 정말이지 라그비 저택보다 더 공허했다. 정말이지 그녀에게는 라그비 저택이 더 현실적이었다.

오히려 라그비 저택에 있는 편이 더 나았다. 거기라면 이리저리 돌아다닐 수도 있고, 가만히 있어도 된다. 그리고 아무 것도 보지 않아도 되고, 어떤 연극도 하지 않아도 된다. 즐기려고 하는 여행자의 연극은 너무나도 절망적이고 부끄러웠다. 여행은 그야말로 실패였다.

그들은 메스트레에서 차를 맡긴 다음 정기 여객선을 타고 베니스로 갔다. 쾌적한 여름날 오후였다. 얕은 호수에는 잔물결이 일고 있었다. 수면 저편에 등을 보이고 있는 베니스에는 햇살이 희미하게 보였다.

그들은 부두에서 뱃사공에게 주소를 알려주고 곤돌라를 바꿔 탔다. 희고 푸른 색의 긴 옷을 입은 평범한 사공이었다. 그다지 다듬은 얼굴도 아니었고, 인상적이지 않았다.

"네, 에스메랄다 별장 말씀이지요! 잘 알고 있습니다. 한때 거기에서 어떤 분의 사공 노릇을 했지요. 꽤 멉니다."

드디어 양쪽에 길이 있는 넓은 운하로 나왔다. "아가씨들께서는 에스메랄다에 오래 묵으십니까?" 시원스럽게 노를 저으면서 그가 물었다. 그리고 희고 푸른 손수건으로 흐르는 땀을 닦았다.

"한 20일. 우리는 둘 다 기혼이에요." 힐더가 부드러운 목소리로 말했다.

"네, 20일입니까?" 잠시 후 그가 다시 물었다. "그럼 부인들께서는 20일 동안 사공이 필요하겠군요. 에스메랄다 별장에 묵으시는 동안 말입니다. 그렇지 않으면 하루나 1주일 쓰시겠습니까?"

콘스탄스와 힐더는 생각했다. 육지에서 자기 자동차를 가지고 있는 것이 편하듯 베니스에서는 자기 곤돌라를 가지고 있는 것이 편하다.

"모터보트도 있고, 곤돌라도 있습니다. 하지만..."

'하지만'에는 어떤 뜻이 담겨 있었다. 그 배들은 그녀들의 것이 아니라는 것이었다.

"얼마죠?"

하루에 약 30실링, 1주일에 10파운드였다.

"그건 공정가격인가요?" 힐더가 물었다.

"그것보다는 싸지요. 부인. 공정가격은..."

자매는 생각했다.

"그럼 내일 아침에 와 봐요. 그때 결정할게요. 이름이 뭐죠?"

그의 이름은 조반니라고 했다. 그는 몇 시에 가면 되는지, 누구를 찾으면 되는지 물었다. 힐더는 명함을 가지고 있지 않았다. 콘스탄스가 자신의 명함을 주었다. 그는 열띤 남국적인 푸른 눈으로 그것을 보았다. 그리고 다시 한 번 그들을 쳐다보았다.

"아!" 그가 밝은 얼굴로 말했다. "영국 귀부인이시군요."

"콘스탄차 부인." 콘스탄스가 말했다. 그는 고개를 끄덕였다.

에스메랄다 별장은 바다를 향해 튀어나온 첫 번째 호 끝으로 꽤 멀리 떨어진 곳에 있었다. 키오지아 항이 보이는 근처였다. 별장은 무척 오래된 집이었지만, 바다를 볼 수 있는 테라스가 있는 쾌적한 곳이었다. 아래쪽에는 울창한 나무가 있는 커다란 정원이 있고, 호 사이에는 벽이 둘러싸여 있었다.

이 별장은 만원이었다. 멀컴 경과 두 딸 이외에도 7명의 손님이 더 있었다. 역시 두 딸을 데리고 온 스코틀랜드인 부부와 젊은 이탈리아 백작 미망인, 조지아국의 젊은 공작, 폐렴을 앓고 난 다음 건강 때문에 알렉산더 경의 교회 사제를 맡고 있는 영국인 목자였다. 무일푼에 잘생긴 공작은 파렴치한 점으로 봐서는 운전사를 하면 아주 잘 어울릴 것 같았다. 백작 미망인은 어디엔가 정부라도 있는 듯 조용하고 몸집이 작았다. 목사는 버킹엄 교구에서 온 소박한 사람이었다. 다행히도 그는 아내와 두 아이를 집에 두고 왔다. 그리고 4식구가 온 거그스리 씨네는 상당한 재산을 가진 에든버러의 중류계급으로 아무런 위험도 일으키지 않으면서 대담하게 여러 가지를 즐기는 사람들이었다.

멀컴 경은 그림을 그리고 있었다. 그는 때로 자신의 스코틀랜드 풍경화를 대조시키면서 베니스 호의 경치를 그리고 싶어 했다. 그래서 아침마다 큰 화포를 들고 배를 저어 언제나 같은 자리에 자리잡았다. 그리고 조금 있으면 쿠퍼 부인이 스케치용 화판과 그림물감을 가지고 도심지로 나갔다. 그녀는 고답적 수채화가여서 집에는 장밋빛 궁전이나 어두운 운하, 도교, 중세 집 등 그녀의 그림이 가득했다. 그리고 나면 거스리네 사람들이나 공작, 백작부인, 알렉산더 경, 그리고 가끔은 목사인 린드씨까지 리도섬으로 갔다. 거기에서 그들은 해수욕을 하고 1시 반쯤 늦은 점심을 먹으러 돌아왔다.

어떤 점에서는 유쾌했다. 거의 향락 그 자체였다. 칵테일을 마시고, 따뜻한 물속에 잠기고, 뜨거운 태양 아래 누워 더운 모래사장에서 일광욕을 하고, 더운 밤에 남성의 몸에 기대어 재즈를 추다가 얼음으로 몸을 식혔다. 그야말로 마취제였다. 담배, 칵테일, 얼음, 베르무트 술. 모든 것이 마약이었다. 마취제에 취하는 것이다!

힐더는 이 약에 취하는 것을 좋아했다. 그녀는 부인들을 이리저리 둘러보고, 추리하는 것을 좋아했다. 여성이란 같은 여성에 대해 흥미를 가진다. 저 여성은 어떤 여성일까? 어떤 남성을 매혹시켰는가? 그녀는 그것을 얼마나 재미있어 하는가? 남성은 흰 플란넬 바지를 입은 것이 마치 개와 같다. 가볍게 쓰다듬어주기를 바라고, 엎치락뒤치락하기를 바라며, 재즈에 맞추어 자기 몸을 여성의 몸에 비비고 싶어 한다.

힐더는 재즈를 좋아한다. 남성의 몸에 자기 몸을 기대게 하면서 이리저리 춤추고, 자신의 움직임을 남성에게 맡길 수 있기 때문이다. 하지만 콘스탄스는 불행했다. 그녀는 재즈를 추고 싶지 않았다. 그녀는 리도섬의 거의 벌거벗은 육체 덩어리를 이룬 군중들을 싫어했다.

힐더와 함께 호 저쪽으로 갈 때가 그녀에게는 가장 행복했다. 그녀들은 멀고 쓸쓸한 자갈밭으로 갔다. 거기에서 곤돌라를 모래밭 안쪽에 놓고, 자신들만의 해수욕을 할 수 있었다.

콘스탄스는 호의 타는 듯한 빛 때문에 허탈한 기분으로 돌아왔다. 편지가 와 있었다. 클리포드는 어기지 않고 빈틈없이 편지를 써 보냈다. 그는 훌륭한 편지를 썼다. 책으로 만들어도 놓을 정도였다. 하지만 그 때문에 콘스탄스는 편지에 그다지 흥미가 없었다.

그녀는 호의 빛이며, 해안에 물결치는 소금 냄새가 풍기는 짠물이며, 공간, 공허함, 그리고 허무함 때문에 거의 마비상태였다. 하지만 건강했다. 그것은 건강의 도취였다. 매우 흐뭇한 일이었다. 그래서 아무 것도 돌보지 않고 그 속에 잠겨 있었다. 더욱이 그녀는 임신 중이었다. 확실하게 그것을 알 수 있었다. 그래서 햇빛, 호의 소금기, 해수욕, 자갈 위에 눕는 일, 조개를 줍는 일, 곤돌라를 타고 떠도는 일 등으로 황홀해지는 기분은 그녀의 임신으로 인해 느끼는 또 하나의 만족스러움을 더욱 완전하게 하는 것이었다.

24.
인간의 굴욕과 유대

　그녀가 베니스에 온 지 2주일이 되었다. 그리고 앞으로도 열흘 혹은 2주일 가량 더 머무를 작정이었다. 햇빛은 끊임없이 타고 있었다. 육체의 건강이 넘쳐 무슨 일이든 잊도록 했다. 그녀는 일종의 행복감에서 오는 허탈감에 빠졌다.

　하지만 클리포드의 편지가 그녀의 눈을 뜨게 했다.

　이곳에서는 한가하고 평화로운 시골다운 사건이 있었어. 산지기 멜러스의 게으름뱅이 부인이 그의 오두막집으로 찾아왔는데, 도통 환영을 받지 못했다지. 그가 그녀를 내쫓고 문을 잠가버렸다는거야. 하지만 그가 숲에서 돌아와보니 이제 더 이상 아름답지도 않은 그녀가 '벌거벗은 채' 그의 침대에 들어가 있었대. 멜러스는 이 사나운 비너스를 쫓아버릴 수 없어서 체념하고 테버셜에 있는 어머니 집으로 갔단 말이야. 아무튼 스택스 게이트의 이 비너스는 숲속 오두막에 버티고 있고 아폴로는 테버셜에 거처를 정했다는 거야.

　백발을 날리고, 붉은 살결을 빛내면서 바다로 나가는 멀컴 경을 그린 당신의 그림은 참 좋았어. 일광욕을 하는 당신이 부러울 따름이야.

여기는 지금 비가 내리고 있어. 하지만 난 멀컴 경의 완고하면서도 맹렬한 열정은 부럽지 않아. 물론 그 분의 나이에는 어울릴 거야. 사람은 나이가 들수록 열정적이 되고, 죽음에 다가가니까. 다만 청춘만이 불멸인 셈이지.

이 소식은 반쯤 도취한 행복 상태에 있던 콘스탄스를 뒤흔들었고, 당황해서 흥분하도록 했다. 그 여성의 출현으로 괴로워해야 한다니! 그녀는 놀라고 초조해서 어쩔 줄 몰랐다. 하지만 멜러스에게 편지는 쓰지 않기로 했다. 그러나 그에게 직접 이야기를 듣고 싶었다. 그는 머지않아 태어날 아기의 아버지이다. 그래서 그로부터 직접 들어야 한다.

이 무슨 끔찍한 일이란 말인가! 어쩌면 모든 것이 이렇게 혼란스럽단 말인가! 영국 중부지방의 암울하기 짝이 없는 혼란에 비하면 여기에서는 햇빛을 받고 한적하게 살고 있으니 얼마나 즐거운가! 인생에 있어 맑게 갠 하늘이야말로 무엇보다도 중요하다.

그녀는 자신이 임신한 사실을 누구에게도 알리지 않았다. 심지어 힐더에게도 말하지 않았다. 그녀는 볼턴 부인에게 좀 더 자세한 소식을 알려달라고 편지를 보냈다.

덩컨 포브스는 그녀들의 친구이자 미술가였다. 그는 로마에서 에스메랄다 별장으로 왔다. 두 사람의 곤돌라에 세 번째 승객이 되어 그녀들과 호 건너편에서 해수욕을 즐겼다. 그는 그녀들의 호위무사였다. 거의 말이 없는 조용한 젊은이로 그림 솜씨가 뛰어났다.

콘스탄스는 볼턴 부인으로부터 편지를 받았다.

마님, 클리포드 나리를 만나시게 되면 분명히 기뻐하실 겁니다. 정말 건강해지시고, 열심히 일하고 계십니다. 그리고 희망에 차 계십니다. 나리께서는 우리 곁으로 마님께서 다시 돌아오실 날을 기대하고 계십니다. 마님께서 계시지 않으니 집이 쓸쓸해서 도무지 재미가 없습니다. 우리들은 마님께서 돌아오시기를 손꼽아 기다리고 있습니다.

멜러스 씨에 대해 클리포드 나리께서 어느 정도나 쓰셨는지 모르겠습니다. 어느 날 오후 그의 아내가 돌아온 모양입니다.

그리고 그가 숲에서 돌아왔을 때 그녀가 문 앞에 앉아 있는 것을 본 겁니다. 그녀는 자기가 본처이고, 이혼할 생각이 없으니 다시 함께 살고 싶다고 했답니다. 그가 이혼하려 했기 때문이지요. 하지만 그는 다시 그녀와 관계를 맺지 않았고, 집안으로 들여놓지도 않았습니다. 그는 들어가지 않고, 문도 열지 않은 채 숲으로 되돌아갔습니다.

하지만 그가 어두워진 다음에 돌아와 보니 누군가 집으로 들어간 흔적이 있었답니다. 그래서 그 여자가 무슨 짓을 했나하고 2층으로 올라갔더니 그녀가 벌거벗은 채 누워있더랍니다. 그는 돈을 주려 했지만, 그녀는 자신이 본처니까 도로 데려놓아야 한다고 했답니다. 그는 그 여자와 사느니 차라리 죽는 편이 낫다고 말했답니다. 그리고 자기 소지품을 들고 테버셜 마을의 어머니에게로 가버렸답니다. 하지만 다음 날 그녀는 베갈리에 있는 오라버니 댄에 집으로 가서 욕을 퍼부으면서 자신이 본처인데, 집에 다른 여성을 끌어들였다고 야단법석을 떨었답니다. 그 증거로 그의 서랍에서 향수병과 재떨이 속에서 금빛테가 달린 담배꽁초를 발견했다는 겁니다. 저는 어찌된 영문인지 도저히 알 수가 없습니다. 그리고 우편배달부 프레드 커크가 말하길 어느 날 아침 일찍 멜러스씨 침실에 누군가의 이야기 소리가 들렸고, 좁은 길에 자동차가 서 있다고 했다는군요.

그녀는 멜러스를 붙들기 위해 멜러스 어머니의 집으로 계속 찾아가곤 합니다. 그녀는 결국 그가 오두막집에서 자신과 함께 살게 될 거라고 큰소리친답니다. 그리고 그에게서 위자료를 받겠다고 변호사를 찾아갔답니다. 그녀는 전보다도 더 뚱뚱해졌고, 더 천해졌고, 억세졌습니다. 그에 대해서 끔찍한 말도 한답니다. 하지만 제가 말씀드리고 싶은 것은 만약 정말로 그가 그녀에게 그렇게 짐승같은 사람이었다면, 왜 그 사람한테 돌아오고 싶은 걸까요? 물론 그 여자는 인생 전환기가 될 나이가 된 거죠. 그녀가 나이가 훨씬 더 많으니까요. 그래서 저런 천하고 난폭한 여성은 그런 상태가 가까워오면 정신에 이상이 생기는 것 같아요.

이것은 콘스탄스에게 큰 충격이었다. 비열함과 모욕을 받은 셈이다. 그녀는 그가 버더 쿠츠와 깨끗이 이혼하지 않은 것에 대해 화가 났다. 콘스탄스는 그와 함께 지낸 마지막 밤을 생각하면서 몸서리를 쳤다. 그는 모든 육감을 버더 쿠츠와 나누었던 것이다. 그게 정말로 싫었다. 그와 헤어져 인연을 끊는 게 나을지도 모른다. 그는 정말로 저속하고 야비한 사나이일지도 모른다.

그녀는 갑자기 마음이 변했다. 그리고 거스리씨 딸들의 얼빠진 행동이나 미숙한 처녀다움이 부러울 지경이었다. 누구나 다 그녀와 산지기에 관한 것을 알고 있을 것이라고 생각하니 두려워졌다. 이 무슨 참을 수 없는 굴욕이란 말인가! 그녀는 모든 것이 싫어지고 무서워졌다.

향수병은 그녀의 어리석음 때문에 그렇게 된 것이다. 그녀는 어린아이같은 기분에서 서랍 속 그의 손수건이나 셔츠에 향수를 뿌렸다. 그리고 코티산 제비꽃 향수를 작은 병에 절반쯤 남겨서 그의 옷 사이에 넣어 두었다. 향수를 통해 자기를 생각나게 하고 싶었던 것이다. 담배꽁초는 힐더의 것이었다. 그녀는 덩컨 포브스에게 조금이나마 이야기를 털어놓지 않을 수가 없었다. 그녀는 그가 산지기라는 말은 하지 않았다. 다만 그 남성이 자신을 좋아한다는 것이 그의 이력을 말했을 뿐이다.

"그래요." 덩컨이 말했다. "그들은 그를 쓰러뜨리고, 파멸시킬 대까지 절대로 그만두지 않을 겁니다. 아, 그들은 그 불쌍한 남성을 때려눕히고 말 겁니다."

콘스탄스는 아이비 볼턴에게 편지를 썼다. 그리고 산지기에게 보내는 편지를 동봉해서 그에게 전해줄 것을 부탁했다. 그녀는 이렇게 썼다.

당신 부인이 당신을 괴롭힌다는 말을 듣고 가슴 아프게 생각하고 있어요. 하지만 너무 근심하지 마세요. 일종의 발작에 지나지 않아요. 갑자기 시작된 것처럼 갑자기 끝나게 될 거예요. 하지만 몹시 섭섭해요. 너무 걱정하지는 마세요. 결국 염려할 가치조차 없게 될 거예요. 그녀는 당신을 해치고 싶어하는 발작적인 여성일 뿐이에요. 전 열흘 뒤에 돌아가요. 모든 일이 잘 되기를 바라고 있어요.

며칠 뒤에 클리포드로부터 편지가 왔다. 그는 다소 혼란스러워 했다.

16일에 베니스를 출발한다니 기쁘군. 하지만 당신이 그곳에서 즐겁게 지내고 있다면 서둘러 돌아오지 않아도 괜찮아. 우리 라그비 저택 사람들은 당신이 없어서 쓸쓸해. 하지만 당신은 충분한 햇빛이 필요하지. 리도섬의 광고에서처럼 햇빛과 파자마 말이야. 그래서 만약 당신이 그것이 기쁘고, 그것이 이곳의 끔찍한 겨울에 대한 준비라면 좀 더 머무르길. 오늘도 여기는 비가 오고 있어.

산지기의 추문은 아직도 계속되어서 마치 눈덩이처럼 점점 커져가고 있어. 볼턴 부인이 내게 알려주지. 그녀는 멜러스의 추문에 열중해 있어. 마치 연극 배우 같은 그녀의 격분은 멜러스의 아내에 대한 것이야. 그녀는 그 여성을 버더 쿠츠라고밖에 부르지 않아. 그래서 나는 버더 쿠츠라는 여성의 진흙투성이 생활 속까지 끌려 들어갔지.

나는 우리 산지기를 잃는 게 아닌가 싶어. 그 난폭한 여성의 추문이 가라앉기는커녕 점점 더 커지고 있어. 말할 수 없는 모든 일이 그의 탓으로 돌려지고 있어. 아주 이상한 것은 불쾌한 물고기 떼 같은 광부 부인들이 자신들의 뒷방패로 넣으려 한다는 거지. 그래서 마을은 온통 이 이야기로 썩어가고 있어.

버더 쿠츠는 숲속 오두막집을 습격한 후 그의 어머니 집에서 멜러스를 습격했대. 그런 다음 어느 날 학교에서 돌아오는 자기 딸을 붙은 모양이야. 그런데 이 조그마한 아이가 사랑하는 어머니에게 키스는커녕 달려들어서 물었대. 그래서 그 아이는 비틀거리면서 도랑에 빠질 만큼 세게 따귀를 맞았다는 거야. 화가 치밀어서 어쩔 줄 몰라 하는 할머니가 아이를 구했대.

그 여성은 놀랄 만큼 소문을 뿌렸대. 이런 자질구레한 일은 린리와 의사한테 들은 건데, 그는 몹시 재미있어 해. 물론 그런 것은 아무것도 아니지. 인류는 예로부터 이상한 성교에 대해서는 호기심을 가지고 있으니까. 하지만 나는 우리집 산지기가 그런 여러 가지 방법을 알고 있으리라고는 짐작도 못 했어. 분명히 버더 쿠츠가 가르쳤을거야.

하지만 이런 이야기는 내가 귀 기울이듯 누구나 다 듣기 좋아하지.

곤란한 것은 저 끔찍한 버더 쿠츠가 자신의 경험이나 상황만 말하는 데 그치지 않는 거지. 그녀는 남편이 집에 여성을 끌어들였다고 소리 지르면서, 자기 맘대로 몇몇 여성의 이름을 댔어. 이는 점잖은 사람의 이름을 진창 속에 넣는 결과를 초래했지. 뜻하지 않은 곳까지 파급효과가 미친 거지. 그래서 그 여성은 금지령을 받게 됐어.

숲에서는 그 여성을 멀리 할 수 없을 것 같아서 이 일 때문에 할 수 없이 멜러스를 만났어. 나는 그가 양철 깡통을 꼬리에 맨 개처럼 느껴졌어. 나는 그에게 숲 일을 할 수 있는지 물어봤어. 그는 자기가 일을 게을리 하지 않는다고 대답했어. 그래서 여성이 버티고 있는 건 좀 성가신 일이라고 말했지. 그러자 자기는 그녀를 체포할 권리가 없다는 거야. 나는 부득이 추문과 불쾌한 소문의 경과를 말해줄 수밖에 없었어. 그랬더니 그는 '그들도 자신의 정사가 시작되면 남의 일에 대한 터무니없는 말을 듣지 않을 겁니다'라고 괴로운 듯 이야기하더군. 하지만 그런 말을 하는 그의 태도는 점잖지도, 정중하지도 않았어. 나는 그 점을 그에게 암시했지. 그러자 그의 양철 깡통이 울리는 소리를 들었어. 그는 '내가 두 다리 사이에 남근을 가지고 있다는 사실을 힐책한다는 것은 당신에게 어울리지 않습니다, 클리포드 경'이라고 하더라고.

이런 말을 분별력 없이 지껄이는 것은 결코 그에게 유리하지 않았어. 목사도, 린리도, 부로즈도 그가 여기를 떠나는 게 좋다고 생각하고 있었지.

그가 집에서 귀부인을 접대했다는 것이 사실이냐고 물었어. 하지만 그는 '도대체 그게 당신께 어떻다는 겁니까?'라고 할 뿐이었어. 나는 내 영토 내에서 풍기를 지키고 싶다고 했지. 그러자 그는 '그렇다면 여성들 입에 단추를 채워야겠군요'라고 하더군. 오두막집에서 그의 생활에 대해 묻자 그는 '당신께서는 나와 암캐인 플로시 사이에도 무슨 추문이 있다고 말씀하시겠군요. 그렇게 말씀드리면 어떠십니까?'라는 거야. 그래서 나는 그에게 다른 일거리를 찾는 게 쉽겠냐고 물었지. 그는 '당신이 이 일에서 나를 떼놓고 싶다고 은근히 말씀하시기만 하면, 극히 쉬운 일입니다.'라고 하더군. 그래서 그는 별다른 귀찮은 일 없이 다음 주말에 떠나기로 했어. 존 체임버스라는 젊은이가 대신 들어오기로 해서 그는 지금 그에게 여러 가지 일을 가르쳐주고 있지. 그가 떠날 때 나는 그에게 한 달치 급여를 더 주겠다고 했어. 하지만 그가 그만두라고 하더군. 그는 내가 도의적인 책임을 다할 수 있는 기회를 주지 않는 거야. 그에게 어떤 의미냐고 물어봤어. 그러자 그는 '당신은 나한테서 필요 이상으로 받은 것이 없습니다. 그러니까 내게도 필요 이상의 것을 줄 필요가 없습니다.' 그래서 일단 이렇게 일단락 지어졌어. 그 여성은 어디론가 가 버렸어. 만약 테버셜에 나타나면 체포될 거야. 아마 감옥을 무서워하나봐. 하지만 그렇게 될 만한 짓을 한 걸. 멜러스는 다음 주 토요일이면 이곳을 떠날 예정이야. 그러면 이 마을도 다시 어느 때와 마찬가지로 잠잠해지겠지.

어쨌든 콘스탄스, 만약 당신이 9월 초까지 베니스와 스위스에 머무르면서 유쾌하게 지내고 싶다면, 이 불쾌한 소문을 듣지 않아도 될 거라고 생각해. 그 소문도 이번 달 말이면 깨끗하게 없어질 테지.

초조해하면서도 동정심이라고는 전혀 없는 클리포드의 편지는 콘스탄스의 마음에 심한 타격을 주었다. 하지만 그녀는 멜러스로부터 다음과 같은 편지를 받았을 때 잘 이해할 수 있었다.

고양이가 여러 새끼 고양이와 함께 주머니를 나왔어요. 당신은 내 아내 버더가 사랑하지도 않는 내게 돌아와서 집에 들어앉은 것을 알 겁니다. 솔직히 말하면, 그녀는 작은 코티 향수병에서 쥐 냄새를 맡은 거죠. 적어도 며칠 동안 그녀는 다른 증거를 발견하지 못했어요. 그러자 태워버린 사진을 가지고 막 떠들어댔죠. 그녀는 액자 유리와 뒤판을 침실에서 발견했어요. 불행히도 뒤판에 누군가 스케치를 해놨더군요. 거기에는 머릿글자로 C.S.R.이라고 여러 번 쓰여 있었어요. 하지만 이것은 아무런 단서도 되지 않았어요. 드디어 그녀는 오두막집에 침입했어요. 그리고 당신 책인 여배우 주디스의 자서전을 발견했죠. 책의 첫 장에는 콘스탄스 스튜어트 리드라는 당신의 이름이 적혀 있었어요. 그러자 며칠 동안 그녀는 내 정부가 바로 차탈리 부인이 틀림 없다고 외치면서 돌아다녔어요. 소문은 드디어 부로즈 목사와 클리포드 경에게도 들어갔어요. 그래서 그들은 내 아내를 고소할 법적 수단을 취하기 시작했어요. 그녀는 자취를 감추어버렸죠. 경찰이라면 치명적인 공포를 가지고 있는 여자니까요.

클리포드 경이 만나고 싶다고 하길래 만났어요. 그분은 여러 가지 이야기를 꺼내면서 내 일로 마음을 쓰는 것 같더군요. 그리고 부인의 이름이 사람들의 입에 오르내리는 것을 알고 있는지 물어봤어요. 나는 그런 추문에 귀를 기울이지 않으며, 클리포드 경의 입에서 이런 이야기를 듣게 되다니 놀랄 뿐이라고 했답니다. 그분은 그것이 심한 모욕이라고 했어요. 그래서 나는 부엌에 걸려 있는 달력에 메리 왕비의 그림이 있는데, 그럼 왕비 역시 내 정부라고 말하겠냐고 했답니다. 하지만 그 분은 그런 야유를 좋아하지 않았어요. 그분은 내게 말했어요. '자네는 단추를 채우지 않고 돌아다닐 만큼 파렴치한 사나이군 그래.'

그래서 나도 이야기했죠. '당신에게 열어 보일 만한 것은 없지 않습니다.' 그래서 그 분은 나를 해고했습니다. 다음주 토요일에 나는 여기를 떠납니다. 이제 다시는 이 곳에 나타나지 않을 겁니다.

나는 런던으로 갈 예정입니다. 옛 하숙집-코버그 거리 17번지- 여주인인 잉거 부인이 내게 방을 빌려주던가 구해줄 겁니다. '진정 그대의 죄로부터 벗어날 수 없으리라. 특히 그대에게 아내가 있고, 그 아내의 이름이 버더라면...'

콘스탄스에 대해서는 한 마디도 언급이 없었고, 어떻게 하라는 말조차 없었다. 그녀는 매우 섭섭했다. 위로의 말이나 안심시키는 말 정도는 해주어도 좋을텐데. 그녀의 이름은 테버셜에서 그와 함께 묶여 있다. 지금은 난처한 일이지만 곧 가라앉을 것이다.

그녀는 착잡하면서도 혼란스럽고, 분노한 마음 때문에 기운을 상실했다. 어떻게 하면 좋을지, 어떻게 말하면 좋을지 몰랐다. 그래서 그저 가만히 있었다. 여느 때와 마찬가지로 베니스에서 덩컨 포브스와 곤돌라를 젓기도 하고, 해수욕을 하면서 나날을 보냈다. 10년 전에 그녀에게 우울한 사랑을 보냈던 적이 있던 덩컨은 다시 그녀를 사랑하고 있었다. 하지만 그녀가 말했다. "나는 남성에게 단 한 가지밖에 바라지 않아요. 그건 나를 혼자 있게 해 달라는 거예요."

그러자 덩컨은 그녀를 혼자 있게 해 주었다. 그녀는 그렇게 해주는 것이 참 좋았다. 그러면서도 그는 묘한 부드러운 사랑을 그녀에게 바치고 있었다. 그는 그녀와 함께 있고 싶어 했다.

"이성과 함께 있을 수 있는 사람만이 정말 외톨이인 사람으로 보이는 거예요. 다른 사람들은 어떤 접착성을 가지고 있어서 인간의 무리

에 눌러 붙어 있는 거지요. 조반니처럼... 그리고." 그녀는 혼자 생각했다. '덩컨, 당신처럼.'

25.
부드러움의 용기

그녀는 어떻게 해야할 것인지 마음을 정해야만 했다. 멜러스가 라그비 저택을 떠나는 토요일에 그녀는 베니스를 떠나기로 했다. 6일 동안 여유가 있다. 그 다음 월요일에는 런던에 조착할 수 있다. 그 때 그를 만날 수 있겠지. 그녀는 런던 주소로 그에게 편지를 보내 하틀랜드 호텔로 편지를 보내고, 월요일 밤 7시에 자신을 찾아달라고 부탁했다. 그녀의 마음 속에는 이상하면서도 착잡한 분노가 치밀었지만, 전혀 반응이 나타나지 않았다.

멀컴 경은 콘스탄스와 함께 여행하기로 하고, 덩컨은 힐더와 함께 가기로 했다. 이 늙은 예술가는 늘 그랬던 것처럼 사치스럽게 굴었다. 그는 콘스탄스가 사치스러운 기차를 싫어하는데도 '오리엔탈 급행' 침대차를 선택했다. 하지만 급행은 파리까지의 여행 시간을 단축시켜 준다.

"콘스탄스, 라그비 저택으로 돌아가기 싫으니?" 그녀의 기분이 언짢은 것을 알아차리고 아버지가 물었다.

"라그비 저택으로 언제 돌아갈지 모르겠어요." 그녀는 아버지를 놀라게 하려는 듯 파란 눈을 당돌하고 파랗게 뜨면서 말했다. 그의 크고 푸른 눈은 겁에 질린 듯한 눈초리가 되었다.

"잠시 파리에 머무르겠니?"

"아뇨, 이제 라그비 저택으로는 절대 돌아가지 않으려는 거예요."

"왜 그러니, 갑자기?"

"아기를 가졌어요." 이 말을 한 것은 처음이었다. 이 고백이 그녀의 생활에 균열을 확실하게 만들어 준 것 같았다.

"어떻게 알았지?" 그는 빙긋 웃었다.

"어떻게 알았냐고요?"

"물론 클리포드의 아이는 아닐 테지?"

"네, 다른 사람의 아이예요."

그녀는 아버지를 괴롭히는 것이 오히려 유쾌했다.

"나도 아는 남성이니?"

"아뇨, 아직 만나신 적이 없어요."

오랜 침묵이 흘렀다.

"그래, 어쩔 셈이지?"

"모르겠어요. 그래서 난처한 거예요. 클리포드는 아이를 인정할 거예요. 아버지께서 언젠가 그이와 말씀하신 뒤 만약 내게 아이가 생기더라도 내가 신중하게 일을 처리하기만 한다면 괜찮다고 했어요."

"그의 사정으로는 그럴 수밖에 없지. 그렇다면 괜찮은 거 아니니?"

"어떻게요?"

"그렇다면 너는 클리포드에게 차탈리 집안의 후계자를 만들어주고, 라그비 저택에 준남작을 만들어 준 셈 아니냐?"

멀컴 경은 미소를 지었다.

"하지만 그렇게 하고 싶지 않아요."

"왜? 상대방 남성에게 마음이 끌리니? 글쎄, 내가 진심으로 말한다면 말이다. 세상은 이어지는 것이란다. 라그비 저택은 여전히 존재할 거야. 그러니까 라그비 저택을 너를 놓지 않은 한 라그비 저택을 떠나서는 안 된단다. 스스로 즐기면 되는 거야. 라그비 저택의 작은 준남작, 그것은 상당한 것이니까."

멀컴 경은 다시 미소 지었다. 콘스탄스는 대답하지 않았다.

"나는 네가 진정한 남성과 만나기를 바란단다." 한참 뒤에 그는 묘한 말투로 이야기했다.

"그렇게 됐어요. 그래서 난처한 거예요. 그런 사람은 흔하지 않으니까요."

"그렇지, 흔하지 않겠지." 그는 생각에 잠겼다. "뭐, 괜찮겠지. 네 얼굴을 보니 그 사람은 행운아구나. 틀림없이 네게 걱정 끼치지 않겠지."

"네, 그래요. 정말 저를 소중히 대해주는 사람이에요."

"그렇지, 그래. 진정한 남성이라면 그렇겠지."

멀컴 경은 기뻐했다. 콘스탄스는 그의 마음에 드는 딸이었다. 언제나 그의 여성스러움을 좋아했다. 그녀는 힐더만큼 어머니를 닮지 않았다. 게다가 그는 클리포드가 싫었다. 그래서 멀컴 경은 이 말에 기뻐하고 딸에게 다정하게 대해주었다. 아직 태어나지 않은 아이를 마치 자신의 아이인 것처럼 느끼면서 말이다.

그는 콘스탄스와 함께 하틀랜드 호텔로 갔다. 그녀는 멜러스로부터 온 편지를 읽었다.

'당신 호텔에는 가지 않을 겁니다. 대신 7시에 애덤 거리의 골든 코크 밖에서 기다릴게요.'

그는 그 장소에 서 있었다. 날씬한 키에 옅고 검은 양복을 입고 있으니 전혀 다른 사람처럼 보였다. 콘스탄스는 그가 어딜 가더라도 전혀 부끄럽지 않게 행세할 수 있는 사람이라는 것을 첫눈에 알 수 있었다. 그는 평범함을 가진 상류사회의 사람들보다 훨씬 나은, 본래부터의 아름다움을 가지고 있었다.

"아! 왔군요. 건강해졌군요."

"네, 그렇지만 당신은 기운이 없어 보이는군요."

그녀는 그의 얼굴을 불안하게 바라보았다. 야위어서 광대뼈가 드러나보였다. 하지만 그의 눈은 그녀를 보고 웃고 있었다. 그와 함께 있으니 한결 마음이 차분해졌다. 이제라고 생각하자 갑자기 그녀의 얼굴에서 긴장이 사라졌다. 그로부터 육체의 무언가가 분출되었다. 그것을 느끼자마자 그녀는 마음이 가벼워지고 행복함과 아늑함을 느꼈다.

"당신, 혼났죠?" 그녀는 식탁에 마주 앉자마자 물었다. 그는 너무나도 야위었다. 그녀는 그 손을 잡고 키스하고 싶었다. 하지만 그런 용기가 나지 않았다. "세상은 언제나 무섭지요." 그가 말했다.

"당신, 걱정했나요?"

"걱정했지요. 앞으로도 언제나 그럴 겁니다. 하지만 그런 걸 걱정하는 건 어리석은 일이라고 생각합니다."

"당신은 스스로 꼬리에 양철 깡통을 매단 개처럼 느꼈나요? 클리포드는 당신을 그렇게 표현하더군요."

그는 그녀를 바라보았다. "아마 그런 느낌이었을 겁니다." 그가 말했다.

오랜 침묵이 흘렀다.

"내가 없어서 섭섭했나요?" 그녀가 물었다.

"당신이 이 소동에서 빠져나가길 잘 했다고 생각했습니다."

다시 침묵이 흘렀다.

"하지만 사람들이 당신과 나의 관계를 정말로 믿고 있을까요?"

"아니, 난 전혀 그렇게 생각하지 않습니다."

"클리포드는?"

"안 믿을 겁니다. 그는 전혀 그렇게 생각하지 않고, 오히려 피하고 있었어요. 그 때문에 나와 만나지 않으려고 한 거죠."

"저, 어린아이를 가졌어요."

그의 얼굴과 몸 전체에서 표정이 사라졌다. 그는 어두워진 눈빛으로 그녀를 바라보았다. 그녀는 전혀 그 표정을 이해할 수 없었다. 무언가 검은 정령이 그녀를 응시하고 있는 듯 했다.

"기쁘다고 말해줘요." 그의 손을 더듬으면서 그녀가 말했다. 그러자 그녀는 그의 가슴 속에서 어떤 기쁨이 솟구쳐 오르는 것을 느꼈다. 하지만 그것은 이해할 수 없는 것으로 억눌리고 있었다.

"그것은 아직 미래의 일이죠." 그가 말했다.

"하지만 기쁘지 않나요?" 그녀가 졸랐다.

"나는 미래라는 것을 철저하게 믿지 않아요."

"하지만 책임 같은 건 걱정할 필요가 없어요. 클리포드는 자기 아이로 받아들일 거예요. 그이는 기뻐하겠지요." 그녀는 그가 창백해지는 것을 보았다. 이 말에 그는 놀라고 있었다. 하지만 그는 대답하지 않았다.

"난 클리포드에게 돌아가 라그비 저택에 작은 준남작을 내줄까요?" 그녀가 물었다.

그는 창백한 표정으로 멍하니 그녀를 바라보았다. 희미하면서도 잔인한 미소가 그의 얼굴에 나타났다.

"당신은 누가 아버지인지 클리포드에게 말하지 않아도 괜찮죠?"

"네, 하지만 말하더라도 승낙할 거예요. 내가 부탁하기만 하면 말이에요."

그는 잠시 생각에 잠겼다.

"그렇겠지요." 그는 혼잣말로 말했다. "받아주겠지요." 침묵이 흘렀다. 커다란 심연이 그들 사이에 가로놓여 있었다.

"그렇지만 당신은 나를 클리포드에게 보내고 싶진 않겠지요?" 그녀가 물었다.

"당신은 어떻게 하고 싶어요?"

"난 당신과 함께 살고 싶어요." 그녀는 단순하게 말했다.

콘스탄스가 말하는 것을 듣자 그는 자신도 모르게 작은 불꽃이 뱃속에 솟아오르는 것을 느꼈다. 그는 고개를 숙였다. 마치 열에 들뜬 눈으로 그녀를 바라보았다.

그가 말했다. "당신에게 어울릴 만한 가치가 있는 건... 나는 아무것도 가지고 있지 않아요."

"당신은 보통 사람보다 더 많이 가지고 있어요. 당신도 알잖아요."

"나는 금전을 중요하게 생각하지 않고, 계급의 뻔뻔스러움도 싫습니다. 이런 세상에 사는 내가 여성에게 무엇을 줄 수 있겠습니까?"

"왜 무언가를 줘야 한다는 거죠? 주고받는 거 아닌가요? 우리들이 서로 사랑하고 있다는 것, 그뿐이잖아요?" 그녀가 말했다.

"아니, 그것뿐만은 아닙니다. 사는 것은 움직이는 것이고, 앞으로 움직이는 겁니다. 그런데 내 생활은 거기에 잘 맞지 않습니다. 난 당신의 기둥서방이 될 순 없습니다."

"왜죠?" 그녀가 물었다.

"왜라뇨. 할 수 없는 일이니까요. 당신도 곧 내가 싫어질 겁니다."

"마치 당신이 나를 믿을 수 없기 때문에..."

엷은 웃음이 그의 얼굴에 떠올랐다.

"당신에게는 돈도, 지위도 있어요. 결정권도 있죠. 난 귀부인의 연인이 될 수 없습니다."

"그럼 당신은 뭔가요?"

"정말 문제군요. 분명하지 않은 건 알고 있지만. 이건 적어도 내게는 중요한 문제입니다. 나는 내 존재의 중심을 알고 있습니다. 하지만 이건 나 이외에는 아무도 모릅니다."

"나와 같이 살면 당신의 존재가 빛을 잃나요?"

그는 한참 동안 잠자코 있다가 대답했다.

"그럴지도 모르죠."

그녀도 골똘하게 생각했다.

"그럼 당신 존재의 중심점은 뭔가요?"

"그걸 명확하게 말할 수 없어요. 나는 세상을 믿지 않습니다. 만약 인류에게 미래가 있어야 한다면 지금과는 전혀 다른 것이어야 한다고 생각합니다."

"그럼 진정한 미래는 어떤 것이어야 하나요?"

"모르지요. 마음속으로는 느끼고 있습니다. 하지만 어떻게 될지는 모르겠습니다."

"가르쳐 드릴까요?" 그의 얼굴을 들여다보면서 그녀가 말했다. "다른 사람은 가지고 있지 않지만 당신만이 가지고 있는 것."

"가르쳐 주세요."

"그건 당신 자신의 부드러움에서 생기는 용기예요. 바로 그거예요."

그의 얼굴에서 미소가 떠올랐다.

"맞아요!"

그는 앉아서 생각에 잠겼다.

"당신 말이 맞아요. 정말 그거군요. 언제나 그게 진정한 것이었군요."

콘스탄스는 그를 바라보았다.

"그런데 왜 당신은 나를 두려워하는 거죠?"

그는 대답하기 전에 그녀를 바라보았다.

"그건 바로 돈입니다. 정말 그렇습니다. 그리고 지위. 뭐 이런 것을 가지고 있는 당신의 세계죠."

"하지만 제게는 부드러움이 없는 걸까요?" 그녀는 슬픈 듯이 말했다. 그는 어둡고 멍한 눈으로 그녀를 바라보았다.

"그 부드러움은 나타났다 사라졌다 하니까요. 나도 그렇지만요."

"하지만 나와 당신 사이에 그것을 믿을 수 없을까요?" 그녀는 근심 어린 얼굴로 그를 빤히 바라보았다. 그녀는 멜러스의 얼굴이 부드러워지고, 긴장이 풀리는 것을 알아차렸다.

"될 수 있을 겁니다." 그가 말했다.

그 후 둘 다 입을 다물었다.

"당신 품에 안기고 싶어요. 우리에게 아기가 생겨서 기쁘다고 말해 주세요."

그녀가 정말로 사랑스럽고, 따뜻하게, 그리고 간절하게 바라는 것처럼 보였다. 그의 육체는 그녀 쪽으로 움직였다.

"내 방으로 가시겠습니까? 남들이 귀찮은 말을 할지 모르겠지만."

그녀는 다시 세상을 잊은 듯 그의 표정이 부드러워지고, 순수하며,

정열에 불타오르는 것을 느꼈다.

그들은 멀리 돌아서 코버그 강장까지 걸어갔다. 그는 맨 위층 방을 빌려 쓰고 있었다. 가스를 사용하면 손수 식사를 만들 수 있는 다락방이었다. 방은 작았지만, 아늑하고 깨끗했다.

그녀는 옷을 벗고, 그에게도 옷을 벗도록 했다.

임신 초기여서 부드럽게 부푼 그녀는 매우 아름다웠다.

"당신을 건드리는 것은 피해야겠군요." 그가 말했다.

"싫어요. 사랑해주세요! 나를 놓지 않겠다고 말해주세요. 누구에게도, 어디에도 보내지 않겠다고 말해주세요."

그녀는 그에게 바싹 몸을 붙였다. 그리고 그녀에게는 지금까지 있던 단 하나의 안식처인 야위고도 억센 맨몸에 매달렸다.

"물론 놓지 않을 겁니다. 당신이 원한다면 놓지 않을 거예요." 그는 그녀를 힘껏 끌어안았다.

"아기가 생긴 것이 기쁘다고 해줘요." 그녀가 되풀이해서 말했다. "키스해줘요. 내 자궁에 키스해서 아기가 있는 것 기뻐해 줘요."

하지만 그에게는 어려운 일이었다. "아이가 세상에 나오는 건 무서운 일이에요. 아이의 장래를 생각하면 두렵습니다."

"그렇지만 당신이 내 속에 아이를 준 거예요. 부디 부드럽게 대해줘요. 그것만으로도 아이에게는 미래가 생기는 거니까요. 키스해줘요!"

그는 몸이 떨렸다. 그녀의 말이 진심이었기 때문이다. '부드러운 마음이 되면 그것만으로도 어린아이에게는 미래가 생기는 것이다.' 그러자 콘스탄스에 대한 순수한 애정이 샘솟았다. 그는 그녀의 배와 비너스 언덕에 키스했다. 자궁과 자궁 속 생명에 키스하기 위해.

"그럼 사랑해주는 거죠? 사랑해주시는 거죠?" 그녀는 자신의 맹목적이면서도 꾸밈없는 애정을 낮은 목소리로 외쳤다. 그는 조용히 그녀의 속으로 들어갔다. 부드러운 흐름이 그의 내부에서 그녀 속으로 옮겨가고, 감동의 느낌이 두 사람을 붙들어 매는 것을 느꼈다.

그녀 속으로 들어갔을 때 그는 이것이 자신이 해야 할 일임을 깨달았다. '이 여성은 내 반려자다. 이는 금전과 기계, 그야말로 원숭이 같은 무자비한 세계에 대한 싸움이다. 이 여성은 이 투쟁에서 나의 방패가 될 것이다. 한 여성을 얻다니 이 얼마나 기쁜가! 나와 함께 있고, 부드러운 마음을 갖고, 나를 이해해주는 여성을 얻었다는 것은 얼마나 고마운 일인가. 그녀가 악녀도, 인형도 아닌 것이 얼마나 고마운가. 더욱이 그녀는 부드럽고 자신을 잘 분별하는 여성이니 더욱 고마운 일이다.

그녀 역시 절대로 그와 헤어질 수 없다고 마음을 먹었다. 하지만 거기까지 도달해야 하는 수단과 방법을 이제부터 생각해야만 한다.

"당신은 버더 쿠츠를 싫어했나요?" 그녀가 물었다.

"그녀 이야기는 하지 말아주세요."

"아니에요. 말하지 않으면 안 돼요. 왜냐하면 한때 당신은 그녀를 좋아했으니까요. 한때 당신이 지금 나한테 하듯 그녀와 친하게 지냈으니까요. 그러니까 내게도 이야기해줘야 해요. 옛날에 그렇게 다정하게 지내던 사람을 지금은 그렇게 미워하다니. 정말 끔찍한 일 아닌가요? 왜 그럴까요?"

"나도 모르겠어요. 아무튼 그녀는 자신의 의지, 소름 끼치는 자신의 의지, 즉 자유를 내게 밀어붙였어요! 그런 여성의 소름 끼치는 자유는 언제나 심한 싸움이 되죠. 그녀는 언제나 그 자유를 내게 덮어씌웠죠."

"하지만 그녀는 아직도 당신을 쫓아다니고 있어요. 지금도 당신을 사랑하는 것이 아닐까요?"

"아니요. 천만예요. 나를 쫓아다니는 것은 아직도 미친 듯한 분노 때문에 나를 괴롭히지 않고는 배기지 못해서 그런 겁니다."

"하지만 전에는 사랑했던 것이 틀림없죠?"

"아니요. 하긴 그런 점이 조금은 있었죠. 그녀가 내게 끌렸던 것은 사실입니다. 하지만 그녀는 그런 점마저 미워했어요. 가끔씩 나를 사랑했어요. 하지만 곧 그만두고 제멋대로 행동했죠. 그녀의 가장 큰 욕망은 나를 괴롭히는 것이었습니다. 그 점은 고칠 수 없었죠. 그녀의 의지는 처음부터 잘못된 것이었습니다."

"그렇지만 그녀는 당신이 진심으로 자신을 사랑하지 않는 것을 알기 때문에 당신의 마음을 고치려고 했던 것이 아닐까요?"

"그런데 그 방법이 지독했죠."

"그럼 당신은 진정으로 그녀를 사랑하지 않았나요? 그렇다면 당신이 그녀에게 잘못한 거예요."

"그렇지 않습니다. 물론 그녀를 사랑하려 했어요. 하지만 그때마다 그녀는 귀찮은 말을 했어요. 이제 그 이야기는 그만둡시다."

"그럼 남성이 자기 의지를 고집하면 그때도 맞아 죽어야 할까요?"

"물론 그렇습니다. 하지만 나는 그녀와 아주 끝내야지, 그렇지 않으면 다시 덤벼들 겁니다. 그것을 당신에게 이야기하고 싶은 겁니다. 이혼할 수만 있다면 이혼해야 합니다. 그러니까 우리는 조심스럽게 행동해야 합니다. 내가 당신과 함께 있다는 것을 보여서는 안 됩니다. 만약 그녀가 나와 당신에게 덤벼든다면, 나는 절대로 참지 못할 겁니다."

콘스탄스는 이 문제에 대해 생각해 보았다.

"그렇다면 우리는 함께 있어서는 안 되겠군요."

"6개월쯤 걸릴 것 같습니다. 내 이혼은 9월에 성립될 것 같으니까요. 그때부터 3월까지요."

"하지만 아기는 2월 말쯤 낳게 될 텐데요."

그는 대답하지 않았다.

다만 "클리포드나 버더 따위는 모두 없어졌으면 좋겠어요."라고 말했다.

"그건 그들에게 동정심을 가지지 않는 게 되는 거예요." 그녀가 말했다.

"그들에게 동정심을 가지나요? 하지만 그런 인간들에게는 죽음을 주는 것이 가장 동정심을 베푸는 일입니다. 그들은 살아갈 수가 없는 겁니다. 다만 생활을 방해하는 거죠. 그들이 가진 영혼은 썩었습니다. 죽음만이 그들에게 달콤한 겁니다. 내게는 그들을 쏘아 죽일 권리가 있어야 하지 않을까요."

"설마 그런 짓을 하진 않겠죠."

"그건 모를 일입니다. 하지만 족제비를 쏘는 게 더 좋겠군요. 족제비가 더 예쁘고 고독하니까요. 그런 사람들이 집단을 이루고 있죠. 정말 쏘아 죽이고 싶답니다!"

"그러면 염려하지 않아도 되겠군요."

"그럼요."

콘스탄스는 생각할 일이 너무 많았다. 그가 버더 쿠츠와 연을 끊고 싶어하는 것은 분명했다. 그의 방법이 정당하다는 것도 수긍할 수 있었다. 그렇다면 그녀는 봄까지 혼자 지내야 한다. 그녀도 클리포드와 이혼할 수 있다. 그러나 어떻게 할 수 있을까? 멜러스의 이름을 듣는다면 그가 이혼해 줄리 없다. 정말 난처한 일이다. 세상 끝까지라도 도망쳐서 이런 것으로부터 자유롭게 해방될 수 있을까?

그것은 불가능하다. 인내! 인내뿐이다. 세계는 거대한 메커니즘의 마술처럼 얽혀있다. 그 기계에 휩쓸려서 산산조각 나지 않도록 조심해야 한다.

그래서 콘스탄스는 아버지에게 사정을 털어놓았다.

"아버지, 그이는 클리포드의 산지기였어요. 하지만 인도 군대에서 장교로 있었어요. 그이는 C. E. 프롤렌스 대령처럼 자진해서 군인 노릇을 한 사람이에요."

"그 산지기는 어디 출신이니?" 그가 초조한 듯 물었다.

"테버셜 마을 광부의 아들이에요. 하지만 어디에 내놓아도 부끄럽지 않은 사람이에요."

그는 더욱 화를 냈다.

"내게는 마치 금광을 캐는 노다지꾼처럼 생각되는구나. 그리고 너는 채굴하기 쉬운 금광인걸."

"아니에요, 아버지. 그는 그런 사람이 아니에요. 한 번 만나보시면 아실 거예요. 정말 훌륭한 남성이에요. 클리포드는 그 사람이 겸손하지 않다고 늘 싫어했어요."

"클리포드도 그 점만큼은 직감이 훌륭했구나!"

멀컴 경이 견딜 수 없었던 것은 자기 딸의 정사 상대가 산지기라는 추문이었다. 그는 정사에 대해서는 염려하지 않았다. 하지만 이런 추문은 꺼림칙했다.

"나는 그 남성에 대해서는 문제 삼지 않으마. 그는 분명히 너를 보기 좋게 속일 수 있는 사람이니까. 하지만 세상의 소문을 생각해보렴. 네 계모가 그걸 어떻게 생각하겠니!"

"그건 알아요." 콘스탄스가 말했다. "소문은 무서운 거예요. 사교계 사람들에게는 더욱 그렇죠. 그래서 그이도 자기 아내와 어떻게든 이혼하려 하고 있어요. 아이 아버지는 다른 사람으로 하고, 멜러스 이야기는 전혀 꺼내려 않으려 해요."

"다른 사람? 누구?"

"덩컨 포브스든 누구든지요. 그 사람은 오랜 친구였으니까요. 화가로도 유명하고, 나를 좋아해요."

"참, 덩컨이 가엾군. 그 사람은 어떤 보수를 받게 되는 거니?"

"모르겠어요. 하지만 오히려 그걸 더 좋아할지도 몰라요."

"과연 그럴까? 하지만 만약 그런 일을 맡는다고 하면 그도 이상한 남자구나. 그런데 넌 그와 한번도 그런 관계가 없었니?"

"없었어요! 그분도 바라지 않았어요. 그저 나를 곁에 두고 싶어할 뿐. 제 육체를 바라지 않아요."

"참 놀라운 세대군!"

"그는 나를 모델로 그림을 그리고 싶어 해요. 난 절대로 싫다고 했지만요."

"그렇다면 그는 짓밟힌 게 아니니?"

"하지만 그분과의 소문이라면 괜찮겠죠?"

"콘스탄스, 너무 지독한 계략 아니냐."

"저도 알아요. 정말 속상해요! 하지만 어떻게 하면 좋겠어요?"

"배반, 속임수야. 아무래도 내가 너무 오래 산 것 같구나."

"어머, 아버지도 여태까지 여러 가지 속임수를 모른 척 하셨으면서 그런 말을 하시다니요."

"하지만 이것과는 다르구나. 정말로."

"그거야 뭐든지 다르죠."

힐더가 도착했다. 이야기가 여기까지 진전된 것을 알자 그녀는 날뛰었다. 그녀 역시 자기 동생과 산지기의 추문이 세상에 퍼질 생각을 하니 참을 수 없었다. 너무나도 수치스러운 이야기다!

"그럼 우리가 따로따로 영국령 콜롬비아로 가서 소문이 나지 않도록 할까요?" 콘스탄스가 말했다.

하지만 그것 역시 소용없는 일이다. 소문은 대번에 퍼질 것이다. 그리고 만약 그녀가 남성과 도망갈 정도라면 차라리 결혼하는 편이 낫다. 그것이 힐더의 의견이다. 멀컴 경은 마음이 결정되지 않았다. 이 사건은 그런대로 잘 수습될지도 모른다.

"그이를 만나주시겠어요, 아버지?"

멀컴 경은 딱해졌다. 그는 전혀 이런 일을 원하지 않았다. 멜러스에게도 딱한 일이었다. 그는 더욱 이런 일을 원하지 않았다. 하지만 그들은 만나게 되었다. 클럽의 밀실에 단둘이 식사를 했다. 서로 상대방을 살펴보면서.

멀컴 경은 위스키를 꽤 많이 마셨다. 멜러스도 마셨다. 그리고 그들은 멜러스가 알고 있는 인도에 대해 이야기를 주고받았다.

식사하는 동안 내내 그런 이야기를 주고받았다. 커피가 나오고 급사가 물러가자 그제서야 비로소 멀컴 경은 잎담배에 불을 붙이고, 친숙한 태도로 말을 건넸다.

"내 딸을 어떻게 생각하나?"

"따님께서 어떻게 되었습니까?"

"자네 아이를 가진 것 같던데."

"명예로운 일입니다." 멜러스가 미소 지었다.

"명예롭다고!" 멀컴 경이 짧게 웃으면서 스코틀랜드인다운 감각적인 표정을 지었다.

"명예로운가! 그래, 자네는 어땠나?"

"아주 훌륭합니다."

"그럴 걸세. 그 애는 어엿한 혈통을 타고 났으니까. 난 도무지 멋진 접촉을 못해봤지만. 그애 어머니는. 오, 신이여!" 그는 하늘을 향해 눈을 굴렸다.

"자네가 그애를 따뜻하게 해줬군. 그건 확실히 알겠어. 그애에겐 내 피가 흐르고 있지. 자네는 그애의 짚더미에 불을 붙인 거야. 내가 정말 기뻐한다는 것을 알아주게. 그애에겐 그게 필요했어. 그앤 좋은 애일세. 정말 좋은 애지. 만약 어느 남자든 그애에게 불을 잘 붙일 수만 있다면 그앤 훌륭한 여성이 될 거야. 자넨 산지기라고! 정말 훌륭한 밀렵꾼이군. 하지만 이건 진심일세. 어떻게 하면 좋겠나? 중대한 이야기란 말일세."

진지한 이야기가 시작되자 둘은 그리 말이 없었다. 멜러스는 약간 취했지만, 멀컴 경보다는 덜 취했다. 그는 가능한 한 지적인 이야기를 했다. 즉, 많이 이야기하지 않는다는 것이었다.

"그래, 자네는 사냥감을 감시하는 산지기였단 말이지. 그래. 그런 사냥감은 남성이 한 번 해볼 만한 가치가 있지. 그런데 어떤가? 여성의 가치는 조금만 만져 봐도 알 수 있지. 엉덩이만 만져보아도 대충 어떤 사냥감인지 짐작할 수 있지. 자네가 부럽네. 자네 몇 살인가?"

"서른아홉입니다."

그러자 멀컴 경은 눈을 크게 떴다.

"그런가! 내가 보기엔 아직 20년은 문제없어. 그런데 진지한 이야기지만, 도대체 어떻게 하면 좋겠나. 세상에는 말 많은 여성들이 하도 많으니 말이야."

하지만 그들은 진지한 이야기에 대해 전혀 말하지 않았다. 그저 남성의 육감적 화제에 관련된 비밀결사를 만들었을 뿐이다.

"이보게, 내가 자네에게 말해줄 수 있는 건 나를 믿으라는 것뿐일세. 자네 산지기라고 했지? 훌륭해! 마음에 들었어! 그애도 보통내기가 아닌데! 자네도 알다시피 그애는 자신만의 수입이 있네. 대단한 것은 못 되지만 굶을 정도는 아니지. 그리고 내 것도 남겨줄 작정이야. 그건 정말일세. 그애가 낡아빠진 여성들 사이에서 용기를 냈으니 정말 그렇게 해줄 만한 가치가 있지. 난 지난 70년 동안 구식 여성들로부터 벗어나려 했지만 아직도 못 벗어나고 있네. 그러나 자네는 진짜 남성이군. 난 잘 알 수 있어."

"그렇게 생각해주시니 기쁩니다. 하지만 세상 사람들은 저를 원숭이라고 욕합니다만."

"그건 그래! 구식 여성들에게 자넨 원숭이로밖에 안 보일걸세."

그들은 화기애애한 웃음 속에서 헤어졌다. 그리고 멜러스는 그 생각을 하면서 하루 종일 웃었다.

이튿날 그는 콘스탄스와 힐더와 함께 남의 눈에 띠지 않는 곳에서 점심식사를 같이 했다.

"어딜 가나 이런 답답한 이야기뿐이니 정말 유감이에요." 힐더가 말했다.

"나는 이런 일들이 재미있었습니다." 멜러스가 말했다.

"어린아이를 낳는 것은 결혼을 허락받고 난 다음이었으면 좋았을 텐데요."

"신께서 조금 일찍 불꽃을 붙이신 모양입니다."

"하느님이 이 일과 무슨 상관있어요. 물론 콘스탄스가 두 사람 몫의 생활비 정도는 가지고 있지만, 주위 사정은 도저히 견딜 수 없을 거예요."

"하지만 당신이 부담하실 것은 그 난처함의 일부 아닙니까?"

"당신이 우리와 같은 계급이었다면."

"혹은 내가 동물원 우리 속에 있었다면 말입니까?"

침묵이 흘렀다.

힐더가 말했다. "난 이렇게 생각해요. 콘스탄스는 희생자로 다른 남성의 이름을 대고, 당신은 전혀 관계없는 것으로 하는 것이 좋겠어요."

"하지만 난 당사자로 떳떳하게 낄 생각입니다."

"내가 말하는 것은 이혼 수속이에요."

그가 의심의 눈초리로 힐더를 바라보았다.

콘스탄스는 덩컨을 이용하려는 계획을 좀처럼 그에게 털어놓지 못했다.

"무슨 말인지 알 수 없군요." 그가 의아해했다.

"책임질 사람으로 이름을 걸어도 좋을 친구가 있어요. 그러니 당신 이름은 말하지 않아도 되요." 힐더가 말했다.

"남성이겠지요."

"물론이죠."

"또 다른 남성이 있는 건 아니겠죠?"

그는 의심하듯 콘스탄스를 바라보았다.

"아니에요! 옛날부터 친구예요. 극히 단순한 교제였을 뿐 연애는 아니었어요."

"그렇다면 어째서 그렇게 명예롭지 못한 역할을 맡는 거죠? 당신과 아무 일이 없었다면?"

"의로움으로 여성으로부터 무언가를 전혀 바라지 않는 남성들도 간혹 있죠." 힐더가 말했다.

"참 드문 이야기군요. 도대체 누굽니까?"

"우리가 스코틀랜드에서 어린 시절부터 사귀면서 친구로 지내는 미술가예요."

"덩컨 포브스군요." 대뜸 그가 말했다. 콘스탄스가 예전에 그의 이야기를 한 적이 있기 때문이다.

"하지만 어떻게 그분에게 이런 오명을 씌우는 겁니까?"

"어떤 호텔이든, 아니면 그분 아파트에 콘스탄스가 머물고 있다고 하면 되죠."

"제게는 쓸데없는 헛소동처럼 들리는데요." 그가 말했다.

"그러면 당신에게는 무슨 좋은 계획이 있나요?" 힐더가 물었다. "만약 당신 이름이 밝혀지면 당신은 부인과 이혼할 수 없을 거예요. 도저히 상대할 수 없는 사람 같으니까요."

"그렇군요!" 그가 우아하게 말했다.

오랜 침묵이 또 흘렀다.

"우린 도망칠 수 있어요." 그가 말했다.

"콘스탄스는 도망칠 수 없어요. 그러기에는 클리포드의 이름이 너무 많이 알려졌어요." 힐더가 말했다.

다시 절망의 침묵이 흘렀다.

"세상은 엄연히 존재해요. 만약 당신들이 박해를 받지 않고 함께 살고 싶다면, 우선 결혼해야 해요. 결혼하기 위해서는 먼저 이혼해야겠지요. 그러니 그 문제를 어떻게 할 건가요?"

그는 오랫동안 잠자코 있었다.

"당신은 우리를 위해 무엇을 해주실 작정입니까?"

"덩컨이 희생자가 되어줄 수 있는지 확인해볼 거예요. 그리고 나서 클리포드와 콘스탄스를 이혼시켜야죠. 당신도 이혼을 진행해서 둘 다 자유로운 몸이 될 때까지 떨어져 있어야 해요."

"마치 정신병원 같은 소리군요."

"그럴지도 모르죠. 하지만 세상은 당신들을 미친 사람 혹은 좀 더 심한 사람으로 보고 있어요."

"좀 더 심한 사람이란 뭡니까?"

"죄인이죠."

"하지만 우린 두서너 번 정도는 더 만나고 싶습니다." 그가 웃으면서 말했다. 그러다가 드디어 화난 표정을 지었다.

"알겠습니다. 뭐든지 동의하겠습니다. 세상은 그야말로 미친 사람 천지입니다만, 그들을 없앨 수 없겠지요. 어쨌든 나는 최선의 노력을 다 하겠습니다. 당신 말이 옳아요. 그리고 될 수 있는 한 자신을 소중하게 해야 합니다."

그는 굴욕과 분노, 그리고 비참한 표정으로 콘스탄스를 바라보았다.

"온 세상이 당신 엉덩이에 소금을 뿌리려 하는군요." 그가 말했다.

"그런 짓을 못하게 하면 돼요." 그녀가 대답했다.

그녀는 세상에 몸을 굽히는 것을 전혀 개의치 않았다.

덩컨에게 이야기를 꺼내자 그는 이 의무를 피하려는 산지기를 만나고 싶다고 했다. 그래서 이번에는 그의 아파트에서 네 사람이 함께 만나 저녁식사를 했다. 덩컨은 키가 작고 좀 뚱뚱했다. 검은 피부에 검은 머리카락을 가진, 마치 햄릿 같은 분위기를 풍기는 사람으로 묘하게도 켈트족의 자부심 같은 것을 가지고 있었다. 그의 그림은 밸브나 튜브 등을 기묘한 색으로 그린 초현실적인 것이었다. 거기에 어떤 힘이 넘치고, 형식과 톤은 순수함을 가지고 있었다. 멜러스는 그것이 잔인한 반감을 불러일으킨다고 생각했다. 하지만 입 밖으로 내지는 않았다. 덩컨은 자기 예수에 대해서는 거의 미친 사람 같았다. 그에게 그것은 신앙이자 종교였다.

모두 화실의 그림을 보고 있었다. 덩컨은 작은 갈색 눈으로 멜러스를 관찰하고 있었다. 그는 산지기의 말을 들어보고 싶었다. 콘스탄스와 힐더의 의견은 이미 들었다.

"일종의 살인과 같군요." 드디어 멜러스가 말했다. 이 말은 덩컨이 산지기 따위에게서 들을 것이라고 전혀 기대하지 못했던 말이었다.

"누가 살해된다는 건가요?" 힐더가 심술궂게 물었다.

"접니다! 인간이 가진 동감의 정이 모조리 말살되고 있습니다."

이 화가에게서는 순수한 증오심이 치밀어 올랐다. 그는 이 남자의 말에서 혐오와 경멸의 어조를 들었다. 그리고 그는 동감의 정이라는 말 따위를 싫어했다. 병든 정서!

야위고 키가 큰 멜러스는 약하고 지친 듯한 표정으로 마치 날아다니는 듯한 모기처럼 깜박거리는 눈길을 그림에 던지고 있었다.

"아마도 우둔함이 말살되었겠지요. 감상적인 우둔함 말입니다." 화가가 심술궂게 말했다.

"그렇게 생각하십니까? 저는 이런 뷰트나 밸브, 물결 모양의 진동이야말로 매우 어리석고 감상적이라고 생각합니다. 제게 이런 것은 심각한 자기 연민이고, 신경질적인 완고함처럼 보이는군요."

새로운 증오감 때문에 화가의 얼굴이 약간 변한 듯했다. 하지만 그는 오만한 침묵을 지키면서 그림을 벽 쪽으로 돌려버리고 말았다.

"식당으로 가실까요?" 그가 말했다.

모두 침울한 표정으로 뒤따라갔다.

커피를 마신 후 덩컨이 말했다.

"나는 콘스탄스 아이 아버지의 역할을 맡는 데 별다른 이의가 없습니다. 그렇지만 한 가지, 콘스탄스가 제 모델이 되었으면 합니다. 벌써 몇 년 전부터 부탁했지만 언제나 거절당했습니다."

"그럼 당신은 이런 조건으로 하겠다는 겁니까?" 멜러스가 말했다.

"그렇습니다. 조건에 있어서는 그렇습니다." 화가는 이 말을 통해 상대방 남성에 대해 최대한의 경멸을 나타내려고 했다. 그것은 좀 지나칠 정도였다.

"그럼 나도 함께 모델로 써주십시오. 우리를 예술의 그물에 갇힌 벌컨(불과 철의 신)과 비너스로 만들면 어떻습니까? 나는 산지기가 되기 전에 대장장이였으니까." 멜러스가 말했다.

"고맙습니다. 하지만 벌컨의 모습에는 그다지 흥미가 없습니다."

"튜브 모양으로 치장해도 말입니까?"

그는 대답이 없었다. 화가는 오만하게 그 이상 대답하지 않았다.

"당신은 그 사람이 마음에 안 드는군요. 하지만 그는 누구보다도 좋은 사람이에요. 정말 친절한 사람이에요." 콘스탄스가 작별하면서 말했다.

"그 사람은 병사가 거느린 검정개에 불과해요." 멜러스가 말했다.

"아니에요. 오늘 기분이 언짢았나 봐요."

"그렇다면 당신은 그의 모델이 될 겁니까?"

"글쎄요. 난 그런 것은 아무래도 상관없어요. 그 사람은 내게 손대지 않을 테니까요. 만약 그것이 우리 생활을 잘되게 하는 거라면 나는 신경쓰지 않을 거예요."

"하지만 그가 화폭 위의 당신에게 똥칠을 할 겁니다."

"상관없어요. 그는 그저 나에 대한 느낌을 그려낼 뿐이고. 그런 짓을 하더라도 나는 괜찮아요. 어떤 일이 있더라도 내 몸에 손대지 못하게 할 테니까. 하지만 그가 부엉이 같은 예술가적 시각에서 뭔가를 그려보려 한다면 그렇게 하도록 놔둘 거예요. 그는 자기가 좋은 방식으로 나를 텅 빈 밸브나 물결 모양으로 그리겠지요. 당신이 그의 그림을 감상적이고 완고하다고 했기 때문에 당신을 싫어하는 거예요. 하지만 그건 정말이에요."

26.
순결과 작은 불꽃의 유지

클리포드, 당신이 예상한 일이 벌어진 것 같아요. 나는 다른 남성을 사랑하게 되었으니 부디 이혼해주기를 바랍니다. 나는 지금 덩컨의 아파트에 머무르고 있어요. 이미 말했듯이 베니스에서도 그와 함께 지냈어요. 당신을 생각하면 정말 슬퍼요. 하지만 마음을 가라앉히고 들어줘요. 당신은 이제 더 이상 내가 필요 없고, 나 역시 라그비 저택으로 돌아갈 마음이 없어요. 그러니 부디 나를 용서하고, 이혼해주세요. 그리고 보다 훌륭한 사람을 찾길 바랍니다. 나는 정말 당신에게 어울리지 않는 사람입니다. 너무 참을성이 없고 이기적이지요. 나는 이제 돌아가서 당신과 함께 생활할 수 없어요. 그렇게 생각하니 다만 당신이 너무 마음에 걸려 견딜 수 없어요. 하지만 냉정하게 생각한다면, 그렇게 마음 쓸 필요가 없다는 걸 알게 될 거예요. 당신은 저에 대해 그다지 마음 쓰지 않았으니까요. 그러니 부디 용서하고, 저와의 인연을 끊어주세요.

클리포드는 이 편지를 읽고 그리 놀라지 않았다. 마음속으로는 훨씬 전부터 그녀가 언젠가는 자신을 이렇게 떠날 것을 예감하고 있었기 때문이다. 하지만 그것을 외적으로 허락하는 것은 거절했다. 그러므로 외적으로 그것은 그에게 가장 큰 타격이었다. 그녀에 대한 신뢰감만큼은 아무렇지도 않게 표현해왔기 때문이다.

인간이란 이런 것이다. 우리는 의지에 의해 내적인 직감을 스스로 인식하는 의식으로부터 분리시킨 것이다. 이로 인해 공포나, 이해 등이 생겨서 타격이 발생하면 10배 이상 더 큰 충격이 발생한다.

클리포드는 신경질적인 어린아이처럼 되어 버렸다. 그는 창백한 얼굴로 허탈한 상태가 되어 침대 위에 앉았다. 이러한 모습은 볼턴 부인을 소스라치게 놀라도록 했다.

"어머나! 나리, 왜 그러십니까?"

대답이 없다. 발작을 일으킨 것일까? 그녀는 급히 다가가서 그의 얼굴을 만져보고 맥을 짚었다.

"어디 아프십니까? 어디가 아프신지 말씀해주세요."

대답이 없다!

"이를 어쩌지! 그러면 셰필드의 캐링턴 박사에게 전화를 걸겠습니다. 레키 박사도 곧 올거예요."

그녀가 문으로 걸어가려 하자 공허한 목소리가 들렸다.

"안돼."

그녀는 걸음을 멈추고 그를 바라보았다. 그의 얼굴이 노랗고 멍해져서 마치 바보처럼 보였다.

"의사를 부르지 않아도 될까요?"

"그래, 의사는 필요 없어." 유령 같은 목소리로 말했다.

"하지만 나리, 어디가 편찮으십니까. 저는 알 수가 없어요. 의사를 불러야겠어요. 그렇지 않으면 제 실수가 되니까요."

대답이 없다. 이윽고 텅 빈 목소리가 들렸다.

"난 병이 난 게 아니야. 아내가 돌아오지 않겠대." 마치 죽은 영혼이 말하는 것 같았다.

"마님께서 안 돌아오신다고요?" 볼턴 부인은 침대 가까이에 다가섰다. "하지만 그런 말은 믿지 않는 게 좋으실 겁니다. 마님은 틀림없이 돌아오실 테니까요."

그는 여전히 침대 위에 그림자처럼 앉아 있었다. 그리고 이불 위에 편지를 내놓았다.

"읽어 봐." 죽은 영혼 같은 목소리가 울렸다.

"마님의 편지군요. 하지만 나리께 보낸 편지를 제가 보는 건 나쁘지요. 그냥 마님께서 뭐라고 말씀하셨는지 제게 들려주세요."

하지만 튀어나온 푸른 눈을 한 곳에 고정시킨 채 그의 얼굴 표정은 전혀 변하지 않았다.

"읽어보래도!"

"꼭 그래야 한다면 읽겠습니다." 그녀가 말했다. 그리고 그녀는 편지를 읽었다.

"어머나, 마님께서 그러시겠다니 놀랍습니다. 돌아오시겠다고 진심으로 말씀하셨는데요."

침대 위 그의 얼굴에는 거친, 하지만 전혀 열기 없는 착잡한 표정이 더욱 짙어졌다. 볼턴 부인은 그런 표정을 보고 걱정했다. 그녀는 지금 자신이 직면하고 있는 것을 깨달았다. 그것은 남성의 히스테리였다. 그녀는 환자들을 간호한 적이 있었기 때문에 이 불쾌한 병에 대해 어느 정도 아는 바가 있었다.

그녀는 클리포드 경에 대해 어느 정도 환멸감을 느꼈다. 다소 분별력이 있는 남성이라면 아내가 누군가를 사랑해서 자기 곁을 떠나려고 한다는 것을 이미 알고 있어야 했다. 하지만 클리포드 경은 마음속으로는 알고 있었을지라도, 스스로 인정하지 않으려 했다. 만약 그가 이것을 미리 알고 준비를 했더라면! 아니, 이를 인정하고 적극적으로 아내와 투쟁했더라면, 그것은 오히려 남성다운 행동이라고 할 수 있었을 것이다. 하지만 그는 그렇게 하지 않았다. 그녀는 그가 조금 싫어졌다.

방법은 단 하나다. 그저 자기 연민 속에 두는 일이다. 테니슨의 시에 나오는 귀부인처럼 그는 실컷 울어야 한다. 그렇지 않으면 죽을 것이다. 그래서 볼턴 부인은 자신이 먼저 울었다. 그녀는 두 손으로 얼굴을 감싸고 낮게 흐느끼면서 울었다.

"정말 마님께서 그러실 줄은 몰랐습니다. 정말!" 그녀는 울고 또 울었다. 그녀는 지난날의 비탄함과 고난을 생각하면서 자신의 슬픔 속으로 빠져 들어갔다. 한 번 울기 시작하자 그녀의 울음은 이제 진정한 것이 되었다. 그녀에게 울 만한 이유는 얼마든지 있었다.

클리포드는 콘스탄스라는 여성에게 배신당한 과정을 생각했다. 그러자 슬픔이 감염되어 눈물이 흘러나와 뺨을 적셨다. 그는 자신을 위해 울고 있었다. 볼턴 부인은 그의 창백한 얼굴이 눈물이 흘러내리자 작은 손수건을 꺼내 자신의 젖은 뺨을 닦고 그에게로 다가갔다.

"너무 상심하지 마십시오." 그녀는 넘치는 듯한 감동을 담아 이야기했다. "너무 상심하지 마십시오. 몸에 해롭습니다!"

그녀는 그를 위해 말하면서도 빗물같이 눈물을 흘렸다. 그리고 그를 끌어당겨 그 큼직한 어깨를 안아 주었다. 그러자 그는 그녀의 가슴에 머리를 파묻고 커다란 어깨를 들먹이며, 한없이 흐느껴 울었다. 그녀는 그의 짙은 금발을 부드럽게 어루만지면서 말했다.

"자, 이제 그만두세요. 너무 염려하지 마세요!"

그는 어린아이처럼 그녀에게 매달려 그녀의 풀 먹인 흰 앞치마와 얇고 파란 무명옷을 눈물로 적셨다. 그는 마음이 후련해질 때까지 울었다.

마지막에 그녀는 이 환자에게 키스해주고, 자기 가슴으로 조용히 감싸 흔들어주면서 마음 속으로 이렇게 말했다. '아, 클리포드 나리! 결국 이렇게 되어버리셨군요.' 그는 어린아이처럼 잠이 들었다. 그녀는 지칠 대로 지쳐 자신의 방으로 돌아왔다. 이번에는 그녀 자신도 발작을 일으켜 울었다. 정말 우스꽝스러운 일이다! 이런 파국이 되다니! 정말 부끄러운 일이다. 하지만 큰 일이 아닐 수 없다.

이런 일이 있고 나서 클리포드는 볼턴 부인에게는 정말 어린아이처럼 되어 버렸다. 그녀의 손을 잡고, 그녀 가슴에 머리를 파묻기도 하고, 그녀가 가볍게 키스해주면, "좀 더 키스해줘"라고 하기도 했다. 그의 커다란 몸을 그녀가 스펀지로 씻어줄 때도 마찬가지로 키스해주기를 바랐다. 그녀는 장난삼아 그의 몸 어디든지 키스해주었다.

그러면 그는 마치 어린아이처럼 공허한 얼굴로 순진하게 누워 있었다. 그는 마치 성모 마리아를 숭배하듯 커다란 눈길로 그녀를 바라보았다. 그럴 때 그는 완전히 제멋대로인 어린아이로 돌아가 마음을 푹 놓아버렸다.

그리고 나서는 그녀의 가슴 속에 손을 넣어 젖가슴을 만지면서 황홀감에 도취되어 자신이 어린아이로 돌아간 듯한 마음에 그곳에 키스했다.

이상하게도 그는 몇 년 전부터 점점 어린아이처럼 되어 가다가 지금은 완전히 어른아이처럼 되어 버렸다. 하지만 일단 바깥에 나가면 여느 때보다도 더 날카롭고 빈틈이 없었다. 이 어른아이는 진정한 사업가가 되어 있었다. 이러한 점에서 볼턴 부인은 승리감을 느꼈다. "얼마나 훌륭한 수완가가 되었는가." 그녀는 스스로에게 자랑스럽게 말하곤 했다. "이건 전부 내가 한 일이다. 차탈리 부인은 도무지 이렇게할 수가 없다. 그녀는 남성을 앞으로 밀고 나가게 하는 여성은 아니었다. 자신만 생각했으니까."

이와 동시에 그녀의 이상하고 여성스러운 영혼 한 구석에서는 그를얼마나 경멸하고 싫어했는지 모른다. 그녀에게 그는 맥을 추지 못하는 짐승 또는 기어다니는 괴물에 불과 다. 그녀는 할 수 있는 한 그를 가르치고 부추겼지만, 한 여성으로서는 한없는 경멸을 가지고 그를 멸시했다. 아마 하찮은 부랑자여도 그보다는 나을 것 같았다.

콘스탄스에 대한 그의 태도는 참 묘했다. 그는 어떻게 해서든 다시한 번 그녀를 만나야 한다고 고집을 피웠다. 더욱이 그녀가 라그비 저택에 오기를 바랐다. 이러한 점에서 그의 결심은 전혀 변하지 않았다.콘스탄스는 라그비 저택으로 꼭 돌아오겠다고 진심으로 맹세하지 않았던가?

"하지만 그게 무슨 소용입니까?" 볼턴 부인이 말했다. "이제 마님을놓아주시는 게 어떻습니까!"

"아니, 돌아온다고 했으니까 돌아오라는 거야."

볼턴 부인은 더 이상 반대하지 않았다. 그녀는 사정을 자세하고 알고 있었기 때문이다.

그는 런던에 있는 콘스탄스에게 편지를 썼다.

당신 편지가 내게 어떤 영향을 미쳤는지는 알 필요가 없을 것 같아.물론 당신에게 내 사정을 생각할 마음도 없을 테지만. 하지만 만약 생각해보려 한다면 잘 알거라고 생각해. 내 대답은 이것뿐이야. 나로서는 어떤 수속이든 밟기 전에 무슨 일이 있어도 라그비 저택에서 당신을 직접 만나고 싶어. 당신이 라그비 저택으로 돌아온다고 진심으로 맹세했으니까 이 약속은 지켜주기를 바라는 거야.

여기에서 다른 때와 같은 상태로 당신을 직접 만나기 전까지 나는 어떤 것도 믿지 않고, 아무것도 이해하지 않을 거야. 여기에서는 당신에 대해 아무도 의심하는 사람이 없으니까 당신이 돌아오는 것은 당연한 거지. 그래서 만약 우리가 서로 의논한 다음에도 마음을 돌릴 수 없다면 그 때는 결말을 짓도록 하지.

콘스탄스는 이 편지를 멜러스에게 보여주었다.

"그는 당신에게 복수하려는 거예요." 그가 편지를 돌려주면서 말했다.

콘스탄스는 대답하지 않았다. 그녀는 자신이 어느 정도 클리포드를 두려워하고 있다는 사실을 알고 놀라워했다. 그가 사악하고 위험한 사람인 듯 가까이하기 무서웠다.

"어떻게 하면 좋을까요?" 그녀가 물었다.

"아무 것도 하고 싶지 않다면 그냥 내버려 둬요."

이 면담을 좀 더 연기하고 싶다고 그녀가 답장을 보내자 클리포드에게서 회신이 왔다.

지금 라그비 저택으로 돌아오지 않겠다 하더라도 언젠가는 돌아올 것으로 생각할 거야. 그리고 그에 따라 처리하겠어. 지금까지처럼 나는 여기에서 당신을 기다릴 거야. 설령 50년이 걸릴지라도.

그녀는 무서워졌다. 이는 참으로 위험한 위협이었다. 그녀는 그가 말한 대로 실행할 것이라고 생각했다. 그는 절대로 이혼하지 않을 것이다. 그러면 어떤 확고한 법적 수속을 밟지 않는 한, 어린아이는 그의 것이 될 것이다.

한참 동안 번민으로 방황하다가 그녀는 결국 라그비 저택으로 돌아가기로 결심했다. 단, 힐더와 함께 가기로 했다. 그 뜻을 알리자 클리포드에게 답장이 왔다.

나는 당신이 언니와 함께 오기를 바라지는 않아. 하지만 그 분을 집에 못 들어오게 하지는 않을 거야. 당신이 자신의 의무와 책임을 포기하는데 그녀도 묵인했을 거라고 생각해. 그러니 그녀를 만나도 내가 반가워할 이유가 없다는 것은 알아주길 바래.

두 자매는 라그비 저택으로 갔다. 그녀가 도착했을 때 클리포드는 집에 없었다. 대신 볼턴 부인이 나와서 맞았다.

"어머나, 마님. 저희들이 기다렸던 행복한 귀향은 아니군요." 그녀가 말했다.

"그렇지 않을까요?" 콘스탄스가 말했다.

이 여성은 알고 있다. 다른 하인들도 어디까지 알고 있고, 어디까지 의심하고 있는 걸까?

세포조차 싫어하는 그 집으로 콘스탄스는 들어갔다. 크고 모양 없는 집은 여전히 그녀에게 거추장스럽고, 찍어 내리는 듯한 기분을 주었다. 더 이상 그녀는 그 집의 여주인이 아니라 희생자에 지나지 않았다.

"난 도저히 오래 못 있겠어요." 그녀는 겁을 먹고 힐더에게 말했다.

아무 일도 없었던 것처럼 침실로 들어가기에는 쓰디쓴 기분이었다. 라그비 저책에서는 1분이 괴로웠다.

저녁식사를 하러 아래층으로 내려갈 때까지 두 사람은 클리포드를 만나지 않았다. 그는 단정한 예복을 입고, 검정 넥타이를 매고 있었다. 그는 진지했고, 실제로도 훌륭한 신서였다. 식사하는 동안에도 깍듯이 예의를 지키고, 화제도 예의에 어긋나지 않았다. 하지만 이런 그의 행동은 왠지 광기 같았다.

"하인들은 어느 정도 알고 있나요" 하녀가 방을 나가자 콘스탄스가 물었다.

"당신 생각에 대해서 말이야? 전혀 모르고 있어."

"볼턴 부인은 알고 있어요."

그의 얼굴빛이 변했다.

"엄밀히 말하면 볼턴 부인은 하인이 아니야."

"어느 쪽이든 상관없어요."

커피를 마실 때까지 긴장된 분위기가 계속되었다. 힐더가 방으로 가겠다고 일어났다. 힐더가 가버리자 클리포드와 콘스탄스는 마주앉았다. 어느 편도 말을 꺼내지 않았다. 그가 감정적이지 않자 그녀는 기뻤다. 그녀는 될 수 있는 한 그가 자존심을 지키도록 하고 싶었다. 그녀는 가만히 앉아서 자신의 손만 내려다보고 있었다.

드디어 그가 말했다. "당신은 자신이 한 약속을 어기고도 후회하지 않는군."

"그럴 수밖에 없었어요." 그녀가 중얼거렸다.

"당신이 할 수 없다면 누가 할 수 있지?"

"아무도 할 수 없다고 생각해요."

그는 냉혹하고 분노에 찬 눈으로 그녀를 바라보았다. 그는 그녀의 행동에 익숙해져 있었다. 그녀는 그의 의지 속에 파묻혀 있었다. 그랬던 그녀가 이제 자신과의 약속을 어기고, 그의 일상생활을 깨뜨리려 하고 있다. 이렇게 그의 인격을 산산조각 내버리려 한단 말인가?

"당신은 무엇 때문에 모든 걸 파괴하려는 거지?"

"사랑을 위해서요!" 그녀가 대답했다. 이럴 땐 진부한 말을 하는 것이 상책이었다.

"덩컨 포브스에 대한 사랑? 하지만 전에 당신은 그의 사랑을 대수롭지 않게 여겼잖아. 그런데 지금 당신 인생의 다른 무엇보다도 그를 사랑한다고?"

"사람은 변하기 마련이에요."

"그럴지도 모르지. 변할지도 모르지. 하지만 그 동기를 내게 이해시켜주지 않으면 곤란해, 덩컨 포브스에 대한 당신 사랑을 나는 도저히 믿을 수 없어."

"당신이 그걸 믿을 필요가 있을까요? 당신은 나와 이혼하면 되는 거예요. 내 감정을 믿을 필요가 없어요."

"어째서 내가 이혼해야 하지?"

"이제 내가 여기에서 살 생각이 전혀 없기 때문이죠. 더욱이 당신에게는 내가 더 이상 필요하지 않아요."

"잠깐! 난 달라지지 않았어. 나는 당신이 내 아내인 이상, 당신이 내 집에서 점잖게 품위를 지키고 조용히 살아주길 원해."

잠시 침묵이 흘렀다. 그리고 그녀가 말했다.

"아무래도 할 수 없어요. 나는 가야만 해요. 아이가 태어날 테니까요."

그 역시 한동안 침묵을 지켰다.

"그럼 당신은 아이 때문에 떠나는 거야?" 그가 물었다.

그녀는 고개를 끄덕였다.

"어째서? 덩컨 포브스가 아이에게 집착하는 건가?"

"확실히 당신 이상으로 집착하고 있어요."

"그게 사실이야? 난 내 아내가 필요하니까 놓치기 싫어서 그러는 거야. 그러니 만약 내 집에서 아이를 낳는다면 나는 아내도, 아이도 기꺼이 받아들일 거야. 다만 생활의 품위와 질서만 유지된다면 말이야. 덩컨 포브스가 나보다 더 당신에게 집착한다고? 난 도무지 믿기지 않아."

두 사람은 침묵을 지켰다.

"하지만 당신을 알 거예요. 나는 당신과 헤어져서 내가 사랑하는 사람과 살아야 한다는 것을."

"아니, 난 모르겠어. 나는 당신의 연애나 당신이 사랑하는 남성에 대해서는 아무런 가치도 인정하지 않아. 그런 꾸민 것 같은 말을 믿지 않아."

"하지만 난 믿어요."

"당신이 믿는다고? 콘스탄스, 당신은 덩컨 포브스를 사랑하기에는 너무 총명해. 내 말을 믿어요. 지금도 당신은 그보다는 내게 관심을 더 가지고 있는걸. 그러니 그런 분별없는 일에는 찬성할 수 없어."

그녀는 이 점에 있어서는 그가 보는 눈이 정확하다는 것을 느꼈다. 그리고 더 이상 입 다물고 있을 수 없다고 생각했다.

"정말 내가 사랑하는 사람은 덩컨이 아니에요. 당신의 마음을 상하지 않게 하기 위해서 덩컨이라고 말했을 뿐이에요."

"내 감정을 상하지 않게 하기 위해서?"

"그래요! 내가 사랑하는 사람은 우리집 산지기였던 멜러스예요."

몸만 괜찮았다면 그는 의자에서 뛰어올랐을 것이다. 그의 얼굴이 노랗게 되었다. 파멸에 직면한 사람처럼 눈알이 튀어나올 것처럼 그녀를 바라보았다. 그러고 나서 숨을 헐떡이면서 의자에 기대 천장을 올려다보았다.

그는 간신히 다시 고쳐 앉았다.

"지금 한 말이 정말이야?"

"네. 정말이에요."

"언제부터 시작했지?"

"봄부터."

그는 마치 함정에 빠진 짐승처럼 입을 다물었다.

"그럼 산지기의 오두막집에 있었다는 여성이 당신이었어?"

사실 그는 마음속으로는 훨씬 전부터 그것을 알고 있었다.

"그래요."

그는 의자에서 몸을 굽힌 채 궁지에 몰린 짐승처럼 그녀를 쏘아 보았다.

"당신 같은 인간은 파멸해야 해!"

"왜요?" 콘스탄스가 중얼거렸다.

하지만 그 말은 그에게 들리지 않았던 것 같다.

"그 하층민이! 그 건방진 시골놈이! 저 비열한 무뢰한이! 그럼 그자가 내 집 하인이었을 때 당신은 그자와 관계했단 말이군. 아, 정말 여성의 더러운 타락은 끝이 없군."

그녀의 예상대로 그는 자제력을 잃었다.

"그래서 그 무뢰한의 아이를 낳겠다고?"

"네."

"낳을 거라고? 언제부터 확실하게 알았지?"

"6월이요."

그는 더 이상 할 말이 없는 것 같았다. 그의 표정은 어린아이처럼 멍청했다.

"그런 놈과 똑같은 것이 태어나다니 참 놀랍군." 그가 말했다.

"그런 놈이라니요?" 콘스탄스가 물었다.

"그래서 당신은 그자와 결혼해서 그 천한 성을 붙이겠다는 거야?"

"네. 그렇게 하려고 해요."

그는 마치 목이 졸린 듯한 표정을 지었다.

"그렇군. 나는 언제나 당신에게는 정상적이지 않은 데, 상식적이지 않은 데가 있다고 생각했는데. 정말이군. 당신은 타락을 추구하는 썩어빠진 반미치광이 여자야."

"그러니까 이혼해주고 깨끗하게 처리하는 게 가장 낫다고 생각하지 않나요?" 그녀가 물었다.

"아냐. 당신 좋은 데로 가. 하지만 절대로 이혼해주지 않겠어."

그가 백치처럼 말했다.

"왜요?"

그는 어리석은 완고함에 틀어박혀서 입을 다물었다.

"그렇다면 당신은 이 아이가 법률상 당신의 아이가 되고, 당신의 후계자가 되어도 상관없나요?"

"아이 같은 건 아무래도 좋아."

"하지만 만약 사내아이라면 법적으로 당신 아들이 되고, 당신의 작위와 라그비 저택을 이어받을 텐데요."

"그런 건 아무래도 좋다니까."

"그렇지만 그건 당신과 관계있어요! 아이가 법률상 당신 아이가 되지 않도록 할 거예요. 만약 멜러스 아이가 될 수 없다고 사생아라고 괜찮으니 나의 아이로 하겠어요."

"마음대로 해."

그는 아무리 해도 움직이려 하지 않았다.

"절대로 나와 이혼하지 않겠다는 건가요? 그럼 덩컨을 이용해도 좋다는 거군요. 상관없어요. 덩컨은 이미 승낙했으니까요."

"난 절대로 이혼하지 않겠어." 그는 마치 잡은 짐승에게 손톱을 박아 넣듯 말했다.

"왜죠? 내가 그러기를 바라니까 동의하지 않겠다는 건가요?"

"이건 내 의사에 따른 거야. 그리고 난 그럴 마음이 없어."

더 이상 어쩔 수가 없었다. 그녀는 2층으로 올라가서 자초지종을 힐더에게 말했다.

힐더가 말했다. "내일 떠나는 게 낫겠어. 그리고 저 사람의 마음이 가라앉기를 기다리자."

그래서 콘스탄스는 밤늦게까지 소지품과 살림을 꾸렸다. 이튿날 아침, 그녀는 클리포드에게는 아무런 말도 하지 않고 짐을 정류장을 보냈다. 그녀는 점심식사를 하기 전에 그에게 작별인사를 해야겠다고 생각했다.

하지만 볼턴 부인에게는 말했다.

"볼턴 부인, 떠나기로 했어요. 그 이유는 알고 있겠지만, 말은 하지 말아줘요."

"네. 그 점은 안심하세요. 마님. 하지만 여기 남아 있는 우리들에게는 슬픈 일이군요. 부디 다른 분과 행복하세요."

"다른 분이라니요. 그는 멜러스예요. 나는 그를 사랑해요. 클리포드에게도 그 말을 했어요. 다른 사람에게는 말하지 말아줘요. 그리고 클리포드가 나와 이혼하겠다는 생각을 하게 되면 알려줘요. 나는 내가 사람하는 사람과 정식으로 결혼할 거예요."

"그러시겠지요. 마님. 저를 믿어주세요. 저는 클리포드 나리나 마님 두 분을 진심으로 모시고 있었습니다. 저는 두 분 다 옳은 길을 가고 있다고 생각합니다."

"고마워요. 그리고 이건 내가 당신에게 주는 거니 받아요."

콘스탄스는 라그비 저택을 떠나 힐더와 함께 스코틀랜드로 갔다. 멜러스는 어느 시골로 가서 농장에서 일하고 있었다. 콘스탄트의 이혼이 잘 되어가든 아이든 그는 이혼하기로 결심했다. 그는 농장에서 반년 가량 일한 다음 작은 농장을 가질 준비를 하려고 했다. 설령 힘이 드는 일이라도 자기 일을 하고 싶어 했고, 비록 콘스탄스가 자본을 댄다 하더라도 자기 생활만큼은 자기 손으로 하고 싶었기 때문이다.

그래서 그들은 봄에 아기를 낳고, 초여름이 올 때까지 기다려야만 했다.

난 생각하는 바가 있어서 여기에 왔습니다. 군대에 있을 때 이 회사의 기사인 리처드를 알게 되었죠. 여기는 개인이 경영하는 데가 아니라 버틀러 앤드 스미덤 탄광회사의 소속으로 탄광의 망아지를 사육할 건초와 귀리를 재배하는 곳입니다. 하지만 소나 돼지, 그리고 여러 가축도 기르고 있어요. 저는 1주일에 30실링을 받고 있어요. 농장주 롤리는 내년 부활절까지 모든 일을 익힐 수 있도록 여러 가지 일을 시킨답니다. 버더에 관해서는 아무런 소식을 듣지 못했어요, 그녀가 왜 이혼재판에 출석하지 않는지, 지금 어디에서 뭘 하고 있는지도 모릅니다. 하지만 3월 말까지만 참고 있으면 모든 일이 다 해결될 거라고 생각합니다. 당신도 클리포드 경의 일로 너무 마음을 괴롭히지 말아요, 머지않아 그 사람도 이혼할 겁니다. 가만히 내버려두는 것만으로도 다행이라고 생각해요.

나는 엔진 가에 낡았지만 꽤 좋은 방을 얻었답니다. 주인은 하이 파크의 기관사인데 키가 크고 수염이 덥수룩하며, 완고한 비국교도입니다. 그의 아내는 마치 처녀처럼 훌륭한 물건이라면 뭐든 좋아하죠. 말씨에 무척 신경을 써서 항상 죄송합니다라고 이야기한답니다. 하지만 외아들을 전쟁터에서 잃어 가정이 쓸쓸하더군요. 약간 둔한 딸이 한 명 있는데 학교 교사가 되려고 공부하고 있습니다. 나는 이따금 그 딸을 가르쳐주면서 가족 같은 대우를 받고 있어요. 그 집 사람들은 모두 좋은 사람들이어서 내게 매우 친절하게 대해줍니다. 아무래도 당신보다 내가 더 자리를 잘 잡은 것 같군요.

농장 일은 마음에 듭니다. 하지만 감동할 정도의 것은 아니고, 그런 것도 바라지 않아요. 말이나 소와도 익숙해졌답니다. 마침 보리타작이 끝났답니다. 손이 거칠어지고 비가 많이 와서 좀 어려웠지만, 유쾌한 일이었어요. 다른 사람들에게는 크게 신경 쓰지 않지만, 아무런 지장 없이 잘 지내고 있어요. 대부분의 일은 그저 모른 체 한답니다.

탄광은 경기가 그리 좋지 않은 것 같습니다. 여기도 테버셜처럼 탄광지대지만, 좀 더 깨끗해 보여요. 가끔 웰링턴이라는 술집에 가서 여러 사람들과 이야기를 합니다. 모두 불평을 하지만, 뭘 어떻게 하려는 것 같진 않아요. 그래서 그 광부들이 좋지만, 그리 유쾌하지는 않습니다. 현재 클리포드 경이 시도하는 석탄의 새로운 용도에 대해 이야기하더군요. 한두 곳에서는 가능할지 모르지만, 이것이 일반화될 것 같지는 않습니다. 아무튼 뭘 만들던지 팔아야 하니까요. 광부들은 매우 무신경합니다. 석탄 산업이 멸망의 위기에 있다는 것은 모두들 느끼고 있어요. 나도 그렇게 느낍니다. 어쩌면 모두 멸망 위기에 처해 있는 거죠. 젊은 사람들 중에는 소비에트에 대해 이야기하는 사람도 있지만, 그들이 딱히 무슨 신념이 있는 건 아닙니다. 모든 것에 확신은 없지요. 다만 혼란과 궁핍만 있을 따름입니다. 소비에트 치하에서도 석탄은 팔아야 합니다. 바로 그 점에 어렵죠.

젊은이들은 돈을 쓰지 못해 미친 것 같아요. 그들의 모든 생활은 돈을 쓰는데 있어요. 문제는 돈이 전혀 손에 들어오지 않는다는 거죠. 이게 바로 문명이고, 교육입니다. 돈 쓸 것을 목표로 하고 대중을 교육시키면 돈이 저절로 나온다는 겁니다. 탄광은 매주 하루만 작업을 합니다. 이제 곧 겨울이 닥쳐올 텐데 호전될 가능성은 거의 없습니다. 한 가족이 1주일에 25실링 혹은 30실링으로 살아가야 하죠. 여성들은 미치광이처럼 되어 갑니다. 그들 역시 돈을 쓰는데 미쳐있기 때문입니다.

생활하는 것과 소비하는 것이 다르다고 말해주고 싶군요. 하지만 소용없겠지요. 벌어들인 돈을 쓰는 것이 아니라 생활하기를 가르친다면 25실링으로도 매우 유쾌하게 놀 수 있을 텐데요. 언젠가 내가 말했듯이 남성들이 새빨간 바지라도 입는다면 돈을 그렇게 생각하지 않을 겁니다. 만약 모두가 춤추고, 뛰고, 노래하고, 뽐내면서 걸어 다니고, 아름답게 치장한다면, 돈은 조금만 있어도 되죠. 그러면 여성들을 즐겁게 해주고, 그녀들로부터 즐거움을 얻을 수 있답니다. 나체가 되고,

아름다워지고, 모두 함께 노래를 하거나 춤을 추거나, 자신이 앉을 의자를 만들고, 문장을 수놓는 것을 배워야 합니다. 그러면 돈은 필요 없지요. 이것이 산업 문제를 해결하는 유일한 방법입니다. 인간이 생활할 수 있도록 훈련하는 것, 그리고 금전을 낭비하지 않고서도 아름다운 생활을 할 수 있도록 하는 거죠. 하지만 이를 실행하는 것은 불가능합니다. 젊은이들은 처녀들을 오토바이에 태우고 돌아다니면서 기회가 있으면 연애를 하지요. 하지만 그들 역시 멸망했습니다. 거기에는 돈이 들지요. 돈은 그것을 버는 사람을 해치고, 그것을 가지지 않은 사람은 굶주리게 합니다.

이런 이야기에는 싫증나겠지요. 하지만 시시콜콜하게 내 이야기를 하고 싶지는 않습니다. 내게는 별 일이 없어요. 당신에 대해서도 머릿속으로는 그다지 생각하고 싶지 않습니다. 그것은 우리 둘을 괴롭게 할 뿐이니까요. 물론 나는 당신과 함께 생활하기 위해 살고 있습니다. 하지만 몹시 두렵습니다. 주위에 악마가 가득해서 우리에게 덤비는 것 같아서 견딜 수가 없습니다. 그것은 악마가 아니라 마몬(재물의 신)일지도 모릅니다. 그것은 돈을 바라고, 생활을 싫어하는 대중의 뜻인 것 같습니다. 아무튼 나를 붙잡으려는 크고 흰 손이 공중에 있어서 생활하는 사람, 금전을 초월해서 생활하는 사람의 목을 조르고 생명을 빼앗고 노리는 것 같습니다. 무서운 일이 시작되는 거죠. 반드시 무서운 일이 시작될 겁니다. 만약 지금처럼 세상이 나아진다면 산업사회의 미래에는 죽음과 멸망만 있을 겁니다. 나는 가끔 내 정신이 물처럼 느껴질 때가 있답니다. 그런데 당신은 지금 내 아이를 가지고 있죠. 물론 크게 걱정할 것은 없습니다. 지금까지 있었던 여러 사악한 시대에서도 크로커스 꽃을 시들게 할 수 없었고, 여성의 사랑도 시들게 할 수 없었답니다. 그러니 어떤 일이 있어도 당신과 나 사이의 작은 불꽃을 시들게 할 수는 없습니다. 내년에는 함께 살 수 있습니다. 나는 공포를 느끼고 있지만, 나와 함께 있는 당신을 믿습니다. 힘이 닿는 한 열심히 준비하고 손질해서 자신을 초월한 무언가를 믿을 수밖에 없습니다. 자신의 가장 좋은 부분을 진심으로 믿고, 그 이상의 힘을 신뢰하는 것 외에는 미래의 일을 믿을 수 없죠. 하지만 우리 둘 사이에 있는 작은 불꽃을 믿는 거죠. 내게 있어서는 그것이야말로 이 세상의 전부니까요. 내게는 친구, 내면의 친구가 없습니다. 오직 당신뿐입니다.

이런 이유 때문에 나는 당신에 대해 생각하고 싶지 않습니다. 그것은 나를 괴롭힐 뿐 당신에게는 아무런 소용이 없으니까요. 이번 겨울은 내 강림제 불꽃에 몸을 가까이 하고, 평화롭게 지낼 예정입니다. 내 영혼은 포근한 접촉이 주는 평화로움처럼 강림제의 불꽃 속에서 당신과 함께 있습니다. 우리는 불타는 접촉을 통해 불꽃을 만들어냈습니다. 꽃도, 태양도 전부 대지의 접촉에 의해 태어나지요. 하지만 이는 꽃과는 다르기 때문에 인내와 오랜 휴식이 필요한 겁니다.

그러니 나는 순결을 사랑합니다. 그것은 접촉에 의해 생기는 평화이기 때문입니다. 나는 지금 순결을 지키는 것을 기쁘게 생각합니다. 갈란투스 꽃이 눈을 사랑하듯, 나는 이 순결을 사랑합니다. 이것이야말로 우리 접촉의 평화로운 휴식이며, 우리의 불꽃이 된 갈란투스 꽃이기 때문입니다. 정말로 봄이 되어 우리가 함께 살면, 그 때 우리는 이 작은 불꽃을 빛나는 열로 타오르게 할 수 있습니다. 하지만 지금은 아닙니다. 아직은 그 때가 아닙니다. 지금은 몸을 깨끗하게 지키고 있어야 할 때입니다. 그것은 내 영혼 속에 차가운 물이 흐르는 듯 기분이 좋은 일입니다. 나는 지금 우리 둘 사이에 흐르는 이 깨끗함을 사랑합니다. 그것은 신선한 물이나 비 같은 것이지요.

당신을 만날 수 없기에 여러 가지 말을 늘어놓았습니다. 만약 당신을 안고 잘 수 있다면 잉크는 필요 없겠지요. 우리는 서로 사랑할 수 있도록 몸을 깨끗이 하고 있을 수 있습니다. 잠시 떨어져서 살아야 하지만, 그 편이 현명하다고 생각합니다. 다만 확신을 가진다면요.

아무런 걱정도 하지 않습니다. 안심하세요. 우리 화내지 말아요. 우리는 정말 이 작은 불꽃을 꺼지지 않도록 지키는 이름 모를 신을 믿고 있으니까요. 당신의 커다란 부분이 여기에서 나와 함께 살고 있는 것 같아요. 다만 당신의 전부가 나와 함께 없다는 사실이 유감일 뿐입니다.

클리포드 경에 대해서는 아무런 염려 하지 말아요. 그에게서 아무 소식이 없더라도 걱정하지 말아요. 그는 당신에게 아무 일도 할 수 없습니다. 기다리고 있으면 결국 당신과 이혼하려고 할 겁니다. 만약 그렇지 않으면 우리가 그의 곁에 가지 않으면 됩니다. 하지만 그는 반드시 이혼하려 할 겁니다. 결국 그는 언짢은 물건처럼 당신을 토해내고 싶어할 테니까요.

어쩐지 편지를 마치기 싫군요.

하지만 우리의 큰 부분은 서로 함께 살아 있는 겁니다. 우리 그것을 지켜서 하루속히 재회할 수 있도록 해요. 존 토머스는 약간 고개를 숙인 모습으로, 하지만 희망에 차서 제인 부인에게 편히 주무시라고 인사를 하고 있습니다.

9월 29일
올드 히너의 그랜지 농장에서

에로티시즘 장편소설
레이디 차탈리

발행	2021년 2월 15일 초판

기획	권호
저자	D.H. 로렌스
디자인	현유주
발행인	권호
발행처	뮤즈(MUSE)
출판등록	국립중앙도서관
연락처	muse@socialvalue.kr
홈페이지	http://www.뮤즈.net

© 2021 D.H. 로렌스

ISBN 979-11-972969-0-1 03840
값 15,000원

이 도서의 국립중앙도서관 출판예정도서목록(CIP)은 서지정보유
통지원시스템 홈페이지(http://seoji.nl.go.kr)와 국가자료종합목
록 구축시스템(http://kolis-net.nl.go.kr)에서 이용하실 수 있습
니다. (CIP제어번호 : CIP2020052891)